目　　　　　次

第一部　悪夢の始まり

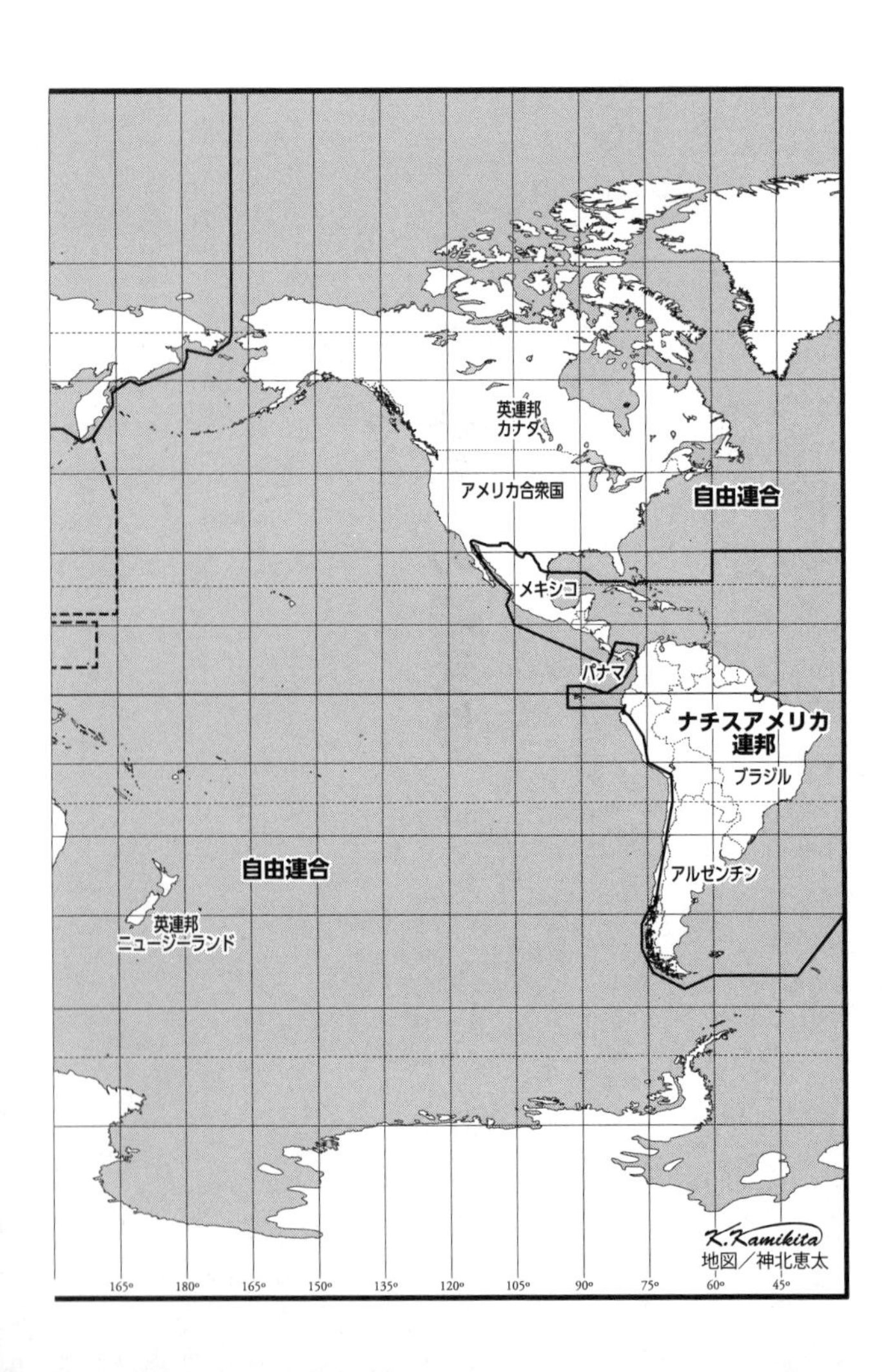
英連邦
カナダ
アメリカ合衆国
自由連合
メキシコ
パナマ
ナチスアメリカ
連邦
ブラジル
アルゼンチン
自由連合
英連邦
ニュージーランド
K.Kamikita
地図／神北恵太
165°
180°
165°
150°
135°
120°
105°
90°
75°
60°
45°

世界最終大戦 1

ヒトラーの野望

羅門祐人

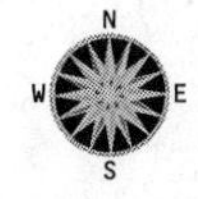

コスミック文庫

この作品は二〇一六年二月・一一月に電波社より刊行された『世界最終大戦（1）（2）』を再編集し、改訂したものです。

なお本書はフィクションであり、登場する人物、団体等は、現実の個人、団体、国家等とは一切関係のないことを明記します。

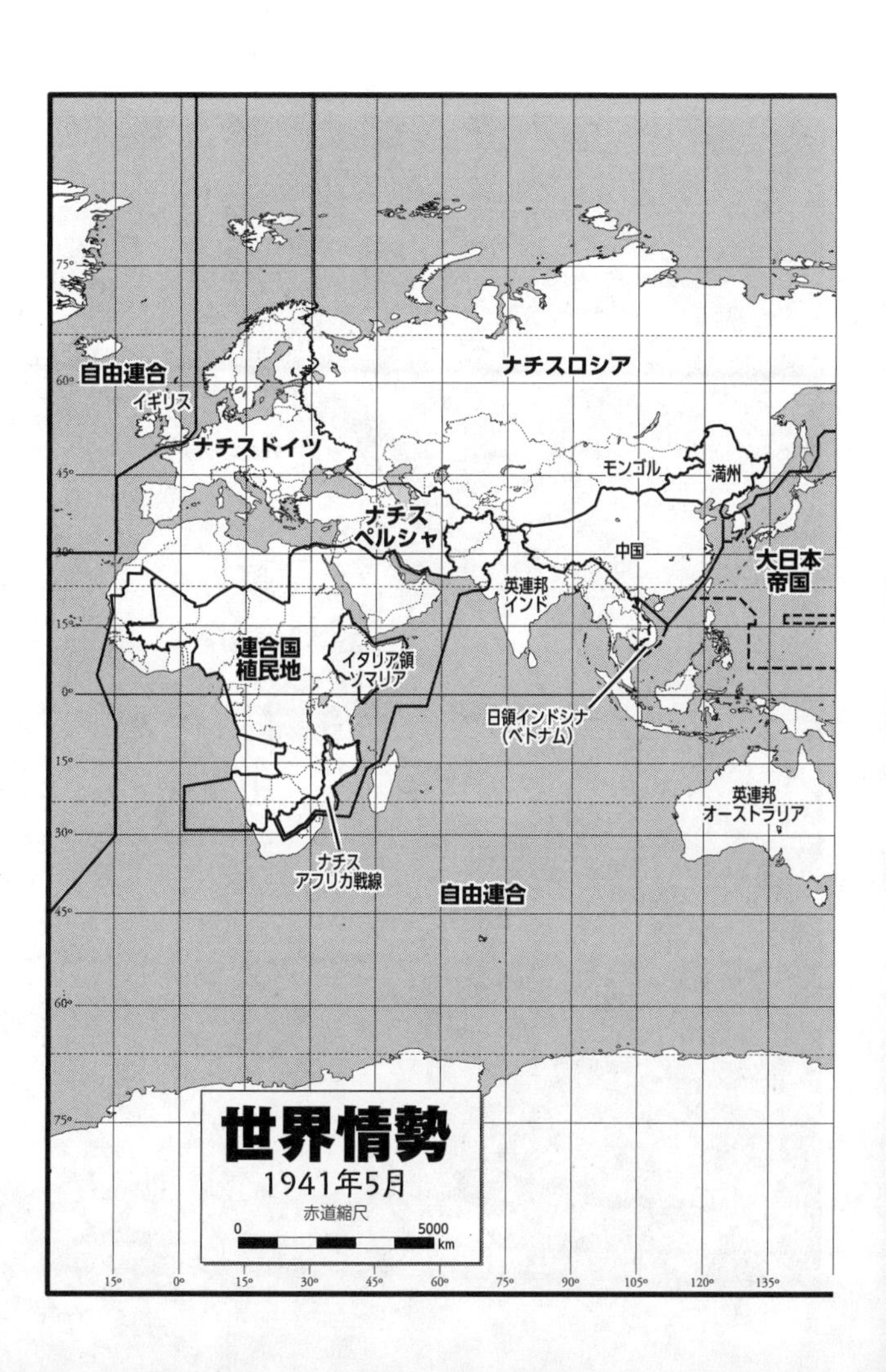
自由連合
イギリス
ナチスドイツ
ナチスロシア
モンゴル
満州
ナチス
ペルシャ
中国
大日本
帝国
英連邦
インド
連合国
植民地
イタリア領
ソマリア
日領インドシナ
（ベトナム）
英連邦
オーストラリア
ナチス
アフリカ戦線
自由連合
世界情勢
1941年5月
赤道縮尺
0
5000
km
75°
60°
45°
30°
15°
0°
15°
30°
45°
60°
75°
15°
0°
15°
30°
45°
60°
75°
90°
105°
120°
135°

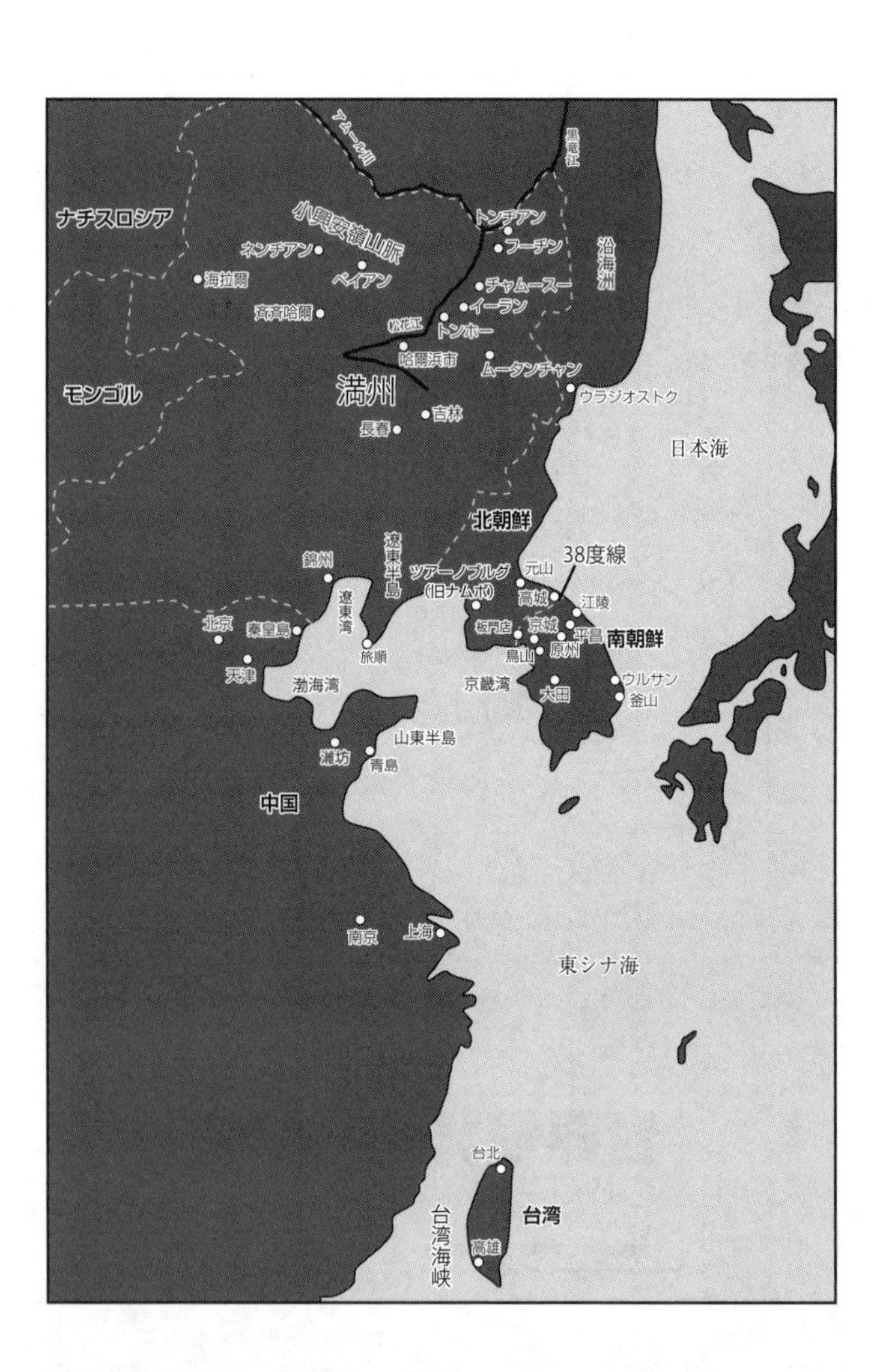

アムール川
黒竜江
ナチスロシア
小興安嶺山脈
トンチアン
フーチン
沿海州
ネンチアン
ベイアン
海拉爾
チャムースー
イーラン
斉斉哈爾
松花江
トンホー
哈爾浜市
ムータンチャン
モンゴル
満州
ウラジオストク
吉林
長春
日本海
北朝鮮
遼東半島
錦州
ツアーノブルグ
(旧ナムポ)
元山
38度線
高城
江陵
遼東湾
北京
秦皇島
旅順
板門店
京城
平昌
南朝鮮
烏山
原州
天津
渤海湾
京畿湾
大田
ウルサン
釜山
山東半島
濰坊
青島
中国
南京
上海
東シナ海
台北
台湾
台湾海峡
高雄

プロローグ

歴史とは、時に一発の銃砲弾で大きく流れを変えることがある。

日露戦争の折り、戦力に劣る大日本帝国海軍連合艦隊は、優勢なロシア艦隊を前にして、起死回生の思いを込めて敵前大回頭を行なった。

……そう、戦艦三笠（みかさ）の露天艦橋に陣取ったまま、全霊をかけて指揮を行なう東郷平八郎。

彼の思惑は、あと一歩で成就（じょうじゅ）するところだったのだ。

しかし、そこで神は彼を見放した。

目前での大回頭を見せつけられたロシア極東艦隊司令長官——ジノヴィー・ロジエストヴェンスキー少将は、完全に予想をくつがえされ、慌てたあまり予想だにしなかった命令を発したのである。

当時の艦隊決戦は、順行もしくは逆行による、全砲門を片舷に集中しての殴り合いが常識となっていた。それが目前にして、敵が舳先をひるがえしはじめたのだ。

ロジェストヴェンスキーは、東郷が大回頭を終える前に致命的な打撃を与えないと大変なことになると感じた。すべての準備を片舷戦闘と定めていたのに、敵が一番艦の正面で横腹を見せて回頭している。

これを傍観していると、回頭を終えた敵艦隊の片舷斉射が一番艦のみに集中してしまう。対するロシア側は、一番艦の前部砲塔でしか反撃できない。こうなれば勝負はついたも同然である。

そこで狼狽したロジェストヴェンスキーは、先頭を行くロシア第一戦艦隊旗艦クニャージ・スヴォロフに、連合艦隊の先頭に立つ旗艦三笠への、前部砲門による集中砲撃命令を下した。

回頭中の艦隊は、砲撃できない。

雨霰と降ってくるロシア戦艦の主砲弾を眺めつつ、東郷平八郎はひたすら時を待った……。

回頭さえ終われば、勝機が見えてくる。練度が高く、主砲炸薬を高性能化した日本側が、一気に敵先頭艦へ集中砲火を浴びせることができる。

日本側は片舷全力砲撃、ロシア側は先頭艦に邪魔されて、後続艦の砲撃ができない。しかも肝心の先頭艦ですら、前部砲門しか使えないのだ。

そうなれば、数の劣勢を単位時間あたりの発射数でカバーできるはず……。

だが、そこで運命の歯車が動いた。

回頭終了直前、戦艦クニャージ・スヴォロフの第一砲塔が放った一発の徹甲弾が、なんの防備もない三笠の露天艦橋を直撃したのである。

東郷平八郎の肉体は、一瞬にしてちぎれ飛んだ。

それでもなお、東郷は事前に自分が戦闘不能に陥った場合を考慮し、艦隊運用に必要な部下たちを艦内の司令塔区画へ退避させていた。

そのため、この一件だけで帝国連合艦隊が崩れることはない。しかし、やはり連合艦隊司令長官の戦死は衝撃的だった。

残った将兵の士気の低下、それに加えて命令系統の混乱はまぬがれず、次第にロシア艦隊が数の優位を発揮しはじめたのだ。

そして……。

その後、丸一日を費やした大混戦により、日露双方ともに凄まじい被害を生じさせた。

もはや誰もが戦闘不能だと判断、ロシア艦隊は、残存艦すべてをウラジオストク港へ退避させた。

連合艦隊も、放置しておけば大破漂流しかねない艦が多数いたため、急ぎ舞鶴軍港へと戻った。

海戦の結果は痛み分けである。だが戦略的に見ると、明らかに日本側の敗北だった。

日本が再び連合艦隊を編制できるまで回復するには、最低でも数年が必要……。

こうなると、ロシア艦隊の追撃どころか、日本近海の制海権すら失ってしまうことになる。

もっとも、ロシア艦隊も同様の状況だったため、日本周囲の海は一時的に、支配する者のない空白地域となったのである。

連合艦隊が復活するまでに、ロシアは黒海艦隊などを太平洋へ移動させるかもしれない。そうなれば日本列島が無防備なまま晒（さら）されてしまうだろう。

海を守る者がいない。

それなのに、帝国陸軍の旅順（リューシュン）攻略戦は失敗に終わっている。

このままではロシア軍が、陸伝いに朝鮮半島や中国本土へ進撃するのは目に見えている。その次は、日本本土への本格侵攻であることは、もはや誰の目にも明らかだった。

　そこで時の大日本帝国首相・桂太郎は、このまま長期戦になれば、国力に優るロシアに日本は蹂躙（じゅうりん）されると感じ、急ぎアメリカ合衆国大統領――セオドア・ルーズベルトへ、日露講和の仲介を申し出た。

　しかし、時間がたてば有利になると承知しているロシア側が、そう簡単に講和の場へ出てくるとは思えない。

　そこで桂は、もし合衆国がロシアに対して強い圧力を加えてくれて、その結果、講和が実現したなら、その後の満州地区および朝鮮半島の開発を合衆国と共同で行なうと公式の文書で確約した。

　その際、日米は軍事を含む包括的かつ永続性のある同盟関係を結び、既存の日英同盟と合わせ、日米英三国同盟を結んだ上で、いまだ未開のアジア地域に黎明（れいめい）をもたらす存在となるべきだと力説した。

　これは瀬戸際にある日本が、苦しまぎれに出してきた採算度外視の好条件であった。

　中国大陸への足がかりを喉から手が出るほどほしかった合衆国政府は、理想主義を掲げるセオドア大統領の思惑もあり、日本政府が出したこの破格の条件を受け入れることにした。

合衆国はロシア帝国を封じ込めるため、大英帝国を巻き込んだ上で、これ以上、日本とロシアが戦争を行なえば、英米のアジア利権に重大な侵害が生じると警告を送った。

その上で、もしロシアに英米と敵対する意志がなければ、早急に日本との講和を結び、戦争を終わらせるべきであると盛大に喧伝(けんでん)しはじめた。

ロシア帝国としても、長く続いている圧政のせいで国内に不満分子が急増している背景もあり、講和条件によっては応じるとの返答を行なった。

その結果、以下の条件での講和が成立したのである。

一、ロシア沿海州から朝鮮半島北部までの帯状地域をロシアが併合する。
二、旅順港は国際共同港として、非武装中立地域とする。
三、満州中央部および南西部は、合衆国・英国・日本の共同統治地域とする。
四、ロシアと満州の境となるアムール川を挟み、双方一〇キロ幅の非武装地帯を設置する。
五、山東(シャントン)半島は大英帝国へ委任統治される。朝鮮半島南部は米国および日本の共同統治地域とする。遼東（リャオトン）半島はロシア委任統治領とする。
六、戦時賠償は、双方ともに請求しない。
七、日露両国は、暫定的に一〇年間の不戦条約を締結する。

これが、アメリカ東部にあるポーツマスで締結された講和七ヵ条である。

実質的に負けていた日本に対しては厳しく、英米露に相当の利がある条約だった。

だが帝国政府は、日米英同盟による戦後のアジア開拓を優先させるほうが結果的に利益になるとして、長期的視点に立ち、損してのちに得を取る大戦略を実行したと国民に説明し、なんとか体面を保った。

また、ヨーロッパにおいても、見逃せない動きがあった。

当時のプロイセン（ドイツ帝国）において、日露戦争の混乱に乗じ、ロシア国内に民衆革命を起こさせようとする動きが台頭していた。

事実、ドイツに滞在していたロシア社会主義労働党の党員たちが、密かにロシアへ潜入し、事あれば決起するよう命じられていた。その中には、ボリシェビキ派の筆頭であるウラジミール・レーニンもいた。

しかし、日露戦争を実質的勝利で終えたロシア帝国政府は、皇帝権限の強化を全面に打ち出し、戦後、真っ先に国内不満分子の粛清を行ないはじめたのである。

ロシア潜入直後のレーニンたちも、この粛清に巻き込まれた。

結果、ロシア社会主義革命は、萌芽の段階で潰されてしまった。ここにレーニンたちが夢見た労働者たちの国家……ソビエト連邦は夢物語となったのである。

ひとまず国内の安定を取りもどしたロシア帝国は、労働者階級の不満を解消するため、積極的な極東開発へ乗り出した。

そのため数百万ものロシア人が、沿海州から北朝鮮北部に至る帯状の新ロシア領へと移住してきた。

ただし、北緯三八度線で線引きされた日米統治領との境界線や、旅順港が国際共同港に指定された関係で、ロシアは軍港として整備できる新たな不凍港を確保することが急務となった（遼東半島はロシアへ委任統治されたが、遼東半島そのものが非武装地帯となったため、実質的にロシア海軍の軍港を設置するのは不可能となった）。

そこで太平洋へ直に出ることが可能な、北朝鮮西部にある旧ナムポ湾／現在のツアーノブルグ港に着目し、そこにウラジオストクを上回る本格的な軍港を建設しはじめた。

そして一〇年の歳月を経て、ツアーノブルグ港は、ロシア太平洋艦隊の母港となったのである。

なおウラジオストクは、日本海防衛を中心とする地方艦隊——沿海州艦隊（ロシア太平洋艦隊所属）の母港へと変更された。

いくつかの海峡で容易に封鎖できる日本海と違い、東シナ海に面したツアーノブルグは、一年中誰はばかることなく太平洋へ出撃できる。

むろん、これを容認する米英ではなかった。

日米が統治する南朝鮮には、日英米三国同盟に基づき、各国の派遣軍が常時駐屯するようになり、ロシア軍に対する徹底監視を実施しはじめたのだ（日本は軍備再編のため朝鮮派兵を躊躇（ちゅうちょ）したが、合衆国の強い要請により、最低限の陸軍三個師団を派遣することになった）。

とどのつまり……。

一〇年後の日露不戦条約が切れた時点で、極東は日米英露が睨み合いを続ける冷戦の場と化したのである。

これらの事情があったため、ヨーロッパにおいて第一次世界大戦が勃発した時も、日米は英国支援に動いたものの、ロシアは中立を守り、初めての世界大戦に参加することはなかった（第一次世界大戦は、ドイツによるヨーロッパ侵略が中心となった）。

大日本帝国は日米英三国同盟樹立を受け、また日露戦争の苦い経験から、太平洋全域に睨みをきかせる大洋海軍ではなく、相手を極東ロシア海軍に特化した祖国防衛海軍の編制に邁進していた。

そのため遠いヨーロッパへの単独遠征は事実上無理であり、よって第一次大戦への参加は、陸軍四個師団相当を英国のスエズ防衛へ派遣するにとどまった。

なお日本における第一次大戦は、太平洋に点在するドイツ植民地の制圧を日米が担当した結果、実質的にスエズ派遣のみとなった（日本派遣陸軍は、インドを拠点とする英国極東艦隊に便乗するかたちで現地へ移動し、海軍は英海軍の後方支援のみを行なった）。

第一次大戦後、世界は戦勝国と敗戦国に分かれ、少数の中立国となったロシアは、世界全体を巻き込んだ利権争奪戦の蚊帳の外へ置かれる結果となった。

そのせいでロシア国内の景気が大きく悪化し、なんとか抑え込んでいた平民階級の不満が、日露戦争の頃にも増して大きくなってきた。

そこに再び、ドイツ国内で台頭してきたナチス党が、ロシアに国家社会主義労働党を定着させるため、多数の党員を送りこんだのである。

なお帝政ドイツは、一九二八年に発生したナチス党による直接的なクーデターにより終わりを迎えている。

一九二〇年に結党したナチス党が、わずか八年で政権を奪取したのだから、いかにナチス党が国民の支持を受けて急速に発展・拡大したかが、この一件を見てもわかるだろう。

レーニンの時は失敗したが、今度は成功した。

ロシア国内に潜伏していた国家社会主義者たちと連携をとったロシアナチス党は、夏季休暇をとっていたロシア皇帝一家を、夏宮殿急襲という強硬手段で惨殺、ただちに民衆革命の火の手があがったことをロシア全土へ喧伝しはじめた。

この動きに、ナチスドイツのヒトラーはもちろん、イタリアファシスト党のムッソリーニやスペイン人民戦線のフランコ総統が全面的な支持を表明し、ナチスロシアを正式な国家として承認する旨（むね）の公式声明を発表した。

ロシアのナチス革命は、民衆を抱き込むかたちで全土へ広がり、わずか一年半の短期間で、ナチスロシアという名の新国家が誕生してしまったのである。

その際、容赦ない貴族階級への粛清とナチス主義の徹底具現化に邁進した功績が認められ、当初は地方の役人にすぎなかったヨシフ・スターリンが、一気にロシアナチス党の幹部へとのしあがってきた。

スターリンは、弁舌に長けた特技を存分に生かし切った。初めてロシアへ訪問したヒトラーを盛大に歓迎し、ロシアの天然資源と人的資源の惜しみない提供を申し出ることにより、ヒトラーの忠実な下僕を演じることに成功したのだ。

その結果、スターリンはヒトラーの信任を得て、初代ナチスロシア首相へ就任することができたのである。

この仕組まれた国家社会主義労働者革命により、日米英を中心とする西側諸国は、国家社会主義に対して深刻な懸念を表明した。

だが、時の英国首相アンドルー・ボナー・ローによる、東西衝突を避けて穏便に国際宥和をなし遂げようという声に、戦争に辟易していたヨーロッパ市民が同調してしまった。

この愚策により、西側諸国は抜本的な対策がとれないまま、ナチス主義の全世界的な台頭を許す結果となったのである。

元祖ナチス党の党首であるヒトラーは、イタリアのムッソリーニとスペインのフランコ、そしてナチスロシア首相のスターリンを抱き込み、ユーラシア大陸にまたがるナチス連邦国家群を形成するよう呼びかけ、それらを総称して、ナチス第三帝国と呼ぶことを推奨した（正式名称はナチス連邦）。

同時にナチス国家群をまとめる代表として、ヒトラーは自らナチス連邦総統に就任し、連邦基盤を磐石なものとすることに成功した。

連邦形成と同時に、イタリアとスペインもナチス党の一党独裁となり、それぞれムッソリーニとフランコが首相に就任した。この際、両国の首相支持率は、じつに九八パーセント前後に達したという。

この全世界的なナチス化の波に、あやうく合衆国も呑まれるところだった。

もともと自由の国だけに、国内での北米ナチス党の活動を許した結果、一時は破竹の勢いで勢力が拡大したのだ。

しかしヨーロッパにおいて、あからさまな覇権独裁主義を実行しているナチス党に、フランスやオランダ、大英帝国などが非難の声をあげるにつれて、合衆国国内においても、近代共産主義と近代社会主義（原始共産制を除く）は、人類の本質をネジ曲げる根元悪の思想との理解が進んだ。

そして、当時の強引な勢力拡大が違法とされた北米ナチス党は、ついに国家転覆罪の適用を受け、非合法化されることになった。

これを合衆国では、ブラック・パージと呼んでいる。語源はナチス党のシンボル、ハーケンクロイツの色からきている。

しかし、時すでに遅し。

いち早くナチス党が手を伸ばした南米において、ブラジルとアルゼンチンがナチス革命を成就、他の地域を巻き込み、ついに南米全体がナチス化してしまった。

その勢いは止まらず、パナマを除く中米に波及。なんとメキシコとカリブ海諸島もナチス化するに至り、ようやく北米の合衆国とカナダは、ナチス主義を自由主義諸国共通の敵だと断じるに至った。

そして一九三六年、世界はナチス世界と西側世界に二分され、いつ衝突が起こってもおかしくない雰囲気が漂いはじめた。

これまで戦争が勃発しなかったのは、先代のロー英首相の政策を受け継いだチェンバレンによる、ヨーロッパ宥和主義によるものが大きかった。

だがそれ以上に、新興勢力であるナチス諸国が、まずは国力増大のためのナチス世界構築を最優先にしたことがあげられる。

ようは戦争の準備が整うまで、ヒトラーは猫をかぶったことになる。

広大な資源大国ロシアを背景として、さらにはナチスイタリア領ソマリア、ナチスアフリカ戦線（まだ国家認定されていない）が占領しているアフリカ南東部の資源地帯、眠ったままの南アメリカ大陸資源……。

中東のナチスペルシャ（イラクと湾岸地帯、イランでのナチス革命の結果誕生したイラン主導の新国家）の石油資源などなど……これらをもとに、高度な科学力を有するドイツが加わり、第二の産業革命とまで呼ばれる大発展へとつながったのである。

世界の採掘可能な資源総量（一九三五年の概算推定量）から見ると、すでにナチス勢力の支配地域に存在するもののほうが多い。

この事実に愕然（がくぜん）とした西側諸国は、いずれナチス勢力との雌雄（しゆう）を決する大戦争へ発展すると確信した。

その戦争は、どちらか一方が滅びない限り終わらない。互いに水と油のような主義主張のため、一方が他方を殲滅（せんめつ）しない限り、世界に戦争の火種が残ることになる。

そこで両陣営ともに、最優先で軍備拡張に邁進しはじめた。

幸い、スエズとパナマの二大運河は自由主義世界のものだ。この二箇所を押さえている限り、世界の海は自由主義世界の支配する場となる。

この現実的判断に基づき、自由主義世界は海軍を大増強しはじめた。

対するナチス諸国は地続きの利点を生かし、大陸国家らしい陸軍大増強へと邁進した。

そして……。

まず、ドイツとイタリア／スペインの圧力に耐えられなかったフランスが、ナチス党を合法と認めてしまった。

同時にドイツ・イタリア・スペイン三国による軍事進駐が発生、派遣軍監視下の選挙において、ナチスフランス党が独裁政権を樹立したのである。

この暴挙に英国が即座に反発し、ドゴール率いる自由フランス臨時政府の樹立を承認、イギリス国内にフランス亡命政府が設置された（現在は合衆国へ移動している）。

次にオランダを含む西ヨーロッパ残存諸国、そして北欧三国まで、ほとんど強制に近い軍事圧力のもと、次々とナチス党独裁国家が誕生していった。

ここに至り、英国のチェンバレンは宥和主義の間違いに気づき、責任を取って首相を辞任、後をチャーチルにゆだねることになった。

だが、その時点ですでにヨーロッパは、英国を除きすべてナチス化した後だった。

のちに『二〇世紀における世界秩序の大混乱』と呼ばれる時期が、一九四一年まで続いた。

そして一〇年におよぶ睨み合いの末、両陣営の衝突は、ついに極東において勃発したのである。

第1章　悪夢の始まり

1

一九四一年五月二八日　板門店（パンムンジョム）

ナチスロシア軍と三国連合南朝鮮派遣軍のあいだでは、朝鮮半島が三八度線によって分断されてから今日まで、ただの一度も軍事衝突を起こしていない。

境界線こそ双方ともに二重の電流柵で封鎖しているものの、幅五キロもの広い無人緩衝地帯を設置してあるせいで、偶発的な戦闘など起こりようがなかったのだ。

しかも板門店自体、ロシアが北朝鮮地域を併合して境界線が引かれた段階で、緩衝地帯の真ん中にあるという理由で、双方の勢力によって、完全な無人化と爆砕による村ごとの撤去が断行された。

つまり、国境線周囲に一般人が生活する場がないため、もはや軍同士による衝突以外に偶発的紛争は起こり得なくなったのである。

それは今年の四月二日、ナチスチャイナ党（中国の呼び名では、国家社会主義中国労働党）と蔣介石率いる中国国民党政府による全面的な内戦開始後もまったく変わっていない。

事の発端は、ナチスチャイナ党による北京蜂起、および北京全域の独立自治宣言だった。

これを国民党政府が容認せず、軍事力による北京制圧作戦を実施したのである。

「山東半島へ配備されなくて、本当によかったよ。いまあそこは、世界で最も戦死する可能性の高い出撃基地と化してるからな」

板門店地区の南にある南朝鮮側フェンス沿いの警備路を歩きながら、前島健吉一等兵は、横でフェンスをチェックしているデビッド・カールソン一等兵に声をかけた。

前島は大日本帝国陸軍・第二軍第一六歩兵師団に所属する兵で、カールソンは大英帝国陸軍・極東軍第四歩兵師団に所属している。

ただし現在は、二人とも三国連合南朝鮮派遣軍への国際派遣兵として、釜山(プサン)に設置されている連合朝鮮派遣軍司令部の隷下(れいか)にあるため、指揮系統からすると連合派遣軍に所属しているといったほうが正しい。

なお極東地域には、三国連合の満州派遣軍／朝鮮派遣軍／太平洋派遣軍／南方派遣軍／インドシナ派遣軍が存在し、それらを統括する連合軍極東総司令部が、日本の市ヶ谷にある帝国陸軍総司令部に併設するかたちで設置されている。

この状況を見てもわかる通り、日本国内には在日米英軍が常時駐留している。

いずれも帝国陸海軍の基幹基地を間借りするかたちになっているが、連合海軍の横須賀鎮守府／呉鎮守府／舞鶴軍港／佐世保軍港／大湊(おおみなと)軍港に居並ぶ各国の軍艦の威容を見ると、いかに極東が世界の中でも緊張地帯であるかわかるというものだ。

さらには、日米軍事同盟に基づく米軍単独の陸軍基地が、九州の久留米と北海道の札幌、台湾の台北に設置されている。

その他では、米海兵隊の出撃拠点として沖縄の那覇基地が存在している。

英陸軍は、台湾の高雄に極東司令部を置き、福岡と大阪に基幹基地を置いているのでもわかるように、米軍が日本全土の防衛を担っているのに対し、英軍は西日本から台湾にかけてを集中防衛するかたちとなっている。

ここだけ強調すると、あたかも日本が米英に占領されているように感じられるが、実際にはそうではない。

日本陸海軍もまた、合衆国のサンフランシスコとヒューストンに海軍基地を確保し、パナマとニューオリンズ／フィラデルフィアに陸軍基地を設営しているからだ。

英国領域では、帝国海軍がインドのコロンボ港に基幹軍港を設置し、帝国陸軍もボンベイにインド派遣軍司令部（数個師団規模）を設置している。

そこからスエズへ陸軍部隊が派遣された（さすがに英国本土は、あまりにもヨーロッパ本土に近いという理由で設置が見送られたが、いつでも合衆国本土経由で派遣軍を送りこめる態勢が整えられている）。

このように、日本はすでに国際秩序の一員に組み入れられているため、ナチス勢の全世界的な台頭も、海の彼方の出来事と傍観できる状況ではなかった。

現在では、南朝鮮とスエズ／パナマ、そして英国本土は、ナチス勢に対抗する最前線と目されている。

最前線といえば、合衆国と地続きのナチスメキシコもそうだが、さすがにナチスメキシコ単独で合衆国と事を構えたりすれば、またたく間に合衆国陸軍に国土を蹂躙されるとあって、ナチス連邦内でも例外的に、かなり宥和的な外交活動を行なっている。

しかし、いかに宥和的とはいえ独裁国家には違いなく、もしナチス連邦の総意として世界大戦が勃発した場合には、いずれ合衆国との戦争に巻き込まれると想定されている。

むろん満州も例外ではないが、満州は合衆国と日本の利権が直接的に絡んでいるため、両国とも自国指揮下の正規軍を派遣し、いつナチスロシアに攻め込まれても対処できるよう準備を怠っていない。

ただ満州では、日米の立場の差が出ていることも確かだ。

日露戦争終結の仲介をしてもらった日本は、合衆国に対して巨大な借りを作ってしまった。それが現在の、満州北半分を日本軍が担当し南半分を米軍が担当するという、軍事的にいびつな構図に繋がっている。

万が一、ロシアが南下してきた場合、まずは日本が身をもってせき止めろというわけだ。

この強引ともいえる措置に日本が従ったのも、合衆国に国家滅亡の危機を救ってもらったという、最大級の恩義あってのことだった。

ともあれ……。

いま会話している二人――前島とカールソンは、南朝鮮を防衛するために派遣された軍人であり、一種の多国籍軍として機能している。

これは二人の直属上官で、前を歩いているマイク・アンダースン軍曹がアメリカ合衆国陸軍所属であることでもわかるだろう。

また、連合派遣軍の共通言語が英語ということもあり、日本本土では日露戦争後の一九〇七年より、尋常小学校から英語を第二国語として教えるようになっている。

そのせいで、なおさら外国人同士という感触がなくなっていた。

「青島（チンタオ）の英海軍基幹基地はまだましだが、濰坊（ウェイファン）の英陸軍基幹基地は地獄みたいだな。だいたい三国連合軍は、中国内戦には正式参戦していないんだから、あそこまで戦死者が出るとは誰も思っていなかったはずだ」

カールソンは英国人らしい歯切れのよいキングスイングリッシュを口にしているが、聞いたところでは平民階級出身らしい。

それでもイギリス国民との自負があるらしく、第六分隊の中ではジェントルマンとして通っている。対する前島は東北の農家出身のため、どうしても気おくれしてしまう。

「でもさ、今年になってナチスロシアが、ナチスチャイナ党に軍事顧問団という名目で正規軍を送りこんだせいで、合衆国も中国国民党政府へ義勇航空隊を送りこんだよな。あのフライングタイガースとかいう航空隊は、どう考えても合衆国による内戦直接関与だろ？

だけど、所詮(しょせん)は航空戦力のみだから、陸軍を派遣したロシアのほうが有利……そこで三国連合軍は、濰坊基幹基地に配備していた英領山東駐屯軍を、国民党政府からの治安維持要請という理由をつけて、強引に天津にまで移動させた。

すでに北京はナチスチャイナの手に落ちている。国民党政府は、首都の南京を死守するつもりらしいから、その途中にある天津は最前線だぜ？　当然、北京からくり出してきたナチス勢と本格的な戦闘になるってわかってたのに……」

前島の言う通り、ナチスロシアが本格介入した中国内戦は、すでに内戦の枠を超え、ナチス連邦と三国連合との代理戦争と化している。

四月二〇日から二六日にかけて行なわれた天津(テンチン)北部防衛戦では、中国国民党軍に一万六〇〇〇名余、連合派遣軍も八四〇〇名余の戦死者を出す激戦となった。

それだけナチスロシア軍（ナチスチャイナ軍を含む）の打撃力が大きかったことを意味する戦いだったが、結果的に天津の連合軍は、北京方面はわずか八キロ、満州方面も二五キロ地点までしか確保できておらず、現在もじわじわと包囲網を形成されつつあった。

対するナチス勢は、天津と満州国境までの二〇〇キロあまりを制圧し、そこにある秦皇島に橋頭堡を確保している。

その上で、北朝鮮のツアーノブルグ港から、海路にて、続々と増援や物資を運び込みはじめた。

ナチスドイツの高度な科学力を駆使して設計され、ロシアの豊富な資源と労働力で大量生産された軍装備が、シベリア鉄道で北朝鮮までピストン輸送され、ついに中国本土へ到達したのである。

そして最悪なことに、天津の北部を取られたせいで、天津を迂回した敵の物資や装備が、一部北京まで送られている。

このまま放置すると、いずれナチスチャイナとナチスロシアによる、全面的な中国大攻勢に繋がる……。

かといって満州にいる日米派遣軍は、狭い遼東湾しか出入口がない。

そうでなくとも、北でナチスロシア本土と接している関係から、安易に動くことができない。

もし満州派遣軍が中国支援のため天津方面へ進撃すれば、すぐさまナチスロシア軍が背後や側方から侵略しはじめるだろう。

いまのロシア軍は、かつての帝政ロシア軍とはまるで違っている。

ナチス連邦に所属した結果、古風な人海戦術を捨て、重装備かつ高速機動が可能な近代軍へと生まれ変わったのだ（もっとも、これは三国連合軍にも言えることだが）。

とくに脅威なのは、狭い未舗装の道路でも縦横無尽に高速移動する、三号戦車と呼ばれる小型の中戦車である。

整備されていない中国国内の道路は、路面が荒れているだけでなく、じつに幅が狭い。

もともと馬車や牛車、そして人の往来が大前提のため、車幅のある大型機動車輌の場合、車輪や履帯が道をはみ出してしまうのだ。

かといって道を外れると、そこは畑や田んぼであり、そうでなければ湿地帯のことが多い。そこでは履帯を持つ大型戦車でも、簡単に沈みこんで動けなくなる。

ロシアは広大で平坦、しかも凍土などの固い地盤を持つ大地を有しているため、これまで大型戦車を数多く生産してきた。だが、こと中国派兵に関しては、ナチス連邦府の判断もあり、小型軽量の高速戦車を投入してきたのである。

これは日本のドクトリンと同じであり、従来の日本戦車が軽量かつ小型なのは、主に中国大陸や南方で行動することを大前提にしたからだ。

ただし三国連合を結成し、満州防衛が重要任務になると、大平原における大型戦車戦を考慮しなくてはならなくなった。

しかし、日本陸軍にそのノウハウがなかったため、主に大型（といっても二〇トン以上）の戦車は合衆国陸軍の車体とエンジンを輸入し、砲塔および戦車砲のみを日本で生産している。

そうして当座をしのぎつつ、大型戦車の製造技術を学ぶことで、いずれは自主生産を可能にする予定になっていた。

その点でナチスロシア軍は、最初から合衆国陸軍と同じ立場にあるせいで、大型戦車の製造ノウハウも持っている。

その上、ドイツから最新の科学技術を伝授されたのだから、それまでは凡庸な性能だったロシア戦車も、ドイツに引けをとらない高性能なものへと進化している。

これと命中度の高い大量の八センチ野砲、遠距離からの大破壊を可能とする一五センチ加農砲を用いて、進撃路にあるあらゆるものを粉砕する。それがナチスロシア軍の基本戦略となっていた。

むろん地域を面で確保するには、どうしても歩兵が必要になる。その歩兵の多くは、ナチスチャイナ軍が受け持っている。

もとが民衆革命軍であるナチスチャイナ軍は、軍事的に見れば訓練されていない素人の集まりに近い。それを即席で鍛えても、歩兵に仕立てるのが精一杯だ。

しかし、元農民を主体とする人民軍のため、数だけは多い。

なにしろ彼らは正規軍ではなく、半農半軍の屯田兵に近い。戦争していない時には農民や工員、鉱夫、漁民、猟師に早変わりするということは、中国の第一次産業に従事している何割かの人民が、そっくりそのまま歩兵に化けることになる。

その数は、二〇〇〇万とも三〇〇〇万以上とも言われている。

したがって、いかに国民党軍が近代兵器と正規軍で対応しても、とても壊滅できる存在ではなかった（この時代の中国の総人口は、おおよそ六億と推定されている。つまり潜在的な予備兵力は、まだ腐るほどいることになる）。

毛沢東率いるナチスチャイナ軍は、ドイツで設計され、ロシアで量産されたカラヴィナ・ナガン小銃――ＫａｒＭ99Ｎ（寒冷対応仕様）を装備し、一部にはなんと、トカレフ・ワルサー31半自動小銃まで配備しているらしい。

対する三国連合軍の主力歩兵装備は、日本の三八式歩兵銃をアメリカで改良規格化した八八式ボルトアクション式小銃（日本の制式呼称、合衆国ではM30ライフル銃）であり、一部の合衆国陸軍部隊へ、試験的にM40ガーラント半自動小銃が配備されはじめた程度だ。

なお、日本軍では皇紀が年式に採用されているのに対し、合衆国軍は西暦を制式装備に使用しているため、じつにややこしい。

これを統一しようという動きもあったが、さすがにそこまで大日本帝国が譲歩するのは問題ありとして、いまに至っている。

中国国民党軍に至っては、ドイツ帝国時代にライセンス生産した漢陽八八式小銃が主戦力……。

いずれ連合軍から新型武器が供与されることになっているが、あくまでそれは連合軍の装備更新が完了してのちになる。

こうなると、数が同じならナチス勢のほうが優勢となる。

肝心の補給も、今回の渤海湾を経由する海路確保で磐石（ばんじゃく）となった。

その他でも、弾薬などの消耗品は、モンゴル経由の陸路で継続的に行なわれているため、ナチス勢が補給切れを起こす心配はない。

結果……。

天津を守っていた山東駐屯軍と中国国民党軍は、恐ろしいほどの被害を出しつつ、絶望的な戦いを強いられたのである。

「おい！　二人とも無駄話をするな。手が遊んでるぞ!!」

前を警戒しつつ歩いていたアンダースン軍曹が、いきなりふりむくと怒鳴った。

その瞬間……。

前島の後方に続いていた残り三名の分隊員が、いきなり迫撃砲弾の爆発に巻きこまれた。

前島の左頬のすぐ横を砲弾の破片が、空気を切り裂く音と共に飛び去っていく。

当たっていれば前島の命もなかった。

「……敵襲？」

反射的に地面へ伏せたカールソン一等兵が、まだ信じられないような声で呟く。

前島も一寸遅れて伏せ、視線だけ上にむけて、攻撃してきた方向を見定めようとした。

また、一発。

続いて三発。

五月雨式に周囲へ迫撃砲弾が落ちる。

その間も絶え間なく、小銃の乾いた発射音がしている。

「南方八〇〇、発射煙！」

短いアンダースン軍曹の叫びが聞こえた。

「南……味方の誤射ですか!?」

板門店より南は、三国連合が統治する地域だ。

南朝鮮は、正式な国家ではない。

ただ、自由主義陣営の一員ということを強調する意味で、南朝鮮国民政府なる自治組織が置かれているものの、実質的には三国連合軍司令部による軍政が敷かれている。

また、国ではないため国軍は存在しないが、三国連合軍の補助的役割を果たさせるため、南朝鮮保安隊という名の準軍事組織（対外的には治安維持組織と発表されているが、警察活動はほとんど行なっていない）が編制されている。

だから、これらの事情を知っている前島は、境界線を防衛するために配備されている南朝鮮保安隊が、間違って迫撃砲を撃ったと思った。

軽火器しか与えられていない練度未熟な保安隊のため、なにかと事故が頻発している。

それでもないよりはましとして、境界線防衛の最前線に多数配備された。それが原因の事故が多発しているのだから、連合派遣軍にしてみれば、冗談ではすまされない事態となっている。

前島は、それがまた発生したのかと思ったのだ。

「わからん！　カールソン、生きてるか？　無事なら小隊に無線で緊急連絡しろ!!　小隊長に判断を仰ぐ」

そう言った途端、カールソンが背負っている大きな歩兵携帯無線機が、呼び出しを知らせる小さな金属音をたてた。

野戦で使用する短距離携帯無線機のため、敵に所在を知られないよう呼び出し音は小さい。どちらかというと、呼び出し音を立てる打鍵の振動のほうが、よほど感知しやすかった。

すぐにカールソンは受話器を取り、相手と話しはじめる。

この九七式野戦携帯無線機（日本呼称）は、通常は鉛蓄電池で稼動するが、電池が切れた場合、備えつけのハンドルをまわすことで充電可能となっている最新鋭の装備だ。設計はイギリスで行なわれ、量産は日米両国内で行なわれている。

しかし、所詮は真空管を用いた装置のため、総重量は二五キロと重く大きい。

そのため通信兵は自分の背嚢を背負うことができず、そのぶんは他の分隊員が分散して背負っている。

「分隊長！　これは敵襲です!!　我々だけでなく、あちこちの境界線において、ナチスロシア軍に指揮された朝鮮人民解放軍が地下トンネルを通って南側に展開、奇襲をかけているそうです!!」

多方面における大規模奇襲……。

これは明らかに、ナチス勢による南進の始まりだ。それに気づいたアンダースン軍曹が、一瞬、息を止めた。

ナチスロシアは中国本土だけでなく、朝鮮半島をも手に入れようと画策していた。

そしてそれは、いずれ満州に対する全面侵攻へ繋がっていく。

すなわち、極東大戦の始まりである。

それに気づいたアンダースンだからこそ、一瞬だが言葉を失ったのである。

しかし、すぐに我にかえって叫ぶ。

「それで……小隊長はなんと言っている！」

「西側に敵の侵攻していない場所があるそうです。ここから四〇〇メートルほど西。そこまで、なんとかしてたどり着き、ともかく南四キロ地点にある板門店大隊基地まで戻れとのことです。

まずは部隊を集結させ、大隊規模で応戦するそうです！」

「わかった。分隊全員、西四〇〇メートル地点に集合しろ。負傷者がいれば、なんとか連れて帰れ。だが、無理はするな。行くぞ！」

わずか四〇〇メートル。

しかし、迫撃砲や小銃に狙われているため、草木に隠れつつ匍匐前進するしかない。

そうなると、この距離は気が遠くなるほど遠い。

前島は、ちらりと背後をふり返った。

そこには、後輩の森戸和樹二等兵が倒れているはずだ。森戸と一緒にいた米英兵二人も被弾したのは間違いない。

しかし、そこに動く者はいない。

先ほどの迫撃砲弾は、三人の真ん中で炸裂した。

おそらく助からない……そう思い、救助を断念した。いまは、自分が助かることのみに専念すべきだ。

日米英連合軍では、戦闘時においては戦闘可能な兵士が最優先であると教わった。

負傷した兵士は、戦闘が終了してのち救助することになっている。それに従うしかない。

最初の八〇メートルは完全に匍匐で移動した。居場所を知られたら終わりのため、草一本揺らさぬよう細心の注意をはらう。

そののちの二二〇メートルは、敵の攻撃を警戒しつつ、四つんばいの状態で移動した。

そして残りの距離は、中腰になって走った。

その間も頭上を何発も銃弾が飛び去っていく。

だが、こちらの所在を知られないよう、一切の応戦を行なわなかった。

四〇〇メートル西の地点へ到達すると、銃声がやや遠退いた。それを確認したアンダースン軍曹が、ようやく立ち上がり、南にむけて全力退避しろと命令した。

かくして……。

あやうく命を落としそうになった前島健吉は、九死に一生を得た思いを感じつつ、我を忘れて大隊駐屯地のある地点まで遁走（とんそう）したのである。

——朝鮮半島において、ナチスロシアが南下を開始！

この第一報は、最優先の暗号電信によって、一時間とたたぬうちに三国連合各国へと伝えられた。

＊

そして四時間後には、日米英と同盟関係にあるカナダ／オーストラリア／ニュージーランド／タイ王国が、同盟規約にある参戦条項に従い、即時参戦を表明した（日本は米／英／タイのみの個別同盟を結んでいる）。

続いて英国の保護下にあるエジプト、英領インド／サウジアラビア、亡命フランス／亡命オランダが、ナチスロシアを強烈に非難する声明を発表した（南朝鮮／台湾の統治領、東南アジアの各国植民地は、独自に意志表明をする機関がないため、宗主国の総督府が非難声明を出している）。

皮肉なことに肝心の中国国民党政府は、一二時間もたってから、ようやく正式にナチスロシアへ宣戦布告している。

これに対し、ナチス連邦を束ねるヒトラー総統は、ドイツ発の短波ラジオ放送を用いて応じた。そのメッセージの要約は、次のようになっている。

『ナチスロシアに対する宣戦布告は、ナチス連邦すべてに対する宣戦布告にほかならない。よってナチス連邦憲章にある共同参戦条項に基づき、総統権限を行使する。ナチス連邦は、日本／英国／米国／カナダ／オーストラリア／ニュージーランド／タイ王国（及び従属国と植民地）に対し、全連邦所属国家の総意として、自由主義国家連合に対し宣戦布告に応じる』

かくして……。

日付が二九日に変わった頃には、ほぼ世界の大半が二陣営のどちらかにつき、完全に世界大戦の開始状況となったのである（その他の地域は国家として成立していない地域のため、総称して『無政府地域』と呼ばれるようになった）。


「ロシア海軍の動きは？」

横須賀鎮守府内にある大日本帝国海軍総司令部に、落ち着いた声が響いた。

現在の日本海軍の大元締めは、日本海海戦の敗北により、呉ではなく横須賀に変わっている。より帝都に近い場所を集中して守るためである。

ちなみに呉鎮守府は、現在も基幹軍港を意味する鎮守府の名こそ残っているが、あくまで地方軍港の一つとなっている。

余談だが、海軍大拡張に伴い海軍兵学校も、横須賀と呉の江田島、舞鶴鎮守府との三箇所となり、それぞれ横須賀兵学校、江田島兵学校、舞鶴兵学校と呼ばれるようになった。

これにより、従来の海軍序列に深く関係していた海兵卒業成績も、現在では兵学校卒業試験を三学校共通（同日開催）にすることで、その成績をもって判断されるようになった。

いま声を出した主は、海軍総司令部長官の米内光政（よないみつまさ）大将だ。

この役職は、以前は海軍軍令部総長と呼ばれていたが、連合海軍が発足したことで、同盟各国海軍が組織的に共通の呼び名を採用したことにより、新たな名称となった。これは陸軍も同様である。

あの日本海海戦において、数多くの有能な若手将校が戦死した。

そのせいで日本海軍は、旧海兵三〇期から三五期にあたる優秀な人材が極端に不足することになった。

なかでも当時、少尉候補生として将来を期待されていた高野五十六（いそろく）／及川古志郎（おいかわこしろう）の戦死は、いまとなっては痛いどころの騒ぎではない。

新米少尉として参戦した嶋田繁太郎、その上官だった高橋三吉中尉も戦死している。

重鎮としては、有馬良橘中佐が東郷元帥と運命を共にし、瓜生外吉第四戦隊司令官（当時）も、防護巡洋艦『波速』と共に日本海へ沈んだ。

これらの犠牲の上に、帝国海軍は新たな戦後を踏みだしたのである。

「ウラジオストクにいるロシア沿海州艦隊は、駆逐部隊や潜水艦を出撃させたものの、もっぱら湾口周辺の防衛に徹している模様です。反面、ツアーノブルグ港のロシア太平洋艦隊は、東シナ海の朝鮮半島寄り全域を支配下におくため、主力艦隊の一部までくり出しています。

そのうちの一個巡洋戦隊を中核とする艦隊が、南進中の敵陸軍を支援するため、すでに京機湾に入っています。なかでも中核艦となるボロネジ級戦艦二隻は、優勢な主砲射程を生かし、京城西方地域に対し艦砲射撃を実施している模様です」

ボロネジ級戦艦と聞いて、会議室に驚きの声があがった。

とくに驚いているのは、海軍総司令部に隣接して設置されている三国連合海軍極東司令部長官（合衆国極東派遣艦隊司令長官を兼任）のチェスター・ニミッツ中将だった。

「いくら古参の戦艦とはいえ……ロシア太平洋艦隊の中核艦を最前列に出して艦砲射撃だと!?　あまりにも我々を舐めすぎてはおらんか」

これに対して反論したのは、台湾の高雄に極東司令部を置く、大英帝国海軍極東艦隊司令長官のサー・ジェームス・サマービル中将である。

「ロシア太平洋艦隊には、一昨年に二隻の最新鋭戦艦が配備されています。これにより既存の六隻から八隻へと、大幅に戦力を拡大しています。もとが六隻態勢だったのですから、もし二隻に被害を受けたとしても作戦遂行に支障なしと考えているのでしょう」

たしかにサマービルの言う通り、ロシア太平洋艦隊におけるボロネジ級の位置は、上位にある新鋭艦四隻に比べると低い。

しかし対地砲撃を行なうだけなら、さらに古い帝政時代のガンクート級戦艦やマリーヤ級戦艦でもよいはず……。

事実、ガンクート級戦艦のペトロパブロフスクとセバストポリが、ロシア太平洋艦隊には配備されている。ウラジオストクには、さらに古いマリーヤ級戦艦もいるが、さすがに古すぎて出てくるかどうか不明だ。

とはいっても、ガンクート級戦艦だと最大速度が二三ノットのため、すでに艦隊中核艦からは外され、もっぱら基地防衛用に温存されていると見なされていた。

「クロンシュタット級二隻はともかく、艦名すら判明していない最新鋭の二隻を戦力に入れるのは、まだ時期尚早では？」

二人の論争に割って入ったのは、日本海軍艦隊司令長官の古賀峯一（みねいち）中将だった。

旧海兵二四期の古賀は、日本海海戦の時には陸にあがっていた。もともと海兵時代の成績が抜群だったため、いずれは海軍中枢を担うエリートとして、もっぱら軍令部内で出世街道を驀進（ばくしん）していたのだ。

そのおかげで戦死せずにすんだが、ぽっかり空いた人材不足の穴はどうすることもできず、異例の抜擢を受けて艦隊司令長官となった経緯がある。

ちなみに帝国海軍連合艦隊の名称は、日露戦争後に日米英連合軍が組織されたため、現在では使われていない。現在における連合艦隊といえば、すなわち日米英連合艦隊を意味している。

古賀まで論争に加わってしまっては、話が進まなくなる。

そこで米内がまとめ役を担うことになった。

「まあまあ……。ともかく宣戦布告して戦争が始まった以上、見て見ぬふりはできますまいて。幸いにも、敵はロシア海軍のみ。こちらは日米英の極東海軍だけでも、少なくとも数は優勢だ。

しかもナチス勢は、まだ空母の有用性について充分に理解しているとは思えない。ドイツ本国にしてから、いまだに稼動している正規空母は二隻のみ……。

ロシア海軍も、正規空母一隻と軽空母一隻を持っているが、うまいことに極東には配備していない。正規空母はバルト海、軽空母は黒海にいることが判明している。

対する我が陣営は、帝国海軍だけで正規空母四隻と軽空母四隻、合衆国海軍が極東に配備しているものが正規空母二隻と軽空母二隻、英国海軍も軽空母二隻を台湾に持っている。

したがって、当面は敵の陸上における侵攻状況を考慮しつつ、空母戦力を中心として敵海軍を叩くことになると思う。間違っても最初に艦隊決戦などしてはならん……と言ってはみたものの、じつのところ儂(わし)は、空母運用についてほとんど無知でな。

いま言った空母の積極運用案は、ここのところ帝国海軍において頭角を現わしてきた若手指揮官……小沢治三郎(じさぶろう)と山口多聞(たもん)が、先日、儂に陳情しにきた内容なんだ。

あの連中は、これからの海軍は空母中心に動くと確信しているらしく、あれやこれや相談しあって、なんとか空母が活躍できるよう陳情しまくっているらしい」

最後が自分の意見ではなく、少将クラスの二人の意見ということで、米内もいさ
さか言いにくそうな感じになっている。
もっとも、ここで海軍の方針が決定するわけではないので、いわば雑談半分とい
ったところだろうか。
ここにいるメンバーでは米内が最高位だが、三国連合海軍としては、さらに上に
合衆国太平洋艦隊司令長官のハズバンド・キンメル大将、さらには英東洋艦隊司令
長官のサー・ジョフリー・レイトン大将がいる。
ハワイとインドにいる二人の意向を無視して、いまこの場で決められることは少
ない。これが現状である。
「空母で戦艦が沈められるんですかな？　まあ、駆逐艦とか軽巡あたりを沈めて敵
戦力を漸減するには役にたつと思いますが……」
煮えきらない会話に苛立ったのか、古賀が不満を口にした。
先に不満を口にして、次に矛先を米内へむけた。
「とはいっても……すでに陸軍が戦闘態勢に入っているというのに、このままだと
海軍が出遅れてしまうのでは？　いま出せる艦を集めてでも、朝鮮方面を支援する
必要があると思いますが」

手駒のはずの古賀に痛いところを突かれた格好になった米内は、かすかに苦笑いしながら答えた。

「そう言うな。すでに事は三国連合だけにとどまらず、各国が結んでいる軍事条約に基づいて即時参戦した国も多い。とくにオーストラリアは、いま懸命になって艦隊や陸軍を派遣すべく算段しているはずだ。

さらに言えば、あのヒトラー総統が、広大な太平洋地域をロシアだけに独占させるはずがない。おそらく南アメリカ方面からの海路侵攻、もしくはパナマ奪取を目論むと同時に、地中海方面からも出てくるはずだ。

また別方面でも、当面の目標として中東のスエズ運河の奪取を行ない、そこを突破口として、最終的には英東洋艦隊を粉砕して太平洋へ出てこようと画策しているはずだ。

もちろん、その時にはイタリア艦隊やロシア黒海艦隊も出てくる。さすがにスペイン艦隊は大西洋で手一杯だろうから、いずれ我々の敵は、独露伊のナチス連邦海軍になるだろうな。

その時のことまで考慮に入れて、これから艦隊編制をしなければならない。

いくら切羽詰まっているからといって、目の前にいるロシア艦隊に全力を投入すると、思わぬところで足をすくわれる。おそらく三国連合の指導者たちも、このことは最重要課題として考えているだろう。

だから我々は、三国連合……いや、いまとなっては自由連合国と呼んだほうがいいか。カナダやオーストラリア／ニュージーランド／タイ王国、それに各亡命政府や統治領および植民地の総督府も仲間に入れないといけないからな。

ともかく呼びかたは上に決めてもらうとして、我々味方全体の意志統一が急務になる。

それが決定し、戦争方針が明確に定められてからでないと、軍としては戦略的に動くことができない。だから、いまできることは、なんとしても朝鮮半島と中国本土を取られないための戦術的判断のみだ」

現状は、極東においてナチス勢の侵攻が始まったばかりであり、肝心のヨーロッパ方面での情報は、まだ入ってきていない。

すでに主要国家同士が宣戦布告している以上、早ければ今夜にも、極東以外でも動きが出てくるはずだ。

よって、その情報も海軍にとっては無視できないものとなる。

あれやこれや……。

ユーラシア大陸の大半と南米大陸すべてを制し、アフリカ大陸の一部にもナチス勢力を植えつけたヒトラーだけに、初動の対応を間違えると、それこそ自由主義陣営が滅ぶことになる。

米内が危惧していることは、現状では、陸上においては明らかにナチス勢のほうが優勢であり、海上においてなんとか優勢を保っている自由主義陣営が開戦冒頭で痛手を受けることは、そのまま全世界的な敗北に結びつきかねないということだった。

世界の海は繋がっている。

ユーラシア大陸は広大だが、その他の大陸とは海で隔てられているか、狭い地域で繋がっているにすぎない。

そこに自由主義陣営の希望があった。

頭のまわることでは有名なニミッツが、米内の意向を汲んで発言した。

「空母運用については、合衆国海軍としても、主に対地攻撃支援を主眼としているが、一部の指揮官……たとえばハルゼー提督とかは、前から空母機動部隊構想を練っているようだ。

日本のほうでも似たようなことを考えている指揮官がいるらしいから、日米英の空母優先主義を唱える者たちに、試験的に空母機動部隊を与えてみてはどうだろう？

もちろん、主戦力の補佐に使用する空母は渡せないが、幸いにも我が陣営の空母は圧倒的多数なので、手頃な艦をみつくろうことで、空母部隊の独立運用も可能ではないかと。

これがうまくいけば、彼らの意見が正しいことが立証できるわけだし、空母建艦の前倒しが実現するかもしれない。むろん……うまくいかなければ、今後の空母建艦計画を下方修正することになるだろう。

さらにいえば、彼らのほうから空母運用を試したいと言っているわけだから、意地でも勝利を手にしようと奮闘努力することは間違いない。そこが狙い目だな。

では……ともかく稼動可能な艦をリストアップし、大至急、連合艦隊や空母艦隊を編制する作業に入らねば。極東以外でも、下手をすると艦隊派遣の必要性が出てくると思う。

とくにスエズとパナマの防衛は、我々にとって死活問題だ。あちらはあちらで対処すればいいと思うだろうが、現在は極東地域と大西洋地域に海軍戦力が片寄りすぎている。

必然的に、二大運河を防衛する戦力が手薄になっているわけだから、もしナチス勢がそこに目をつけたら大変だ。なけなしの艦を増援に向かわせるにしても、ハワイやロサンゼルスだけでは足りない。

となると、もう新造艦に頼るしかない。去年の六月に作成された第四次海軍増強計画が、さらに拡大されるかたちで戦時増産計画に格上げされることは間違いないだろう。

とくに、連合海軍艦隊編制から意図的に外されているオーストラリアでの建艦状況が、けっこう重要になってくると思う。

それらの一番艦が竣工するのは、早くて一年後……これは合衆国や日本でも同じ状況だが、ともかくそれまでは、手持ちの駒で戦うしかない」

ニミッツの言葉にあったように、いまオーストラリアでは、新しく作られた四箇所の大規模造船所で、さまざまな艦種が建艦されている。

これは日本がユーラシア大陸に近すぎるため、もし開戦に至った場合、日本の造船所が大被害を受ける可能性が出てきたためだ。

そこで自由連合各国は、海軍力の確実な増強を可能とするため、戦場から最も遠いオーストラリアに目をつけ、各国の予算をつぎ込むかたちで大規模な造船所の建設に着手していた。

その造船所が完成したのが去年の一〇月ということもあり、まだ建艦能力が未知数と判断され、実際に最初の艦が進水するまでは、連合海軍の建艦計画には含めないことになった。

これは陸軍装備も同様で、オーストラリアで製造可能な軍備は、各国から技術者や建設の専門家を派遣することで、現地技術者の養成がてらに工場丸ごと新規に作り、その中の一部はすでに生産が始まっている。

つまりオーストラリアは、自由連合にとって完全なバックアップ的な存在――予備戦力の拡充用として用意されたのである。

そしてもし、オーストラリアの生産が順調にいけば、次はニュージーランドとカナダにおいても、自由連合各国の生産枠とは別に、予備戦力枠として軍事生産が行なわれる予定になっている（ただし予備戦力枠のため、新兵器の生産は行なわれない）。

ニミッツの現実的な意見に対し、古賀が割って入った。

「当座のことについては、日本海軍が連合枠以外で建艦している襲撃艦が、日本周囲に限っては使えると思います。大海軍ばかりの連合海軍から見れば小粒ですが、こと日本海や東シナ海に限っていえば、近海専用艦として特化されているぶん、それなりに活躍できると思いますよ。

しかも襲撃艦は自国防衛専門の地方艦隊用なので、いま建艦しているぶんは、一九三五年から始まった帝国海軍五ヵ年計画の仕上げ段階にあたります。つまり、実戦使用が可能な艦の多くが配備済みであり、今年に予算計上されるはずの新五ヵ年計画とは無関係に使用できます」

たしかに古賀の言う通り、襲撃艦と呼ばれる一連の戦闘艦（ＡＢＣの三種類が存在する）は、いずれも航続距離と艦のサイズを最低限にとどめて、浮いた費用と資材のすべてを短時間の加速力と打撃力、そして日本海海戦において学んだ俊敏性の重要さに割り当てたものだ。

したがって、大洋をまたいで遠征できる代物（しろもの）ではないが、防衛する拠点近くで激しく動きまわる限りでは、下手をすると大戦艦ですら食ってしまいかねない物騒な代物に仕立てられている。

その艦を日本が連合海軍のために出すとなれば、日本近海においては、これほど力強い味方はなかった。

古賀の話を聞いて、サマービル中将が初めて明るい表情を浮かべた。

「その手があったか……。たしかに英国や合衆国の海軍艦艇は、広大な太平洋や大西洋、インド洋などを踏破するため、持てる能力の多くを速度と航続距離、そして外洋における安定性に食われている。これはナチス勢も同様のため、これまで考慮されることはなかった。

だが、事を極東のみに限定してみれば、たしかに古賀長官の言う通り、襲撃艦にも充分に戦える場がある。いや……このことには、おそらく敵も気づいていない。ということは、作戦によっては面白い戦いができるかもしれんぞ！」

一縷（いちる）の望みではあるが、古賀の提案は、先手を取られた自由連合にとって希望の光となるかもしれない。

そう感じたからこその発言だった。

「わかった。そのことは、儂から上に話してみる。どのみち今夜にも戦争方針が決定するはずだ。

その場で日本海軍の提案に含め、連合軍全体のこととして、ニミッツ長官や古賀長官の提案を強く推奨することにしよう」

まだ何も決まっていないが、米内の予想では、日本単独で出せる襲撃艦は各国の戦力をほとんど損なうことがないため、おそらく採用されると思った。

むろん日本単独で考えると、そのぶん日本周囲の防衛が手薄になるが、どのみち朝鮮半島が落ちれば、次は日本本土が狙われる。

そうなる前に、敵の海軍に痛打を浴びせる作戦なのだから、やるしかないのが実状だった。

反対に、ニミッツが提案した空母部隊の単独運用については、まだ完全に未知数のままだ。

なにしろ、ここにいるメンバーの誰もが、空母の真価について知らないことが多すぎ、自分でも疑心暗鬼になっている。

そこで上層部に丸投げするかたちで、なんとか後輩の希望をかなえてやろうという魂胆らしい。

「では、私は自分の司令部に戻る。やることが腐るほどありそうだ」

緊急会議が一応の結論を見たと判断したニミッツが、真っ先に席を立った。

続いてサマービルも、立ち上がりつつ声を発した。

「英国海軍としては、連合海軍との連携も大事だが、インド防衛や中東地域の防衛、さらには英極東艦隊としても、中国国民党政府に対する直接支援という無理難題が控えている。

日米が満州防衛に重点を置いている以上、英国は中国防衛に重点を置く。これは以前から決まっていたことだ。

そこらあたりを勘案すると、ロシア海軍に対処するだけでなく、台湾を後方支援基地として、英陸軍を中国大陸へ派遣する算段もしなければならない。

幸いにも台湾海峡は、いまのところ我々の勢力下にあるから、支援輸送をピストン方式で行なっても危険は小さい。台湾を統治している日本政府も、我々に全面協力してくれるだろうし、現状での問題はあまりない。

しかし、東シナ海をロシアに取られたら話は別だ。台湾北部が最前線になれば、中国支援のため主力艦隊を張りつけなければならなくなる。そうなれば、日本もただではすまない。

さらにいえば……朝鮮半島が落ちれば、間違いなくロシアは、九州だけでなく北海道方面を狙ってくる。日本本土が戦場になれば、我々としても非常に戦いにくい。そうならないよう、海上で敵を阻止しなければならん。これを念頭に、レイトン大将と連絡を取ってみよう」

満州に関与していない英国だけに、日米とはいささか温度に差がある。

それでもなおサマービルは、可能な限り連合軍の勝利に貢献してくれそうな気配を見せてくれた。

そのことを心の中で感謝した米内だったが、いつまでもそうしているわけにもいかず、残っている古賀に対して命令を発した。

「我々の方針を日本政府に納得してもらい、最終的には陛下の御裁可をいただかねばならん。陸軍に対する根回しも必要だ。

だから時間はあまりないぞ。今日中にすべての算段を終えないと……できるか？」

三国連合が締結されて以降、日本は大きく変わった。

いまもって帝国ではあるが、天皇陛下がすべてを仕切る御前会議は、主に合衆国政府の強い要請で、たんに政府が決めた方針を裁可するだけの場となっている。

これは天皇の権限を分散させ、少しでも合衆国や英国に近い国家形態にするためのものであり、一部の軍人や政治家は大いに反発した。

しかし、英米と仲違いすれば日本は孤立し、ロシア帝国が休戦終了とともに攻めてくれば、その時こそ日本滅亡となりかねない。

それを危惧した天皇が、自ら自由主義陣営の中の帝国として、大英帝国に習うと発言し、その時から大英帝国に似た立憲君主制民主主義が実施されることになったのである（実際は、大正時代末期の皇太子時代に決意していたらしい）。

「やるしかないでしょう。日本海海戦で散った仲間のためにも、ここで生まれ変わった帝国海軍の意地を見せねば、彼らも浮かばれないと思います。

たしかに、いまの日本にできることは限られています。しかし、それでもなお、やれることは確実にあります。

一歩一歩、確実に勝利を積み重ねていけば、いずれ大国ロシアといえども降せる。ロシアに勝てれば、ドイツを中心とするナチス連邦全体にも勝てる望みが出てきます。それを信じて粉骨砕身するしかないでしょう」

古賀の言葉には、いまは亡き同僚たちに対する、生き残った者の決意が込められていた。

ナチス連邦の野望は、絶対に阻止せねばならない。それができるのは自由主義陣営のみだ。

その一員である以上、躊躇することは許されなかった。

2

五月三〇日　満州哈爾浜（ハルビン）

自由主義陣営が後手後手にまわるなか、ナチスロシアは、あたかも予定調和のごとく満州への侵攻を開始した。

むろん満州を防衛している日米陸軍も、できることはやっていた。ただ、南朝鮮への侵攻からわずか二日後では、手持ちの部隊と装備で警戒を強める程度しかできなかったのも事実である。

「黒竜江（ヘイロンチャン）を越えたロシア軍は、南岸に大規模な加農砲部隊を配置しています。さらには、その前方へ戦車部隊をくり出し、戦車で制圧した地点にすぐさま歩兵と野砲部隊を配置、後方の加農砲部隊と連携して、凄まじい縦深（じゅうしん）砲撃を実施中であります！」

満州北部を守る大日本帝国陸軍の最前線……。

それは精鋭の誉れも高い第八軍が担当している。

現在の日本において、寒冷地戦闘で第八軍の右に出るものはないとされている。総合的な評価では、最精鋭の第五軍に劣るものの、こと満州防衛に関してはほかに適役の部隊はない。

第八軍の総兵力は四〇万。

北部の要衝である哈爾浜に軍司令部を置き、西部の海拉爾（ハイラル）および斉斉哈爾（チチハル）／北部のネンチャンとペイアン／東部のチャムスとムータンチャンに軍団司令部を置く、現時点においては海外における最大戦力だ。

いま報告に来た連絡将校がいるのは、哈爾浜の北東に位置するチャムスを守る第三軍団司令部であり、報告を受けたのは第三軍団長の磯谷廉介（いそがいれんすけ）中将だった。

「敵の尖兵は、どこまで来ているのだ？」

ロシア軍が重砲を連ねて力押ししてくるのはわかっていた。

しかし、ナチスドイツが得意とする機甲部隊を用いた電撃侵攻まで真似てくるとは、かつて頭脳明晰とうたわれた第八軍（満州派遣陸軍）参謀長だった磯谷も予想していなかった。

「すでにトンチャンを守備する歩兵連隊は撃破され、第三四師団のいるフーチンに迫っています。これに対し第三四師団は、手持ちの戦車連隊を前進配備した上で、その直前に戦車阻止柵と対戦車塹壕（ざんごう）を構築、そこに三個歩兵連隊および一個対戦車大隊を張りつけ、なんとしても迎撃戦を挑むとのことでした」

満州北部といっても、かなり広い。

ただし、ロシアとの国境線となっている黒竜江の南には小興安嶺（シャオシンアンリン）山脈が立ちはだかっているせいで、機甲部隊を高速で南下させられる地点は限られている。

その中でも、最も可能性の高いと目されていた場所が、いま報告にあったトンチャンからチャムスを経由して哈爾浜へ至る河川の松花江（ソンホワチアン）沿いのラインだ。

案の定、ロシア軍はなんの細工もせず、まっしぐらにこのラインを驀進してきた。

想定内の進撃なのだから、これを阻止できなければ第三軍団の名折れである。

「味方の砲兵は？」

報告に砲撃部隊がなかったのを、磯谷は見逃さなかった。

「チャムスから北は平原地帯ですので、下手に前進配備すると敵の素早い南下に対応できず、反対にまわりこまれて包囲殲滅（せんめつ）される可能性があります。

そこで第三四師団長の判断で、チャムス直前の丘陵地帯に四個砲兵連隊を配備し、敵を引きつけて殲滅するとのことでした」

報告を受けた磯谷はやや考えた後、第三軍団参謀長の橋本群（ぐん）少将を呼んだ。

「四個砲兵連隊で、敵の進撃を止められるだろうか」

質問を受けた橋本は即答に近い勢いで答えた。

「無理です。敵が機甲師団のみであれば可能かもしれませんが、敵には我方を上回る砲兵部隊が従っています。第三四師団が砲撃を行なえば、敵も砲兵部隊を前に出して応戦するでしょう。

たしかに丘の上にいる味方砲兵のほうが有利ですが、ロシア軍は被害をものともせずに、圧倒的な物量で撃ち続けるでしょうから、砲撃に関しては膠着(こうちゃく)状況になる可能性が高いと思われます。

その間に、敵の機甲部隊と歩兵部隊が側方へまわりこめば、砲兵連隊は各個撃破されてしまいます。こちらが歩兵をくり出そうにも数が違いすぎます。

また第三四師団の戦車連隊は、すでに前進配備して交戦中であり、あちらも苦戦しているようで、別動の戦車連隊を砲兵部隊の支援にまわす余裕はありません。

報告によれば、チャムス方面へ進撃中のロシア軍は、最低でも六個師団……このうち一個が機甲師団、砲兵師団が一個ですので、歩兵戦力は四個師団の計算になります。敵が四倍以上では、とても第五四師団のみでは耐えきれません」

「となると、チャムスは落ちるか……。そうなると、残る自軍はイーランとトンホーにいる三個師団、そしてここ哈爾浜にいる軍団直属の四個師団。さすがに全力を投入すれば阻止できるだろうが、そうすると哈爾浜がもぬけのからになる。

最低でも一個師団は守備につけねばならんから、出せるのは三個……戦力としては対等だが、敵の装備のほうが優勢らしいから、かなり苦しい戦いになる。かといって、北部および西部を守備する二個軍団から増援を受けると、今度はあちらが手薄になる。

もし敵が、北東方向だけでなく、北部や北西方向からも別動部隊を送りこんできたら、おそらく増援に送り出したぶんだけ戦力が不足し、いずれは撃破される可能性が高い。

しかもロシアは、シベリア方面から次々と増援が可能だが、我が方は満州南部の遼東湾を通じてしか増援を受けられない。その遼東湾も、渤海の南にロシア艦隊が居座っているせいで、安易に補給船団など出そうものなら、またたく間に撃沈されてしまうだろう。

となると海上支援は、連合海軍がロシア艦隊をなんとかしてくれない限り、望み薄ということになる。

こちらとしては、無理だろうが無茶だろうが、なんとしてもロシア艦隊を漸減してほしいところだが、現実的に見ると、当面は満州の南半分を担当している米軍に支援を要請するしかないだろうな。

ともかく手持ちの戦力で時間稼ぎをして、次に米軍の支援を受けつつ、海軍がロシア艦隊を殲滅……いや牽制してくれさえすれば、日本本土からの増援も可能になる。これしかないだろう」

磯谷が口にしたのは、平時に策定された日米守備軍による満州防衛基本方針に書かれている、そのままだった。

当然、戦時と平時は違う。

そこを橋本が突いた。

「日本本土からの増援は、しばらく期待できないと思います。なにしろロシア海軍が東シナ海を牛耳っていますし、それを日米英連合海軍が撃破したとしても、まず朝鮮半島での戦闘支援のほうが急務になるでしょうから」

「なるほど……ロシアが南朝鮮を攻めたのは、満州を孤立させるためか。いや、そもそも中国内戦の激化に連合派遣軍が反応することを見越した上で、すべてのお膳立てができていたのだろう。

あの力押しばかりが得意なロシアに、ここまで策を練る逸材がいるとは思えんが……下手をすると、ドイツ本国からの直接命令で動いているのかもしれんぞ。あの策謀好きなヒトラー総統なら、充分にあり得ることだ」

今回の劇的な極東情勢の推移は、偶然が重なった結果とは思えない。かといって、ロシアの最高指導者であるスターリン首相が、ナチスロシア単独の判断で行なったとも思えない。

日本だけが相手ならまだしも、英米が守る地域に手を出せば、すぐさま世界規模の大戦争に発展することなど、いまの御時世では子供でも知っていることだ。

となると、すべてはナチス連邦の最高指導者であるヒトラー総統が、長期的な戦略に基づいて策定した世界大戦規模の戦争……その引金となる事変の可能性が高い。

いまのところロシアを除くナチス勢は、日米英の宣戦布告に応じるかたちで参戦しているが、実際に仕掛けたのはナチスドイツと考えれば、すべての辻褄（つじつま）があう。

そこまで考えた磯谷は、下手をすると満州方面は、手持ちの戦力のみで耐えるしかなくなると考えはじめた。

だが……。

それでも磯谷の考えは甘かった。

「報告！」

新たな軍司令部連絡将校が、作戦室となっている哈爾浜にある元百貨店の六階大フロア（もとは食堂）に駆け込んできた。

「ウラジオストク方面から吉林（チーリン）へ向けて、軍団規模の敵が進撃中との確認情報が入りました。

これに対応するため、長春（チャンチュン）の満州連合陸軍総司令部は、長春に駐屯している合衆国陸軍に対し、吉林を防衛する命令を下しました。

同時に日本派遣軍に対しては、満州北部の中核となる哈爾浜を絶対死守するよう命令が……」

そこまで報告した時、連絡将校の部下らしい少尉が手に電文を握り締めながら走りこんできた。

「追加の緊急連絡が入りました。どうぞ！」

電文を受けとった連絡将校は、急いで一読すると、たちまち蒼白な顔になった。

「……総司令部からの追加情報です。モンゴル方面のソロン／ハイラルに対し、それぞれ二個軍団規模のロシア軍と、各方面に二個師団規模のモンゴル騎兵軍／四個師団規模のモンゴル軍歩兵部隊が急襲をかけているそうです！」

「三方面同時侵攻だと!?」

あまりのことに磯谷は大声をあげた。

これまでの報告といまの報告をあわせると、侵攻してきた敵の総戦力は、じつにロシア軍四個軍団、モンゴル軍も一二個師団（一個軍団規模）もの大軍を送りこんできたことになる。

全体の敵数は、大雑把に計算しても一〇〇万を超える。まさに未曾有の動員数である。

しかもそれには、後に控えているであろう予備部隊は含まれていない。

戦争の基本として、防備堅固な敵地へ攻め込むには、最低でもほぼ同数の予備部隊を自軍領域内に温存し、侵攻部隊が疲弊すれば、すぐさま交代しつつ戦線を広げなければならない。

ということは、ロシアおよびモンゴル領内には、最低でも手つかずの一〇〇万がいる。

総数で二〇〇万を超えるとなれば、満州連合派遣軍の約三倍（満州派遣米軍は三〇万強）……。攻勢は守勢の三倍という軍事法則を、ナチスロシア軍は忠実に守ったらしい。

それらが満州北部と、さらには中央部を挟みこむように進撃している。

その目的は明白だ。

満州首都の長春を左右から攻めることで、北部に対する軍事支援を不可能にする。その上で、まず北部の日本軍を殲滅する。そののち三方向から長春を攻め、一気呵成に連合派遣軍を満州からたたき出す作戦である。

しかもこの敵勢には、いま朝鮮半島を攻めている部隊は含まれていない。現時点では未確認だが、朝鮮半島におけるロシア軍と朝鮮人民軍の総数は五〇万を超えるらしい。対する日米派遣軍と南朝鮮保安隊は、総数でも二〇万強と劣勢である。

磯谷が叫び声をあげて絶句するのも当然だった。

＊

同時刻、クレムリン。

首相執務室にある巨大な机の前に、スターリンが立っている。

本来であればスターリンが座っているはずの椅子には、ナチス将校の制服を着た細身の男が座り、神経質そうな目でスターリンを見つめていた。

「君の名前をドイツ語で発音すると、私と同じヨーゼフになる。ここはひとつ、同じ名を持つ者同士、うまく極東方面を始末しようではないか」

一国の首相といっても、ナチス総本山の連邦府閣僚の地位にはとうてい及ばない。日本でいえば、ヒトラーが天皇陛下と総理大臣を兼任している地位にあるとすれば、スターリンは数ある県知事の一人程度にすぎないのだ。当然、中央集権的な独裁国家群においては、中央政府閣僚のほうが地位は高い。

「同じ名前など、滅相もありません。もしお気に召さないようでしたら、ただちに改名いたします。

いまこの場にゲッベルス連邦宣伝相をお迎えできただけでも光栄の至りというのに、なんのそれ以上を求めることがありましょうか」

日頃とは人間が違っているかのようなスターリンのへりくだった笑顔を見て、まるで汚物でも見たかのようにゲッベルスは目を背けた。

そして、視線を窓の外へむけたまま口を開く。

「改名などに無駄な労力を使わなくてよろしい。それよりも、一日も早く総統閣下の御希望を実現させることが、いま我々に課せられている最優先の責務なのだよ。

閣下は、君に広大なナチスロシアを与えられた。聞くところによると、君は国内の治安維持のため、多数の反乱分子を粛清したらしいな。その中にユダヤ人が含まれているか否か、私は知らん。

だが総統閣下は、ユダヤ人こそが諸悪の根元であるとの持論をお持ちだ。聞けば君の出身地であるグルジアにも、古くから多数のユダヤ人が住んでいるそうだな。

まさか君の先祖に、総統閣下の毛嫌いなされている血が混じっているとは思わんが……まあ、その疑惑を払拭するには、ナチス連邦に対する忠誠を、我が身を粉にして証すしかないだろう。ということで、ロシア国内のユダヤ人問題については君に一任するよう、総統閣下から承っている。

それで……極東方面における戦争は、連邦軍最高司令部が練りに練った作戦を与えた以上、絶対に失敗は許されない。総統閣下の御希望は、年末までに満州と朝鮮半島を平定することだ。君の指導力で可能かね」

自分はいま、ヒトラーに試されている……。

そう感じたスターリンは、心の中で渦巻くヒトラーへの憎悪を奥底へ押し込め、笑顔を浮かべたまま答えた。

「総統閣下から直接に御下命いただいた以上、全身全霊をもってロシア全軍を指導しております。もし無能な指揮官がいれば、即座に処罰する所存です。彼らも自分の命がかかっているとなれば、必死になって勝とうとするでしょう。

また、ロシア国内のユダヤ人についてですが、総統閣下の御下命とあらば、一人残らずシベリア送りにいたしましょう。

殲滅するのは簡単ですが、なにせロシアの大地は広く、牛馬のように働かせて国土開発を進める道具が足りていません。そこでユダヤ人を使い捨ての道具にすれば、まさに一石二鳥となるでしょう。

なお、ユダヤ関連の管轄は、国土開発省と国家保安省に担当させ、私は極東戦争の指導に全力を注ぐ予定になっております」

言葉を選びつつ、大半の責任を軍人や役人に押しつけることによって、万が一の敗北や失敗した時の責任転嫁まで考慮している。

スターリンは、ナチス連邦の中にあって、ただ保身を願っているだけではない。

何があっても生き残り、機会があればドイツ本国にいる連邦首脳陣を排斥(はいせき)する。最終的には、ヒトラーの後釜になろうと画策していた。そのためには、心に秘めた策略を、目の前のゲッベルスに知られるわけにはいかない。

最も簡単な権力奪取は、ヒトラーを亡き者にすることだが、それはあまりにも危険が大きすぎる。

そこでヒトラーの権勢が続くあいだは、様子を見つつ上の地位へと駆けのぼり、なにかチャンスがあれば、その時こそヒトラーを追い落とし、ナチス連邦のトップに立つ……。

そのための巨大な人柱（ひとばしら）として、ロシア国民には苦労してもらう。

スターリンの思考の中に、ロシア国民に対する公僕という概念はない。

人民は支配される側であり、自分は人民の上に立つ新たなツァーリでなければならない。それはナチス連邦最高指導者であるヒトラーが、誰よりも具現している。

ならば自分は、ヒトラーに代わる最短距離にいる人物である……。

ロシア帝国が倒れた時、スターリンは思想的に中立だった。しかし、ナチス党が国家社会主義を持ちこむと、それが人民支配の道具として最適であることに気づき、それ以降、誰よりも熱心な国家社会主義者へと変貌した。

むろん、心底から信じているわけではない。

すべては上に駆けあがるための方便であり、支配者に都合のよい世界を作るための道具だと思っている。

それは、いま目の前にいるゲッベルスも同じはずだ。

連邦閣僚の中で、最も冷徹で何も信じない懐疑主義者だからこそ、国民を洗脳する宣伝相が務まる。そう思っていた。

そのゲッベルスを、わざわざヒトラーがロシアに送りこんだのだから、それがスターリンのヒトラーに対する忠誠を見極めるためのものであるくらい、即座に見抜いていたのである。

「まあ、いいでしょう。私もこれで、なかなか忙しい身でしてね。

三日後にはモスクワをたち、総統閣下の盟友でもあるムッソリーニ首相に会いに行く予定になっています。その次はフランコ首相……一〇日後には、ナチス連邦各国の首相や外相を集めた連邦最高会議がパリで開かれますので、それまでにフランスへ行かねばなりません。

そういえば、パリの会議に君は出席しないとのことでしたが、総統閣下も御出席になられる大事な会議を外相などに任せて、本当に大丈夫なのですか」

心配しているように装い、そのじつ、ゲッベルスはスターリンをなぶっている。

根っからの陰湿なサディスト、それが彼の正体だった。

「総統閣下が最も望まれているのは、一刻も早い極東平定だと思っております。それに専念するため、断腸の思いで代理を立てました。

とはいっても、行かせるのは私の右腕ともいうべきヴィチェスラフ・モロトフ外相ですので、これはもう私自身が出席するのと同じです。

このことは総統閣下もとうに御存知ですし、最終的な御判断を総統閣下に下していただけるよう、すでに連邦府を介して親書をお渡ししてあります。

ですから、もしモロトフでは閣下が駄目であると御判断なされたら、即座に私がむかう手筈になっております」

ゲッベルスの意地悪な質問に答えたスターリンは、まったく笑顔のままだった。

しかし、ほんの少し……。

三〇センチ以内まで顔を近づけなければわからない程度に、かすかに鼻の下の髭が動いた。

「ほう、閣下に親書を？　それはそれは……」

明らかにゲッベルスは隙を突かれた。

ナチス親衛隊の総元締として暗躍するゲッベルスでさえ知らない総統直通ルートを、目の前のロシア人が持っている。

そのことに衝撃を受け、懸命に内心の動揺を隠そうとしている。

総統直通ルートを、ゲッベルスに知られるわけにはいかない。

なぜならこの親書を届けるためにスターリンは、ロシアナチス党にも秘密にしている自分だけの特殊工作機関——NKVD（内務人民委員部）を駆使していたからだ。

NKVDは、表むきはロシア内務省内の情報統括機関として、ロシア警察／ロシアナチス党親衛隊（RSS）／国家情報部を束ねる組織となっている。

RSSは連邦総統直率の国外組織のため、スターリンの自由にはならない。

そこでNKVDを使って、RSSと横の繋がりを確保することになった。NKVDとRSSは、互いに監視しつつも情報を共有する存在であり、使いようによってはすべてのルートを無視し、ヒトラーへ直訴する手段としても使うことができる。

だが、それは両刃の剣となりうる。

総統と直結する機関を使えば、上部組織の連邦親衛隊に近い存在のゲッベルスやルドルフ・ヘス、ゲーリングなどに知られる危険性があるからだ。

そこでスターリンはNKVDを使い、RSS幹部に対して秘密の利益供与を行なう工作を仕掛けた。

事が公式に許されている情報交換に関することなので、資金提供や便宜をはらうといった不正行為さえ露呈しなければ、当のRSS幹部も安泰となる。生涯秘密を守らねば我が身が危うくなるとなれば、誰しも沈黙を貫くものだ。

そうして得た秘密ルートは、連邦ＳＳにも秘密となる。

このルートを使えば、たしかにヒトラーとの関係は特別のものとなるが、ヒトラー以下のナチス連邦閣僚や各国首脳からすれば、一人抜け駆けが可能な手段となる。

その危険だけは、常に存在した。

だからこそ、ゲッベルスに知られるわけにはいかないのである。

「なにごとも先を読んで、総統閣下の御意志を全世界に広めるのが、連邦参加国の首相として当然の責務ですから。その点においては、閣下と私の役目は重なっていると思います。すべては総統閣下のために……そういうことです」

ゲッベルスの動揺が収まり、再び陰湿な詮索が始まる前に、話を終わらせねばならない。

そう思ったスターリンは、言葉巧みに誘導していく。

「ともあれ……閣下も私も忙しい身、あまりにも時間がありません。私はこれから、統合参謀本部の作戦会議に出席しなければなりませんので、残念ですが、これにて退室させていただきます。

閣下におかれましては、粗末な部屋ではありますが、御滞在中はいつでもここを御利用いただければ幸いです。私はあちこち飛び回る関係で、しばらく執務室へは戻れませんので、どうか御自由にお使いください。

なお、何か御不便がございましたら、扉の外にいる首相秘書官になんでも申しつけください。秘書官には可能な限り最大限の便宜を払うよう、きつく言い渡してありますので。では、これで……」

言うだけ言うとスターリンは、ナチス風の片手を上げる仕草と共に『ハイルヒトラー』と大きな声で告げた。

そののち軽く一礼すると、さっさと部屋を出ていく。残されたゲッベルスは、まだ渋面（じゅうめん）を浮かべたまま立ち尽くしていた。

3

六月二日　京城（キョンソン）北部

「まだだ！　もう少し接近しろ!!」

戦車長席に座った水谷逸恵（いつえ）曹長は、いまにも四七ミリ三五口径の砲塔主砲を撃ちはじめそうな瀬高宜男（よしお）一等兵の背中を左足で蹴った。

「左にまわりこめ！　横にまわられると殺られるぞ！」

今度は運転手の真鍋真吾二等兵に命令を下す。

水谷の乗る戦車は、日本陸軍が合衆国から輸入したＭ３Ａ２中戦車を、日本国内で一部改良したものだ。

合衆国陸軍からはＭ３Ｊ２と呼ばれているが、日本陸軍では九七式中戦車と呼んでいる。

この戦車は、車体に七五ミリという強力な固定砲を装備しているため、たとえロシア軍が新鋭戦車を出してきても撃破できると信じられていた。

だが、実際に戦闘が始まってみると、ドイツの設計らしいロシア中戦車に装甲を撃ちぬかれて、敵を撃破する前に戦闘不能になるものが続出している。

理由は簡単だ。

日米側は、Ｍ３戦車の七五ミリ固定砲で正面から相手を撃ちぬく算段で、真正面から突っこんだ。

ロシア側の戦車は、後に撃破した戦車を調べてわかったのだが、ドイツにおいて三号戦車と呼ばれているものを設計改良したものだった。

主砲は砲塔の五〇ミリ四五口径戦車砲であり、たしかに七五ミリ固定砲より脆弱である。

しかし砲塔の主砲は、相手の側面に進行しても、砲塔を回転させることで攻撃が可能になる。こちらが突進するのを尻目に、ロシア戦車部隊は左右に分かれ、徹底した側面攻撃を行なったのである。

頼みの綱の七五ミリ砲では、相手を捉えることすらできない。となると九七式戦車は、砲塔にある四七ミリ三五口径戦車砲で相手を撃破するしかない。

五〇ミリ四五口径砲と四七ミリ三五口径砲では、ワンランク威力が違う。しかもロシア戦車の装甲は、車体と砲塔双方に不自然なほど傾斜がついていた。

横からまわりこみ、必中の一撃をロシア戦車の砲塔側面に叩きこんでも、こちらの徹甲弾は上方へ弾き飛ばされてしまう。うまく貫通したように見えても、なぜか相手は止まらない。

これもまた後日に判明したことだが、ロシア戦車には追加の傾斜装甲板（二〇ミリ）が装備されていて、それを貫通しても、その下には四八ミリもの分厚い本来の装甲が存在していたのだ（これはロシアの独自仕様らしく、ドイツ本国の三号戦車は、まだ通常装甲のみらしい。そのぶん速度は遅くなるが、機動性より抗堪（こうたん）性能を優先させたようだ）。

対する九七式は、後にも最大で五〇ミリの本体装甲しかない。しかもそれは砲塔前面のみだ。砲塔側面だと三〇ミリ、車体側面では二五ミリ……。

砲の威力で劣り、装甲でも劣っている。

となると、勝つには危険を覚悟で敵の側面もしくは背後へ異常なほど接近し、装甲貫通を狙うしかない。

その間も、敵はこちらを容易に撃破できるのだから、もし同数での戦いであれば、間違いなく日米側が負けていただろう。

幸いにも、場所が京城北部の重点防衛地域のため、そこを守る日米連合陸軍部隊には、充分な数の戦車があった。

ともかく、ここでせき止めないと、京城に入られたらおしまいだ。

現在の京城は都市部の南側に漢江（ハンガン）が流れていて、そこに架かるいくつかの橋を破壊されると、南への退路を断たれる。そうなっては全滅する恐れもあるため、防衛するなら漢江以南に布陣するしかない。

だが、それだと京城自体に敵の進入を許すことになる。

つまり京城は、北から攻めるに易く守るに難い都市であり、まともな作戦立案者なら、京城手前で敵を阻止する布陣を敷く。

釜山にある連合朝鮮派遣軍司令部でも、以前からいくつも防衛作戦が立案されていたが、そのどれもが京城北部ラインで敵を阻止し、そこで徹底した防衛戦闘を行なうことで時間を稼ぎ、そののち増援を得て反攻に出るとなっていた。

ところが、実際にロシア軍と朝鮮人民軍の混成部隊が南下を開始すると、たった三日弱で最終防衛線にまで押し込まれてしまったのだ。

三八度線南部に設営されていた多数の大隊規模の部隊は、ことごとく蹴散らされた。

いまは敗走してくる彼らを京城防衛部隊（六個師団規模）が受け入れることで、わずかでも戦力を増しながら敵を迎え撃つ準備をしている最中である。

その時間稼ぎのため、水谷たちが所属している京城防衛部隊第一混成戦車師団第二連隊が前進し、真っ先に敵を迎え撃った。

だが、結果は思わしくない。

進撃こそ一時的に食い止めているものの、それは味方戦車を確実に失いながらの戦果にすぎないからだ。

このままでは押し切られる……。

その焦燥が、水谷たちに無謀な賭けを強いていた。

「いまだ。撃てッ！」

Ｍ３戦車は、いったん停止してからでないと主砲を撃てない。

そこで水谷は、二輌の三号戦車の左側面にまわりこみ、先頭を行く一輌へ狙いを定めた。

そして、戦車を旋回させて正面を敵側へ向けるや否や停止して砲撃準備に入った。

――ドン！

射撃の衝撃で砲塔が揺れる。薬莢排出とともに、砲塔内に濃い硝煙の匂いがたちこめた。

「命中！　あ……弾かれました!!」

砲手の瀬高が落胆した声をあげた。

「四〇〇メートルでも貫通できないのか!?」

こうなると、当たるかどうかわからないが、七五ミリ砲に賭けるしかない。

それを見越して、正面配置についたのだ。

「七五ミリ、撃て！」

――ドウッ！

砲塔主砲とは明らかに違う、腹に響く射撃音がした。

「命中！　撃破!!」

さすがの強装甲も、大口径砲の前に崩れ去ったらしい。

だが次の瞬間、水谷は大声をあげた。

「急速後退！　狙われてるぞ!!」

二輌のうち一輌を撃破したものの、いつのまにか、後方にいたもう一輌の三号戦車が、真正面に砲塔をまわしていた。

――ガッ！

相手の主砲が火を噴いたと思った途端、砲塔前面に凄まじい衝撃が巻きおこった。

水谷が確認できたのは、そこまでだった。

三号戦車の五〇ミリ四五口径主砲は、九七式戦車で最強の砲塔前面装甲を撃ち抜き、水谷のみぞおちを貫通したのち、戦車長席の背後の内壁で炸裂したのである。

砲塔内部での爆発により、九七式戦車の溶接砲塔が丸ごと吹き上がる。そののち車体のガソリンにも引火し、車体も燃えはじめた。

無残に焼けこげていく水谷の戦車の横を、脇目をふらずに三号戦車がすり抜けていく。

ロシア軍は、歩兵を担当している朝鮮人民解放軍はむろんのこと、戦友のはずの撃破された味方戦車すら放置したまま、まっしぐらに京城方向へと驀進していく。

しかし、彼らを無情と責めることはできない。なぜなら、最前線に出ている戦車部隊と歩兵部隊の背後には、じわじわと南下してくる多数の砲兵部隊がいるからだ。

スターリンが砲兵部隊に命じたことは、ただひとつ。『命じられた地域に、可能な限り最大級の砲弾を叩きこめ！』だった。

その地域が、いま戦場となっている場所である。

なんとスターリンは、戦車部隊と歩兵部隊を露払いに利用し、彼らが蹂躙した地域を、次に砲兵部隊により根こそぎ焦土と化す作戦を命じていたのだ。

となれば、ぐずぐずしていると、味方砲兵に殺される。それを避けるには、ひたすら前進するしかなかった。

＊

「クソっ！　好き放題やりやがって……」
南朝鮮中部にある要衝——大田(テジョン)基地を構える連合朝鮮派遣軍第一航空群に所属する、米陸軍航空隊第一戦闘飛行隊のアルフレッド・リージョン大尉は、愛機のＰ－

39エアラコブラの操縦桿を握り締めながら、眼下に広がる惨劇を見つめていた。

五月二八日の敵の南進開始から昨日まで、敵地上軍はもっぱら夜間を利用して進撃し、昼間は砲撃や爆撃などで事前の地ならしを行なっていた。

そのためリージョンたちの任務も、もっぱら敵機の迎撃に終始していたが、今日になってロシア軍は、ついに京城侵攻を目標にさだめ、真っ昼間から地上軍を突撃させはじめた。

そこで連合派遣軍司令部から第一航空群へ、主要な任務――敵機甲師団および敵航空機への攻撃命令が下った。

ちなみに京城南部には第二航空群の基幹基地があるが、そこはもっぱら京城および境界線防衛に特化されている関係で、いずれも足の短い日米の極地戦闘機タイプが配備されている。

そのため現在は、主要鉄路／道路上空と京城上空の直掩(ちょくえん)を行ない、南へ避難していく南朝鮮民や、京城防衛のため出撃している味方陸軍の支援で手一杯だ。そこで、第一航空群に主要任務が下されたのである。

リージョンは、彼の愛機を見てもわかる通り、戦闘機部隊に所属している。

当然、P－39も純然たる戦闘機であり、わずかに両翼へ二個の五〇キロ通常爆弾

（日本製）を吊り下げているだけで、その他の武装は機銃のみだ。

だが……。

その機銃がクセモノだった。

P－39の機首には、プロペラ軸内を貫通するかたちで、なんと三七ミリ機関砲一門が搭載されている。

さらに両翼には一二・七ミリ二門、七・七ミリ二門と、この時代の戦闘機としては呆（あき）れるくらいの重武装なのだ。

しかし、当初は排気タービンで強化される予定だったアリソンエンジンは、ターボ搭載を見送られた結果、装備に比してひ弱なエンジンになってしまった。

結果的に見ると、日本陸軍の最新型戦闘機となる一式戦闘機『隼（はやぶさ）』に比べ格闘戦能力に劣ることが判明し、もっぱら対地支援攻撃機として使用されることが決定したのである。

そこで今回も、戦闘機部隊とは名ばかりの対地攻撃部隊として出撃している。

昨日までの航空戦も、ロシアが出してきたメッサーシュミットＢｆ１０９Ｖ二型（ドイツ陸軍のＢｆ１０９Ｖのロシア寒冷地・荒地仕様）には苦戦してしまい、日本機で構成されている第二飛行隊の隼二型に支援してもらわねば、かなりの被害を受けていたはずだ。

　したがって今回の出撃では、より役割分担を徹底し、P－39は地上攻撃に専念、その上空を隼隊が守る作戦となった。

『右前方、高度二五〇〇に敵機！　対処する』

　流暢な英語が雑音まじりに聞こえてきた。連絡してきたのは、第二飛行隊の隊長を務める井貫静治大尉だった。

「イヌキ、頼んだぞ！　こっちは戦車を叩き潰す!!」

　英国製の航空電話は、この戦場では繋がっている。

　むろん実際には、どこかで爆発などが発生するたび、耳が痛くなるほどの雑音が混じる代物でしかない。当然、自機が射撃中は完全に不通になる。

　マイクを取ったリージョンは、かすかに井貫たちに対して嫉妬を覚えつつも、自分の任務に専念する旨を伝えた。

　戦闘機乗りであれば誰しも、敵戦闘機と格闘したい。

　だが現状では、合衆国陸軍に適当な戦闘機がない。P－40では隼とたいして変わらないため、補修管理が容易な日本製の隼に日が当たるのは当然のことだ。

　むろん合衆国陸軍も、いつまでも隼に頼っているのは危険すぎるとして、いま戦時増産計画に絡めて、画期的な陸上戦闘機を開発中となっている。

それが実戦配備されるまで生き残ることは、いまのリージョンにとって最優先課題だった。

「それにしても……時々見せる敵機の鋭い動きが本来のものなら、隼でも苦戦するはずなんだが」

これまで数日の空戦でリージョンは何度か、空中戦の様子を端から見る機会があった。

ドイツ製の戦闘機は、それほどエンジン出力が高いとは思えないものの、じつに鋭い切れ味を見せていた。

しかし鋭敏な運動性能は、操縦しにくいじゃじゃ馬的な性格もあわせ持っている。

本来であれば、あの敵機はもっと性能を発揮できる。しかし、ロシアの飛行兵の技量が未熟なばかりに、持てる性能を生かしきれていない。

対する隼パイロットたちは、日本陸軍が鍛えに鍛えた精鋭揃いだ。

たとえ性能的にやや劣ろうと、機体の持つ能力のすべてを生かし切れば、隼のほうが強い。

それが端から見ていてもわかるのだから、戦っている当人たちには、さらに明瞭に感じられているはずだった。

「本家のドイツが、パイロット込みで送りこんでこなくて、本当によかった……」

リージョンは高度を急速に落としながら、ぶつぶつと独り言を呟いた。

すでに部下たちには、攻撃する対象を割り当ててある。

第一から第四編隊までは、徹底的に敵戦車を潰す。第五と第六編隊は、近くに布陣している高射部隊を銃撃と爆撃で黙らせろと命じてある。

そして第七と第八編隊は、潰し損ねた戦車の掃討と、戦車のあいだを動きまわる北朝鮮兵たちの殲滅が任務となっていた。

むろんリージョンたちも、翼下の爆弾二個を最初に落とし、次に三七ミリ機関砲弾を撃ち尽くしたら、あとは両翼の機銃で臨機応変に戦うことになっている。

三七ミリ砲は強力すぎる武器だが、いかんせん搭載砲弾数が限られている。気ままに撃っていたら、あっという間に弾切れになってしまうため、慎重に狙いを定めて一撃必殺の気持ちで撃たねばならない。

すでに爆弾は、敵戦車部隊を攪乱(かくらん)するため、味方戦車部隊を撃破して進撃中の敵先頭部隊の鼻先へ落とし、なんとか足止めすることができている。

次は敵の混乱が収まらないうちに、三七ミリ砲で可能な限りの戦車を潰す。

これが隼だと、搭載火器が一二・七ミリ機銃二挺のみのため、たとえ戦車の砲塔上部を狙っても、上部装甲を貫通できる可能性は低い。

つまり戦車部隊を阻止できるか否かは、リージョンたちの腕にかかっているわけだ。

「三、二、一、どうだッ！」

秒読みまでしてタイミングを計ったリージョンは、狙いを定めた一輌の三号戦車の右斜め上から、六発ほどの三七ミリ砲弾を撃ち込んだ。

ゆっくりと戦果を確かめている余裕などない。

急いで操縦桿を引き、スロットルを全開にして反転上昇に移らないと、最悪、地面に激突する。

軽快な隼なら楽勝で引き起こせる機体も、重く非力なＰ－39だと至難の業だ。

くしくも隼とＰ－39は、まったく同じ一一五〇馬力。それでいてＰ－39のほうが一〇〇〇キロも重いのだから当然である。

『隊長、当たってます！』

同じ編隊の後続を担当している二番機のレイチェル二等軍曹から、リージョンが見逃した戦果報告が入った。

「貴様も確実に潰せよ」

ようやく機体の引き起こしに成功したリージョンは、マイクに向かってそう怒鳴った。

かくして……。

地上の戦闘では押しまくられている連合派遣軍だったが、なんとか航空隊の支援で敵の進撃速度を緩めることに成功し、戦いはそのまま夜へと持ち越されることになった。

そして夜になり航空支援が途絶えると、ナチス勢の地上部隊で恐ろしい出来事が始まった。

なんとロシア軍は、それまで放置していた朝鮮人民解放軍の歩兵部隊を前面に押し出し、ほぼ全方面において大規模な人海戦術を実施しはじめたのである。

4

六月二日夜　北海

「左舷六〇度、距離二万一〇〇〇に複数の艦影！」

まもなく日も落ちようとする午後五時八分。

緯度の高い北海だが、夏に向かって昼が長くなりつつあるいま、藍色に染まった東の水平線付近にいる船の陰影を見分けるのは、そう難しいことではなかった。

「ドイツ艦隊が、ここまで来てるのか？」

大英帝国海軍本国艦隊の旗艦・戦艦ネルソンの艦橋に立っているジョン・トーヴィー司令長官（大将）は、驚きのニュアンスを隠そうともせずに、となりに立つ艦隊参謀長のランスロット・ホランド中将に声をかけた。

現在トーヴィーは、本国艦隊の一部を近海防衛用に編制した第一哨戒艦隊を率い、英本土東方沖四五キロを、本土沿岸に沿って南へ移動していた。

沿岸から四五キロといえば、まさに本土に張りついているようなものだが、下手に大型艦を引き連れて北海中央部へ出ると、雲霞のごとくひそんでいるドイツのUボートに狙われることになる。

そこで領海のすぐ外に布陣し、さらに外側を対潜哨戒任務についている駆逐部隊が周回するという、いわば二段構えの布陣を実施していた。

すでにヨーロッパ本土に味方はなく、すべてナチス連邦に支配されている。

必然的に、北海とドーバー海峡が最前線となり、出撃拠点の多いドイツが圧倒的に優位に立っているのが現状だ。

ドイツ艦隊はヨーロッパ北部沿岸やバルト海、さらにはスカンジナビア半島各地のフィヨルドに身をひそめることが可能だが、英国海軍には英国本土しかない。

しかも制海権を握っているのは、英国北部からアイスランドを経由する狭い航路のみ。その細いアメリカに通じる航路ですら、護送船団方式で英国へ支援物資を送りこもうとすると、いつのまにかUボートの群れに囲まれているのだから、安全とはほど遠い海でしかない。

「ナチスロシアが極東に攻め入った途端、これまでかぶっていた羊の皮を脱ぎ捨てたようですね。おそらく最初から極東と連動して、ここ北海においても、我が海軍に対して圧力を高める計画だったのでしょう」

すでにヨーロッパ本土全体がナチス化している現在、ナチス連邦の矛先は、まず真っ先に英国本土へむけられる。

これは開戦前から常識として語られてきたことであり、問題は、いつ誰（どの国）が仕掛けてくるかにかかっていた。

当然、本命はナチス総本山のドイツだ。

しかし、大西洋に睨みをきかせるスペイン海軍も、小粒だが無視できない戦力を有している。地中海を我が物としているイタリア海軍もまた、スエズやエジプト方面が陥落したら、必ず大西洋やインド洋へ出てくるはずだ。

イタリアとスペインはナチス独裁になる前、あまり評価できる戦力ではなかった。

むろん以前のイタリア海軍にも注目すべき大型艦は存在したが、ナチス連邦に組み入れられ、潤沢な資源や高度な技術を用い、産業革命に匹敵する急速な工業化が年次計画として取り入れられてからは、以前とは比べものにならないくらい国力が増している。

国富の蓄積は、ともすれば自由主義国家のほうが容易になし遂げられそうに思えるが、国民が狂騒に近い向上心を発揮した場合、社会主義のほうが群を抜いて発展する。

それをナチス連邦総統ヒトラーは、連邦民衆を熱狂させる手法で実現してしまったのである。

よって英国の悪夢は、発展したナチス連邦各国の海軍が合同艦隊を編制し、一気に英本土へ殺到することに尽きる。

ホランドの返答を聞いたトーヴィーは、まさに唾棄するかのような口調で吐き捨てた。

「ヒトラーの得意な戦法だからな。ギリギリまで笑顔で対応し、その裏では着々と侵略の準備に邁進している。そして自分たちの都合の良い時期になったら、溜めに溜めた軍備を用いて、いきなり電撃作戦を実施する。

これまでのヨーロッパ侵攻、そして今回の極東侵攻、いずれもこの戦法を実施している。それが海の上でも可能か否か、あのヒトラーのことだ、必ず試す時が来る。

これまで実施しなかったのは、まだ我が国の海軍力が優勢だったからだ。しかし極東での戦争が始まり、合衆国やカナダまで参戦した以上、これ以上待つ意味はまったくない。

ナチス連邦軍は、ヒトラーの好みで重厚壮大に重きを置いている。以前はまだナチスドイツだけだったせいで、主に予算の関係から、やりたくてもできなかったようだが……いまは予算も資源も技術も労働力も潤沢にある。

だから、いまドイツ本国やバルト海の奥深く、そしてイタリア本土において、いかなる新造艦が建艦されているか、それを考えると頭が痛くなりそうだ。

とはいっても……いますぐ、あそこに見える敵艦隊が襲ってくる可能性は低いだろう。

やるなら、間違いなくフランス北部の陸上航空隊を伴って攻めてくる。その航空隊がいないということは、今日のところは様子見に少し出てきた……そんな感じだな。

だから、まもなく支援に駆けつけてくる英本土の航空隊が現われれば、すぐに姿を消すはずだ。この時間を選んで現われたのも、夜になると航空隊が帰投することまで計算に入れているに違いない」

相手が巨大な連邦国家なのに、英国はいま単独で対処を迫られている。

合衆国は参戦したばかりで、しかも大西洋と太平洋の両面作戦を強いられている。そのぶん英国に対する軍事支援は細るだろうし、直接介入を可能にするには、いまのところ圧倒的に海軍力が足りない。

むろん合衆国と日本、そしてオーストラリアとカナダも、それぞれの国力に応じた戦時建艦計画を策定しているはずだから、いずれは続々と新型艦／新造艦が竣工するだろう。

とくに地理的関係から日本と英国には、国力以上の奮闘が求められている。

あまりにも敵本土に近いがゆえに、軍事生産の主力を本国に置くと、本土を攻撃された場合に致命的となる。

そこで英国と日本は、合衆国やカナダ／オーストラリアと共同で、以前から戦時増産態勢の構築を模索してきた。

その結果、インドとオーストラリアに、複数の大規模造船所や飛行機工場、戦時には戦車や戦闘車輌を大量生産できるよう設計されたトラクターおよび建設機械製作工場／自動車工場、そして高品質の鉄を生産できる新型製鉄所と、そこから連続的に鋼鉄を生産できる大規模製錬所、できた鋼鉄を鋼板や砲身／銃身へ加工する軍事工場を建設した。

つまり、合衆国の得意とする流れ作業方式で装備の主要部品を生産する工場群を、戦場から遠く離れた場所に作ったのである。

なお、カナダとアメリカは、もともと国土が充分に広く、戦場からも離れているため、これまで通り国内で素材から完成品まで一貫生産している。

対する英国と日本は、国内では主に小火器や銃砲弾、技術革新が不可欠なエンジン類などを生産し、そのほかはオーストラリアやインドから海上輸送し、国内で最終組立のみを行なう方法が取られている。

この方式は、英国や日本本土へ運ぶ資源を少なくでき、しかも本土に輸送品が到着してから完成品を出荷するまで、きわめて短時間で行なえる利点がある。

むろん、問題もある。

あまりにも敵地に近い英国の場合、輸送ルートそのものが安全でなく、せっかく作った部品や半完成品が、無残にもUボートによって海の藻屑(もくず)にされている。

そのため合衆国は、英国国内での完成品組立が次第に難しくなると考えているようで、最近では最初から完成品を送ることも多くなっている。英国も全力で、可能な限り国内で素材から完成品まで一貫生産できるよう、国内工場の再編を実施している。

幸いにも日本は、ロシアの潜水艦による被害も少なく、本土の太平洋岸の制海権および制空権を確保している関係から、まだ楽観視できる状況である。

しかし、今後もそれが続くとは限らない。

広大なユーラシア大陸の内陸部が、すべてナチス勢に完全制圧されてしまえば、そこは自由主義連合が手を出せない『聖域』と化してしまうだろう。

そこにナチス勢が世界最大級の生産施設群を建設すれば、いくら末端の戦場で敵を潰しても、ほぼ無限に増援が可能になってしまう。

いま世界は、その瀬戸際にある。

そしてトーヴィーの苛立ちは、それがまさに、いま自分の前で実現しようとしていることを、いち早く察知したからこそだった。

＊

同時刻、シナイ半島東方――アンマン。

キリスト教とイスラム教の聖地エルサレムの北東一二〇キロ地点と、アンマン北方八〇キロ地点を結ぶライン、そこが自由連合の最前線となっている。

本来であれば、この地域はフランスの委任統治領シリアと呼ばれる地域だったのだが、フランス本国においてナチス政権が成立したことにより、これを承認しなかった英国が、フランス亡命政権の要請により委任を肩代わりすることになった。

しかし、当然のようにナチス連邦が委任を認めなかったため、その時点で実行支配していた地域が、なし崩し的に両陣営の支配地域となった。

その上で、ナチス連邦が統治権を確保したトルコまでの地域は、暫定的にナチス連邦領シリアと呼ばれている。

つまり、どこかの国家に所属する地域ではなく、ナチス連邦共同の統治領と位置づけることで、国境を接するナチストルコ／ナチスペルシャ双方の軋轢（あつれき）を未然に回避したのである。

また、東で国境を接するサウジアラビアは、もともと自国領土ではなかったため、従来の国境線が保たれるのであれば、一連の領土争いには関与しないと宣言、事実上の日和見（ひよりみ）状況となっている。

これらの状況が開戦前までに確定していたせいで、開戦とほぼ同時に、ナチス連邦は英領国境線に沿って、ナチストルコとナチスペルシャの混成軍を張りつけはじめた。

対する英国政府は、この地域を管轄する大英帝国中東軍の本拠地——エジプトのカイロ（陸軍）とアレクサンドリア（海軍）に対し、スエズ運河およびエルサレムをなんとしても確保し続けるよう厳命を下した。

本来であれば、すぐさま援軍を送りたい。

だが、英本土自体が危うい状況では、とても大艦隊を連ねて増援部隊を送りこむことなど不可能だ。

なにしろ地中海はイタリアとスペインが支配する海となっているし、アフリカの喜望峰を大回りして支援しようにも、南アメリカ全土がナチス化しているせいで、無事にたどり着けるか危ぶまれている。

そこで苦肉の策として、英領インドの植民軍と英東洋艦隊の一部、マダガスカルを拠点とする英アフリカ艦隊の支援を受けるよう采配を下した。

しかし英領インドも、ナチスペルシャと国境を接している関係から、いつ戦争状況へ突入するかわからない。そのため、インド防備のための戦力を大幅に移動させることはできない事情がある。

また、マダガスカルの英アフリカ艦隊は、もともと喜望峰を母港とする艦隊で、マダガスカルにいる派遣艦隊は、その一部でしかない。

さらには、英アフリカ艦隊そのものが、じつは英大西洋艦隊と英東洋艦隊からの派遣部隊により構成される混成艦隊でしかなかった。

当然、規模も小さい。

戦艦二／軽空母二／巡洋艦六／駆逐艦二二と、一個もしくは二個作戦部隊規模でしかない。対岸のアフリカ東部から南部にかけて猛威をふるっているナチスアフリカ戦線を牽制するため、これまた動かすことができない。

あれもこれも駄目な状況……。

それが英国軍の現状である。

となると、他の自由連合各国が支援するしかないが、その余力があるのは合衆国と日本、それにオーストラリア／ニュージーランドくらいのものだ。

しかしそれも、合衆国は南米および中米諸国がナチス化しているせい——とくに国境を接するナチスメキシコがどう動くか見極めないと、下手をすれば、いきなり米本土戦に突入する可能性すらある。

日本は満州および中国方面の動向次第。

カナダは英国支援と大西洋の防衛、満州に対する支援で手一杯だ。

オーストラリアとニュージーランドも、すでに満州支援を実施に移している関係から、そのぶん中東への支援は細ることになる。

つまり全地球的に見ても、すべての方面が手一杯の状況であり、当面は現地にある戦力で堪え忍び、各国の戦時体制が整ってから、ようやく本格的な支援に入ることが可能になる……これが自由連合の偽らざる実体であった。

「トルコとペルシャの軍だけなら、どうとでもなる。連中の国へ攻め入るのは大変だが、こと外地における防衛戦に徹するのなら、こちらの軍備が圧倒的に優れている。そのため敵も、被害ばかりが拡大するだけで、実質的にエルサレム―アンマンラインを突破できないだろう」

カイロにある中東方面連合軍司令部の作戦室で、巨大な平台に貼られた中東の地図を見ながら、バーナード・モントゴメリー中東方面司令官（中将）は、学校の教師が持つような木製の指揮棒を手に、居並ぶ司令部参謀に持論を口にしていた。

ちなみにモントゴメリーは、今年の五月に中東方面司令官に赴任したばかりだ。

英国政府は、四月に始まった中国内戦へのナチスロシア軍介入を、ナチス連邦による大規模戦争の始まりと捉え、開戦となる前に、可能な限り海外領土の防衛を徹底しようと画策した。

それもこれも、人一倍人間を信用しないチャーチル首相が、ヒトラー総統をまったく信じず、もはや戦争不可避と考えたからにほかならない。

そして、英国にとり最重要地域となるスエズ運河と英領インドの絶対確保を目指すべく、陸海軍の大規模な人事および戦力移動を命じたのだ。

その結果､それまで北アフリカ駐留軍と呼ばれていた軍集団規模の部隊（第八軍）を再編し、新たに英中東方面軍が誕生した。それと同時に、モントゴメリーも着任したのである（ほかに日本派遣部隊とオーストラリア派遣部隊／英インド植民軍が加わり、中東方面連合軍を構成している）。

ちなみに前任のアーチボルド・ウェーベル大将は、インド植民軍司令官に抜擢され、ナチスペルシャに対するインドの盾となった。

「敵も、このままでは駄目なことなど承知しているでしょう。ですから、いずれナチス連邦の主力軍……おそらくドイツ軍がトルコ方面へ進出し、そこを拠点として中東へ進軍すると思います。

海軍のほうでも、イタリア艦隊だけでなく、ロシアの黒海艦隊がボスポラス海峡を越えて合同艦隊を編制し、総力をもってエジプトおよびスエズ運河を攻めるだろうと予想しているそうです」

やけに悲観的な予想を述べたのは、第七機甲師団司令官のパーシー・ホバート少将である。

じつのところホバートは、前任のウェーベル大将から極端に嫌われていて、すんでのところで除隊に追い込まれるところだった。だが、ウェーベルがエジプトを去り、モントゴメリーが赴任したことで難を逃れることができた。

「やはり、そうなるだろうな。総体的に見れば、自由連合は海洋国家群であり、ナチス連邦は大陸国家群だ。となれば敵は、陸上の戦闘を基本に据え、海軍はその補佐と支援のために存在すると考えているだろう。

対する我々は、まったく逆だ。

陸軍は海軍の侵攻先に展開する派遣軍であり、海軍の勝敗が陸軍の戦略に直結する。そのため陸上を線で繋ぐ戦略はとらず、海洋を線で繋ぐ戦略となる。

そう考えると、敵の進撃路は二つに絞られる。ひとつはトルコ経由の陸路、もうひとつは、イタリア海軍を用いた地中海横断の海路だ。先に動いたのは陸路のほうだが、まだトルコ軍とペルシャ軍しか出していない。となれば……」

モントゴメリーが思案しつつ話している途中で、ホバートが先読みをした。

「いまナチス連邦は、世界の半分を手に入れて有頂天になっています。その手柄は、すべてヒトラー総統のものとなっています。

となれば、気を大きくしたヒトラーは、一気に攻める判断を下すと思います。

北アフリカ全域を制圧すれば、地中海をナチス勢の聖域にできますし、その後のアフリカ制圧も、南にいるナチスアフリカ戦線と連携を取りやすくなります。

対する我が方は、南アフリカとマダガスカルに分離され、個別に対応するしかなくなります。

いまでこそ、エジプトが要石となることで、イタリア領ソマリアへの圧迫、そしてアフリカ中部への圧迫、地中海方面への牽制が可能となっていますが、その要石を失えば、アフリカ全土がナチス勢力に蹂躙されることは間違いないでしょう。

いまの状況でアフリカを取られたら、自由連合は絶体絶命の危機に陥ります。

アメリカとカナダは北米大陸ごと孤立し、日本とインドも東南アジアという脆弱な海路のみで繋がるだけになり、これはもう各個撃破してくれと言っているようなものです」

ホバートは、ことさら中東の重要性を強調しているわけではない。

いまエジプトに英軍が居座っていることで、インドから日本を経由し、北アメリカに至る広大な地域が安泰になっていることは、少し戦略をかじった者なら容易に推察できるからだ。

むろん中国と満州が落ちることになれば、そこから突破口を開かれる可能性もある。

日本が落ちれば、それこそ無防備な太平洋が広がっているだけだ。

その時点になって、合衆国とカナダ、そして孤立したオーストラリアが個別に反攻作戦を実施しても、物量／人口／地域有利性のどれをとっても、ナチス勢が圧倒しているせいで、まるで勝ちめがない。

自由連合がナチス勢に勝利するためには、なんとしても現状を維持しつつ、敵の弱点となる大陸連結部を海から攻めて、そこを突破口にするしかない。

その道具となる海軍艦艇が大増強されるまで、あと一年……。

それまではなんとしても各地の陸軍が、各海軍の支援を受けて踏ん張るしかない。

ホバートの悲観的な発言は、それらの実体を見抜いた上での意見だった。

「難しい戦いになるな……。当面の敵がトルコ軍とペルシャ軍ということで、調子に乗って派手に戦えば、たとえ勝利してもそれなりに戦力を失ってしまう。弱体化したあとに、本命のドイツやイタリア、スペイン軍が攻めてきたら、補給が難しい我々のほうが不利になる。

仕方がない。可能な限り味方の損耗を防ぎ、敵戦力を小刻みに削りとっていく作戦をとるしかないだろう。いわば陸上の漸減作戦だ。

これは部下たちに苦労をかけさせる作戦になるから、士気の低下だけはなんとしても防がねばならぬ……」

敵が優勢な状況での漸減作戦。

それは、常に気の滅入るような策略と奇策に満ちたものになる。

徹底的に敵の裏をかき、使えるものはなんでも使って、汚い勝ちかたをするしかない。

それを部下に強いることになる……。

ホバートの考えを読んだモントゴメリーまでが、ずっしりと気が重くなる感触を味わいはじめた。

「小さな勝利を小刻みに積み重ねれば、士気の低下は最小限に抑えられます。最も避けるべきなのは、正面から馬鹿正直にぶつかることです。これだけは、最後の最後まで避けねばなりません。

本来であれば私の機甲師団は、敵を圧倒的火力で蹂躙するために存在します。しかし、それができない。このことを私が部下に徹底させ、全軍の手本となるような戦いにすれば、おそらく英中東軍のすべて……いいえ、連合各国軍を含めた中東連合軍のすべてが、漸減作戦の真意に気づいてくれるでしょう。

それまでは、私の部隊が矢面（やおもて）に立ちます。もちろん、機甲師団のみでは敵の歩兵に戦力を削られてしまいますので、そこは各国軍やインド派遣軍にも協力してもらいます。

ともかく、徹底的に敵を翻弄しましょう。それしか方法はありません」

もともと奇抜な機甲師団の運用法を編み出したホバートだけに、奇策はお手のものだ。

どちらかといえば、正面から殴りあう戦いを好まない人物のため、正攻法が好きだったウェーベル大将に嫌われた過去がある。

そのウェーベル大将が、正面対峙して力押しするしかないインド西部戦線を任されたのも、それぞれの長所を生かすためかもしれなかった。

「よし、貴公の方針に基づき、これからの作戦を立てよう。しかし、あまり時間はないはずだ。

弱勢力とはいえ、すでにトルコ軍とペルシャ軍は進撃してきている。それを阻止するのにも奇策を用い、味方戦力を温存しなければならんから、いますぐ作戦が必要だ」

「承知しています。これから他の師団や旅団長に声をかけ、各参謀部を結集して良案を練ることにします。では、さっそく……」

一秒でも時間が惜しいとばかりに、ホバートがくるりと背をむけた。

その先には、方面軍参謀たちが使用している作戦立案室がある。どうやらそこを、奇策立案の場にするつもりらしい。

「どの方面も負けられない……極東も大西洋も英本土もインドも。だが、我々が関与できるのは北アフリカのみだ。他の方面は任せるしかない。願わくば……すべての方面において、我々が決定した方針と同じものを採用してほしい。それしか希望がないのだから……」

ホバートが去った後、周囲に他の部隊指揮官がいるにも関わらず、まるでモントゴメリーの声は、誰もいない場所で呟く独り言のように聞こえた。

かくして……。

地球のいくつかの地域において、まさにこの日、第二次世界大戦が開始されたのである。

第2章　戦争を制するもの

1

一九四一年六月一〇日　ボストン

合衆国東海岸の北部――マサチューセッツ州にあるボストンは、あまり知られていないが、合衆国において最も歴史のある都市のひとつだ。

しかし歴史が古いだけに、現在はインフラから工場・市街に至るまでが老朽化していて、それを嫌う人々の人口流出が始まっている。

そのため大都市というのに、どことなく寂れて枯れた雰囲気がただよっているが、いま一連の者たちが集まっているケンブリッジ地区のビルの一室だけは、煙草の煙と人体の発する熱によって、まるで真夏の会議室なみに暑かった。

「正直に申しまして、軍による正面攻撃だけでは、いずれ我が方の敗北に終わるでしょう」

五メートル／一・六メートルほどの長方形の机の端に座った男が、いきなり恐ろしい言葉を吐いた。

それを聞いた残り五名の参加者たちが、一斉に声をあげはじめる。しかし、上座にあたるらしい場所に座った男は、まったく動じない。

男の名はウイリアム・ドノバンという。

陸軍少将の肩書きを持っているが、いまこの場での役職を聞かれれば、迷わずこう答えただろう――合衆国情報調査局長官と。

情報調査局は、フランクリン・ルーズベルト大統領の命により設置されたものだが、じつのところ、本来設置される予定は今年の夏になるはずだった。

しかし昨年あたりから、世界全体が急激にきな臭くなってきた。そこでルーズベルト自らが予定していた情報機関の設置を前倒しにし、英国に滞在していたドノバンを呼び戻したのである。

合衆国の情報組織は、これまで陸海軍・連邦捜査局・国務省それぞれに設置されていたものの、組織だった中央情報組織がなかった。

　そこで、ルーズベルトは英国のチャーチールと密かに連絡を取り、英国と合衆国それぞれに、政府系の中央情報機関を設置することで合意した。それが現在、英国におけるＭＩ６と合衆国の情報調査局として実を結んだことになる。

　しかもルーズベルトは、政府系情報機関の中央集中化を進めるため、早急に情報調査局を拡大し、今年中に戦略情報局（ＯＳＳ）を発足させることにしている。その初代局長にも、このドノバンが内定していた。

　ざわめく一同を片手で制しながら、ドノバンは言葉を続けた。

「むろん、皆さんの御意見はさまざまあると思いますが、最終的にこの戦争を終わらせるためには、どうしても大陸国家群であるナチス連邦の中枢を叩く必要があります。

　その中心部とは、ドイツのベルリンはむろんのこと、イタリアのローマ、スペインのマドリード、ロシアのモスクワ、南アメリカのリオデジャネイロ、アルゼンチンのブエノスアイレス、メキシコのメキシコシティ……。

　地理的に攻略しやすいメキシコと南アメリカの各都市、海沿いのローマは比較的簡単に制圧可能と思われますが、その他の中核地区は、いずれも大陸内部に存在しているため、そこに至るには大陸の奥深くまで侵攻可能な……きわめて強力な陸軍が必要になります。

しかし、こと陸軍に関しては明らかにナチス連邦が有利なことは、どなたも異論がないと思います。我が方の海軍がいかに優れていようと、敵地の陸上まで戦艦を乗り込ませることはできません。

そして戦争という事象の特徴として、権力が揺るがず、国民が疲弊せず、物資の補給が途絶えなければ、その戦争はいつまでも続いてしまうということがあります。

これに関しても、大陸国家は地続きで資源を供給でき、内陸部で生産活動を継続でき、国民を安全な場所に囲うことも安易です。ナチス勢の強権力は、言うまでもない。

我々はといえば、海の上を行く艦隊が疲弊すれば、たとえ本国が無事でも、海外からの物資は途絶え、同盟国間の連携はズタズタになり、日本や英国などの狭い島国の場合、制海権を失った段階で国家存亡の危機が訪れてしまいます。

また自由主義の特徴として、必ず一定数いる非戦論者や厭戦(えんせん)気分の者の声を、国家権力が強権を用いて押し黙らせられない……これが痛い。その結果、国内に厭戦気分が蔓延(まんえん)し、報道機関が政府を非難しはじめれば、たとえ物理的に継戦可能でも、内側から敗北が確定してしまいます。

となれば我々は、常に海の上で敗れないことはもちろんのこと、敵地に橋頭堡を確保し、そこに敵を圧倒する陸上戦力を送りこみ、国民が納得する勝利を獲得し続けなければ、この戦争に勝利することは不可能でしょう。

それを連合陸海軍だけでなし遂げるのは、いくつかの奇跡が必要になる……そう情報調査局は判断しています。それほどナチス連邦の軍事力、そして強権力は絶大なものになっています。

むろん我が陣営も、おおよそ一年後をメドに、各国の国力が限界に至るまで、全力で軍事力増強に務めることが決定しています。

しかしそれは、ナチス連邦も同じことです。つまり、軍事力の増大に伴い戦争は激化するが、実質的な戦力比はあまり変化がない。

これでは勝てません。そこで本日、我々が集められ、なんとしても奇跡を実現させる手だてを考案するよう命じられました。

いいえ……考案するだけでなく、かなり重要な部分にまで、我々自身が手を染める覚悟でいてもらいたい。

それが自由連合各国政府の総意であり、とくに危機的状況にある英国からは、待ったなしの情報工作活動の実施を嘆願されております。このことは、いま私の向い側にＭＩ６のスチュワート・メンジーズ長官が座っておられることでも明らかでしょう」

　そう告げるとドノバンは、長机の反対側に座るメンジーズを指し示した。

　それを受けたメンジーズが、吸っていた煙草を灰皿に押しつけると、おもむろに口を開いた。

「我がＭＩ６において、ここ半年、死力を尽くした情報活動により、いくつか有益な情報が得られました。

　まず最初に、ナチス連邦の軍備の大半が、連邦軍務局の采配ではなく、実質的にヒトラー総統の思いつきによって計画されているということです。

　むろん、ヒトラーは立案というより軍備の方向性を示唆（しさ）するだけで、その後は連邦軍務局が音頭をとって、各メーカーに具体的な仕様を提示、それをもとに競合試作する方式となっています。

　ただ、大型艦船など競合試作に莫大な無駄が出る部門については、ヒトラーの方針を受けたメーカーから試作案を提出させ、最終的には総統の裁可を受けて建造しているようです。

いずれにせよ、ヒトラー総統の好みにそぐわなければ、たとえ軍が切望しても新装備は開発されない。このいびつなシステムこそ、我々にとって救いの手となる可能性があります。

むろんヒトラーといえども、気に入った軍人の提言を聞くこともあるでしょうから、それが軍備開発に反映される可能性はあります。

しかし我が方のように、まず最初に自由連合の総意をもって連合の軍備生産計画を策定・実施し、その後は余力の範囲内で、各国が独自の軍備生産を行なうといった方式に比べれば、あまりにも無駄が多く、しかも即時性に乏しいやり方であることは間違いありません。

そこで我々の役目ですが、いまドイツ国内でどのような装備が生産・計画されているか、それを最優先で探りだすことになります。そして試作品がヒトラーの承認を受けた段階で、素早く対抗策を練る必要があります。

敵の装備が判明した時点で、我々が増産態勢にかかれば、かろうじて対抗できる装備が間に合う可能性がある。いや、間に合わせてもらわねば困る。

敵が新兵器と意気込んで投入したものが、ことごとく対抗策により敗れ去れば、それだけで敵軍の士気は最悪になり、ナチス連邦高官は、自陣営の軍備開発に対して不信感を抱くに違いありません。

そうなれば、こちらの思う壺です。我々の開発する新兵器は、いずれも敵の弱点を突くものや、敵がまったく想定していなかったものになります。それが前線に大量投入される時こそ、自由連合軍が反撃に転じる時となります」

いままさに危機的状況にある英国の情報部というのに、メンジーズの言葉は未来を見すえたものだった。

それに真っ先に疑問を呈したのが、日本から派遣された田中新一陸軍少将である。田中は帝国陸軍所属であるが、ドノバン同様、すでに実戦部隊からは遠ざかっている。

日露戦争敗北以降、日本は情報機関の重要性を痛感し、陸海軍の敷居を越えた日本全体を統括する、いわば天皇直率の情報機関が必要不可欠であるという結論に達した。

とはいっても、天皇陛下が自ら命令するのではなく、情報工作機関の性質上、天皇の統帥権に抵触する工作活動が行なわれるのは好ましくないという理由のため、便宜上、内閣総理大臣の指揮下に入る独立情報機関として設置が決まったのである。

その上で、合衆国の強い要請により、天皇の軍事および政治への関与の軽減が徐々に行なわれた結果、現在では表むき内務省国際調査局という名で知られるかたちとなった。

しかし実体は、陸海軍および憲兵組織の情報部門、それに特別高等検察、外務省情報課を束ねる中央情報局にほかならず、国際調査局独自の実務部門である諜報第一部から第六部までは、いずれも英米の情報工作機関に劣らぬ実力を持っていると噂されている。

田中新一は、その国際調査局局長であり、実質的に日本の情報組織のトップなのだ。

とはいえ……。

日本国内では英米に劣らぬと言われているものの、いささか自画自賛すぎる傾向が強い。

日本は日露戦争で、英米の助けを得て独立を保てた経緯があるため、情報機関としても英米の機関に対し、あまり独自の活動をおおっぴらにできない事情がある。

日本の得た情報のうち何割かは、いまも無条件で英米の機関に提供されている。

それがなによりの証明である。

対する英米の機関は、自分たちが必要とする事象に関してのみ、日本へ情報を提供している。この地位的な違いはどうしようもなく、自由連合といっても日本の地位は、一段下に見られているのが現状である。

「一年後と申されますが……英国の状況を鑑みると、いささか楽観しすぎではないかと思いますが？　たしかに我が国や米国を見れば、地理的条件などから、まだ一年後に希望も持てます。しかし英国本土は、もう待ったなしでしょう。これはすでに、いますぐなんらかの対策を講じないと、英国本土が危うくなる。

連合各国共通の認識になっていると思いますが……。

だいいち、御国の首相閣下からして、自由連合の大規模かつ切れ目ない支援がなければ、大英帝国の明日はないとまで申されているではないですか。

せっかく我々……自由連合主要各国の情報工作機関代表が集まったのですから、まず英国救済を最優先の議題にすべきと思いますが、いかがですか」

結果的に田中は、メンジーズに対して反論しているように見せかけ、助け船を出したことになる。

しかし、格下の日本から温情をかけられたとなれば、イギリス紳士の沽券にかかわる。

そう感じたらしいメンジーズは、やや声を荒らげて反論した。

「その点に関しては、日本国が心配する必要はない。第一、満州および中国方面の危機的状況を打開するため、我が国の極東における軍事力が不可欠な現状があるのだから、貴君はそのことを考えていればよろしい。

我が大英帝国が不利なのは事実だが、それは大西洋を共有する合衆国とカナダの連携により、なんとかしのいでみせる。また、ナチス連邦といっても、頑丈な一枚岩ではない。

とくに強制的なナチス化が断行されたフランスやオランダ・ポルトガル、北欧三国、ルーマニアといったヨーロッパ諸国については、各国の亡命政府や王室が、主に合衆国やオーストラリアへ国外避難している関係で、彼らを中心として、各母国におけるレジスタンス活動を活性化させる目論みが始まっている。

これに我々も積極的に関与しているが、今後は自由連合の情報組織が合同して、レジスタンス活動の支援を実施しなければならないだろう。

ただ……問題があるとすれば、積極的にナチス連邦へ加わったイタリアとスペイン、民衆革命の結果としてナチス独裁を承認したロシアについては、国民が政府を強固に支持しているせいで、国内から国家転覆を画策するのは無理だということだ。

これらの国家については、純粋に軍事的行動とダーティーな工作活動により、徐々に力を削ぐしかあるまい。もし戦況がこちらに有利になれば、その時はじめて、国内での自由主義運動を煽ることになると思うが、いまはその時ではない。

　そこでだ。日本が我が国の苦境に対し、どうしても支援したいというのであれば、我が国としても、それが有用な支援になるよう手筈を整えるのはやぶさかではない。

　そうですな……たとえば日本軍は電波技術に関して、英米にかなり遅れをとっていると聞いております。量産技術に関しては、米国の支援でずいぶんと改善されたようですので、日本人の技術獲得能力については問題ないと見ていますので、問題は知識だと。

　航空技術や船舶建造技術に関しては、一部の装備の設計を合衆国軍と共用するなど目を見張るものがありますが、それらについても、今後は電波技術の発達により、いかに個々の機械性能が高くとも、いざ戦場において電波技術に劣っていれば勝てなくなる。

　英国としては、盟友である日本が無為無策のまま敗れるのは好ましいことではありません。そこで私の権限により、英国の最新電波技術の提供をお約束しましょう。

　むろん、相応の代価はいただきます。その代価とは、第一次大戦時と同じように、日本軍にスエズ方面への本格的な防衛部隊の派遣を行なってもらいたい……チャーチル首領は、そうお考えです」

この場はあくまで情報工作機関の会議であり、各国政府代表による国際会議の場ではない。

しかしメンジーズは、最も速い意志伝達の方法として、英国から日本に対する政府方針を伝える場にしたいようだ。

それは前もって決まっていたはずだから、いまの話は、田中の発言をちょうどいい機会に利用したにすぎない。

怒ったふりをして、すかさず自分たちの目的を達成する。これもまた、情報機関のやり取りとしては初歩の初歩である。

「この場で外交辞令は通用しないでしょうから、いまのお言葉、そのまま日本へ送り届けさせていただきます。

たしかに、いまの日本は極東情勢で手一杯ですが、国内の戦時体制が整えば、まだ陸軍には余裕がありますので、おそらくスエズ出兵は可能でしょう。

問題は、その規模です。インドに本格的な拠点を設置し、方面軍規模の大規模派兵となるか、それもと第一次大戦の時のような師団規模……いいえ、現在行なっている数個師団規模のままでお茶を濁すか……それは、この場でお答えできません」

田中がたとえとして二例を出した以上、日本国内でも、この二案が検討されているはずだ。

それを開戦後にも関わらず決定できないのは、英国からの正式な支援要請がないためだった。

「その件につきましては、近日中にチャーチル首相からの書簡が届くはずです。ただ、今回の派兵については、英国と日本の取り決めではなく、あくまで自由連合全体の派兵計画に基づくものとなります」

前回の大戦と今回とでは、規模が違いすぎる。

もはや日本は遥か海のむこうの出来事と、高みの見物と洒落込むことは許されない。

すでに矢面（やおもて）に立っている状態であり、今後も国全体が自由連合の一員として動くことを強要される。その決意のほどを、おそらくメンジーズは、田中を通じて日本へ問うているのだろう。

「わかりました。では、英国の問題については、これ以上の議事進行の妨（さまた）げになりますのでやめることにします。ドノバン長官、長々といらぬ話をしてしまい、大変に申しわけありませんでした」

そう言うと、あの短気で勝気と名を馳せた田中新一が、深々と頭を下げた。

いまは頭を下げる。

自由主義陣営の結束を固めることが最優先である以上、つまらぬ意地の張りあいは亡国の行為に繋がる……。

それを重々自覚している態度だった。

「いやいや、英国の問題も、情報部門でできることがあれば、なんでもしなければなりません。ただ本日の会議は、ともかく敵情の正確な把握を最優先にすることが決まっていますので、まずその具体策を協議し、各国機関へ役割分担をしてもらうまでを決めなければ何も始まりません。

つまり……やることは腐るほどある。だから優先順位を決め、効率的に処理しなければならない。そういうことです。

では皆さん。これから各国機関が独自に集めた情報を、私のほうでまとめたものを配布します。

この情報を土台として、さらなる情報工作を実施するためには、いかなる手段、いかなる方法が最適か、またそれを得意とする機関はいずれかを話しあってもらいます。では……」

ドノバンの合図と共に、六名全員の前にかなり分厚いファイルが置かれていく。

これから数日、徹夜に近い大仕事が始まる。

参加者の誰もが、それを覚悟している表情を浮かべていた。

２

六月一六日夜　京城

半月ほど前、板門店の境界線警備にあたっていた連合南朝鮮派遣陸軍の前島健吉一等兵は、いま京城西側にある京城駅の南方——連合派遣軍京城兵官（日本名）と呼ばれている、南朝鮮第二の基幹陸軍基地にいた。

京城兵官は、南にある漢江へ繋がる谷部に設営され、西側の高陽郡山地、東側の漢芝面山地が天然の要害となっているため、ここさえ守りきれば敵を阻止できる場所として、昔から防衛の最大拠点となっていた。

しかし現在では、航空機や長距離砲の発達、さらには山地の狭い道路でも高速移動可能な軽装甲車輌などにより、『ここだけ守れば』という意味は薄れている。

それでもなお、ここを出撃拠点とし、左右の山地へ部隊を出撃させる場所としてなら、まだ有用と考えられていた。

「未確認の情報では、すでに敵は景福宮を制圧して、南東にある宗廟が最前線になっているらしいぞ」

発音しにくい日本式漢字読みの地名に苦労しながら、デビッド・カールソン一等兵が、口に運んでいたスプーンの動きを止めて語りかけた。

本来なら朝鮮読みのほうが適確なのだろうが、いかんせん朝鮮の国土を測量して詳しい地図を作成したのが日本国のため、地図はすべて日本式の読みがなになっている。そのせいで、自然と地名も日本式に読まれるようになっていた。

ということは、朝鮮派遣軍は英語による会話、日本語による地理読み、そして現地朝鮮人とは朝鮮語で会話するという、あまりにも語学力が必要な状況に置かれていることになる。それがもとでのトラブルも発生しているのだから、海外派兵は一筋縄ではいかないものだ。

二人のいる場所は、基地内にある第三兵員食堂だ。

兵員食堂は第一から第六まであり、それぞれ一〇〇〇名ほどが同時に食事をとることができる。すなわち、食堂がフル稼動すれば、同時に六〇〇〇名……一個歩兵師団の半数強が一度に食事をすませることができるわけだ。

だが、いまこの基地にいる師団は、総数五個。そのため、いくら全力で食事を供給しても間にあわない。

もっとも一個師団に相当する兵員は、常に東西の山地に布陣していて、さらに戦闘状況になれば基地に残るのは二個師団ほどにまで減る。それでも食堂が足りないことには変わりなく、仕方なく時間シフト制での食事が義務づけられていた（出陣中は野戦食となるため食堂は関係ない）。

「無駄口たたいている暇があったら、さっさとメシを腹に入れろ。俺たちの小隊に割り当てられた時間は一五分しかないんだ。あと六分で交代だぞ」

カールソンの話をさえぎったのは、分隊長のアンダースン軍曹である。

前島たちの分隊は、開戦時には南朝鮮派遣軍第一方面軍第二歩兵師団に所属していたが、現在の所属は第一方面軍第一混成師団第一連隊となっている。

なぜ、所属が大きく変わったのか……。

理由は簡単だ。

すでに第二歩兵師団は存在せず、京城北部を守備していた第三歩兵師団も存在しない。独立第二戦車旅団も壊滅した。第二砲兵旅団も、半数以上の備砲を失い後退している。

以前と変わっていないのは、京城南方——漢江の南側に航空基地を設営している第二航空群第一航空隊のみだ。

前島の所属していた第二歩兵師団は、板門店に大隊の野戦陣地を持っていたが、そこにたどり着いた時は、すでに激戦地だった。

大隊司令部は退却済みであり、殿軍（しんがり）を務めていた中隊と北から退却してきた小隊が、わけもわからぬまま応戦している状況……。

そこで小隊長のバーン・G・レンドル少尉が、独断で南方退却を決めた。

その時点で小隊の数は、すでに二四名から一三名にまで減っていた。

レンドル少尉は、とりあえず小隊を七名と六名の二個分隊に再編成し、前島はアンダースン軍曹を分隊長とする第二分隊に所属することになった。

その上で、闇夜に紛れて板門店陣地を脱出。次の目的地である第二歩兵師団司令部の置かれている坡州（パジュ）の町まで、なんとか確保されていた京義線の線路沿いに徒歩で南下した。

しかしその間、ナチスロシア軍と北朝鮮人民軍は、板門店に近い臨津江（イムジンガン）の河口方面へと進撃し、漢江河口を遡るルートを取っていたのだ。
　そのせいで、小隊が京城北部に到達した時、すでに京城西部が最前線になってい
た。
　しかし京城北部には、まだ組織だった味方が展開していた。そこの指揮官から、
ともかく京城南部にある京城兵官まで行って、部隊再編を受けろと命じられたので
ある。
　その時、遠くで砲弾の着弾音がした。
　同時に天井から吊るされている電球が揺れ、埃がポークビーンズの入った皿に降
りかかった。
「近いな……」
　口に入れた固いコッペパンを水っぽいポークビーンズで流し込んでいたカールソ
ンが、もごもごと呟く。
　前島も、日本人用に盛られた麦飯にポークビーンズをぶっかけ、それを茶漬けの
ように流し込みながら答えた。
　ちなみに連合派遣軍では、それぞれの国事情を踏まえ、食事内容にも選択制が取
られている。英米人がスープの時、日本人は味噌汁を選択できる。むろん英米人で

も味噌汁や麦飯を選択できるから、現場の将兵から見れば選択品目が増えただけの話だ。

「今朝までは、もっと遠かった。下手すると中央部を突破されたのかも……」

と、その時。

食堂に設置されている屋内スピーカーから、構内一斉放送が流れた。

『第二および第三混成師団員は、全員完全装備の上、兵官北にある岡崎女学校校庭へ集合せよ。第一混成戦車連隊と第一混成砲兵連隊の掩護を受け、これより京城市街中心部を南下中の敵軍を、京城駅―南山百花園のラインで迎え撃つ。以上、第一方面軍司令部』

約三個師団が戦闘に入る。

すなわち、敵の全面侵攻が始まった証拠だ。

放送を聞いた兵員たちが、一斉に立ち上がる。

ここから営舎となっている第二地区まで、全力疾走で四分かかる。そこで自分の装備を身に着け女学校校庭に行くまで、さらに四分。

その間に、敵がこちらの集合場所を察知し、集中砲撃を加えてこないことを、前島は心の底から願った。

＊

同時刻、哈爾浜。

日が暮れると同時に、哈爾浜北方八キロにある連合派遣軍防衛陣地付近へ、恐ろしいほどの長距離砲弾が撃ちこまれはじめた。

これまでのナチスロシア軍は、北東方向にあるチャムスを電撃的に撃破し、その後、左右を山地に挟まれたイーランに拠点陣地を構築しはじめた。

そこで哈爾浜を守る帝国陸軍第八軍は、哈爾浜西方の松花江沿いにある要衝――トンホーを最終防衛拠点と定め、そこでなんとしても敵軍をせき止めるべく、大規模な遅滞陣地を構築しはじめた。

そこにはチャムス防衛に失敗した第三軍団が合流し、ムータンチャンから同じく戦略的な撤退を実施した第二軍団と共に、総兵力一三万もの大軍が守りについている（一部は哈爾浜まで下がり、司令部直轄の守備部隊に合流した）。

狭い松花江沿いの平地および周辺の山地に、日本が満州へ派遣した総兵力の半分近くが展開していては、さすがにロシア軍も強引に攻め込むことはできない。

そこでロシア軍は、イーランに拠点陣地と前線司令部を設置し、本格的な大規模侵攻を前提としての、当座の持久戦を行なう構えを見せたのである。

ロシア側が一気に哈爾浜を攻め落とすのを諦めたと判断した第八軍司令部は、こちらも味方の補給が可能になるまで長期戦を覚悟し、哈爾浜徹底死守の態勢を固めはじめた。

ところが……。

イーランにいる敵の大戦力とは別に、北部方向から密かに忍びよってきた敵の一軍があったのだ。

哈爾浜北部には小興安嶺山脈が東西に延びている関係から、シベリア側から攻め込むルートは限られている。

さらにいえば、山地の高低差が機甲部隊の進撃を阻むため、どうしても狭い川沿いの限られたルートを数珠（じゅず）つなぎになって南下するしかない。

これでは連合派遣軍の偵察機に、どうぞ発見してくださいと言っているようなものだ。

実際、チャムス方面での機甲師団規模の機動車輛は、事前の偵察で確認されていない。つまり、存在しない……。

これまで発見したのは、いずれも大隊規模の輸送車輌で、何本かある川沿いのルートを、それぞれ散発的に通行している姿だけだった。

これらの敵行動を第八軍司令部は、イーラン方向の主戦力を補佐するための、歩兵中心の部隊による側面支援行動だと判断した。

もし連合派遣軍が切羽詰まって、無謀な北部への進撃を開始した場合、そこにまったくロシア側の守備がなければ、一気にシベリア中央部へ食い込まれてしまう。そうなれば沿海州から朝鮮北部に展開する全部隊が孤立し、包囲殲滅される側になってしまうだろう。

それを阻止するため、最低限だが兵力を進撃させ、第八軍の北上を事前に阻止する布陣をした……そう判断したのである。

ところが、それは大きな間違いだった。

現在、哈爾浜の北から攻めているのは、最低でも二個砲兵師団に相当する、数百門もの長距離加農砲……。

それだけの砲兵部隊を単独で出すはずがないから、おそらく一個軍団規模の歩兵部隊がつき従っている。

では、人知れずどうやって、それだけの兵力を南下させられたのか。

のちに判明したところでは、大隊規模の散発的な部隊移動こそが、じつは砲兵部隊を南下させる隠れ蓑(みの)だったのである。

ロシアの加農砲は、主にトラックなどの機動車輛に牽引されて運ばれる。そうでなければ、列車の架台に載せて運ぶ。

通常であれば、上空からの偵察により露呈してしまうが、ロシア軍は加農砲の上に張りぼてのトラックをかぶせ、あたかも輸送部隊のみで移動しているかのように、分散して南下させていたのだ。

大隊規模の散発的な行動——それは何度も往復することで、砲と兵をピストン輸送していたためであり、いくつものルートに分散させながら、最終的には哈爾浜北方二〇〇キロにあるペイアンに集結、そこで初めて軍団規模の大部隊が姿を現わす寸法になっていたようだ。

そのペイアンには帝国陸軍の一個師団が守備についていたが、三方から大規模な歩兵部隊による突撃が行なわれ、勢いに押されて敗走したとなっている。

その際に戦車部隊も少数、姿を現わしているが、いずれも歩兵支援のための軽戦車大隊であり、哈爾浜北東部のような機甲師団にはほど遠い使われかたしかしなかったとある。

これらの情報をもとに、第八軍司令部は、北部のペイアンを制圧したロシア軍は、歩兵中心の牽制部隊であり、あくまで敵の主力はイーランにいる軍団規模の機甲部隊であると結論したのだった。

「まったく……敵の思う壺だ。敵は憎たらしいほど陸上戦闘に精通している。しかも我が方を上回る戦力ときた。これは尋常な手段では、勝つどころか守るだけでも大変だな」

哈爾浜の第八軍司令部作戦指揮室に、板垣征四郎（せいしろう）大将の重々しい声が響いた。

板垣は日本が送り出した満州方面軍の総大将で、連合満州派遣軍においてもナンバーツーの地位にある（連合満州派遣軍司令官は、米陸軍のダグラス・マッカーサー大将）。

「いっそ派遣軍司令部の命令を無視し、長春まで全軍が下がった上で、米軍と合同で反攻作戦を実施すべきでは？」

いきなり無茶を言い出したのは、板垣の腹心として知られる東条英機・帝国満州方面軍参謀長だった（組織的には第八軍司令部参謀長）。

「貴様まで、非現実的なことを言うとはな。いまの口調、まるで前任の石原莞爾（かんじ）みたいだったぞ。あいつの夢想癖がうつったのか」

石原莞爾と似ていると言われた東条は、途端に不機嫌そうな表情になった。

日本が選択した英米との連合政策に、石原莞爾は不満を隠そうともせず、そのせいで半ば強制的に任を解かれ、帰国後に軍籍を離れている。

現在はもっぱら、持論となっていた世界最終戦争論を再構築し、ついにナチス勢と連合勢による最終戦争の前哨戦が発生したとの論を在野で展開している。

石原からすれば、最終戦争の相手になるはずだった米国が味方になっては都合が悪かったのだろう。そこで大陸国家対海洋国家という、主に地政学的な見地から持論を組みなおし、連合勢が勝利したのち、次に本番の日米による最終戦争が始まると説いていた。

「あいつと一緒にしないでください。私はきわめて現実的な男です。そして現実的に考えた結果、このまま哈爾浜に籠もっていると、いずれ包囲殲滅されると考え、ならばいっそ南下して、味方戦力を集中させてのち反撃に出る……これのどこが夢想なのですか」

神経質そうな声で反論した東条だったが、要職である方面軍参謀長にまでなっただけあって、きわめて頭は切れる。

　だから、どちらかといえば大人ぶった雰囲気のある板垣にとり、東条の存在は不可欠なものだった。

「わかった、わかった。しかし、それは無理な相談だ。マッカーサー司令官が哈爾浜死守を命じてきた以上、我々にはそれに従う義務がある。

　これをくつがえすには、日本本土の極東連合派遣軍総司令部からマッカーサー司令官に対し、全軍結集の命令を下してもらうしかない。

　だがいまのところ、市ヶ谷の総司令部もマッカーサー司令官と同意見だ。したがって、命令の撤回も変更も、当分はありえん。もし変わるとすれば、何か決定的な戦局の変化が起こり、満州北部……いや満州全体をいったん放棄する場合だけだろう」

　満州から連合派遣軍がいなくなる。

　それは極東アジアにとって、最悪といってよい状況である。

　満州全土と朝鮮半島を手にしたナチス勢は、次に必ず日本本土を刈りに出る。

　最終目標は中国本土とロシアを地続きにすることだろうが、それには日本海を挟んだ場所にある日本列島が邪魔なのだ。

　そして、もし日本列島までロシアに制圧されたら、中国本土も落ちる。

最終的には、地続きのマレー半島まで南下し、そこからインド方面を攻めることになるだろう。

そうなってしまえば、もはや連合軍に勝機はない。

インド全体が包囲され、最も近い支援地点がオーストラリアでは、もう孤軍奮闘と同じことだ。そしてインドが落ちれば勝敗は決する。

ユーラシア大陸全域を支配したナチス勢は、全力でアフリカ制圧を目指す。そしてアフリカが落ちれば、残っているのは北米大陸のみ……。この時点まで合衆国とカナダが孤軍奮闘できるとも思えないため、おそらくどこかの時点で降伏すると思われる。

そうさせないためには、満州と朝鮮半島を永続的にナチス勢の支配下に置かせてはならない……これが連合極東派遣軍総司令部の結論だった。

「では、どうなさいます?」

参謀長が上官の司令官に意見を求めるなど、本末転倒もはなはだしい。

だが板垣は、東条の性格を知り尽くしているため、ほとんど気にすることなく答えた。

「貴様が思っている通りにする。徹頭徹尾、ここを守る。そのせいで無視できない被害が発生するだろう。その被害の大きさに総司令部が肝を冷やすことで、ようやく現状を理解するはずだ。

そうなれば、むこうから撤収命令が出る。我々はいわば人柱(ひとばしら)だ。世間的には、米軍を守って孤軍奮闘し、恐ろしいほどの被害を出した。何倍もの敵と凄まじい重火器に晒(さら)されながらも、最後の最後まで哈爾浜を死守した……そう思わせればいい」

なんとも無慈悲な判断だった。

しかもそれは、板垣の言葉を借りれば『東条の真意』らしい。

「それで時間が稼げれば、それも仕方ありません。あとは連合海軍に、なんとしても奮闘してもらわねば。海軍は我が方が優勢ですから、日頃の大言壮語を実行してもらいましょう。

できて当たり前、できなければ評判倒れに終わる。それがいまの海軍です」

ここまで日本が変わっても、東条の海軍嫌いは治っていない。

いまでは少数派になってしまった陸軍主戦論者としては、現実的に見て海軍重視の連合軍を無視することはできないが、『やれるものならやってみせろ』とけしかけることはできる。

「一年後か……遠いな」

板垣は遠い目になった。

海軍の反攻計画は、新造艦が出揃う一年後となっている。

もちろん極東方面は待ったなしだが、可能な限り主力艦を温存し、のちの大反攻作戦に繋げるのが基本方針として決められた以上、当面は陸軍も、それなりの支援しか受けられない。それが偽らざる現実だった。

3

六月一七日　ベルリン

ヒトラー総統の胸中に、いったい何が起こったのか……。

ベルリン中心部にある総統府の執務室で、ヒトラーは呼びつけた連邦各国の大使を前にして、驚くほど真剣な表情を浮かべている。

だが誰一人として、召喚された理由を問う者はいない。

以前にはいたかもしれないが、そのような無作法を許すヒトラーではないことを、いまでは誰もが知っているからだ。

大使たちは、連邦各国の首相から鼓膜が破れるほど注意されている。

――総統閣下が発言を許すまでは、何があっても声を出すな。

――閣下の機嫌を損ねたら、当人のみならず、大使に任命した首相まで粛清される。

そう言いつけられているため、あえて我が身をもって試そうという輩(やから)は一人もいなかったのである。

しばらく大使たちを見つめていたヒトラーは、ようやく話す気になったようだ。

ゆっくりと口を開くと、日頃の演説とは正反対の、静かで落ち着いた声を出した。

「諸君……まず最初に、私は諸君の母国の政府と国民に対し、心から謝らなければならない。じつは、連邦国民および連邦各国の首相に約束していた連邦統合府の建設が、まことに残念なことだが無期延期となったのだ。

本来であれば、ベルリン中心部にあるここも、そろそろ取り壊しに入る予定になっていた。だが、まだ当面は総統府としての役目を果たしてもらわねばならない。

中心にある総統府を温存するということは、ここを中心として計画された連邦統合府および連邦諸機関の中核建築物、そして第三帝国の帝都として計画されているベルリン市街再構築も、一切が延期となったわけだ。

　これらの措置は、すべて今回の戦争において勝利を獲得するためであり、その勝利を確定してのち、連邦統合府あらため世界統合府として設計しなおすことになった。

　一日も早い連邦結束の証（あかし）である統合府の完成を、皆は首を長くして待っていたことだろう。それを私の一存で延期するのだから、連邦総統といえども謝罪すべきと思った。

　そういうわけなので諸君、君たちの国の首相へ伝えてくれ。ヒトラーが心の底から謝罪し、かつ、今度の戦争を勝ち抜く決意を固めた……と。

　我が陣営が有利なことは百も承知の上で、あえて連邦各国に対して注意を喚起したい。敵は弱勢力だが、それゆえに死にもの狂いで戦いを挑んでくる。ゆえに甘く見ていると、思わぬ敗北に涙することになるだろう。

　だからこそ私は己（おのれ）を戒めるために、あえて節制の精神を貫くことにした。統合府の建設中止も、いまはその時ではないと思ったからだ。自分で発案して各国首脳にも同意をもらったというのに、ここで私が我を通すことを許してほしい。

　正式な謝罪は、後日パリにて行なわれる連邦会議の席上、改めて行なうことにする。今日の召喚はあくまで非公式なものだが、一秒でも早く皆に謝罪したいという思いからのことだ。

ともかく……戦いの狼煙はあがった。今後は連邦全体が一丸となり、勝利を得るその日まで戦い抜かねばならない。

また、各国の隣接する地域には、速やかに連邦各国軍による侵攻を開始し、自由主義陣営につけ入る隙を与えないよう、常に先手を取らねばならない。

いかにドイツ正規軍が精強であっても、全方面同時に投入するだけの戦力はない。必然的に、必要な場所、必要な時期にドイツ軍は投入される。その他の地域は、基本的に連邦合同軍もしくは各国軍が担当する決まりになっているのだから、全地球的な戦略に基づき、各国軍は連携しつつ敵軍を掃討していかねばならない。

これらのことも、私の謝罪の意のついでに伝えておいてくれ。今日の要件はこれだけだ。忙しい中、召喚に応じてくれて大変に感謝している。では、これにて退室してくれ」

そう告げるとヒトラーは、自ら右手を上げた。

次の瞬間、弾かれたように各国大使の右手が伸びる。そして、執務室が揺らぐほどの大声で、『ハイルヒトラー』と叫んでいた。

大使が出ていった後、執務室の右側にあるドアが開き、ナチス党の制服に身を包んだ太りぎみの男が入ってきた。

右側のドアのむこうは総統休憩室になっている。そこから出てきたということは、それだけで総統府の重鎮であることを証明していた。

「あの程度の内容で、本当によろしかったのですか」

男は、ルドルフ・ヘス親衛隊大将だった。

総統の私兵である連邦親衛隊の大将というからには、さぞやヒトラーの信任も厚き人物……そう海外では受け止められている。

しかし、実際は違う。

現在、総統に次ぐナンバーツーの地位にあるのは、国家元帥の地位にあるヘルマン・ゲーリングである。ヘスとゲーリングは相性が悪く、いわばヘスは、ゲーリングによって政治的権力をなし崩しにされた窓際族のようなものだった。

むろん、ヘスもなんとか地位を取りもどそうと、いまも何かと理由をつけて、総統執務室に入り浸っている。他の閣僚が戦争勃発のせいであちこちへ出払っているのとは、じつに対照的だ。

それだけヘスには、仕事が与えられていない。

かといって、これまでのナチス党に対する貢献や国民に対する知名度から、そう簡単に粛清できる存在でもない。

そこでヒトラーとゲーリングは、しばらくヘスを無任大臣として、総統府内で自由に泳がせることにしたのである。

ヘスの、おもねりの入った声を聞いたヒトラーは、わずかに鼻の下の髭を震わせた。表情はいつもの通りだが、その髭の振動が、ヒトラーの内心における不快感を表わしている。

「戦争は始まったばかりだ。最初からきつく張った弦は、そう長くもたん。最初は調律がてら緩めに張り、弦と楽器が馴染むにつれて、徐々に緊張を高めていく。それでこそ一流の音が奏でられるというものだ」

ヒトラーらしい比喩を用いた返事だったが、ヘスにはあまり響かなかったようだ。

「私個人としては、最初が肝心と思うのですが……むろん総統閣下の御判断であるのなら、それに異論を唱えるつもりはありません。

おそらく私の何倍も深いお考えがあってのことでしょうから、私は黙って閣下に従うのみです」

ヒトラーは独裁者だが、このような愚かな迎合を好む男ではない。

だが、退けるには存在が大きすぎた。

いずれは粛清するにしても、いまは優先すべきことが多すぎて、ヘスごときに自分の頭脳を使うこと自体が無駄の極みと感じている。

「そういえば、ヘス君。きみはたしか、たいそう芸術に通じていたな。そこで私個人からの頼みなのだが……じつはパリのルーブル美術館が、ナチスフランス政府樹立の前夜に、かなりの数の美術品を持ち出し、どこかに隠匿(いんとく)しているらしい。

そこで君に、ナチスフランス政府とフランスSSに対する特権を与えるから、なんとしても秘匿された美術品を探し出し、同時に持ちだした連中を、連邦財産の略奪罪および連邦反逆罪の罪で逮捕してほしいのだ。その後の処断を含め、すべて君に任せる。

これは君にしかできない……そう私は信じている。戦争通は戦争を、文化に通じる者は文化を、それぞれ得意分野で能力を生かしてほしいのだ」

予想外の頼み……いや、これは総統命令に等しい。

その命令を聞いたヘスは、もはや駄目かと諦めかけていた名誉回復のチャンスを与えられたと感じ、内心では小躍りして喜んだ。

「芸術に関しては、総統閣下の右に出る者はいないと存じております。その閣下からの御下命とあらば、このヘス、全身全霊をもって職務に邁進する所存。なにとぞお任せあれ。必ずや御期待にそう結果を出しますとも」

ヘスは、あと少しのところで『この命に代えても』と吐きそうになった。だが、さすがにそれは危なすぎると、慌てて喉の奥に呑みこんだ。

「受けてくれるか。ならばさっそく、パリに発ってくれ。朗報を期待しているぞ」

そう告げるとヒトラーは、くるりと踵を返し、ヘスに背を見せた。

それがヒトラー流の会話の終わりを知らせる合図であり、いったん背を見せたら、誰であれ退室しなければならない決まりだった。

だが……。

背中に総統をたたえる声と挙手の感触を味わいながら、ヒトラーはなんと、安堵の表情を浮かべていた。

これで当分、ヘスの顔を見なくてすむ。

その表情には、露骨にそう刻まれている。

なるほど……背をむけねばならないわけだ。

ヘスが出ていって、ゆうに一〇分以上、ヒトラーは執務机の背後にある荘厳な黄金の鷲を象ったステンドグラスを見ていた。

執務室の窓は万が一に備え、ステンドグラスの外側に、分厚い防弾ガラスが張られている。しかもステンドグラスのせいで、外から中を見ることはできない。

ようやくふり返ったヒトラーは、机にある電話機を取り、総統秘書を呼び出した。

「私だ。ゲーリングを呼べ。ただちにだ」

ヘスを追いだし、ゲーリングを呼ぶ。

それはヒトラーにとって、平時から戦時へ気分を切りかえる儀式であった。

*

ヒトラーがゲーリングと密談をしてから、おおよそ一八時間後……。

フランス北部フランドル地方にあるリール空軍基地へ、最優先と銘打った暗号電文命令が送られてきた。

命令を出した部門は、ナチス連邦フランス空軍司令部となっている。

ナチスフランスに限らず、独裁色の強い連邦各国は、いずれも軍の最高司令部を首都に設置している。したがって、この命令もパリから送られたものだ。

タイプされた命令書を受けとったミシェール・ラノワ司令官（少将）は、次の瞬間、司令部中に聞こえるような大声を出した。

「連邦総統府から直々の命令が出た！　諸君、出撃だ!!」

今年になってから、フランス北部の各航空隊基地へ、続々とドイツ製の新型軍用機が運ばれてきた。

それまでは、ドイツ製の旧型戦闘機で構成された防空隊が一個、旧フランス製戦闘機で構成された防空隊が一個のみの編制だったのが、いまでは防空隊とは別に、四個双発戦闘機部隊と二個双発爆撃機部隊が追加されている。

これを見れば馬鹿でもない限り、近い将来に遠距離爆撃作戦が実施されることがわかる。

むろんラノワ司令官は、事前に爆撃作戦の概要を知らされており、そのための特別訓練計画を実施するよう命令されていた。そのため、今日の命令がいつ下されるかと心待ちにしていたところだった。

しかし連邦空軍総司令部も、純粋なフランス人のラノワに、よくもまあ事前の情報を渡したものだ。外部の者は、そういぶかしがるかもしれない。

ラノワに限らず、フランスやベルギー／オランダ／スイス／ポーランド／オーストリア／北欧三国など、国家体制がナチス党によってくつがえされ、結果としてナチス連邦入りをした国家は、いずれも指揮官の多くが現地人となっている。

これは、強引に国家体制を変更した結果、いまもって根強いナチス反対派が存在するという現実に基づいている。

敵意のある地域で、あまりおおっぴらに、ドイツやイタリア／スペイン／ロシアなどの連邦中枢国家の人間を指揮官として据えると、思わぬところで反感が増大する。これは過去の歴史を見れば明らかなことだ。

そこでヒトラーを中心とする連邦総統府は、現地の熱心なナチス党員で、なおかつ旧軍の士官職にあった者を抜擢し、彼らに指揮官を任せる方針を採用したのである。

とはいっても、強権を中央に集中する連邦体制を磐石（ばんじゃく）にすることがナチス党の党是のため、任せたから野放しにするようなことはない。

どの基地、どの司令部に行っても、指揮官の横にはナチス連邦親衛隊の将校がつき従っている。

彼らは政治将校と呼ばれ、各国軍の監視役を任じられている。

その政治将校も、末端の基地や駐屯地では各国ＳＳ出身者が多数を占めているが、各国ＳＳの最高指揮官はもれなくドイツ人であり、そこには該当国家はむろんのこと、たとえ連邦中枢国家の国民でも入り込めない鉄の掟（おきて）があった。

リール空軍基地の政治将校が、以前いたフランスSS出身者から、ドイツ本国の連邦SS本部が送りこんだミハイル・グント大佐に代わったことも、この基地の重要性が数段階も格上げされたことを意味している。

そのグント大佐が、ラノワ司令官の派手な命令を、面白くもないといった表情を浮かべて見ていた。

「ようやく命令が出ましたね。ずいぶんと延期されていたアシカ作戦も、やっと第一段階が開始されたことになります。そうなると、ここは最前線……。出撃だけとなれば今後、もしかすると英国軍による逆襲があるかもしれません。出撃だけに心を奪われていると、肝心の基地をやられる可能性があります。

その点を考慮し、基地防衛隊だけでなく、フランドル地区の各守備隊にも連携させ、全力でここを守るよう要請を出してください」

グントは要請と言ったが、連邦SS本部に直結する政治将校が口にした場合、それは命令以外のなにものでもない。

グントはヒトラーの命令で動く手駒なのだから、連邦SS本部との連絡も、フランスSSやナチスフランス軍を通さず、直接に特別の暗号を用いてベルリン直通回線で行なっているほどだ。

その通信に、特別製のエニグマⅡ暗号機が用いられていることを知っているのは、まだごく少数のSS関係者のみである（エニグマⅠですら極秘になっているのだから、これはもう最高機密そのものといってよい）。

念を押されたラノワが黙ったままのため、グントはさらに言葉を重ねた。

「空軍によるストルヒ作戦、海軍によるドルフィン作戦……これがアシカ作戦の第一段階となっています。いずれも英海軍の本土防衛能力を奪うための作戦ですので、第二段階となる、空軍の総力を結集したリーゼンシードラ作戦を実行する前段階と言えるでしょう。

そして第三段階となる本番……上陸作戦へと繋げていく。したがって、第三段階が発動される条件は、第一／第二段階ともに、期待される戦果をあげたと連邦総統府が判断した場合のみです。

総称してアシカ作戦と呼んでいるものの、実際には三つの大作戦の集合体であり、その子細は、各段階ごとに知らされることになっています。よって現時点においては、この私でも、第一段階までしか子細は教わっていません」

グントはそう言うが、ラノワ司令官などは、初陣の爆撃目標しか知らされていない。

ストルヒ作戦の攻撃目標は、各基地に割り当てられたぶんしか基地司令には知らされず、作戦の全貌を知っているのは、ナチスフランス空軍司令部の一部と、基幹出撃基地の政治将校のみとなっている（当然、ナチスドイツ空軍および連邦空軍総司令部は知っている）。

ちなみにストルヒとは、日本語でコウノトリのことだ。ドルフィンは英語と同じでイルカ、リーゼンシードラはオオワシを意味している。

となると、本来ならアシカ作戦も、ドイツ語のゼーレーヴェ作戦と呼ぶべきだが、アシカ作戦の存在自体は、一年ほど前から英国情報部に察知されていたため、いまでは西側全体が『アシカ』の名を使っている。

これらの理由もあり、現在ではフランス国内でも、『アシカ』が共通語として使われている。

「我が基地航空隊の攻撃目標が、ロンドン港湾部とわかっているだけで充分です。他の目標は他の基地に任せましょう。我が航空隊は、これよりロンドン爆撃にむかいます。必ずやロンドンの港湾機能を破壊し、英本土艦隊を側面から弱体化させることに成功するでしょう」

ようやく口を開いたラノワは、まだ戦果もあげていないのに大言壮語した。

当然、そこをグントに突かれる。

「いいのですか？　まだ戦ってもいないのに、そこまで言って」

「連邦空軍から与えられた長距離双発機は、いずれも従来のものより数段も優秀です。たとえ英国空軍が束になって襲ってきても、それらを蹴散らし、確実に攻撃目標を破壊できると信じています」

心の中で言い過ぎたと思ったラノワは、自分の自信の根元がドイツ製航空機の性能にあるのだと、いわば責任転嫁した。

もし思うような戦果が出なければ、思っていたよりドイツ製航空機の性能が高くなかったとか、さもなくばパイロットの技量のせいにできる。そう考えたのである。

「たしかにドイツの航空機は優秀ですが、さすがに長距離を飛ぶため他の性能を犠牲にしている部分があります。それを考慮すると、まだ安心はできません。

英国の短距離単発戦闘機は、我が方の旧型メッサーシュミットBf１０９Ｖと同等ですので、この基地に配備された双発戦闘機……Me・Bf１１０より格闘戦は優秀です。

本来であれば、新型のBf１０９Ｆか、もしくは本国で制式採用されたFw１９０を投入したいところですが、残念ながら増槽をつけても英本土往復には航続距離が足りません。

となれば新型双発戦闘機か、もしくは新型長距離単発戦闘機がほしいところですが……いずれ開発配備されるとは思いますけど、それまでは現在の機種で奮闘するしかありませんね」

さらりと言ってのけたグントだったが、じつはドイツ本国のハインケル社で、He２１９型と呼ばれる新型多目的双発戦爆機が、すでに拡大試作に入っていることを知っている。

この双発機は画期的な設計のため、本国内では密かに期待されているものだが、当時のエルンスト・ハインケル社長がヒトラーを嫌っていたため、なかなか量産許可が出なかった。

そこでヒトラーは、ナチス連邦樹立と同時に、ドイツ国内にある全企業の社長に対し、ドイツ連邦中枢国家としての規範を示すという理由で、ナチス主義に全面賛同するか、さもなくば社長の座を退くかを問う公式の行政命令を出した。

これにハインケル社長は反発したため、ハインケル社そのものが連邦府直轄企業として没収され、ハインケルは特別顧問という閑職に降格された上で、ナチスロシアへ業務出張に出された。

噂では、これは事実上の粛清であり、ロシアに到着したハインケルを待っていたのはロシアSSの将校であり、その後、スターリン首相の裁可を得て、シベリアにある『航空素材研究所』という名の強制収容所へ送られたというが、真偽のほどはわかっていない。

代わりにハインケル社の社長には、ドイツナチス党の信任も厚いメッサーシュミット社がかつてハインケル社から引き抜いた、ロベルト・ルッサーが着任している（ルッサーはMe・Bf109原型機の設計者）。

当然、ルッサーの抜けたメッサーシュミット社は、意地でも負けられない状況になった。

そして現在、試作段階にあるのが、世界初のジェット戦闘機――Me262である。

これは極秘開発となっていて、ドイツ国内でも一部の者しか知らされていない。

なにしろメッサーシュミット社が、すべてのレシプロ機の新規生産を中止し、レシプロ機は他社に任せてジェット機とロケット機の開発に専念することになったのも、レシプロ機設計の第一任者だったルッサーがハインケル社長になったためというから、いかにルッサーの力量が凄いかわかる。

二人の会話に割り込むかたちで、基地参謀が司令官室へ入ってきた。

「お話し中で申しわけありませんが、各飛行隊の離陸準備が整いましたので、すみやかに滑走路にて司令官訓辞を願います」

記念すべき作戦初動日の初出撃である以上、基地司令官が訓辞を行ない、そののち離陸を見届けるのは当然の義務となっている。

「そうか……すぐ行く」

ラノワはそう答えると、ちらりとグントを見た。

「私は目立たぬ場所から、こっそり訓辞を拝聴させていただきます」

あまり政治将校が目立つと、なにかと面倒なことになる。自分の立場を熟知しているだけに、グントは影の司令官に徹するつもりらしい。

「わかった。では……」

何か言いたそうなラノワだったが、それを呑み込むと、上着となっている司令官服の袖に手を通すと、慌ただしく部屋を出た。

「あと一年あれば……いや、敵もその一年で準備を進ませるだろうから、いまでも同じか。

しかし、あと一年あれば、ナチス連邦の軍事力は、質だけでなく量も揃ったのだが。まあ、始まってしまったものは仕方がない」

独り言を呟いたグントは、自分の思いを振りきるかのように、深々とフランスSS専用の軍帽をかぶりなおすと、ゆっくりと歩きはじめた。

4

六月二四日　日本海

「いいか！　行く手を遮（さえぎ）るものは、たとえ漁船であっても無警告で沈めろ!!」

狭い襲撃艦の艦橋。

二個の舵輪を操作する二人の航海手の背後で、海狼（かいろう）B一〇〇に乗艦している帝国海軍第一地方戦隊所属・第一襲撃隊長の喜多島英利（きたじまひでとし）大尉は、まさかと思っていた主力戦への参加に、目一杯といっていいほど意気込んでいた。

第一襲撃隊は、海狼型襲撃艦汎用タイプ（A）が四隻、雷撃タイプ（B）が四隻、打撃タイプ（C）が二隻の、合計一〇隻で構成されている。

いずれも大型海防艦クラスで、連邦海軍に派遣している駆逐艦より小さい。

だが一度でもその特異な形状を見れば、絶対に忘れられないだろう。

なんと艦体左右に、南洋のボートに見られるような大型のフロートが取りつけられているのだ。

艦体とフロートのあいだは上部ブリッジ（鋼板トラストと鋼製パイプのアーム構造）で連結されていて、その下には二本の大型魚雷発射管が吊り下げられている。

ブリッジ上に魚雷発射用の制御装置があるため、その部分は低い傾斜のついた防弾板で囲われている（C型は魚雷なし）。

また雷撃タイプであるB型には、ブリッジの付け根部分（中央艦体両舷）にも、単装の通常魚雷発射管が設置されているが、場所的に固定するしかなく、すべての魚雷が前方のみへの投射となっている。

また、後方に追従している打撃タイプ（C）には、なんと小さい艦体というのに一〇センチ四五口径単装砲が二基、さらに八センチ四五口連装砲が二基も搭載されている。

普通の単胴艦だと、明らかにトップヘビーになる状況だが、左右のフロートが艦の安定を確保しているため、このように極端な重装備が可能になった。

しかし、軍艦で三胴船ともなると、かなり小回りが利かないはず……。

このことは設計段階から考慮されていて、海狼型には、なんと三基の舵がついている。

主舵は通常の艦尾にあるが、左右のフロート下（前方部）にも、それぞれ一基ずつの副舵が設置されていて、すべての舵が艦橋にある二個の舵輪で操作できるようになっている。

この三基の舵は、単に方向転換を素早く行なえるだけではない。

たとえば主舵を右に回し、副舵を右に回した場合、舳先方向は変わらないまま、艦は右舷前方へと滑って行く。左右のフロートが波を切るせいで、喫水の浅い中央艦体の受ける抵抗も少なくなり、速度はいくらか落ちるものの斜め前への移動が可能なのだ。

自動車でいえば、これはドリフト状態と呼べるもので、戦力を正面に集中している海狼型にとっては、まさになくてはならない必需品といえるだろう。

むろん主舵を右、副舵を左に回せば、通常では考えられないほどの急速左旋回が可能になる。

そして単胴艦が急速旋回時に転覆するような状況であっても、左右のフロートが艦の傾きを完全に防止してしまうため、艦はほとんど水平を保ったまま、海面を飛ぶように横滑りする。

ただし、これは波高三メートルまでの話だ。

艦体が小さい三胴型の場合、大きなうねりを横から受けると、うねりの斜面を横滑りしていくことになる。このため進路の維持が難しく、思わぬ事故に繋がることもある。

それをあえて、冬が荒れる日本海に配備したのは、デメリットよりもメリットのほうが数段あった証拠である（直進したり緩い進路変更をするぶんには、波高三メートルでも問題ない。あくまで理論限界付近での急速進路変更の場合のみ問題が出る）。

「各艦へ伝令。陣形を維持して進む」

喜多島は横で待機している伝令に対し、発光信号所へ行けと命じた。

現在の陣形は、海狼Ｂ四隻がハの字型に並び、その左右に二隻縦列となった海狼Ａが並んでいる。そして砲撃専用のＣ型は、海狼Ｂの背後で二隻並列となっていた。

この陣形は明らかに集中雷撃陣形であり、砲撃は雷撃の支援にしか使わないという意志の発露である。

むろん海狼Ｂにも、甲板前部に八センチ四五口径単装砲が二基設置されているが、それは敵の沿岸警備艇や漁船を排除するものであり、敵の主力駆逐艦が相手だと撃ち負ける代物でしかなかった。

「第三連合艦隊より入電です」

艦橋の一階下にある通信室から、伝令が通信文を持ってきた。

一読した喜多島は、思わず大きな笑い声を出した。その声に驚いた艦橋の面々が、興味深げに見つめている。

「水偵索敵で、我が隊の前方二二キロに敵潜水艦二隻を発見したそうだ。敵潜は慌てて潜航したらしい。でもって我々に対し、敵潜攻撃に注意せよ……そう艦隊長官から直々のお言葉だってよ！」

喜多島が電文を要約して伝えたことで、ようやく艦橋要員たちも、なぜ笑ったのか理解した。

「襲撃艦に魚雷が当たるのは、港に停泊してる時だけです」

一人冷静な声で、第一襲撃隊参謀の甑豊中佐が答えた。

「ああ、その通りだ。どうやら俺たちの常識ってやつは、上層部では知られてないらしい」

襲撃艦はその特殊な舵構造により、たとえ一〇〇メートル以内で魚雷を発見しても、簡単に艦をスライドさせて避けることができる。

むろん、まったく気づかずにいたら当たるが、基本的に出撃したら二五ノット以下に速度を落とさない部隊のため、真正面から魚雷を発射されない限り、狙いをつけること自体が至難の業だ。

その真正面に関しては、常に檣楼上部にある監視所から、三名の監視員が目視観測している。そのため、通常であれば正面の潜水艦（たとえ潜望鏡でも）を見逃すことはなかった。

つまり、通常の作戦行動中に潜水艦の放つ魚雷が当たる可能性は、限りなくゼロに近い。その心配をされたため、喜多島は笑ったのである。

冗談を言った喜多島に対し、甑が静かに答えた。

「前方に敵潜が待ち構えていて、索敵機の哨戒範囲に敵水上艦がいないということは、潜水艦による待ち伏せ攻撃の可能性が高いと思われます。

おそらく、後方からやってくる第三連合艦隊を待ちうけているのでしょう。なんなら、我々で始末しますか」

汎用襲撃艦であるAタイプには、各艦一基の爆雷投射機が装備されている。

いま喜多島の隊にいるAタイプは四隻……四基の爆雷投射が可能だ。

「んー、敵潜に時間を取られるのは嫌だな。よし、高速で敵潜のいる地点のど真ん中を突っきりつつ、Ａタイプによる可能な限りの爆雷攻撃を行なう。

隊速度を三二ノットへ増速しろ。全艦、絶対に速度を落とすな。Ａタイプは当てようと思うな。速度を維持しつつ爆雷を連続投射するだけで、そのまま走りぬけろ」

「ただちに伝えます」

喜多島の判断に異論がないらしい甑が、さっさと背をむけて、自分の足で通信室へとむかっていく。

「いいか！　あくまで俺たちの敵は、出てくるはずのロシア沿海州艦隊だ。第三連合艦隊の露払いなどと遠慮するつもりはない。大型艦から順に沈めてやる。いいなッ!!」

さすが、米軍をして『海の騎兵隊』と言わしめた襲撃艦隊である。

駆逐艦乗りよりも命知らずで、冬の日本海をものともせずに猛訓練を続けてきた。

それを視察した連合海軍所属の米指揮官が、その凄まじさに驚き、米軍人としては最大級の賛辞を送った……その時の言葉だ。

「おおうッ！」

全員の雄たけびが返ってきた。

艦橋要員といえば、普通は冷静沈着な士官と相場が決まっている。だが、どうやら襲撃艦隊にだけは通用しないらしい。

『……こちら通信室の甑』

高速で突っ走る艦の雑音に紛れて、艦橋スピーカーから甑の声が聞こえた。

艦の構造と速度のせいで、襲撃艦には猛烈な雑音が発生する。そのため艦内スピーカーは、よほど緊急の時以外は使われない。通常は、確実な伝令を使って伝えることになっている。

その艦内有線通達を、あの冷静な甑が自ら行なったということは、よほどの緊急性があったのだろう。

喜多島はできるだけ静粛に努めつつ、甑の言葉の続きを待っている。

襲撃艦の艦内有線通達は電話方式ではなく、たんに発令する場所から一斉放送するだけのものだ。したがって、喜多島が甑と通話するためには、艦橋にある有線用マイクのスイッチを入れる必要がある。

だが、艦橋でスイッチを入れると、通信室からの放送が切断されてしまう。単純な一方通行回線のため、そうするしかない。

ここにも襲撃艦の徹底した簡略化・低費用化は及んでいる。

数秒後、再び甑の声がした。

『第三連合艦隊より緊急通達。重巡ハートフォードの水偵が、我が隊の右舷前方二五度方向、距離一二〇キロ地点に、戦艦を含む敵艦隊を発見。敵艦隊は、第三連合艦隊の目標地点となっている朝鮮半島東部の江陵（カンヌン）方面へ進撃中。

第三連合艦隊は、これより空母航空隊による敵艦隊攻撃の準備に入る。これに伴い、全襲撃部隊は突進を開始、航空攻撃隊による攪乱（かくらん）に乗じて、敵艦隊を強襲すべし。以上、第三連合艦隊司令長官F・J・フレッチャー少将……だそうです』

「よしきた！」

喜多島は、聞こえるはずのない甑にむかって返事をした。

「進路変更、右舷一〇度。速度そのまま。爆雷攻撃もそのままだ。多少、敵潜中心部より外れるが、どうせついでだ。

全艦に通達、全襲撃隊は、これよりロシア艦隊を強襲する。野郎ども、根性見せろ!!」

驚くことに、喜多島の命令を伝えた伝令は、喜多島が言った言葉そのままに伝えた。

つまり一兵卒の伝令が、各部所の上官や先輩に対し、『野郎ども！』と叱咤激励したのである。

それもまた、襲撃艦隊では許される。

伝令の言葉は指揮官の言葉。反論は許されない。

そう徹底して叩き込まれているからである。

かくして……。

彼我の距離は、急速に縮まっていった。

＊

「左翼前下方に敵艦隊発見！」

最初にロシア艦隊を発見したのは、軽空母コーリッジに所属する、三菱カーチスF3Bスカイダイバーのパイロット——第二編隊二番機のコーリン・スナイパー一等軍曹だった。

第三連合艦隊がロシア艦隊を発見した時、彼我の距離は二〇〇キロほど離れていた。

そこから空母航空隊の発艦準備に入り、三〇分後には発艦を開始している。そして航空隊は、それから四八分後には敵艦隊上空へ到達していた。

スナイパーの声を聞いた、後部座席に座る射撃手兼通信員のジミー・R・レイク一等兵が、英国で開発されたばかりの航空電話（短距離音声通信装置）で、航空攻撃隊全機へ伝えようとした。

「機長！　通信状況が悪く、届いていないみたいです!!」

残念ながら英国自慢の装備は、最初の実戦でへまをやらかしたようだ。

いかに英国の無線技術が進んでいるとはいえ、まだまだ黎明期を脱していない。

なにしろ日本や合衆国は、音声通信技術そのものを英国から教わり、いまは実験中の段階でしかない。

ドイツ本国の科学者なら、あるいは開発に成功しているかもしれないが、それは厚い機密のヴェールに閉ざされ、自由主義世界には伝わってこない。したがって、少なくとも自由主義世界においては、現時点で実用化に成功したのは英国のみである。

レイクからの報告を聞いたスナイパーは、ちっと舌打ちすると、すぐさま操縦席の風防を動かし、上部に隙間を作った。

そこから信号銃の短い筒先を出して引金を絞る。すぐに赤い発光信号が射ちあがった。

周辺の僚機の視線が、スナイパー機に集中する。

そこでスナイパーは、ようやく大きな身振りをしながら、右翼前下方を右腕全体で示した。

これでよし。あとは敵艦隊を確認した機が、順番に知らせてくれる。

最終的には爆撃隊隊長にも伝わり、隊長機の動きによって、隊長命令が伝えられる。

ちなみにF3Bスカイダイバーは、日本の三菱飛行機が設計し、合衆国のカーチス社が米国仕様を生産している。日本仕様の生産は、そのまま三菱が担当している。

これまで艦爆といえば、英海軍のフェアリー・ソードフィッシュなどを代表例とするような複葉機が一般的だった（ソードフィッシュは爆雷撃機）。

しかし、三菱が新規設計したF3B（日本では三菱九八式艦爆）は、初めての全金属機であり、しかも単翼機である。

合衆国の各社も独自に試作機や設計を行なっていたが、いずれも複葉機であり、試作機段階で比較試験を行なったところ、三菱機が全性能を上回ったため、急遽（きゅうきょ）、日米合作が決定した。

これは艦戦の中島グラマンF3Fシーキャットも、まったく同じ過程を踏んでいる。

日本は密かに航空技術の徹底した開発を行なっていたのだが、ここに来てようやく、米英も日本の実力を認めたことになる。

ただし、認められたのは機体設計のみで、エンジンや武装・通信機などは、各国で独自開発したり、完成品を輸入して装備しているのを見てもわかる通り、まだまだ日本の航空機開発には弱点も多かった。

それらの相違点からくる性能差……。

たとえば、中島九九式艦戦とF3Fシーキャットでは、九九式が二〇ミリ機銃二挺（両翼）、七・七ミリ機銃二挺（機首）なのに対し、F3Fは一二・七ミリ機銃を四挺（両翼）を装備しているが、日本の二〇ミリは初速が遅く、弾丸も軽い。

対するF3Fの一二・七ミリは長銃身タイプのため、初速が速くて射程も長い。

模擬戦闘の結果では、F3Fのほうが三割ほど勝率が高かったのも当然である。

機体の防弾性能や燃料タンクの被弾措置などは共通のため、模擬戦闘ではエンジンと機銃の差が出たことにある。

これを恥辱と感じた中島のエンジン技術者は、ただちにF3F用のエンジンを取りよせ、徹底的に分解して分析している。その結果は、まもなく中島の改良型エンジンに反映されるはずだ。

最初からF3Fの完成品を輸入すれば手っ取り早いのは、誰でもわかっている。

しかしそれでは、米国に生産のすべてをゆだねることになり、万が一、日本に対する海路輸送や太平洋の島々にある中継滑走路が破壊された場合、日本の航空隊はお手上げになってしまう。

だから、意地でも自主開発する。

そして日本国内で量産してこそ、自由主義陣営の一員として認められるのである。

連絡を終えたスナイパーは、ずっと隊長機を見ていた。

その隊長機から青色の信号弾が射ち上がった。

全機、攻撃開始の合図である。

これから先は、編隊単位に分かれて突っ込むことになる。同時に艦戦隊が掩護につくが、敵艦隊上空に敵航空機はいない。

となると、艦隊襲撃の報を受けた敵の陸上航空隊が出撃してくるまでは、艦戦隊は上空で警戒を続けることになる。

第二編隊長機が軽く翼を振った。

そして左手を出して、左下に見えている明らかに回避速度の遅い小型戦艦を指さした。

「編隊長機に続いて左下の戦艦を狙う。行くぞ！」

後部座席のレイクに、急降下に備えるよう注意を促す。

そして隊長機の機首が急確度で下に落ちたのを確認した上で、自分も操縦桿を思いっきり前に倒す。

機体が何かに衝突したような衝撃と共に、恐ろしい角度で下に向かって落ちはじめた。それを操縦桿とスロットルの操作で、うまく爆撃軸線にのせる。

高度が落ちるにつれて、見る見る敵戦艦の姿が大きくなっていった。

5

二四日午後五時　江陵沖

ロシア太平洋艦隊に所属する第三艦隊は、母港をウラジオストクに定めているため、実質的には日本海艦隊と呼ぶべきものだ。

しかしナチスロシアが、日本と沿海州に挟まれた内海を『日本の海』と認めるはずもない。その結果、第三艦隊は沿海州艦隊と呼ばれるようになった。

また第三艦隊は、あくまで出撃時編制の名称で、ウラジオストクの沿海州艦隊に所属している艦のすべてを含むわけではない。他にも潜水艦部隊や水雷隊、近海警備用の駆逐隊などが所属している。

したがって第三艦隊は、日本海の全域に出撃し、領海外で戦うために編制された実戦部隊ということになる。

その第三艦隊司令官であるエルシャ・ロポフ少将は、いま旗艦となっている戦艦セバストポリの艦橋にいた。

「敵艦隊が接近中というのは、確かな情報なのだろうな」

一時間ほど前、ロポフは北朝鮮東岸の高城に配備されている、ロシア陸軍航空隊の偵察情報を受けとった。

そこには、現在位置から二五〇キロほど南に、江陵方向へむけて航行している大艦隊を発見したとあった。

しかもその艦隊は、後方に輸送船団を従えており、目的が朝鮮半島に対する上陸であることは明白だった。

本来であれば、北朝鮮とウラジオストクの間を哨戒するだけだった任務が、いきなり実戦になろうとしている。

むろん、ロポフ単独で決められることではなく、ただちにツアーノブルグにある太平洋艦隊司令部へ、いかに行動すべきかを問い合わせた。

返答は、たった一言だった。

『上陸を阻止せよ』

返電を受けたロポフは、迷うことなく、艦隊の進路を敵艦隊と交差するよう変更した。

ここで躊躇(ちゅうちょ)したり命令を無視すれば、ただちに更迭(こうてつ)される。その上で軍法会議にかけられ、まず間違いなくシベリア送りにされるだろう。

戦うしかない。

それがロシア海軍の指揮官に与えられた自由である。

「その後の索敵報告がありませんので、敵が進撃中との想定で動いています」

質問に返答したのは、第三艦隊参謀長のロイ・ハルコネン大佐だった。

ハルコネンとはロシア人らしくない名前だが、じつは数世代前に北欧から移民してきた一族の一人であり、熱心な国家社会主義者であることを認められ、海軍でも差別なく昇進していた。

「我が艦隊も、水偵を出したはずだが？」

陸軍航空隊からの第一報を受けたロポフは、ただちに指揮下にある艦の水偵を発進させ、確認情報を得ようとした。

ところが、その四機放った水偵のいずれも連絡を寄越してこない。時間的に見て、とっくに敵艦隊の上空へ達しているはずなのにである。

「おそらく撃墜されたのではないかと。こちらは単発複葉機ですので、敵の陸軍戦闘機や海軍艦上戦闘機に見つかれば、止まったハエのようなものです。たぶん返電する余裕もなかったのでしょう。

ただ……味方の水偵が四機も音信不通になった事実そのものが、敵艦隊が迫っている証拠だと思います。時間的に見て、敵は夕刻に江陵沖に達し、そのまま陸軍部隊を上陸させるつもりでしょう。

江陵地区は、まだ我が方の陸軍が制圧していない場所ですので、上陸自体は簡単に行なえます。ただ、上陸実施時に我が軍の航空隊から攻撃されるのは問題がありすぎますので、それを見越して夜間上陸を決定したのでしょう」

ハルコネンの予測は、日本側からすれば、ほぼ間違っていない。

今回の側面上陸作戦は、南朝鮮領内に対して行なわれる。

そこには少数だが自由連合軍の駐屯部隊がいるはずだし、彼らが周辺の警備を行なうことで、上陸部隊が安全に橋頭堡を確保できる算段ができあがっていたのだ。

「となると……我々の存在は、敵にとって完全に予想外ということになるな」

「いいえ。一時間半ほど前に、敵のものとおぼしき単発水偵が、南方向の空を飛んでいるとの発見報告がありました。おそらく敵艦隊も、なんらかの予兆……たぶん南方五〇キロから八〇キロ地点で警戒行動中の第三潜水戦隊が、敵艦隊の近くで発見されたのだと思います。

発見された潜水艦が通信連絡してこないのは、潜望鏡深度もしくはそれ以上の深度に潜っているためで、もし浮上して航行中であれば、潜航する前に必ず無線連絡してくるはずです」

ロシアの潜水艦部隊は、主に南朝鮮の東西沿岸に二個潜水戦隊を配置し、南朝鮮へ海から接近してくる敵を監視している。

いまハルコネンは、浮上していたら連絡したはずと断言したが、第三連合艦隊の前方に襲撃艦隊が先行していて、それが急速接近したせいで連絡する余裕がないまま急速潜航を余儀なくされた……そこまで読み通せる軍人はいない。

また、縦割り構造のロシア軍のため、いかにロポフやハルコネンが沿海州艦隊の重鎮であっても、作戦行動中の他の部隊に対する命令は、連携する必要がなければ知らされない。

むろん、各艦隊にいるSS将校だけは知っているが……。

それに気づいたロポフは、自室にいるはずの司令部SS将校を呼びに行かせた。

長官付きの艦隊SS将校――フィヨドール・A・バジョフ大佐は、呼ばれてから一〇分以上もたって、ようやく艦橋へ姿を現わした。

ナチスSSにきわめて似通ったロシアSSの制服は、ただ着ているだけで威圧感を与える。その上、徹底した思想教育をほどこされているせいで、まったく感情を顔に表わさない。

正直いってロポフは、可能な限りバジョフには自室に籠もっていてほしい……そう考えている。

だがいまは、それどころではなかった。

「休憩中に呼びだてしてすまん。じつは敵艦隊の件なのだが……南にうちの潜水戦隊が展開しているはずだが、連中は監視のみの任務なのか、それとも哨戒駆逐の命令を受けているのか、それを知りたくてな。ちょっと我々の作戦にも関係してくるので、教えてくれないか」

ロポフの頼みを聞いたバジョフは、少し考えた上で答えた。

「詳しくは軍規により申せませんが……いちおう彼らにも、敵艦隊と接触したら攻撃してよいとの事前命令が出ています。

ただし、あくまで索敵情報を送るのが最優先ですが……なにか連絡があったのですか」

「いや、まったくない。だから困っているんだ」

バジョフは、また考え込んだ。

話が途切れたのを見て、ハルコネンが口を挟んだ。

「これは仮定の話ですが……もし潜水戦隊が潜航中に敵艦隊と急速接近してしまい、浮上して連絡する余裕もないといった場合、しかも敵艦隊が攻撃可能な地点にいる場合には、連絡せずに攻撃するといった判断を独自にできるものでしょうか」

ハルコネンが聞いているのは、作戦運用上の問題ではない。

あくまでロシア海軍における規約厳守の観点から、どこまで自由裁量が認められるのか、それをSS将校に聞いたのだ。

「難しい課題ですが……まあ、戦果次第でしょうな。たとえ連絡不能であっても、彼らには駆逐命令が事前に下されています。よって敵艦を攻撃すること自体は、なんら問題ありません。

問題があるとすれば、本当に通信連絡する余裕が寸分もなかったか……そこでしょう。それらは事後の査問によって明らかにされるものですので、現時点では艦長判断が優先されます。

その結果、無意味に被害を受けただけであれば、艦長は処罰されるでしょう。反対に戦果をあげれば、通信の問題は不問にされるはずです」

さすがにナチス連邦であっても、現場にいる潜水艦の艦長が、いちいち上層部へ攻撃していいか、そのつど確認を取ることはない。

水上艦であれば、あるいは確認を求められる場面もあるかもしれないが、隠密行動を最優先にしなければならない潜水艦にまで適用したら、それこそ潜水艦である意味すらなくなってしまう。

これはナチスドイツでも同じで、Ｕボート部隊は事前に命令を受け、出撃した後は命令に従っている限り自在に行動できる。

その命令システムがナチス連邦海軍の潜水艦部隊にも適用されている以上、ロシアの潜水艦もＵボートと同じように行動できることになる。

「となると、すでに海戦が始まっているかもしれんな……ハルコネン、あと艦偵は何機残っている？」

「六機です。あとは補用ですので、使用するには組み立てなければならず、相応の時間が必要になります」

「わかった。では、そのうちの四機を、もう一度出そう。ただちに出撃命令を伝えてくれ。なんとしても現在の敵艦隊の動きを……」

ロポフの判断は適確だった。

ただ、あまりにも遅すぎた。

再度の水偵出撃を命じている途中に、伝令が艦橋へ駆け込んできたからだ。

「艦橋上部、左舷監視所より緊急報告！　南方向、距離一五キロ、上空二〇〇〇付近に航空機集団！　こちらにむかっています‼」

「なっ……！」

ハルコネンが思わず絶句した。

たった一五キロでは、伝令がタラップを降りているあいだに、上空に達してしまう。

すなわち、発見した航空機集団はいま頭上にいる……。

現在の雲量は五。晴れ時々曇りの状況のため、高度二〇〇〇では雲に隠れている時間が長い。それが発見を遅らせた原因だった。

「南朝鮮の陸軍機……それとも空母艦上機なのか」

そこで艦橋デッキ監視員が、扉を開けて報告した。

「敵機です！　双眼鏡監視により、上空の航空機は、連合軍所属の艦上爆撃機と確認されました!!　その数、おおよそ三〇。さらには、敵艦爆の上空五〇〇付近に、艦戦らしき複数の機影を確認したそうです!!」

「空母がいたのか……しかし三〇機程度では、たいした脅威にはならんだろうな。なにせ一昨年に太平洋艦隊司令部が行なった模擬戦では、陸軍の重爆撃機が六機で六〇発もの模擬爆弾を落としたにも関わらず、標的艦に当たったのは、たった二発だ。

しかも爆撃高度は、いま敵のいる二〇〇〇よりずっと低い七〇〇メートルだった。単発の艦爆は、一発しか徹甲爆弾を搭載できない。ということは全部で三〇発。まぐれで当たっても一発だけの計算だから、我が艦隊にとっては痛くもかゆくもない」

ロポフの言ったことは、たしかに事実である。

だが、重要なことを知らないがゆえの発言でもあった。

ロシア太平洋艦隊には空母がいない。ロシア海軍全体でも、正規空母一隻と軽空母一隻がいるだけだ。

そして重要なことは、ロシア海軍の空母艦爆は、すべてドイツ製複葉機のフィーゼラーFi167だということだ。

Fi167は、緩降下爆撃機である。しかもロシアでは、その緩降下すら目標を定めにくいとして、完全な水平爆撃機として運用している。

そのような空母黎明期の艦爆しか持っていない海軍の指揮官が、相手の艦爆の性能を適確に判断できるはずもなかった。

「しかし……おかしいな。上空にいるのなら、なぜ爆弾を落とさないのだ？」

水平爆撃なら、上空に達した時点で爆弾を投擲(とうてき)している。だが実際には、まだどの艦も攻撃されたとの報告はない。

むろん、発見と同時に対空射撃を実施しているため、上空は高角砲の炸裂煙がいくつも浮かんでいる。その中に長くいたいと思うパイロットは一人もいないだろう。

さては怖気(おじけ)づいたか……。

そうロポフが思った時、報告が来た。

「敵機、落ちます！」

嬉しそうな声が聞こえた。

だがその声が、途中であやふやになった。

「戦艦マリーヤの上空……敵機、落ちて……あ、あああっ！　爆弾が……!!」

それはナチスロシアの海兵が見た、最初の急降下爆撃であった。

「マリーヤの左舷至近に着弾！」

今度の声は、緊張しているものの、はっきり確認したものだ。

「何が起こっている……」

撃墜したと思った敵機が、苦しまぎれに落ちながら爆弾を投下したのだろうか。

それとも勝手に爆弾が外れて、偶然にマリーヤの至近距離へ着弾したのだろうか。

ロポフの頭は混乱する一方だった。

それに助けの船を出したのは、秘密に詳しいＳＳ将校のバジョフだった。

「もしかすると敵艦爆は、急降下爆撃が可能なのかもしれません。ナチスドイツでも、自由連合の艦上機が単葉金属機に機種変更されているという情報に基づき、現在、新型の艦戦と艦爆、そして艦上雷撃機を試作している最中とのことです。

空母については、残念ながら自由連合のほうが以前から開発を進めていた関係で、我が陣営より進んだ技術を持っているとの一部情報があります。

その中に、急降下することにより命中精度を高める、急降下爆撃機なるものが開発されているとの未確認情報がありました。

その情報があったからこそ、ナチスドイツにおいても、いま開発が進められているわけですので、敵空母がすでに実戦配備していても不思議ではありません」

おそらくナチス連邦では、新型機の開発については、たとえSSに対してであっても、すべては明かしていないのだろう。

いまバジョフが語ったのが、いくつかの断片情報を集め、自分なりに推論した結果であることが、それを物語っていた。

「本艦上空に、三機！」

悲鳴のような報告が聞こえた。

「艦長！　回避しているのか⁉」

思わずロポフは、旗艦となっているセバストポリの艦長に問いを発した。

「すでに右舷回避中です！」

一応は爆撃を受けた場合の回避訓練も、個艦単位ではあるが行なっている。

水平爆撃の場合、敵機は遠い地点から進路を定め、一直線に高度を落とさず向かってくる。その爆撃軸線から艦をそらすためには、左右どちらかに回避すればいい。

すくなくとも水平爆撃の模擬戦においては、それで九割以上は回避できた……。

その時、セバストポリの前部二番砲塔の左舷側海面に、凄まじい水柱が巻きおこった。

わずかに遅れて、爆弾が炸裂する轟音が響く。

「四〇センチ主砲弾なみの威力だ……」

数十メートルの高さにまで上がった水柱を見て、ハルコネンが茫然とした声をあげた。

模擬爆弾では絶対に味わえない、実弾の威力。

しかもそれは、自由連合の艦爆が標準装備している二五〇キロ徹甲爆弾だった。

「当たらなければ大丈夫だ！」

回避するしかなす術がないだけに、ロポプの声には、わずかに苛立ちが混じりはじめている。

――ドガッ！

いきなり背中を棍棒でぶっ叩かれたような衝撃が襲った。

数秒の沈黙の後、遠くで報告の声がした。

「後部檣楼左舷側に命中弾！」

それを聞いたロポフは、つい声に出して言ってしまった。

「当たったのか？」

航空機による爆撃で、旗艦が被害を受けた。それは彼の持つ海軍常識から、まるで外れた出来事だった。

「被害確認！　誰か後部檣楼へ行って、被害を確認をしろ‼」

茫然とするロポフの横で、一足先に我にかえったハルコネンが、参謀長としての役目を果たしはじめる。

「大丈夫。爆弾で戦艦は沈みませんよ」

ロポフを正気にもどそうと、バジョフが冷静な声で諭す。

「そ、そうだな……被害を受けても上甲板だけだ。戦艦は、その程度では沈まない。そうだな、参謀長？」

すがるような視線が、ハルコネンに向けられた。

だが参謀長は、それを無視するように、被害確認を急げと声を荒らげるばかりだった。

＊

「突入！」

喜多島英利隊長は我慢していた一言を叫んだ。

号令と共に、第一襲撃隊旗艦となっている海狼Ｂ一〇〇が自ら先頭に立ち、最大戦速の三六ノットへと増速していく。

「第二襲撃隊、西方向へまわりこんでいます！」

「第三襲撃隊は東へ高速移動中！」

次々に他の隊の状況が報告される。

襲撃隊は基本的に隊単位で行動するため、戦闘行動中は、互いに連絡を取らない。しかし日頃の猛訓練もあって、たとえ連絡がなくても、互いの意図が手に取るようにわかる。

今回の戦術は、これまでさんざん訓練してきた通り……三方向から敵艦隊を包囲し、一斉攻撃を仕掛けるものだった。

敵艦隊発見の報を受けた時、襲撃隊の前方やや左舷側には数隻のロシア潜水艦がいた。一時間ほど前の出来事である。

そして襲撃隊が増速しはじめると、慌てて雷撃してきた。

それを全艦が、右舷方向へ横スライドしながら巧みに避けた。かなり至近距離からの雷撃だったというのに、一発も当たらない。

まるで剣の達人が相手の切っ先を紙一重でかわすかのような神業……。

それを目の当たりにした敵潜水艦の艦長は、何を感じたのだろうか。

難なく潜水艦による待ち伏せをかわした襲撃隊は、そのまま一直線に、三四ノットでロシア艦隊へむけて驀進した。

その間に爆雷攻撃を仕掛けているが、敵潜に被害を与えたか否かの戦果確認すらしなかった。

その後、一時間余……。

先頭を行く喜多島が目にしたのは、航空攻撃を受けて黒煙をあげる数隻の戦艦と、そのまわりで陣形を乱して右往左往している艦隊所属艦の群れだった。

航空隊からの無線通信を傍受した限りでは、爆撃終了から二〇分ほどが経過している。

なのに敵艦隊は、まだ混乱したままだ。

何が原因で混乱が長引いているのか知らないが、喜多島にとっては願ってもない好機だった。

ならば、小細工なしで突っ込む。

それが襲撃隊である。

「敵艦隊、こちらに気づきました！」

艦隊外縁をうろついていた数隻の駆逐艦のうちの一隻が、舳先をこちらにむけようとしている。

「ぎりぎりまで粘って、敵駆逐艦が発砲寸前に連続滑走回避運動に入る。そのまま中心部へ突入、AとBは大型艦を狙う。Cは訓練通り、敵巡洋艦と駆逐艦を牽制しつつ掩護にまわる。いいなッ！」

同じ襲撃艦でも、タイプ別に役割が決まっている。喜多島の乗るBタイプは雷撃型のため、先頭にたって突っ込む役だ。

Aタイプは汎用型のため、Bタイプに比べると雷門数が少ない。そこでBタイプのやや後方につき、Bタイプの魚雷発射に連動して発射、先に弾切れとなるため、その後は左右方向の巡洋艦や駆逐艦を砲撃しつつ、Bタイプの脱出路をこじ開ける……。

この戦法は敵艦隊が混乱していない場合、きわめて危険な賭けとなる。

なにしろ一〇〇〇トンに満たない小型艦のため、たとえそれが駆逐艦の主砲であっても、一発でも当たれば大被害を受ける。

襲撃艦は、速度が命。

被害により速度が落ちれば、もはや万事休すだ。だからこそ喜多島は、空母艦上機部隊との連動を、これでもかと上層部へ嘆願したのである。

空母運用がよくわかっていない上層部も、斬り込み隊となる襲撃隊がそこまで言うならと、半信半疑で航空隊を出すことにした。

その結果が、いま目の前にあった。

「敵駆逐艦、前部砲門にて発砲！」

「回避！」

喜多島は発砲寸前で回避と命じたが、狼狽した敵駆逐艦が早めに射撃を開始したらしく、回避開始は発砲と同時になった。

速度は三六ノットのまま、艦が右舷方向へスライドしていく。

波の頭をフロートの底が削り取り、中央の艦体底部が波に乗りやすくしている。

艦の傾きは、ほとんどない。

しかし慣性力はしっかり働くため、喜多島たちは艦橋のあちこちに設置されているパイプ製の手すりにつかまり、襲いかかる横重力に耐えている。

スライドにより艦速が三二ノットくらいまで落ちる。だが直進に戻ると、またたく間に三六ノットへ回復した。

敵駆逐艦は、よほど慌てていたのだろう。

初弾は、回避運動を始めた地点の前方四〇〇メートルほどに着弾した。これなら回避せずとも当たっていないことになるが、それまで期待して直進するのは馬鹿げている。

こちらが急速に横ズレしたせいで、敵駆逐艦は測距不能に陥ったらしい。

通常の遠弾／近弾／夾叉(きょうさ)という着弾測距ができない。となれば、次に撃っても当たるものではなかった。

「直射距離に入ったら、連続回避しつつ射点を定めろ。タイミングは三・一・六・一だ！」

ここまで来ると、すでに個艦単位の機動となる。喜多島の命令も、自分の艦に対してのみ行なわれていた。

それでいて隊単位としては協調性のとれた行動をしているのだから、どれだけ訓練したかわかるというものだ。

「距離一四〇〇、駆逐艦の直射距離！」

「牽制はCに任せる！　回避しつつすり抜けろ!!」

敵の駆逐艦も、最高速度は三〇ノットを超えるはずだ。

しかし艦隊護衛を行なう場合、一直線に突っ走ることはできないし、こちらに合わせて加速しようにも、それ相応の時間がかかる。

いかに駆逐艦であっても、襲撃艦の加速力にはかなわない。

設計段階から速度と回避能力の増大に重点を絞り、他のすべてを犠牲にした襲撃艦についていけるのは、おそらく高速魚雷艇くらいのものだ。

しかし魚雷艇は、外洋での運用がきわめて制限される。ましてや現在のような艦隊に随伴しての作戦行動など、ほとんど不可能である。

襲撃艦……それは魚雷艇の運動能力を持つ、外洋戦闘艦にほかならなかった。

「突破！」

ついに敵駆逐艦の一隻をかわし、敵艦の艦尾をすり抜けた。

目の前に、大型艦の群れが見えた。

「左舷一〇度方向にいる小型戦艦、あれを狙え！」

喜多島は、一艦だけ遅れている小型戦艦に狙いを定めた。

正面には主力艦らしいガンクート級戦艦がいるが、いかんせん艦の角度が浅い。

これに対し、被弾して不都合が生じているらしいマリーヤ級戦艦は、完全に横腹を晒して離脱中だ。

まずは必中を狙う。

主力戦艦は、まわりこんでいる別の隊の正面に横腹がくるはずだから、残念ながら任せることにした。

「距離一〇〇〇！」

「まだまだッ！」

三分間の横スライド、そして一分間の直進。

その後はスライド方向を逆にして、六分間の横スライド、そして一分間の直進。

これが喜多島が命じた接近機動だ。

さすがに直射距離になれば、敵も目視で撃ってくる。

戦艦主砲は照準すらつけられないだろうが、副砲だと数を撃てる関係で、下手な接近をすると命中する可能性が高い。

それを回避するには、ひたすら連続して敵の目を攪乱するしかない……。

「距離、七〇〇‼」

「全弾投射！」

ついに攻撃の瞬間が来た。

襲撃艦Bタイプの魚雷は、中央艦体とフロートを結ぶ上部ブリッジの下に、六〇センチ単装発射管が二基、中央艦体甲板左右に四五センチ単装発射管が二基。

いずれも正面に向けて発射管が固定されているため、真正面にしか撃てない。しかも次発装填装置などついていないから、撃てば終わりだ。

そのすべての魚雷四本が、至近距離から正面にいる敵艦に放たれた。

「右舷回避！　敵の艦尾をすり抜ける‼　後続艦との衝突にのみ気をつけろ‼」

撃ったら逃げる。

これが襲撃隊の鉄則だ。

命中確認はむろんのこと、他の艦の攻撃確認すらしない。

ひたすら逃げる。

――ドン、ドン、ドン！

回避中も艦の水平を保てる襲撃艦だけに、Bタイプが搭載している八センチ四五口径単装砲二基は鳴り止まない。

当たらなくてもいい。

回避運動を成功させるための目くらましになれば、それでいい。当てる役目は、後方にいるＣタイプに任せてある。

Ｃタイプは魚雷を搭載していない代わりに、一〇センチ四五口径単装砲二基／八センチ四五口径連装二基という、駆逐艦も顔負けの変則的な主砲を搭載している。

もしこれが単胴艦であれば、射撃の衝撃で艦が転覆するか、狭い横幅が災いして、艦体に亀裂が生じてしまうはずだ。

それを三胴カヌー構造にすることで解決した。

世界のどこにもない、日本独自のドクトリンによる新装備であった。

第3章　朝鮮半島危うし

1

一九四一年六月三〇日　日本

二四日の夕刻に行なわれた江陵上陸作戦……。

開戦以来、自由連合が初めて先手を取っての大規模軍事作戦だったが、作戦自体は予定通りに成功した。

途中でロシア沿海州艦隊との海戦が勃発したものの、これはある程度想定されていたものであり、連合海軍の発表でも『日本海軍の襲撃艦部隊による果敢な阻止戦闘により、敵艦隊をウラジオストクへ追い戻した』となっている。

襲撃部隊の戦果は、マリーヤ級戦艦一隻を撃沈、ガンクート級にも二発の魚雷を命中させたとなっている。

その他の艦への戦果は不明だが、各襲撃艦の自己申告では、巡洋艦に三発、駆逐艦にも二発の魚雷を当て、艦砲による命中は数えきれないとなっている。

ただし、こちらも無傷とはいかなかった。

第一襲撃隊の海狼Ａ一〇四と第三襲撃隊のＢ一二一が撃沈され、同じく第三襲撃隊のＣ一〇二が敵駆逐艦との激しい砲撃戦に巻き込まれて大破している。

二隻を失ったものの、戦果は絶大。

それ以上に、上陸作戦の支援を完璧にやり遂げたという意味で、襲撃隊の評価は自由連合の中でも急速に高まりつつある。

反面……。

実際には襲撃隊が襲いかかる前に、爆撃により戦艦マリーヤを半身不随にした空母攻撃隊は、あまりにも不当な評価しか得られなかった。

自由連合各国の海軍関係者の多くが、やはり艦上機では戦艦を沈められないと落胆したのである。

この逆風の中、米内の呼びかけに応じてサイパンに飛んだ小沢治三郎と山口多聞、そしてハワイからミッドウェイ・ウェーク経由でサイパン入りしたハルゼーら三名だけが、この海戦の真意を見抜いていた。

のちに米内へ送られてきた非公式の報告書によれば、戦艦マリーヤは爆撃により缶室の一部を破壊され、速度が大幅に低下したとなっている。そのため襲撃隊の標的となり、沈められたらしい。

また他の艦も、艦爆による爆撃で陣形を乱し、組織だった応戦ができなかったと判断している。そのおかげで襲撃隊の被害が最小限にとどめられ、結果的に大戦果へつながったと書かれていた。

その上で三名は、さすがに艦爆だけで戦艦を確実にしとめるのは大変（不可能とは判断していない）なため、是非とも艦上機部隊へ艦上雷撃機（日本では艦上攻撃機）を参加させるべきとの統一した意見を提出している。

この報告を米内は、改めて帝国海軍総司令部長官名で書き直し、自由連合海軍の最高会議へ提出した。そして米内の積極的な提案に動かされたキンメルとレイトンが、米内の言う『空母機動部隊』の編制を試験的に認めたのである。

海戦からたった六日の間に、自由連合海軍の中で、今次大戦におけるきわめて重要な案件が決定したのも、あまりにも不利な状況をなんとか打破したいとの、切羽詰まった上層部の思いからだった。

「満州のマッカーサー大将から、連日連夜、増援の緊急要請が出ています。

いまのところ満州北部の哈爾浜近郊で日本の第八軍が、長春の西一二〇キロおよび東八〇キロで、米第四軍がもちこたえているものの、あまりにも多勢に無勢で、このままでは満州派遣軍の全軍撤退も視野に入れなければならない……そう言ってきたそうです」

帝都市ヶ谷の自由連合陸軍極東総司令部。

同じ敷地内に帝国陸軍総司令部もあるが、現在の極東における陸軍派遣部隊は、すべて自由連合軍総司令部で制御されている。

帝国陸軍は、あくまで日本国内における部隊編制や訓練、日本独自の作戦行動にのみ独自裁量権を持っている。これは日本のみならず、他の各国陸海軍も同じである。

その中枢となる連合陸軍作戦指揮ホールにおいて、連合陸軍極東総司令部作戦参謀の柴山兼四郎（けんしろう）大佐が、極東総司令部長官のドワイト・D・アイゼンハワー大将に報告を行なった。

「いまのところ、極東軍は朝鮮半島支援で手一杯だ。マッカーサーには、なんとしてももちこたえろと返答しろ」

ない袖は振れない。

アイゼンハワーとしても、なんとか合衆国本土から増援部隊を呼びよせたいところだが、ここ数日、ナチスメキシコ軍が怪しい動きをしているらしく、万が一の合衆国侵攻に備えて、メキシコ国境に陸軍部隊を張りつけはじめたばかり……。

本土ですら危機感が増大している現在、遠い極東にまわす余力はない。

ついさっき、ルーズベルト大統領が極秘電文において、そう知らしめてきた。

あまり知られてはいないが、アイゼンハワーはルーズベルトの信任が厚い。だからこそ合衆国にとり重要な極東方面を任せられたのだが、その彼をもってしても、ルーズベルトから増援の許可をもらうことができなかったのだ。

これを見ても、いかに合衆国が混乱し、予備兵力の配分に苦労しているかがわかる。

「しかし長官！　いくら口で言っても、彼我の戦力差は埋まりません。せめて第八軍を長春まで下がらせて、日米合同で最終防衛線を構築しないと、そのうち双方とも包囲殲滅(せんめつ)される可能性が出てきます」

今日の柴山は、やけに食い下がる。

それだけ第八軍からの支援要請が、鬼気迫っているのだろう。

開戦から一ヵ月で、広大な満州全体が危機に陥っている。これは開戦前には、誰も想定していなかった事態だった。

満州にいる総兵力は七〇万。

世界的に見ても、未曾有の防衛戦力である。

攻めるは守るの三倍……この鉄則に基づけば、ロシア軍は二一〇万もの大軍を投入しなければ満州を攻略できない。

実際、ロシアは二〇〇万近くの戦力を投入してきたのだから、馬鹿正直なほど軍事常識に従っている。

だが、三倍で拮抗しつつ辛勝のはずが、装備の質的違いから、わずか一ヵ月で自由連合の不利が目立ってきた。これが想定外の出来事だったのだ。

「ううむ、オーストラリア軍が海路で本格的に参加してくれるのは、早くて来月中旬だ。あと半月、なんとかもちこたえれば、戦局をくつがえすこともできるのだが……」

知将アイゼンハワーをもってしても、妙案が浮かばない。

そこに割って入ったのが、副長官のイギリス軍人――アーサー・パーシバル中将だった。

「仕方ありませんな。私の権限内で動かせる、英台湾駐留陸軍一二万を投入しましょう。

本来は中国本土支援のための予備部隊ですが、中国本土では英極東陸軍八万が国民党軍八〇万を指導している関係で、いまのところなんとか有利に戦局を展開できています。

さらにいえば、国民党軍の正規軍は八〇万ですが、潜在的な予備兵力はその数倍以上います。蔣介石総統としても、中国国民の反感を買わない範囲で、あとどれだけ動員できるか算段していると思います。

むろん台湾の英軍予備兵力をゼロにするわけにはいきませんので、ここはひとつ、東南アジア方面軍としてマレー半島や旧蘭領東インド諸島に駐屯している、英日およびインド植民軍の半数ほどを、日本と英国の海上輸送船団で台湾まで送るべきでしょう」

パーシバルの提案は、表むき妥当なものだ。

いまのところ東南アジアは、中国と国境を接する旧仏印の一部——現在の日本委任領インドシナ北部（ベトナム地域）を除き、まだ敵戦力の介入を許していない。

そのため方面軍の大半が、現地警備がてらの予備戦力として温存されている。

「それはありがたい申し出だが……東南アジア方面軍は、インド方面軍のバックアップとして重要視されているのだから、そうそう動かすことはできんと思うのだが」

インド方面軍は現在、ナチスペルシャ軍と直接対峙（たいじ）している。

インドと旧イランの国境線付近では、すでに小規模な戦闘が始まっているとの報告もあるが、相手が旧イラン軍中心の装備劣悪な部隊のため、とりあえず国境線を守りつつ、全地球的な自由連合軍の戦略に基づき、反撃侵攻のチャンスを見定めている状況だ。

したがって、もし早期の中東方面反攻作戦が決定すれば、インド方面軍は中東へなだれ込むことになる。

インド方面軍が抜けたインドには、予備戦力として東南アジア方面軍の一部が移動してくる予定になっているのだから、アイゼンハワーが危惧（きぐ）するように、思いつきで極東方面へ投入すれば、大局的見地から支障が出かねない……。

だがパーシバルは、あまり問題視していないようだった。

「たとえ東南アジア方面軍がもぬけのカラになっても、当面は大丈夫だと思いますよ。いざとなれば、オーストラリアとニュージーランド本土にいる両国の予備兵力の一部を移動させればいいだけですので。

それよりも、いまは極東方面を最重要視すべきでしょう。満州をロシアに取られたら、事はそれだけで終わりません。満州になだれ込んだ二〇〇万の大軍勢は、そのまま朝鮮半島と中国本土へ進撃するはずですから。

そうなれば、我々は朝鮮半島はむろんのこと、中国防衛も難しくなる。中国国民党政府が倒れたら、もう日領インドシナとインド北部まで危機に晒(さら)されてしまいます。ですから、いまこそが大事なのです」

パーシバルは楽観癖のある軍人だが、無能ではない。

実際に戦闘を指揮させたら危ういだろうが、司令部で作戦を練る立場でなら、その優れた頭脳を生かす場もあった。

いまがちょうどその時……少なくとも当人は、そう思っているらしい。

「台湾の英予備軍一二万で、戦局を好転させられるだろうか」

相手が二〇〇万もいる現在、たかが一二万の増員では焼け石に水になりかねない。

そこを危惧したアイゼンハワーが、効果を疑問視する質問をした。

「台湾にいる我が軍の予備戦力は、大陸反攻の切り札として用意されたものですよ？　英陸軍の誇るマチルダ重戦車を中心とする二個機甲師団は、いま苦戦している日米の戦車部隊と違い、間違いなくドイツ製のロシア中戦車を撃破できます。なにせ我が国は戦車発祥の地、ドイツごとき新参者に負けることはあり得ない。いまも英本土では、欧州に展開するナチス連邦軍の情報を入手し、ドイツが開発した新型戦車を撃破できる装備を開発中です。ドイツ戦車のことは、英軍が一番知っている。そのことを欧州に先駆けて極東方面で立証できれば、今後の欧州方面における英国の戦争にもはずみがつくことでしょう。そこまで考えた上での結論です」

広大な平野が続く中国本土沿岸部では、たしかにパーシバルの言うように、大型戦車同士の激しい戦闘が発生する可能性が高い。

それを想定しての予備戦力なのだから、同じ平原が広がる満州中部であれば、兵員数から想定される戦力より数段も強力な反撃が可能かもしれない。

「そこまで自信があるのなら、こちらとしても断る理由はない。いや、大歓迎だ。それで……台湾から満州へ部隊を送りこむ方法は、どうするつもりだ？」

ここでまた、東シナ海にいるロシア太平洋艦隊の存在が浮上した。

日本海側の沿海州艦隊こそ打撃を与えたものの、主力の太平洋艦隊は、まだほぼ無傷のままだ。これを撃破しない限り、渤海湾に入ることはできない。

「国民党政府が制圧している上海から、海岸沿いに海路で青島を目指します。山東半島で陸揚げして、いま苦戦中の天津方面を一気に形勢逆転させ、その勢いで敵が確保した秦皇島の橋頭堡を奪還、そのまま満州領域まで進撃します。

これをドイツ顔負けの電撃作戦で実施すれば、朝鮮方面に対する背後の圧力にもなりますし、うまくいけば遼東半島の奪取も視野に入れることができるでしょう」

あまりにも虫のよい想定に、アイゼンハワーだけでなく、柴山を含めた作戦参謀たち全員が呆れた顔になった。

「いや……それはいくらなんでも、こちらに都合がよすぎるだろう。北京まで対象にしている敵の秦皇島支援基地が攻められれば、まず間違いなくロシア太平洋艦隊が支援に現われる。

君の言う機甲師団がいかに精強でも、海上からの戦艦砲撃に対しては無力だ。敵艦隊の砲撃をかいくぐって秦皇島基地を破壊し、そのまま満州の入口となる錦州までたどり着くとなると、機甲部隊の大半が被害で使い物にならなくなるぞ!?」

アイゼンハワーの叱責に近い質問が、内心の落胆を物語っている。

だがパーシバルは、まったく意に介せず反論した。

「これは陸海合同作戦です。台湾の英軍を投入する必須条件として、英機甲部隊が秦皇島に入り、これを撃破、そののち錦州の安全地帯にたどりつくまでの間、何がなんでも味方の海軍戦力を結集して、ロシア太平洋艦隊を朝鮮半島西岸に張りつけてもらいたい。

そのためには自由連合海軍の主力部隊が出撃する必要があります。可能なら後顧の憂いを断つ意味で、是非ともロシア艦隊を撃破していただきたい。この海軍支援がなければ、閣下の申される通り、英軍派遣は夢また夢になるでしょう」

この状況下でパーシバルは、いきなり日露海軍による決戦を要求した。

いずれは正面から激突せざるを得ない両海軍だが、もしここで敗退すれば後がなくなってしまう。

本来であれば海軍主力艦隊は、全方面を考慮に入れつつ戦略規模での投入を考えるところというのに、パーシバルは純粋な戦術的投入目的で要求したのである。

気まずい沈黙が落ちるなか、柴山が恐る恐るパーシバルに反論した。

「……一考の価値はありますが、海軍は私たちの自由にはなりません。したがって、いきなりの作戦実施は無理でしょう。しかし情勢は切羽詰まっています。副長官は、いかにしてこの作戦を実施なされるおつもりなのですか」

返事はただちに来た。

「私がアイゼンハワー長官の命を受けて、横須賀に出向く。そしてサマービル中将を通じて、インドにいる英東洋艦隊司令長官のサー・ジョフリー・レイトン大将に話をつけてもらう。

さすがにレイトン大将から作戦実施要請が出れば、極東海軍総司令部としても動かざるを得ないでしょう。なにしろ満州支援が不可欠なことは、自由連合軍すべてが知るところですからね。

問題は、肝心の作戦プランが海軍にあるかどうかですが……先日行なわれた日本海での海戦結果を見る限り、海軍はすでに、ロシア太平洋艦隊を撃破するための作戦を練っている……そう私は確信しています。

だから正当な理由さえあれば、海軍は必ず動きます。もし動かぬまま満州方面軍が壊滅してしまったら、それこそ海軍の責任になりかねません。いや……そうなるように私がもっていきます」

やはりパーシバルは、戦う指揮官ではなく、画策する政治家のほうがむいていそうだ。だが、今度の発言は、かなり皆に動揺を与えたようだった。

「海軍に責任をなすりつけるというのは、私の立場上、まったく賛同できないものだが……それ以外の点は、やってみる価値はあるだろうな。よし、駄目もとで君にやってもらおう。

どのみち英陸軍予備部隊を出す条件を満たさねば、君は動かすつもりはないのだろうから、こちらとしては頼むしかない。

むろん、極東陸軍総司令部が自由連合陸軍総司令部へ直談判するかたちで英国政府へ圧力をかければ、いくら君が出さないと言っても無理なことは、君自身、充分承知しているだろうが……」

最後になってアイゼンハワーは、自分の持つ政治力をちらりと見せ、反対にパーシバルを脅しにかかった。

この男を自由にしすぎると、そのうち取り返しのつかない失態を演じる。そう思ったからこその、戒めを込めた警告だった。

「まあ、そこに至れば、私も母国政府の命令に従いますけどね。しかし、結果は同じになりますし、私が言い出した事実は変わりません。ようは、満州を助けることができればいいのですから」

どことなく悔しまぎれの返事にも聞こえるが、すんなり降参するタマではなかった。

「君が音頭取りをして実現すれば、私としても異論はない。すぐに始めてくれ」

ここで議論するより、さっさと動くほうが何倍も理にかなっている。そこを違えるアイゼンハワーではなかった。

2

七月二日　烏山（オサン）北部

海上での戦術的な勝利も束の間、南朝鮮をめぐる情勢は日々悪化し続けている。

連合朝鮮派遣軍第一方面軍の奮闘むなしく、京城はすでに陥落寸前だ。

第一方面軍は、漢江の南側へ敵軍がまわりこめば方面軍司令部が包囲されて孤立するとして、すでに京城兵官から漢江の南にある烏山へ司令部を移している。

その上で、さらに南朝鮮中部にある大田の第二方面軍司令部と連携し、南下し続ける敵の絶対阻止を目論んでいる最中である（朝鮮派遣軍総司令部のある釜山にも第三方面軍が展開しているが、これは最終防衛線のため動かすことができない）。

これらの動きの中で、烏山を防衛拠点として磐石（ばんじゃく）なものとするため、烏山に通じる鉄路と主要街道が通じる南朝鮮東岸の江陵へ増援上陸が実行されたのだ。

ただし、江陵から烏山に至るには、ほぼ朝鮮半島を横断しなければならない。

その途中には、大田やウルサンに通じる中部街道の要衝――原州（ウォンジュ）がある。

そこで江陵に上陸した混成支援軍先遣隊二万（混成二個師団）は、まず原州に通じる江原道（カンウォンド）の確保を最優先とし、機動車輌による迅速な移動を開始したのだった。

江原道は山間地が多く、機動車輌の移動には制限がつきまとう。

とくに冬の厳しさは格別で、積雪が多いこともあり、なんとしても冬になる前に街道一帯の安全を確保しておかないと、その後の継続的な支援が不可能になる。

幸いにも、いまは初夏ということもあり、行軍そのものは速やかに行なわれている。

とはいっても、まだ始まったばかり……。

いかに機動車輌といえども、敵襲を警戒しつつの山地進撃では、一日に三〇キロが限界だ。

しかも要所要所に警備地点や補給所を設置しながらのため、まだ原州に到達できる日時は確定していない。

二日現在の進撃到達地点は、江陵から平昌（ピョンチャン）に通じる主要街道の途中――五台山の南方に位置する五大川合流地点付近となっている。

予定では、すぐ近くにある珍富(チンブ)地区に補給所を兼ねた支援基地を設営することになっているため、混成先遣隊はいったん進撃を停止し、珍富地区周辺の安全確保を行ないはじめた。

「ここまで標高があると、さすがに涼しいな。上陸した江陵とは大違いだ」

最近になって自由連合軍に制式採用された米国クライスラー社製ジープの助手席に乗った武藤数吉(かずよし)少尉は、日本陸軍の鉄兜を風除けにしつつ、目を細めて細い山道の左右を監視している。

武藤は、混成先遣隊第一師団・第三連隊に所属する、第三一偵察小隊の小隊長である。

部隊も末端になると、日本人が小隊長に抜擢される機会も多い。

とくに日本に近い朝鮮派遣の場合、どうしても日本陸軍からの派兵が多めになるため、このような編制も普通に見られた。

むろん、いかに混成部隊といえども、基本的には同じ国の兵で構成するのが常識となっているが、偵察任務などの『先に着いた部隊が率先して行なう任務』については、その場で出せる兵員で急場しのぎをする場合も多い。

武藤の小隊も、とりあえず珍富地区に補給所が完成し、後続の本隊が到着するまでのものだった（本来の所属は帝国陸軍第七軍第七四五連隊）。

「そうですか？　まあ、ここの標高は一〇〇〇メートルくらいですよね。俺の故郷はオレゴン州の田舎だから、いつもこんな気候でしたけど。

江陵の暑さも、新兵訓練所のあったロス郊外より涼しかったし。ただ湿気だけは、江陵のほうが酷かったですね」

運転している米陸軍二等軍曹のメイソン・ウッズが、ハンドル操作に集中しているせいか、上の空で答えた。

ジープの後部座席には、軽機関銃を持ったマーク・P・ブラント一等兵と、小銃を持った小森育徒二等兵が座っている。

そしてジープの背後には、一個小隊を乗せたフォード製トラックが一輌。

たしかに機動偵察部隊だが、軽戦車や装甲車すら随伴していないため、戦闘力としては歩兵小隊なみでしかない。

「それにしても、ここらへん……敵はいないのかな」

江陵からここまで、まったく敵の攻撃を受けていない。いや、敵の姿すら見ていない。

航空機による周辺一帯の索敵でも、最も近い敵陣地は五台山の北麓となっていて、そこから南へは、天然の障害物が邪魔して容易には来られないらしい。

第一、もし敵が身近にいると想定していたなら、全員が車輌に乗って移動するなど危険極まりない。その可能性が低いからこそ、偵察重点地区以外は車を降りず、通過がてらに見まわることができるのである。

「西海岸のほうは、ずいぶん敵も突出しているみたいですけど、こっちは山が多いですからね。でも西ばかり攻めていると、我々の西進で横腹をえぐられますので、そのうち出てくると思います」

ウッズの返答にもあるように、自由連合軍が江陵を支援上陸地点に定めたのは、そこが山間地に囲まれた良港だったからだ。

ここに基幹拠点を設置しておけば、朝鮮半島東部の要石になる。

平時においては、その孤立した立地条件が災いして、江陵に大規模な軍事拠点を設けることはなかったが、いざ戦時になれば一転して重要拠点となる。

そのため以前から、ロシア軍が南進してきた場合には、ここを中心として西海岸の支援をすることが決まっていたのである。

「それにしても……京城があまりにも脆かったのは、まったく予想外だった。第一方面軍は精強で名高い集団だったから、もう少しもちこたえてくれると思ってたんだが」

すでに京城市街の八割は、ロシア側の支配する地域となっている。

まだ京城兵官は落ちていないが、いまそこを守っているのは第一方面軍所属の一個歩兵師団と一個対戦車大隊……いわゆる殿軍(しんがり)のみだ。

他の部隊と司令部は、さっさと漢江の南へ退避してしまった。

その不甲斐なさを武藤は嘆いている。

「いくら歩兵が精強でも、相手が大砲をぼかすか撃ち込んできたら、そりゃ逃げ出すしかないでしょう。日本陸軍なら玉砕覚悟で死守しろって言うかもしれませんが、少なくとも米陸軍は効率優先主義ですから。

勝てないとわかったらいったん退却して態勢を立て直し、有利な地点から反撃を試みます。おそらく朝鮮派遣軍総司令部も、そう考えているのでしょう」

日本陸軍の人命軽視思想を指摘されて、武藤はいささかむっとした表情になった。

これでも以前に比べれば、ずいぶん合理的な軍隊になったと思っていたのに、アメリカ人のウッズから見れば、まだまだ……なんとなく落第点をつけられたような気がしたのだ。

二人が雑談しながら前方を見ていると、後部座席にいる小森二等兵が、やや大きな声で割って入った。

「小隊長……右手にある林の中で、なにか動きました！」

反射的に武藤の視線が動く。

ウッズは小さくハンドルを切り、ジープをわずかに蛇行させた。これは危機回避のための行動で、訓練で身につけた反射的なものだ。

「……!?」

武藤は最初、なにも発見できなかった。

しかし二秒ほど凝視していると、たしかに二〇〇メートルほど離れた右手にある丘の斜面、そこの林の中で何かが動く気配が見えた。

その瞬間、林の中に淡い煙がたった。

「迫撃砲だ！　回避しろ!!」

歩兵が用いる小型の迫撃砲は、二〇〇メートルも離れると、ほとんど発射音が聞こえない。

もし武藤が見落としていれば、完全な奇襲になっていたはずだ。

大きくハンドルを切ったウッズが、左手を上に上げて、後続のトラック運転手に敵襲を知らせている。

その最中、一瞬前にジープがいた場所へ迫撃砲弾が着弾した。

「迎撃態勢！」

武藤の大声で、ジープとトラックの双方が、道の左側にあるゆるやかな斜面へ、進路を外れて止まる。直後、すべての小隊員が車から飛びだした。

またたく間に土手になっている道の南側に、小隊員全員が匍匐姿勢で張りつく。

「ブラント、迫撃砲を潰せ！」

軽機関銃を構えたブラント一等兵に、武藤の命令が下る。

たちまち軽快な連続発射音が響き始めた。

トラックに乗っていた小隊のほうでも、銃撃が始まっている。

あちらの小隊は、二人の分隊長に任せてあるから、まずは自分たちの身を守ることが先決だ。

――トッ！

かすかな発射音が、小隊のいる場所から上がった。米軍用の八センチ迫撃砲の発射音だ。

小隊には二門が配備されているから、そのうちの一門を使ったのだろう。

――ドッ！

林のある斜面の中で、迫撃砲弾が炸裂する。

たちまち敵の攻撃が弱まった。

「当たったのか」

武藤のとなりで小銃を構えて掩護（えんご）している小森が、小さな声で呟（つぶや）いた。

おそらく独り言だろうが、武藤は律義に返事をした。

「いや、少し外れてるから、たぶん当たっていない。それよりも、奇襲に失敗した動揺のほうが大きいだろうな。

それに……ロシアの正規軍にしては火力が乏しすぎる。おそらくロシア軍の下で尖兵役をやらされている、北朝鮮人民軍の部隊だろう。

奴らは装備こそ貧弱だが、やたら人数がいるらしい。いまは逆襲されて逃げる算段をしているようだが、夜になると夜襲を仕掛けてくるかもしれんな。

よし、小森。ここはいいから小隊に戻って、サムウェルに本隊通信で現状を報告しろと伝えてくれ。ここが夜襲で占領されたら、北方向から来る敵の進撃路になってしまう。

最終的には本隊の判断次第だが、俺たちが増援のあるまで死守するか、それともいったん退却すべきか、本隊に判断してもらえ。いいな、きちんと伝えろよ！」

小隊無線機は、野戦無線機を背負ったサムウェル二等兵しか持っていない。

ジープかトラックに無線機が設置されていればよいのだが、そのような便利な装備は、司令部付きのごく一部の車輌にしかついていなかった。

「了解しました！」

土手から頭が出ないよう用心しながら、小森が中腰で移動していく。その間も、ブラントの軽機関銃が弾丸をばらまき続けている。

「小隊長、手持ちの弾がなくなります！」

あれだけ撃ちっぱなしでは、すぐに軽機関銃弾など消耗してしまう。

ジープに弾薬箱が載せてあるものの、安易に近づくと、敵に狙撃兵がいれば撃たれることになる。

そう考えた武藤は、自分のＭ30ライフルで応戦しているウッズに声をかけた。

「ブラントが弾切れだそうだ。悪いが一緒にトラックまで戻って、弾薬箱を持ってきてくれ。俺が掩護する」

わずか五メートルほどしか離れていないが、ジープは土手の斜面に傾いた状態で止められている。

その上に乗れば、完全に敵の視認範囲……。

たしかに、弾薬箱を取るには危なすぎる状況である。

「それは、ちょっと……それより小隊長、いっそトラックの場所まで全員で移動して、合流した上で応戦しませんか？　あっちには弾薬箱も何箱かありますし」

言われてみれば、その通りだ。

冷静なようで、やはり自分も慌てている。

それに気づいた武藤は、素直に自分の判断ミスを修正した。

「そうか、そっちのほうがいいな。よし、ブラント！　三人一緒になって、トラックまで移動するぞ。ジープはしばらく放置する。さあ、行くぞ!!」

敵の攻撃は散発的になってきているが、まだ安心できない。

もし数にものをいわせて突撃してきたら、たかが一個小隊、全滅する可能性もある。

なにしろ敵の数からして、まだ未確認なのだ。

ともかく、この場は用心するに越したことはない……。

軽装の偵察部隊は無理ができない。ひたすら堪え忍び、敵が退散するか、味方の増援を待つしか選択肢はなかった。

3

七月二日夜　韓国水原(スウォン)

烏山のすぐ北にある水原地区は、二日の朝から猛烈な砲撃に晒されていた。

これの意味するところは、京城を守る最後の砦——京城兵官が落ちたということだ。

そうでなければ、ここまで長距離加農砲の砲弾が届くことはない。

「全滅したのか……!?」

水原北部の丘陵に布陣している自由連合陸軍第二方面軍・第四師団第三大隊野戦司令部の塹壕(ざんごう)指揮所内に、クール・マクガイア少佐の震えるような声がした。

「敵に察知されないため、無線封止したまま撤収したのかもしれません。さすがに兵官へ敵が突入してきたら、あそこは左右の高台から狙い撃ちにされますので、早めに撤収しないと本当に全滅してしまいます」

大隊参謀のクワン・チャイ大尉が、小柄な身体をさらに低くしながら、手に持った地図を見つつ答えた。

チャイは自由連合軍には珍しい、タイ王国陸軍出身の軍人である。

通常、前線部隊指揮官と参謀は、気心の知れた同国人で組むことが多いが、チャイはきわめて優秀な参謀ということで、九州で合同訓練した時にマクガイアの目に止まり、自分の大隊に転属するよう要請した。

それが現在の異国人コンビの始まりだった。

「そうだといいが……しかし、逃げるのも大変だぞ。もし先に敵が漢江を渡る橋を落としていたら、闇夜に紛れてボートで川を渡るしかなくなる。いくら殿軍とはいえ、一個師団もの兵員が一斉に川を渡れば、必ず露呈する。

いったんばれたら、ロシア軍は大砲を撃ってくる。そうなると被害が大きくなるばかりだ。それでもなお、川を渡らねばじり貧になるから渡るしかない……」

「方面合同司令部へ連絡を入れて、城南地区方向へ救援部隊を送りこみますか」

敵は海岸方面を重点的に攻めつつ南下している。

そのため敗走する味方が逃げるルートは、京城と烏山を結ぶ主要路となっている始興地区から安山地区へ抜ける街道沿いではなく、東の城南地区から水原東部にある器興地区を通るものとなるはずだ。

あちらはまだ自由連合軍が確保している地域のため、増援を送れば充分に機能すると思われる。それをチャイは進言したのである。

マクガイアはしばし考えると、ゆっくり顔を横に振った。

「いや……駄目だ。ここでさえ、この砲撃だ。支援を必要としているのは、我々も同じじゃないか。こちらにも野砲中隊はいるが、相手は大口径加農砲……とてもこっちの砲弾は届かない。

となれば、航空隊に敵の砲兵部隊を殲滅してもらうしかないが、こうもあちこちで砲撃されると、航空隊も手一杯になって、なかなか我々のところには来てくれない。

かといって、ぐずぐずしていると、なけなしの野砲中隊が、戦う前に壊滅する。

それを防ぐには、野砲中隊を塹壕に入れて、なんとか歩兵部隊だけで敵の侵攻を阻止しなければならん。いくら敵の砲兵が頑張っても、それだけでは占領できないからな。相手も最終的には歩兵を出すしかない。

もっとも……京城以北の戦闘では、敵の機甲師団が先に突入してきて味方陣地を蹂躙(じゅうりん)したらしいから、そうなったら対戦車戦闘を実施しつつ、逃げ場を探すことになる。

まったく……こんな酷い戦争になるとは、思ってもいなかったぞ」

マクガイアが愚痴をこぼしたくなるのも、まあわかる気がする。

それほど自由連合軍は守勢一辺倒であり、ロシア軍の攻勢は激しかった。

「それについてなんですが……妙だと思いませんか？　あれほど電撃的に敵の機甲師団が南下してきたというのに、京城北部に到達した時点で、ぱたりと進撃が止まっています。

その後は砲兵による縦深攻撃と、北朝鮮人民軍による突撃が主となっています」

「京城が市街地を有しているから、市街戦は機甲師団に不利だと考えたんじゃないか」

チャイの疑問に対し、マクガイアはあまり考えもせず答えた。

それと同時に、いきなり大きな振動とともに轟音が響く。丸太を組んで補強した土盛りの天井から、パラパラと土塊が落ちてくる。

「近かったな……直撃したら、さすがにここも危ないぞ」

「我々が野戦司令部を逃げ出したら、それこそ終わりですよ。ここは我慢のしどころです。

それより先ほどの疑問なんですが……私は大隊長の意見には同意できません。

なぜなら、敵の機甲師団が市街戦を嫌うのであれば、京城の海側を迂回して漢江沿いにまわりこむ手があったからです。

もしそれをやられていたら、兵官の陥落はずっと早い時期に達成できていたでしょう。でも、現実はそうなっていません。

私が思うに、もしかすると敵は、燃料不足に陥っているのではないか……そう感じます。これは満州方面においても同様で、哈爾浜や長春を前にして、いずれの敵機甲師団も停止しました。

その上で敵軍は、哈爾浜と長春攻略を大前提とする補給陣地を構築しているとのことですので、まずそこに燃料と弾薬／食料などを備蓄し、補給を万全にしてからでないと、あの大規模な機甲師団をさらに動かすことは難しい……これが真相ではないでしょうか」

さすがに切れ者のチャイ、誰も目をつけていない部分に、しっかり着目していた。

「まあ、あれほどの規模の機甲部隊となると、燃料もさぞや大喰らいだろうな。それを想定しようにも、自由連合側は、あそこまで大規模な機甲師団を、一度に長距離移動させつつ戦闘を行なった経験がない。

訓練なら、イギリス陸軍の機甲師団が中東でやっているはずだが……あっちは砂漠地帯のため、もともと燃料消費率が違うし、作戦中の移動距離も最初から短く見積もっているはずだ。

つまり我が方には、ナチス連邦ほど機甲師団を大規模に長距離移動させた経験がない。経験がなければ、想定するのも難しい。机上の計算だけでは、現実を把握できるものではない。やはり陸軍は、大陸国家に一日（いちじつ）の長（ちょう）があるようだ。

……となると、戦術の転換が必要になるぞ。まず敵が本当に燃料不足なのか、しっかり確認しなければならん。

そのことを師団長に相談してみてくれ。もし必要なら師団長を通じて、大田の合同方面軍司令部へ意見具申する必要があるかもしれない。やってくれるか」

長距離砲撃を食らっているというのに、マクガイアは先のことを考えた。

先手を読まなければ、この戦いには勝てない。いまさらだが、それに気づいたためだった。

「承知しました。これでなんらかの対策が実施できれば、この戦局もなんとかできるかもしれません。すぐにかけあってみます」

自分で言い出した手前、マクガイアが同意してくれたことをチャイは喜んでいる。

根深いアジア人蔑視の風潮が続いた歴史があるだけに、チャイは自分を評価してくれる白人には、必要以上に親近感を抱くようになっているらしい。

自由主義連合……。

それは単に、自由主義を尊重する国家の集まりではない。

一九世紀を席捲した植民地主義が色濃く残る現在、有色人種と白色人種が共に同じ飯を食い、同じ弾丸を分けあって戦っている。

その意味することの重大さに、いま気づいている者は、まだ少数にとどまっていた。

＊

同日深夜、合衆国南部。

テキサス州ラレドの郊外にある国境検問所は、ナチス連邦との戦争勃発以来、ずっと閉ざされたままだ。

それまでは、近郊のメキシコ人が合衆国側へ買物に来る光景が当たり前だっただけに、ラレドの雑貨商店を経営するモルドール・デラ・ロサも困惑の表情を隠しきれない。

「正直、まいってるさ……今日の売り上げなんて、たったの五ドルだぜ。こんな状態が一年続くんだったら、本気で店を閉めなきゃならん」

ロサは名前の通り、スペイン系アメリカ人だ。というより、元メキシコ人といったほうが正確かもしれない。

祖父の代に合衆国へ移住してきたものの、国境近辺以外の町では人種差別が激しすぎて、自然とラレド郊外に定住することになったらしい。

「メキシコと戦争か……俺のひい爺さんの時代以来だな」

ロサの相手をしているのは、幼馴染で同じスペイン系のラモス・チョ・パンサだ。

二人ともすでに五〇歳を過ぎていて、いまいるひなびた酒場――カラピソの常連となっている。

「お話し中、失礼」

それまでカウンターでグラスを磨いていたバーテンが、いきなり声をかけた。

「ん、なんだ？」

「店に蛇口の交換品、あるかなあ。直径二インチの業務用のやつ。一昨日あたりから水漏れが酷くなってきたんだ」

「あると思うよ。たしか三ドル五〇セントだったはずだ。あした、店に来てくれ」

「助かるよ」

バーテンはそう言っただけだが、キッチンの水道が水漏れしている気配はない。もしかすると常連さんの窮地を少しでも軽くしてやろうと、嘘までついて、商品を買う算段をしてくれたのかもしれなかった。

と、その時……。

町外れにある酒場の建物全体が、大きく揺れた。

「じ、地震……？」

思わず立ちあがったパンサが、脅えた様子でまわりを見ている。

しかし、すぐに地震ではないことがわかった。

全員の耳に、鼓膜が破れそうなほど大きな爆発音が聞こえたからだ。

先ほどの揺れは、近くで大きな爆発が起こり、その衝撃波が先に到達したせいだった。

爆発に続いて、パンパンというライフルの射撃音が聞こえた。場所柄、銃撃音を聞き間違う者は誰もいない。

「メキシコ軍が攻めてきたぞーッ！」

表から悲鳴が聞こえた。

「おいおいおい！」

さすがに全員が立ち上がり、どうするか迷いはじめる。

「戦争か!?」

「間違いない。ナチス野郎が侵略してきたんだ！」

あちこちで憶測が飛び交い、酒場は混乱しはじめた。

「パンサ……裏口から逃げよう」

ロサはパンサの耳元で囁くと、バーテンに目配せをした。

戦争になったら、メキシコ系の人間は極端に立場が悪くなる。そう直感的に感じ、ともかくこの場を抜け出し、その後の行動を決めようと思ったのである。

「でも、どうする？　俺には女房子供もいるんだぜ」

中腰になってカウンターの内側に隠れた二人は、バーテンの指示で裏口へむかっていく。

「わからんよ。本当に戦争になったかすら、俺たちにゃ知りようがない。ともかく安全な場所……そうだな北のカトリック教会に家族全員で逃げ込めば、まあなんとかなるかもしれん。

俺は一人身だから、いったん店に帰って、その後に教会へ行く」

「わかった。俺んちもそうする」

裏口からこっそりと抜けだした二人は、そこで二手に分かれた。

その頃になって、ようやく町を警備していたテキサス州の州兵が応戦しはじめる。

とはいっても、この地区を守っている州兵の数は多くない。

誰もがメキシコは攻めてこないと思っていた。いかにナチス独裁国家に変貌したとはいえ、合衆国との軍事力の差を一番知っているのはメキシコ政府自身だからだ。

いまこの瞬間だけは州兵のみで対応するしかないため、メキシコ軍も優勢にたてる。だが、そのうち合衆国軍が殺到することになる。

戦争を仕掛ければ、間違いなく合衆国軍の反撃を食らう。

下手すれば、反対にメキシコ国内にまで攻め入られ、真っ先に敗戦国になる可能性すら大きい。

だから、攻めてこない……。

そう誰もが思っていたのだ。

しかしそれは、ナチス連邦を甘く見ていた証拠でしかなかった。

連邦総統のヒトラーは、連邦に所属している全国家に対し、即時戦争突入を命令している。その中でメキシコだけが、合衆国と国境を接しているとの理由で戦わないとなると、政府首脳は即座に粛清対象になってしまうはずだ。

戦っても負けるが、さりとて粛清されるのは、なおさら嫌……。

そこで可能な限り先延ばしにしていたらしいが、ついにヒトラーの逆鱗に触れ、最後通牒を言い渡されたのだろう。

こうなると可哀想なのは、メキシコ国民である。

熱狂にまかせてメキシコナチス党を選挙で選んだまではいいが、最もナチス党を支持していた貧困層は、独裁政権樹立後、真っ先に裏切られることになった。

ヒトラーの潔癖な性格は、連邦国家全体の規律にも影響を及ぼし、愚鈍なる者、怠ける者、裏切りを犯す者、嘘をつく者、身体的な欠陥のある者、そして働かざる者、ユダヤ人に対し、徹底的に冷たい政策を実施しはじめたのである（これはドイツ本国でも同じ）。

もともと楽天的なヒスパニック系住人が多いメキシコにおいて、この政策は厳しすぎる。しかし表立って逆らえば、アマゾン送りにされてしまう（ナチス連邦は、アマゾン開拓を南アメリカの優先課題としている。そのため政治犯収容所が数多く作られているらしい）。

人々はすぐに沈黙し、心の奥底で自分の誤判断を悔いつつも、表むきはナチス党員に笑顔で対する日々を送っている。

それが戦争になり、かなりの割合で負け戦になるとわかれば、大半の国民がどう動くか……それがメキシコ政府首脳の恐怖となっていた。

4

七月五日　合衆国南部

五日間の強行軍により、アーカンソー州から移動してきた部隊が、ラレド北部にある要衝――サンアントニオへ到着した。

サンアントニオには合衆国陸軍の基地があり、そこには戦前から一個連隊が常駐していたが、いま基地にいる部隊はそれどころの数ではない。

訓練場になっている広大なグラウンドに、びっしりと戦車が並んでいる。

大半がＭ３Ａ１だが、一部には新開発されたＭ４中戦車も見える。

このＭ４は試作段階のままの溶接構造車体だが、すでに量産が始まっているＭ４Ａ１型は鋳鉄構造に変更されている。

おそらく、いきなり始まったメキシコ軍の侵攻にあわせ、訓練中だった拡大試作品のM4戦車のすべてを持ってきたのだろう。

その他には、歩兵支援用のM2A4型軽戦車やM5型装甲車などもいる。

「この合衆国本土に攻め入るとは、まったくふてェ野郎どもだ！　いいか、貴様ら！　こうなったら遠慮はいらねえ。泣いたって許しちゃならねえ。メキシコのクソ野郎どもを、一人残らず合衆国から叩き出せ。いいなッ！」

南部訛り(なま)を意図的に強調した訓辞を行なっているのは、誰あろう、合衆国陸軍で暴れん坊の異名を持つジョージ・パットン少将だった。

パットンはアメリカ機甲師団の師団長だが、今回のメキシコ侵略に緊急対応するため、アメリカ中央部各州に散在していた戦車大隊をアーカンソー州のフォートスミス陸軍基地に集め、そこで合衆国機甲軍団を編制したのである。

その規模は、二個機甲師団、一個軽機甲師団、一個戦車旅団、四個機動旅団、二個砲兵師団、六個歩兵師団となっている。

むろん、そのすべてをパットンが仕切っているのではなく、軍団長にはパットンの上官だったジョン・パーシング中将が着任している。

したがってパットンは、このうちの戦車部隊をまとめる長というわけだ。

「燃料と弾の心配はするな！　ここは合衆国だ。ガソリンスタンドは腐るほどあるし、砲弾は毎日大量に生産され、片っぱしから鉄道で運ばれてくる。だから俺たちが心配するのは、いつ昼飯を食うかだけだ!!」

わずか二〇〇キロしか離れていないラレドの町は、すでにメキシコ軍によって占領されている。

現在の最前線はラレド北方一二キロの荒野で、メキシコ軍はそこに塹壕陣地を構築しているらしい。

そこを現在攻めているのは、もっぱら近隣の米陸軍航空隊である。

メキシコ軍の装備は劣悪だが、なにしろ数だけは多い。州兵は数で押されるかたちで撤退し、現在はサンアントニオ南部で市街地防衛のための陣地を構築中だ。

だがパットンは、その作業を無駄と言い捨て、州兵指揮官に対し、すぐにラレドの町へ戻ることになるから、その準備をしておけと言い放った。

たしかに……。

軍団の部隊構成を見ても、極端に歩兵部隊が少なく、大半が機動化されている。

まず機動車輌を連ねて荒野を驀進（ばくしん）し、そのままラレドの敵陣地をなぎ払う。すぐに市街地へ乱入し、そこでも撃ちまくる。敵が逃げ出せば、容赦なく追撃する。

そうして国境線まで押し戻し、ようやく補給部隊がやってくるのを待つことになる。

パットンが提出した作戦は、もはや作戦と呼べるものではない。

まさに猪突猛進、一直線に驀進しつつすべてをなぎ払う強襲だった。

「俺は気が短い。こうと決めたら、待つのは大嫌いだ！　だから野郎ども、これからただちに進撃を開始する。遅れるやつは置いてくぞ。さあ、出発だ!!」

自分自身、新型のM４シャーマン戦車プロトタイプ、その砲塔ハッチから上半身を覗かせつつの訓辞である。

そして驚いたことに、パットンは本当にM４を動かしはじめ、戦車部隊の先頭にたって基地を出るそぶりを見せた。

こうなると慌てるのは部下たちだ。

拡大された機甲師団の最高司令官が、真っ先に基地を飛び出したりしたら、あとで何を言われるかわかったものではない。

そう思った偵察大隊付きの軽戦車と装甲車、そしてジープやサイドカー付きのバイクが、急いでパットンの戦車の前に割り込んだ。

「これより先導します！」

ジープに乗った偵察大隊長が、汗をかきながら敬礼しつつ前に進む。

それを見たパットンは、さも当然そうに葉巻へ火をつけた。

＊

「燃料は、まだ届かないのか？」

朝鮮半島北部、ウラジオストクから延長されたシベリア鉄道が通る東海岸有数の町——元山のロシア陸軍司令部に、いらついた男の声が巻きおこった。

声を出したのは、ナチスロシア朝鮮方面軍司令長官のバシーリ・チェイコフ大将だ。

現在の方面軍司令部は平壌(ピョンヤン)に置かれているが、平壌においても燃料と弾薬不足が深刻化してきたため、状況を確認するため元山(ウオンサン)まで移動してきたのである。

「ハバロフスクの極東軍総司令部に問い合わせたところ、シベリア鉄道経由で大量の燃料と物資を送っているものの、その大半が満州方面軍に消費され、こちらにまで送り届ける余裕がないそうです」

元山にある第三軍団司令部で補給担当をしている参謀が、恐縮しまくった態度で答えた。

海路輸送を使えないロシア軍は、補給を鉄路に頼るしかない。

道路をトラックで運ぶという手段もあるが、沿海州地区の道路事情が悪すぎて、やってはいるもののきわめて効率が悪いらしい。

「極東二方面で大規模侵攻するのは、最初からわかっていたことだ。なのに、いざ始めてみたら物資不足と燃料不足に陥るなど、いったい本国の補給担当者は何をしてたんだ!」

当初の説明では、各方面に充分な備蓄をしてあるから、開戦から半月は何も気にせず戦うことができると言われていた。

たしかに半月は大丈夫だった。

しかし、それを過ぎると、またたく間に不足があらわになってきたのである。

チェイコフの怒りを少しでもなだめようと、北朝鮮東岸を担当している第三軍団長のA・コロブコフ少将が、恐る恐る発言した。

「おそらくですが……軍中央では、ナチスドイツ陸軍の電撃戦を参考に作戦をたてたのだと思います。ご存知の通り、ナチスドイツ軍の電撃侵攻は、ヨーロッパの平坦な地域で実施されました。

これは満州中央部でも同じですが、ここ朝鮮は違います。機械化された軍は、移動が容易な平原地帯では燃料効率がよく、少ない燃料で遠くまで移動可能です。しかし朝鮮半島は山間地が多く、拠点ひとつを奪取するにも山をひとつ越えなければなりません。

そのせいで燃料を馬鹿食いしますし、見通しの利かない丘陵地帯や山岳地帯での戦闘では、どうしても無駄弾を多く使ってしまいます。

これらの朝鮮特有の事情を軍中央が考慮しなかったのが、今回の物資不足、弾薬不足につながったのではないかと……」

「貴様……自分の言っていることがわかっているのか？　それは中央に対する批判だぞ!?」

言いわけをするつもりが、とんだ虎の尾を踏んだことになる。ようやく気づいたコロブコフは、途端に顔面蒼白状態になった。

しかし、ロシア軍中央の補給担当を批判したのはチェイコフのほうだ。

おそらくチェイコフは、ロシア軍担当者の批判なら身内ということで許されるものの、コロブコフの発言は、ロシア軍部というより、作戦を立案したナチス連邦軍に対する批判と受けとったらしい。

それはナチスロシア政府にとっても、許されざるものである。

「まあいい。いまの発言、なかったことにしよう。とどのつまり、しばらく物資不足は続く……そう貴様は言いたいのだな。それなら、それなりのやり方がある」

やや思案したチュイコフは、妙案を思いついたといった顔になった。

「ところで……金日成（キムイルソン）は、いまどこにいる？」

チュイコフの口から、北朝鮮人民軍を束ねる首領の名が飛び出てきた。

金日成は朝鮮南進を想定して、ロシア国内で北朝鮮人民軍を編制するよう命じられた男だが、身分的には非正規軍の親玉にすぎない。

もし戦争にならなかった場合、ロシアは金日成を朝鮮解放の切り札として用い、内戦を装って南朝鮮を制圧するつもりだったのだ。

しかしヒトラーの決断により、世界大戦が勃発してしまった。

そこで、ロシア正規軍による南進を補佐するため、朝鮮人民軍の名で参加している。

「江原道にある朝鮮人民軍司令部で、各方面の人民軍に対する指示を出しているはずです。とはいっても、所詮はロシアの各方面軍司令部の走狗（そうく）にすぎませんので、独自に部隊を動かす権限は与えられていません」

「それなら好都合だ。ただちに金日成に伝えろ。ロシア正規軍が動けるようになるまで、人民軍による人海戦術で、敵をなんとしても漸減させろとな。

連中は、数だけは正規軍より多い。たとえ武器や弾薬が足りなくても、銃剣やスコップで白兵戦を挑むのであれば、それなりの戦果を得ることができるだろう。

ただ、これだけは念を押しておけ。人民軍の背後にはロシア正規軍が警戒配備につく。もし怖気づいて敵前逃亡するような朝鮮人がいれば、ナチスロシア軍の軍規に照らし、その場で射殺する。命が惜しければ敵陣を蹂躙し、ひたすら南へ進め
……そう命じるのだ」

チェイコフの口から、今次大戦で初の督戦隊による戦場監視が飛び出てきた。

督戦隊はなにもチェイコフの発案ではなく、ロシア軍では帝政時代からたびたび散見できたものだ。

それゆえに、走狗にすぎない朝鮮人民軍には、たやすく適用できるのだろう。

「了解しました。その旨、しっかり命じておきます」

自分のへまを不問にしてもらったコロブコフは、もう失態を演じられないと心に誓ったのか、まるで餌をもらう犬のような態度になっている。

それを横目で見ながら、チェイコフは胸の内でそっと呟いた。

『物資と弾薬の不足は、絶対に敵に知られてはならない。こちらが手詰まりを起こしていることがバレたら、ここぞとばかりに反攻作戦を実施してくるだろう。だから、ひたすら隠しつつ、人民軍を捨て駒として投入し、時間を稼ぐ。そのうちに必ず物資が届く。そうしたら、今度こそ釜山まで一気に攻め落とす』

自由連合軍の動きは、どうしても後手にまわっている。それでも江陵に上陸作戦を実施したことでわかるように、なんとか状況打開の糸口を模索している最中らしい。

それらの模索を、野放しにしてはならない。

敵が策を弄（ろう）するたびに、ひとつひとつ潰していく。そして敵の戦意を奪い、最後に大兵力をもって一気に蹂躙する……。

これがチェイコフの描く朝鮮半島攻略の絵図であった。

5

七月一二日　合衆国南部

驚いたことに、サンアントニオを出陣したパットンの部隊は、わずか四日でラレド北部にあったメキシコ軍陣地を占領してしまった。

そして彼の言葉通りに、そのままラレド市街へ乱入……。

ともかく動く者は誰でも撃ちまくったせいで、ラレド住人にも多くの犠牲者が出た。

ただ、さしものパットンも教会だけは狙わなかったため、教会に避難していた者は全員が合衆国軍に救助され、いまは急造の前線陣地で保護されている。

そのうち補給部隊がやってくることになっているので、荷を降ろしたトラックで内陸部へ一時退避させる算段になった。

「司令部へ打電しろ。このままメキシコ領内へ突入し、とりあえず敵の侵攻拠点となっているモンテレーを制圧したい。その許可をもらうのだ！」

　補給部隊が到着するのを待つのも時間が惜しいとばかりに、パットンは臨時の前線司令部に仕立てた町役場の中で、不安そうに手伝いをしている役人たちを尻目に大声をあげた。

「それについてですが、今回の迅速な対応と敵を押し戻した将軍の功績を、ルーズベルト大統領じきじきに称賛するとの通達が入っています」

　さすがに嬉しそうな表情を隠せない師団参謀長が、パットンの命令も上の空で報告した。

「勝って当然の戦だ。まあ、大統領が喜んだというのなら、それはそれでいい。だが、問題はこれからだぞ。

　メキシコによる侵略を阻止するだけでは駄目だ。さっさと中米全体を制圧し、各国ナチス党の連中を殲滅しなければ、いずれパナマが危うくなる。

　俺は一気にパナマまで南下し、北米と中米すべてを味方陣営に組み入れるのが、南米諸国を攻略する第一歩だと考えているんだ。

　ともかく南北アメリカ大陸を自由陣営の聖域にしなければ、とてもヨーロッパやアジア方面で反攻作戦などできん。最優先課題は、中米そして南米のナチス勢殲滅にある。そのためには、俺はなんでもするぞ！」

言っている言葉は荒いが、パットンの戦略はきわめて正しく、かつ限りなく堅実なものだった。

下手に他の自由連合国家に迎合して、アジアやヨーロッパに戦力を投入するのは、いまの段階では無能の策となる。

まず足場を固め、自国の安泰を最優先してこそ、他国を助けられる……。

勇猛果敢の名をほしいままにするパットンの、知られざる一面であった。

「大統領閣下からの電文によりますと、今回のメキシコ侵略には、東海岸のアメリカ市民も相当に怒っているそうです。数日前まで厭戦気分がワシントンを覆っていたのが嘘のようだと書いてありました。だから将軍の提案も、おそらく受け入れられると思います」

「当たり前だ！　ここは合衆国だぞ？　卑怯な侵略を受ければ、アメリカ魂に火がつく。アメリカ人なら誰しも、正義と勇気を心の奥の引き出しにしまっている。それがいま、メキシコのせいで外に持ちだされたのだ。

怒ったアメリカ人は強いぞ。とくに正義が自分側にあると確信すれば、最大の力を発揮する。いまでこそ全世界で押されぎみの自由連合軍だが、これで中核となる合衆国に火がついた。

これは幸先よい傾向だ。合衆国市民が一丸となれば、おのずとカナダも反応する。北米が一体となって戦いに挑みはじめれば、アジアやオーストラリアも奮い立つに違いない。

そうなれば、必ず勝機は訪れる。俺はそれを信じている。だからこそ、さっさとメキシコおよび中米諸国を降参させたいんだ。

いいか、わかったら、とっとと司令部に進撃許可をもらってこい。もし司令部で判断できないなら、俺が大統領府へじかに談判する。こう見えても俺は、ルーズベルト大統領とは仲がいいんだ。

しかし、物事には順序というもんがある。いきなり俺が出しゃばると、あちこちでひがむ連中が出る。そいつらの手柄も考えてやらんと、あとあと背中から撃たれかねん。

だからまず、司令部にお伺いをするんだ。さあ、早く行け!!」

これはもう、たかが師団長レベルの発言ではない。

最低でも軍団長、ここが合衆国国内であることを考えれば、合衆国南部を束ねる軍集団司令長官でもなければ吐けない言葉だった。

しかも、パットンとルーズベルトの仲がいいというのも、まんざら嘘ではない。

むろん大口のきらいはあるが……。

なぜならパットンは、ルーズベルトの子飼いと言われている極東総司令部長官――アイゼンハワーと親友であり、政治に長けているアイゼンハワーを通して、ルーズベルトとも何度か会っている。

そのせいで大統領の信任も厚く、今回の大活躍で、それはさらに堅固なものとなったはずだ。

ルーズベルトとしても、早期に景気のいい話題がないと、アメリカ市民をなだめるのが難しくなる。

なにしろ売られた喧嘩のような世界大戦なのだから、合衆国だけが高みの見物をするわけにもいかず、最初から全力で突っ走るしかない。

そこにパットンの勝利……。

ごく局所的な戦術的勝利にすぎないが、開戦以来、自由連合が陸戦で初めて優位に立ったのだ。

地理的要因から当然の結果とはいえ、これが自由連合各国に与える心理的な効果は計り知れないものがある。

なんとか勝利の糸口を模索したい自由連合軍としても、パットンの勝利は見逃せない要因となった。そこまで考えての、パットンの大口たたきである。

だがまだ、第二次世界大戦は始まったばかり……。

これから先、どれほどの戦いが行なわれ、どれほどの被害が出るか、まだ誰にもわからない。

ひとつの間違い、ひとつの失敗が、戦略的な大敗北に繋がることもある。

そしてそれは劣勢に立つ軍のほうが、より致命的となる。

戦争には、絶対善もなければ絶対悪もない。ナチス連邦にしてみれば、堕落したローマ帝国の末裔（まつえい）のような自由連合など、人類の進化にとって害悪にしかならないと考えている。

自由連邦から見れば、国家社会主義などという人間の基本的人権を根本から否定する国家集団は、いずれ中世暗黒時代の再来をもたらす悪魔の集団であろう。

だからこそ、世界を二分して戦う理由になる。

そして歴史は、勝った者によって綴られるのである。

第一部資料

◎自由連合陣営

大日本帝国／アメリカ合衆国／大英帝国／カナダ／オーストラリア／エジプト／亡命フランス／亡命オランダ／英領インド／英領サウジ／中華民国／タイ王国／ニュージーランド

◎ナチス連邦陣営

ドイツ／ナチスロシア／イタリア／スペイン／ナチスフランス／ナチスオランダ／ナチスペルシャ／ナチスアメリカ連邦／ナチスアフリカ戦線／ナチスチャイナ党

〈連合海軍編制〉

＊本巻に登場する部隊のみ記載

◎朝鮮支援作戦艦隊

第三連合艦隊（F・J・フレチャー少将）

艦隊旗艦　戦艦ニューヨーク

第一打撃部隊　戦艦　ニューヨーク／テキサス
戦艦　壱岐／丹後
軽空母　コーリッジ／ホープ
軽空母　凛空
重巡　ハートフォード／オーガスタ
重巡　朝日
巡洋艦　ケント／リバプール
米駆逐艦　一二隻
日駆逐艦　八隻
英駆逐艦　四隻

加駆逐艦　　二隻
豪駆逐艦　　二隻

襲撃部隊
第一襲撃隊　海狼型襲撃艦　一〇隻
第二襲撃隊　海狼型襲撃艦　一〇隻
第三襲撃隊　海狼型襲撃艦　一〇隻

〈ナチス連邦海軍編制〉

◎ロシア太平洋艦隊

1、第二艦隊（ラボロフ・ガーリン少将）
旗艦　戦艦　アドミラル・ナガン
　　　戦艦　アドミラル・ナガン／ノバヤゼムリア

戦艦　ペトロパブロフスク
巡洋艦　オビ／ドヴィナ
ウスリー／アルグン／レナ
駆逐艦　一八隻

2、太平洋潜水艦隊（ユーリ・チョポフ少将）
第二潜水戦隊（セルゲイ・ミコネン大佐）
カラギン級　カラギン／パラシル／ファデフ
／ウランゲル／タタール
マガダン級　マガダン／コルグエフ／オハ
／シビル／ノルドヴィク

◎ロシア沿海州艦隊

1、第三艦隊（エルシャ・ロポフ少将）

旗艦　戦艦　セバストポリ
戦艦　セバストボリ
戦艦　マリーヤ（旧インペラートル・パーヴェル）
巡洋艦　イシム／ヤナ
駆逐艦　一二隻
防護艦　二四隻

2、第三潜水戦隊（ドミトリー・シヴィリ大佐）

マガダン級　チュミカン／ナホトカ
コラ級　オネカ／メゼニ／ヴィボルト
／ティクシ／パラナ
タイミル級　タイミル／コテリヌイ／ガヴァニ

〈連合軍諸元〉

＊本巻に登場する装備のみ記載
＊潜水艦／駆逐艦／防護艦などは本文説明のみ
＊銃砲類／車輌は主力装備以外、本文説明のみ

◎海軍艦艇

ニューヨーク級戦艦

※第一次大戦後に建艦された航洋型戦艦
※三国同盟に基づき、日英の領土のどこにでも急速展開が可能になるよう設計された

同型艦　ニューヨーク／テキサス
排水量　二万八五〇〇トン
全長　二二五メートル
全幅　三〇メートル

主機　重油専焼缶一〇基　蒸気タービン四基　四軸
出力　五二万五〇〇馬力
速力　二六ノット
航続　一六ノット時一万浬
主砲　四〇センチ四五口径二連装四基
副砲　一五センチ五〇口径連装二基
装備　一〇センチ連装高角砲　四基
　　　四〇ミリ四連装機銃　八基
　　　二〇ミリ二連装機銃　六基
装甲　水線二六五ミリ　甲板六五ミリ
乗員　一三八〇名

壱岐型戦艦

※日本独自のドクトリンにより、重装甲／重打撃／高継戦能力に特化された最初の艦

同型艦　壱岐／丹後
排水量　二万八二〇〇トン
全長　二〇〇メートル
全幅　三一メートル
主機　重油専焼缶八基　蒸気タービン二基　二軸
出力　三万六五〇〇馬力
速力　二四ノット
航続　一四ノット時六〇〇〇浬
主砲　四〇センチ五〇口径連装三基
副砲　二〇センチ五〇口径連装二基
装備　一〇センチ単装高角砲　六基
　　　四〇ミリ四連装機銃　四基
　　　一二・七センチ単装機銃　一二基
装甲　水線三四〇センチ　甲板一一〇センチ
乗員　一万四三二〇名（ＯＫ？）

ネルソン級戦艦

※英海軍が第一大戦後の軍拡時代に建艦した主力艦
※大艦巨砲主義を忠実に実施した設計だが、速度が遅いせいで性能を生かし切れず、現在はもっぱら本国防衛のため英国近海の警備を行なっている

同型艦　ネルソン／ロドニー
排水量　三万五二〇〇トン
全長　二二〇メートル
全幅　三二・五メートル
主機　重油専焼缶八基　蒸気タービン二基　二軸
出力　四万五五〇〇馬力
速力　二三ノット
航続　一六ノット時七〇〇〇浬
主砲　四〇センチ四六口径三連装三基
副砲　一五センチ五〇口径連装六基
装備　一二センチ高角砲　六基

　　四〇ミリ八連装機銃　八基
装甲　水線三五六ミリ　甲板九五ミリ
乗員　一六四〇名

アンソン級巡洋戦艦

※ネルソン級の欠点をカバーし、全海洋で活動可能な戦艦をめざしG三級巡洋戦艦
　が設計された
※一九四一年現在では最新鋭の英戦艦

同型艦　アンソン／ハウ
排水量　四万八八〇〇トン
全長　二七二メートル
全幅　三二・五メートル
主機　重油専焼缶二〇基　蒸気タービン四基　四軸
出力　一六万馬力
速力　三〇ノット

航続　一六ノット時一万浬
主砲　四〇センチ四六口径三連装三基
副砲　一五センチ五〇口径連装八基
装備　一二センチ高角砲　六基
　　　四〇ミリ一〇連装機銃　四基
装甲　水線三五六ミリ　甲板一一四ミリ
乗員　一七五〇名

軽空母コーリッジ級

※一九三二年竣工。米海軍初の空母計画艦として四隻が建艦された
※艦戦／艦爆ともに、日本設計／米改良生産となっている

同型艦　コーリッジ／ガッツ／ホープ／スピリッツ
排水量　一万一二〇〇トン
全長　一七八メートル
全幅　二〇・八メートル

主機　重油専焼缶一二基　蒸気タービン四基　四軸
出力　九万八〇〇〇馬力
速力　三〇ノット
航続　一六ノット時九〇〇〇浬
備砲　八センチ五〇口径単装高角砲　四基
機銃　四〇ミリ四連装機銃　四基
　　　一二・七ミリ単装機銃　八基
乗員　一四八〇名
搭載　艦戦　中島グラマンＦ３Ｆシーキャット
　　　　　　二二機
　　　艦爆　三菱カーチスＦ３Ｂスカイダイバー
　　　　　　二〇機

軽空母　凛空型
※各国海軍の空母建艦ブームに乗り、日本独自の軽空母が建艦された
※どちらかといえば近海防衛用空母的な設計となっている

※艦爆／艦戦は、日本設計の原型機を日本独自に改良したもの
※日米機の部品互換率は七〇パーセント程度

同型艦　凛空／晴空
排水量　一万五〇〇〇トン
全長　一七五メートル
全幅　二一メートル
主機　重油専焼缶一〇基　蒸気タービン四基　四軸
出力　八万八〇〇〇馬力
速力　三〇ノット
航続　一六ノット時六〇〇〇浬
備砲　一〇センチ四五口径単装高角砲　六基
機銃　二〇ミリ二連装機銃　四基
　一二・七ミリ単装機銃　一〇基
乗員　一三五〇名

搭載　艦戦　中島九九式（F3F日本仕様）　二〇機
　　　艦爆　三菱九八式（F3B日本仕様）　一八機

ハートフォード級重巡洋艦
※米独自設計。第一次大戦後の無条約時代に建艦された
※航洋型

同型艦　ハートフォード／ボストン／オーガスタ
　　　　／ユーリカ
排水量　九八〇〇トン
全長　一八五メートル
全幅　二〇メートル
主機　重油専焼缶一〇基　蒸気タービン四基　四軸
出力　一〇万馬力
速力　三二ノット
航続　一六ノット時八〇〇〇浬

主砲　二〇センチ四五口径二連装三基
副砲　なし
装備　一〇センチ単装高角砲　六基
　四〇ミリ四連装機銃　四基
　一二・七ミリ単装機銃　八基
水偵　三機
乗員　一一〇〇名

重巡　朝日型
※日本独自設計。第一次大戦後の無条約時代に建艦された
※近海特化型

同型艦　朝日／鞍馬
排水量　九五〇〇トン
全長　一八〇メートル
全幅　一九・五メートル

主機　重油専焼缶八基　蒸気タービン二基　二軸
出力　七万馬力
速力　二九ノット
航続　一六ノット時五〇〇〇浬
主砲　二〇センチ五〇口径二連装四基
副砲　なし
装備　一〇センチ単装高角砲　四基
　　　二〇ミリ二連装機銃　六基
　　　一二・七ミリ単装機銃　八基
水偵　二機
乗員　一一五〇名

巡洋艦　ケント級
※英国独自設計。第一次大戦後の無条約時代に建艦された
※航洋型

同型艦　ケント／リバプール／ホーリーヘッド
／グリムスビー
排水量　九九〇〇トン
全長　一八五メートル
全幅　二〇・二メートル
主機　重油専焼缶一二基　蒸気タービン四基　四軸
出力　一一万馬力
速力　三一ノット
航続　一六ノット時一〇〇〇〇浬
主砲　二〇センチ四五口径三連装三基
副砲　なし
装備　一〇センチ単装高角砲　二基
四〇ミリ六連装機銃　四基
一二・七ミリ単装機銃　一〇基
水偵　二機
乗員　一一七〇名

海狼型襲撃艦

※日本列島近海区域を守るため、日本海軍固有の強襲打撃艦が計画された
※いくつかのタイプが建艦された
※艦体基本設計を共通にして経費／工期／資源の節約を図っている
※特徴は、航続距離と対空防御、抗堪性能を犠牲にした反面、打撃力と加速力／俊敏性のみの増強となっている
※三胴型という特殊な艦形のため小回りに難があるとして、左右のフロート前部にも副舵が設置されている。これらを艦橋にある二つの舵輪で操作するため、通常艦とは異質の機動を行なえる
※海狼Aは汎用型、海狼Bは雷撃特化型、海狼Cは砲撃特化型

同型艦　海狼A一〇〇〜海狼A一三九（配備中）
　　　　海狼B一〇〇〜海狼B一三九（配備中）
　　　　海狼C一〇〇〜海狼C一二九（配備中）
基準排水量　A：九五〇トン

B：九三〇トン
C：九六〇トン
全長　六四メートル
全幅　一八メートル（カヌー型三胴艦）
主機　石油専焼缶／ギヤード・タービン一基／一軸
出力　一万八〇〇〇馬力
航続　一八ノットで二八〇〇キロ
速力　A：三四ノット
B：三六ノット
C：三四ノット
兵装　主砲　A：八センチ四五口径単装　三基
B：八センチ四五口径単装　二基
C：一〇センチ四五口径単装　二基
八センチ四五口径連装　二基
機銃　一二・七ミリ単装　二基
雷装　A：四五センチ単装発射管二基（両舷甲板）

B：六〇センチ単装発射管二基（胴間ブリッジ懸垂固定）
四五センチ連装発射管二基（両舷甲板）
C：なし
爆雷　A：投射装置　一基（艦尾）
B：なし
C：なし

◎陸軍装備／航空機

九七式中戦車（日本版M３J２戦車）

※合衆国のM３A２中戦車をもとに、砲塔を鋳鉄式から溶接式に変更し、砲塔主砲を九七式四七ミリ対戦車砲へと換装したもの
※車体は合衆国から輸入。砲塔は日本国内で製造されている
※日本陸軍は車体固定の七五ミリ砲に多大な期待をかけていたが、実際に導入してみて欠点が多すぎ、急遽、回転砲塔の主砲を強化せざるを得なくなった

※打撃力に重点を置きすぎた結果、装甲を厚くすることができなくなり、抗堪性能はかなり悪い。そこで合衆国では、このままではナチス勢の新型戦車に対抗できないと判断し、現在M４中戦車を開発テストしている

全長　五・六四メートル
重量　二八・四トン
出力　四〇〇馬力／ガソリン
速度　最大四二キロ
装甲　最大五〇ミリ
装備　四七ミリ三五口径戦車砲（砲塔）
　　　七五ミリ
　　　七・七ミリ機関銃二門
乗員　六名

〈ナチス連邦軍諸元〉

◎海軍艦艇

ボルゴグラード級戦艦

※ロシア海軍最新鋭の戦艦として、秘密裏に極東で建艦された
※ロシア単独での設計・建艦のため、ドイツとの共用艦にはなっていない
※基本的には長距離巡洋戦艦を踏襲しているが、強力な四〇センチ五〇口径主砲は
　開戦時には世界最強クラスとなった

同型艦　ボルゴグラード／アムール
排水量　四万九四〇〇トン
全長　二五八メートル
全幅　三六メートル
主機　重油専焼缶一二基　蒸気タービン四基　四軸
出力　一三万二〇〇〇馬力
速力　二七ノット

航続　一八ノット時一八〇〇〇浬
主砲　四〇センチ五〇口径二連装四基
副砲　二〇センチ連装砲二基
装備　一二センチ単装高角砲　八基
四〇ミリ連装機関砲　四基
二〇ミリ単装機銃　一八基
装甲　水線三一〇ミリ　甲板一二〇ミリ
乗員　二二三〇名

クロンシュタット級戦艦
※ナチスロシアになって、ドイツと共通設計艦となった初めての戦艦
※ヒトラーの命により、世界巡洋可能な戦艦として、主に航続距離／主砲威力に重点が置かれたが、そのぶん抗堪性能は低下した
同型艦　ロシア　クロンシュタット／カリーニン
ドイツ　ラインラント／ヘルゴラント

／モルトケ

排水量　四万一五〇〇トン
全長　二四二メートル
全幅　三四・五メートル
主機　重油専焼缶一二基　蒸気タービン四基　四軸
出力　一二万五〇〇〇馬力
速力　二七ノット
航続　一八ノット時一八〇〇〇浬
主砲　四〇センチ五〇口径二連装三基
副砲　一五センチ連装砲四基
装備　一〇センチ単装高角砲　八基
　　　三七ミリ機関砲　一〇基
装甲　水線二八〇ミリ　甲板一〇〇ミリ
乗員　二〇八五名

ボロネジ級戦艦

※日露戦争後、英国のドレッドノート級戦艦をしのぐものとしてドイツで設計されたブレーメン級戦艦の設計をもとに、砕氷機能および航続距離増大を目的としたロシア改良型が設計された。その一部はドイツへ逆輸入され、北欧三国の厳寒地帯へ配備されている

同型艦　ロシア　ボロネジ／アドミラル・ナガン／ノバヤゼムリア／タイミル
　　　　ドイツ　ベルゲン／ムルマンスク
排水量　二万六八〇〇トン
全長　二一〇メートル
全幅　二八・六メートル
主機　石炭重油混焼缶八基　蒸気タービン四基　四軸
出力　六万二〇〇〇馬力
速力　二六ノット
航続　一五ノット時一二〇〇〇浬
主砲　三六センチ五〇口径二連装四基

副砲　一五センチ単装砲一二基（舷側）
装備　一〇センチ高角砲　六基
　　　二〇ミリ連装機銃　八基
　　　五五センチ魚雷発射管六基
装甲　水線二〇〇ミリ　甲板六〇ミリ
乗員　一二五〇名

ガンクート級級戦艦
※帝政ロシア時代の最後に建艦された弩級戦艦
※セバストポリ級は、ガンクート改良型戦艦

同型艦　ガンクート／ペトロパブロフスク
　　　　セバストポリ／ポルタワ

排水量　二万三三〇〇トン
全長　一八四メートル
全幅　二六・九メートル

主機　石炭重油混焼缶六基　蒸気タービン四基　四軸
出力　四万二〇〇〇馬力
速力　二三ノット
航続　一三ノット時八〇〇〇浬
主砲　三〇センチ四五口径三連装四基
副砲　一二センチ単装砲一〇基（舷側）
装備　七センチ単装砲　六基
　　　三七ミリ単装機関砲　一四基
　　　四五センチ魚雷発射管四基
装甲　水線二二〇ミリ　甲板七〇ミリ
乗員　一一二〇名

マリーヤ級戦艦

※日露戦争で損耗した装甲艦を補充するため、前弩級戦艦が建艦された
※自由主義陣営では、すでに戦列から離れているクラスだが、ロシアでは近代改装後、地方艦隊に配備されている

同型艦　マリーヤ／レトヴィザン
排水量　一万七八〇〇トン
全長　一四五メートル
全幅　二四・五メートル
主機　石炭重油混焼缶八基　レシプロ機関二基　二軸
出力　二万六〇〇〇馬力
速力　二〇ノット
航続　一二ノット時六〇〇〇浬
主砲　三〇センチ四〇口径連装二基
副砲　二〇センチ五〇口径連装砲四基（左右上甲板）
装備　一二センチ単装速射砲　一二基
　　　二〇ミリ連装機銃　四基
　　　五五センチ魚雷発射管四基
装甲　水線一八五ミリ　甲板六〇ミリ
乗員　八四〇名

ウスリー級巡洋艦

※ナチスロシアの艦種には重巡／軽巡といった区分けがないため、すべて巡洋艦と呼ばれている

※ウスリー級は、日露戦争後に極東方面に特化した巡洋艦が不可欠との認識に基づき、一番艦と二番艦をウラジオストク、三番艦と四番艦をツアーノブルグで建艦した

※オホーツク海から東シナ海までの広大なエリアを戦闘海域と定めたため、自由連合の航洋型にきわめて近い設計となった

※現時点においては、艦歴が古い部類に入る

同型艦　ウスリー／アルグン／レナ／ヤナ
排水量　七六〇〇トン
全長　一七五メートル
全幅　一五・五メートル
主機　重油専焼缶一〇基　蒸気タービン二基　二軸

出力　九万六〇〇〇馬力
速力　三〇ノット
航続　一六ノット時七〇〇〇浬
主砲　一八センチ四五口径二連装三基
副砲　なし
装備　一〇センチ単装高角砲　四基
　　　二五ミリ二連装機銃　六基
　　　一二・七ミリ単装機銃　八基
雷装　四六センチ三連装発射管二基
水偵　二機
乗員　七二〇名

オビ級巡洋艦

※ナチス連邦加盟後にドイツで設計、レニングラードで建艦された
※ドイツのエルベ級と基本構造を同じにするが、ロシア版は寒冷地仕様など改装されている。艤装はレニングラードで行なわれた

※極東地区への配備は、まず黒海艦隊へ配備後、平時のスエズ運河経由でツアーノブルグへ運ばれた
※くしくも日本の重巡朝日型と同じ排水量だが、中身はまったく違っている

同型艦　オビ／ドヴィナ／チョラ／イシム／アンガラ／アルダン
排水量　九五〇〇トン
全長　一八八メートル
全幅　一六・八メートル
主機　重油専焼缶一〇基　蒸気タービン二基　二軸
出力　一〇万四〇〇〇馬力
速力　三二ノット
航続　一六ノット時八〇〇〇浬
主砲　二〇センチ四五口径二連装四基
副砲　なし
装備　一〇センチ単装高角砲　六基

二〇ミリ四連装機銃　四基
一二・七ミリ単装機銃一〇基
雷装　五五センチ三連装発射管二基
水偵　二機
乗員　一二一〇名

◎陸軍装備／航空機

三号戦車（ロシア版）
※ドイツで設計された三号戦車を、ロシアの風土に合わせて改良したもの
※量産はロシア国内で行なわれている
※ロシア独自のドクトリンにより、砲塔前面／砲塔側面／車体前面／車体側面に追加の傾斜装甲が加えられたため、基本型よりかなり重くなり、機動性に欠けるものの抗堪性能は格段に向上した

全長　五・四メートル

重量　三八・八トン
出力　三六〇馬力／ガソリン
速度　最大三〇キロ
装甲　最大六〇ミリ（追加傾斜装甲を加味して換算）
装備　五〇ミリ四五口径戦車砲
　　　二〇ミリ機関銃一門（車体）
　　　七・七ミリ機関銃一門（砲塔上部）
乗員　五名

第二部

渾沌を増す世界

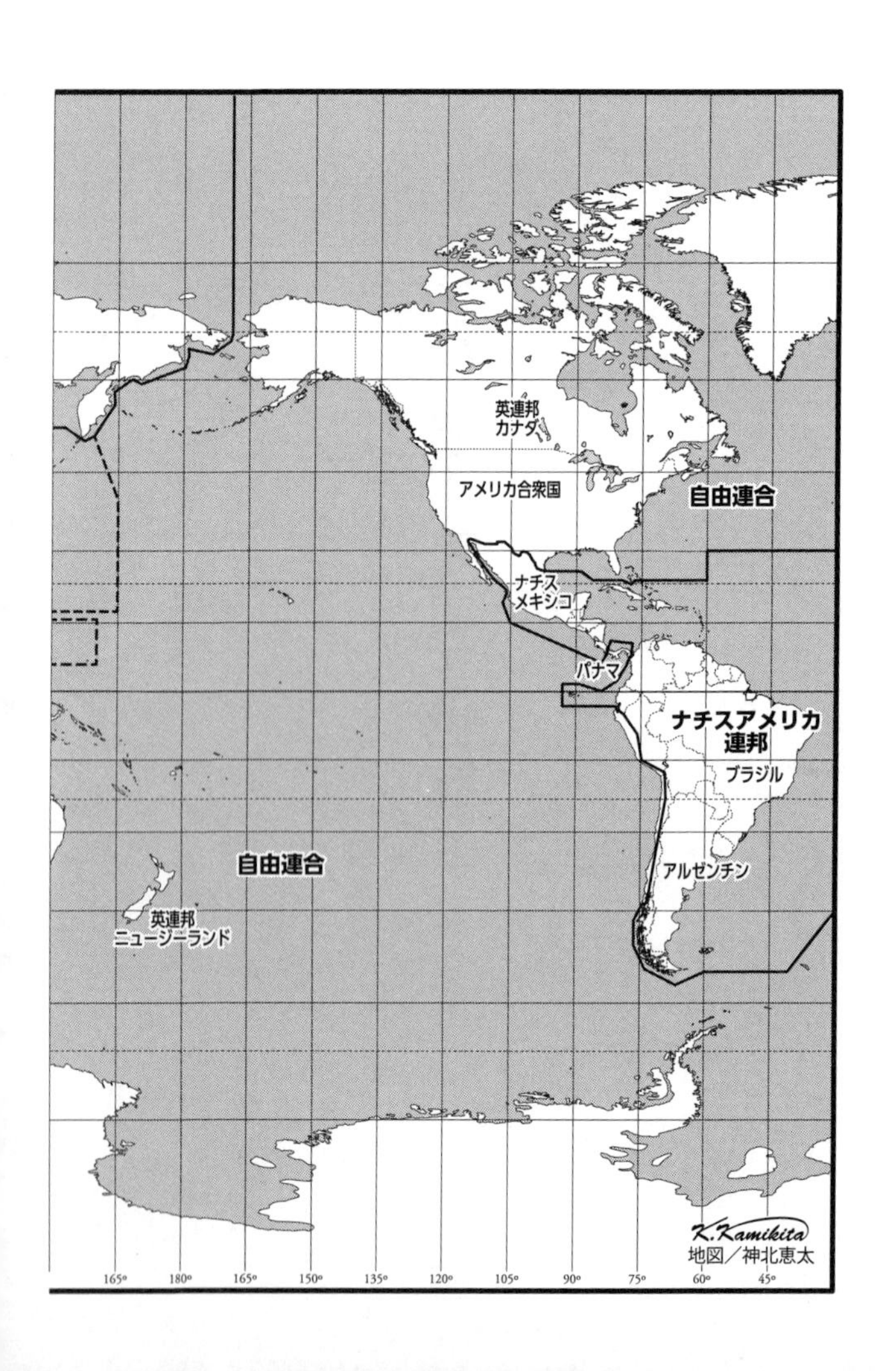
英連邦
カナダ
アメリカ合衆国
自由連合
ナチス
メキシコ
パナマ
ナチスアメリカ
連邦
ブラジル
アルゼンチン
自由連合
英連邦
ニュージーランド
K.Kamikita
地図／神北恵太
165°
180°
165°
150°
135°
120°
105°
90°
75°
60°
45°

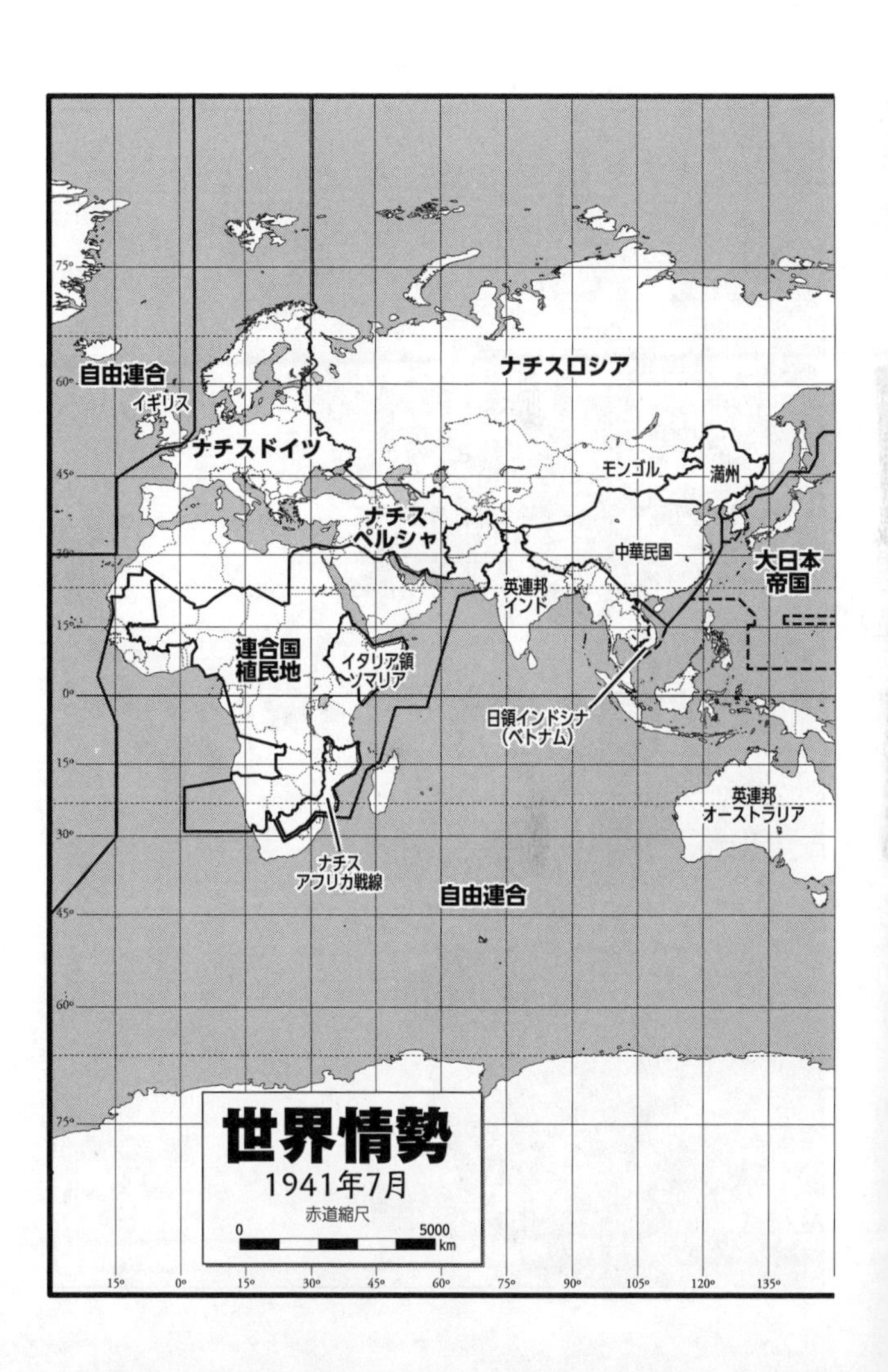

自由連合
イギリス
ナチスドイツ
ナチスロシア
モンゴル
満州
ナチス
ペルシャ
中華民国
大日本
帝国
英連邦
インド
連合国
植民地
イタリア領
ソマリア
日領インドシナ
（ベトナム）
英連邦
オーストラリア
ナチス
アフリカ戦線
自由連合
世界情勢
1941年7月
赤道縮尺
0
5000
km
75°
60°
45°
30°
15°
0°
15°
30°
45°
60°
75°
15°
0°
15°
30°
45°
60°
75°
90°
105°
120°
135°

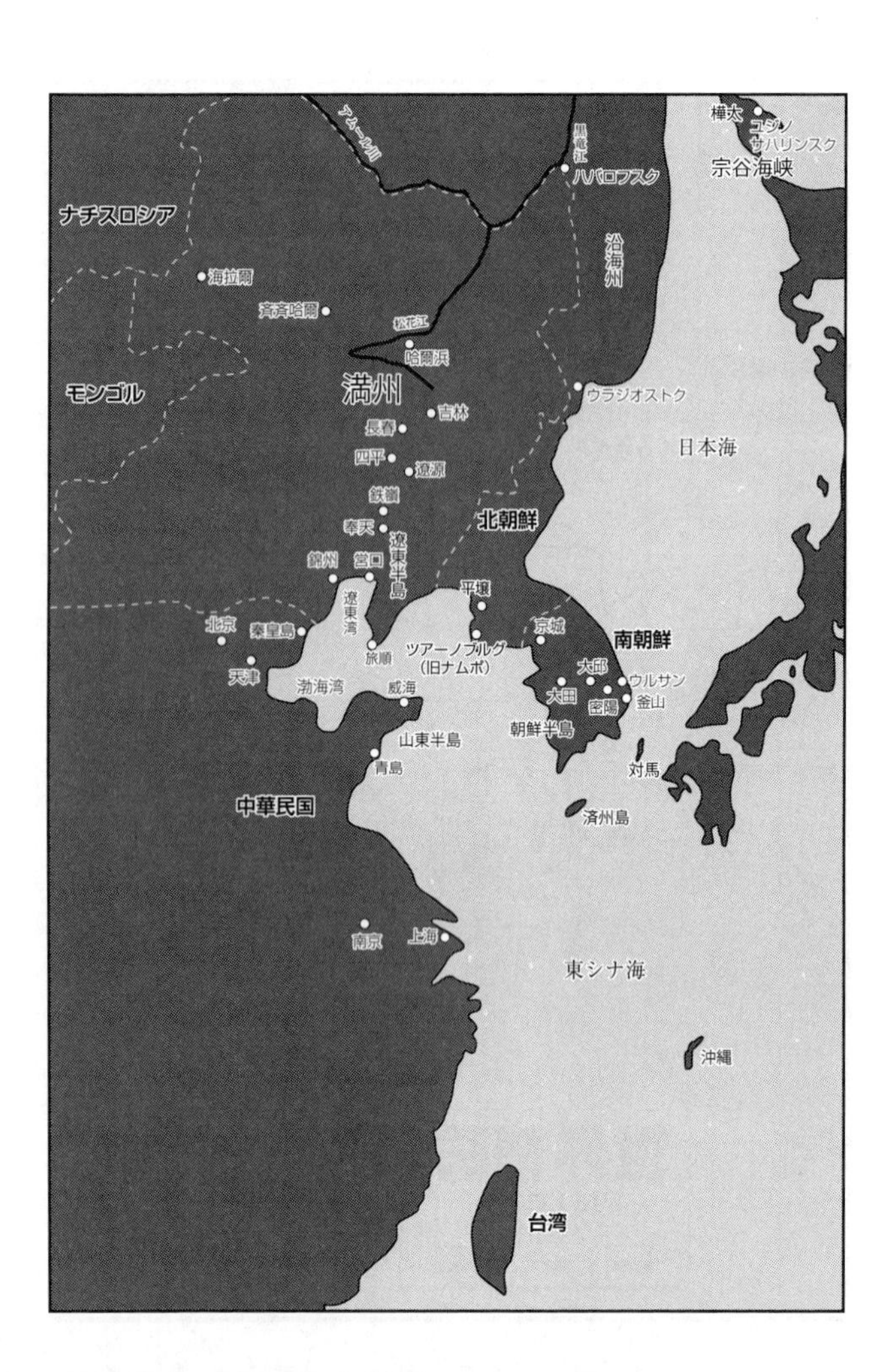
樺太
ユジノサハリンスク
宗谷海峡
アムール川
黒竜江
ハバロフスク
ナチスロシア
沿海州
海拉爾
斉斉哈爾
松花江
哈爾浜
モンゴル
満州
ウラジオストク
吉林
長春
日本海
四平
遼源
鉄嶺
北朝鮮
奉天
遼東半島
錦州
営口
平壌
遼東湾
北京
秦皇島
京城
南朝鮮
ツアーノブルグ
(旧ナムポ)
旅順
大邱
ウルサン
天津
渤海湾
威海
大田
密陽
釜山
山東半島
朝鮮半島
青島
対馬
中華民国
済州島
南京
上海
東シナ海
沖縄
台湾

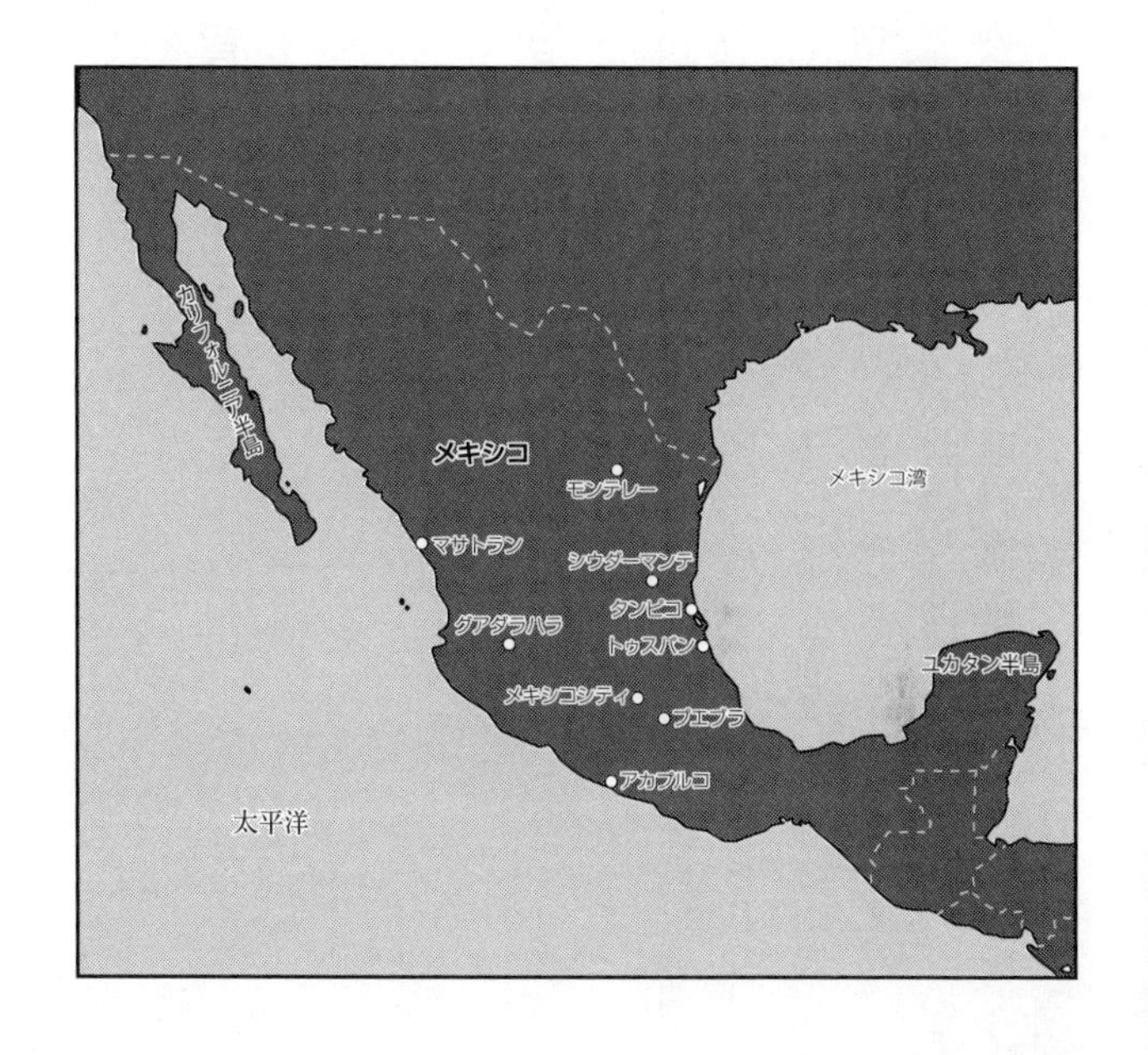
カリフォルニア半島
メキシコ
モンテレー
メキシコ湾
マサトラン
シウダーマンテ
タンピコ
グアダラハラ
トゥスパン
ユカタン半島
メキシコシティ
プエブラ
アカプルコ
太平洋

第1章　背に腹は代えられぬ

1

一九四一年七月二〇日　ワシントン

アメリカ合衆国の首都ワシントン。そこにはさまざまな政府機関や国際機関が存在するが、一九三一年、また新たな国際機関がひとつ設立された。

それがポトマック川西岸に位置するロズリン地区に設置された、自由連合国の最高意思決定機関——自由連合最高会議である。

自由連合は自由主義を国是（こくぜ）とする国家の集まりであり、急速に台頭しはじめたナチス陣営に対抗するため設立された国家同盟組織だ。平時においては同盟内の貿易促進や軍事協力、時にはナチス陣営に対し警告を発することもあった。

しかし第二次大戦勃発後は、もっぱら自由連合軍の戦争方針を決定するための、いわゆる文民による最高意思決定機関の色を濃くしている。いわば究極のシビリアン・コントロール機関と言えるだろう。

そのため会議の出席者は、各国代表もしくは全権を委任された代理人、そして連合軍最高司令部長官もしくは代理で構成されている。

原理原則は各国首脳・最高指揮官による即決だが、戦時下のため全員の出席が難しい場合もある。そこで即決を最優先にするため、全権委任代表が認められている。たとえ国家の主権保持者が出席できなくとも、全権代理に即決できるほどの権限を与えれば会議は成立する。これは戦時下において、文民統制が空文化しないための措置とされている。

その最高意思決定機関において、今朝ルーズベルト合衆国大統領の緊急開催要請により、急遽(きゅうきょ)、臨時会議が開催されることになった。

いまが戦時下であり、しかも緊急招集ということもあり、ルーズベルト以外で政府代表者なのは、カナダ首相のマッケンジー・キングくらいなものだ。日本は政府代表として松岡洋右(ようすけ)在米大使を派遣、同じく英国も在米大使を出席させている。

もっとも日本の場合、国家主権は天皇に存在するため、正確にいえば首相が出席しても天皇の輔弼行為にしかならない。そして天皇が会議に出席する可能性はゼロのため、ここでも代表代理制度が生きることになった。

ほかは、オーストラリア外相、在米中だったエジプト国防大臣、中華民国からは蔣介石総統代理として、対米特別委員（米国常駐）の繆斌中央執行委員が抜擢された。

ちなみに中華民国は、自由連合内では国家として認められているものの、実質的に国家統一が不完全なため、ナチス連邦などは国民党政府と呼び、いまだに国家として承認していない（ナチス連邦が公認しているのは、毛沢東率いるナチス中国党）。

現在の蔣介石率いる中華民国政府は、連合国の一員として親日政策を継続しており、対日担当の筆頭として汪兆銘対日委員会議長が活躍している。繆斌は汪兆銘の派閥に属しているが、もとは蔣介石総統派にいたこともあり、現在は両派閥の仲介役として重宝されているらしい。

その他の亡命政府や臨時政府は、それぞれの対米担当（暫定首相を含む）が出席している。

そして会議は、口火を切ったルーズベルトの言葉により、いきなり緊張しきったものとなった。

「私は合衆国大統領として、また最高会議議長として、各連合国代表の皆に対し、まずは北米大陸の安全確保を最優先にするための決議を求める。つまり、他の方面における既存の戦略や作戦を全面的に見直し、まず連合国の足場を固めることが先決ではないかと。

現在世界では、主に極東方面とメキシコ方面、そして英国方面、アフリカ方面の四箇所において激しい戦闘が行なわれている。それを承知の上で、あえて私は、まずメキシコ方面を主軸とする北米／中米方面を、大規模な軍事作戦により安定化させる戦略を提案する。

すでに我が国の陸軍機甲部隊がメキシコ領内へ進撃しているため、私の決議要請は、それをさらに拡大させ、現在孤立しているパナマ運河を含めた中米全体を自由連合陣営へ取りこみ、大西洋と太平洋の双方を自由連合の海とするためのものだ。

まず北米と中米を自由連合の牙城とし、全世界に散らばる自由連合諸国を支援するための本拠地とする。その上で現在、後方支援拠点として整備が進んでいるオーストラリアや東南アジア諸地域と連携し、難攻不落の軍需生産基地を構築する。

これなくしては、いくら各方面で戦術的な勝利を重ねようと、広大なユーラシア大陸とヨーロッパ大陸を制しているナチス連邦には勝てない。

　大半が海洋国家で構成される自由連合ゆえに、まず大西洋／太平洋／インド洋を完全に確保しなければ、いずれ海路補給が途絶し補給先の国家が破滅する。これは予測というより必然的未来だ。

　長期的視野に立ってみれば、ナチス連邦は大半が地続きのため、陸路を用いて資源や増援を輸送できる。これに対し、我が陣営はそうなっていない。当然、最終的な勝利をおさめるためには、難攻不落の後方生産拠点を確保した上で、世界の海を制し、海運をもって各方面へ軍事支援を行なう必要がある。

　だから我々は、まずメキシコおよび中米のナチス諸国を打破しなければならない。その上でパナマ運河を死守するため、海路と陸路において大規模な支援および軍備強化を実施すべきだ。

　すでに合衆国国内においては、作戦第一陣となる陸海軍の出撃準備が整っている。具体的には、海上行動は合衆国海軍と日本海軍を主体とし、上陸部隊を含む陸戦行動は、合衆国陸軍／カナダ陸軍／オーストラリア陸軍／米海兵隊／日本海軍陸戦隊が担当する。

　これらの関係から、各担当軍の所属する国家には、事前に連合軍最高司令部（FGHQ）から通達がなされているので、すでに承知のことと思う。直率の軍を持たない亡命政府／臨時政府においては、申しわけないがこの場での報告となった。

ただ、各国政府の同意を待たずに事を進めたことは、ここに深く陳謝する。なにしろこの作戦が成功しないと、近い将来、自由連合そのものが瓦解する可能性がきわめて高いとの、複数の情報機関による予測結果が出たのだ。

バラバラになった連合各国など、一党独裁により鉄の規律を強要しているドイツ連邦の餌食(えじき)にしかならない。連邦瓦解を未然に阻止するには、メキシコ湾およびカリブ海の聖域化とパナマ運河の絶対保持、さらにはナチスメキシコに対する全面的な侵攻と制圧が必要不可欠なのだ。

それだけでなく、パナマに至る中米ナチス各国の順次撃破と国家転覆も必要になる。これが私の提案する『カントリーロード作戦』の全貌である」

ルーズベルトは、合衆国陸海軍が立てた作戦を、そのまま連合軍の作戦として採用するよう、この会議で決定してもらう腹づもりだ。

そうしないと、すでにメキシコ領内に侵入しているパットンの戦車軍団が孤立してしまう。

かといって、孤立を防ぐためパットン軍団を合衆国国境までもどせば、ナチスメキシコ軍は、ここぞとばかりに反撃に出てくるだろう。

敵を合衆国内へ引き込んで包囲戦を展開することも考えられるが、それでは自由連合の脆弱さを晒すだけであり、かえって状況は悪くなる。

そう考えたルーズベルトは、ヒトラーの強制的な命令により、仕方なく合衆国侵攻を実施したナチスメキシコを手玉に取り、メキシコ国内に多数存在する反ナチス勢力を結集する策をたてた。

つまり、軍事力のみでナチスメキシコを倒すのではなく、メキシコ国内の親米派や親連合国派を結集させ、外部と内部からナチス政権を崩壊させることにより、クーデターを含めて一気に体制転覆を謀ろうとしているのだ。

広い国土を持つメキシコが連合側に寝返れば、北米大陸全体が安泰となるばかりでなく、中米ナチス諸国の大きな動揺を誘うこともできる。

さらには、パナマまで地続きで勢力圏を広げられれば、ナチス連邦中枢国家群から南米ナチス諸国への支援が難しくなり、その後に予定されている南米攻略戦もやりやすくなる。

ブラジルとアルゼンチンは、国民自らナチス党を第一党に押し上げた、いわゆるナチス中枢国家群の一員である。したがって、国内のナチス党による軍事クーデターでナチス化した衛星国家ではない。

中枢国家の場合、国民自身がナチス主義に心酔している。そのため内部からの崩壊は絶望的に難しい。

その点、国民の同意がないまま、ナチス党の私兵であるSSにより軍事クーデターを起こされ国家転覆してしまった衛星国家は、内部に根強い反ナチス勢力を抱えている。こちらは火種さえあれば、自由革命を起こせる余地がある。

ただし、ブラジルとアルゼンチンに関しては、地理的な要因から、ヨーロッパの中枢国家とは切り放されており、そのぶん国民もナチス連邦に見放されるのではないかと不安に思っているらしい。

その不安を猜疑(さいぎ)に変え、軍事的圧力を加えることにより、自由連合に寝返ったほうが国家滅亡を防ぐことができると思わせられれば、状況次第では国家転覆も可能と判断が下されたのである。

ルーズベルトの基本戦略は、強引に敵国全土を武力制圧するのではなく、内外の味方勢力を結集し、国家転覆により味方陣営に組み入れるとなっている（ただし、これはあくまで建前であり、本音は武力制圧が最も手っ取り早いことは、ルーズベルト自身も知っている。それが現時点では不可能なため、やむなく次善の策として提案したものだ)。

反政府勢力によるクーデターでの体制変革は、南米のナチス勢力の中心国家であるナチスブラジルとナチスアルゼンチンを除けば、かなり有効な策である。

そしてブラジルとアルゼンチンも、主要なナチス連邦中枢国家群である欧州ナチス国家群と長期間切り放され、支援や情報が隔絶された状況に置かれれば、現在厳しい国家社会主義体制下に置かれている富裕層や中流国民の不満が急速に高まると予想されている。

ナチス連邦の弱みは、国家社会主義労働者党(ナチス)という一党独裁の政治主体そのものにある。

そうルーズベルトは考え、本来人間が持っている自由を求める本能を突き動かし、国家統制経済の弱点を打破することにより、国を丸ごと寝がえらせることを基本戦略にしたのである。

そのためには、可能な限り対象国を孤立させる必要がある。

カントリーロード作戦は、合衆国軍合同司令部で立案された。そののちルーズベルトの政治的権限を用いて、自由連合最高会議へ持ちこまれた。これが現段階となる。

ゆえに、オーストラリアに設置されている自由連合軍最高司令部(FGHQ)が知るのは、自由連合最高会議で作戦が承認された後になる。

建前はそうだが、すでに合衆国軍だけでなく、在米日軍にも動員がかかっている以上、関連各国には必要最低限の通達が届いている。

松岡も日本政府から内々に通達を受けていたが、作戦の内容や規模については知らされていなかった。

「あの……大統領閣下、失礼とは存じますが、ひとつ質問してもよろしいでしょうか」

冒頭の決議要請を終えたルーズベルトに対し、まず松岡が挙手をして質問の意を表わした。

「構わんが、手短に頼む。いまは一秒でも惜しい」

そう言われると、なかなか質問を続けるのがつらくなる。

だが松岡は、意を決して口を開いた。

「いま申されたことは、すでに自由連合の主要各国政府……少なくとも一部の最高幹部においては、実施する大前提で内々に了承されているものなのでしょうか。

もしそうであれば、私を含む会議出席者は、作戦実施に関する書類にサインをするだけしか権限を持っていないことになりますが……」

全権大使や全権委任者が建前でしかなく、すでに事は決まっていて、いまは公式な書類を用いての合意と履行を確認するだけとなれば、まさに会議そのものが茶番といっていい。

開戦前は色々と利用価値のあった最高会議だが、いざ戦争が始まってしまえば、意思決定の中心は連合軍最高司令部と各国首脳に移り、開催するにも代理をたてねば成立しない会議など、所詮（しょせん）はお飾りにしかならない。

それをいま確認することが、全権委任としての立脚点をはっきりさせることにもなる。

松岡は瞬時にそう考え、あえて質問したのである。

「事が急を要する場合、また事が最重要な軍事機密に属する場合、どうしても最高会議は後手にまわらざるを得ない。具体的にいえば、今後なにか起こるたびに会議は開かれるだろうが、ほぼ事後承諾の場となるだろう。

これは戦時下という特殊な状況のため、そうせざるを得ない……このことは、国家を守るという最優先事項を課せられた各国指導者たちには、まったくもって自明のことだ。形式よりも実利を重んじなければ、とてもナチス連邦に勝つことなどできん。

これが合衆国大統領にして、自由連合会議議長でもある私に言えるすべてだ。これ以上のことは、各代表の所属する政府に問い合わせてくれ。

そして納得がいったら、大変だとは思うが、この会議の存在意義を確かなものとするため、今後も努力を重ねてくれるよう切に望む」

戦後のことを考えると、すべてのことが最高会議で決定されたことにしないと不都合が生じる。

しかし現実は、軍事作戦は軍事的な機関で、政治的なことは各国政府が決定する。多国間で合意が必要な時は、関係する国家代表が個別に協議すればいい。

そう理解した松岡は、所詮は外交儀礼の範疇と自分に言い聞かせつつ、それを顔には出さずに返答した。

「承知しました。この会議で決定したことが自由連合の公式な歴史に残る以上、速やかに会議を進行させて結論を得ることが急務であると認識し、それに務めることにします」

松岡に続き、カナダ首相のキングもルーズベルトの提案に賛成する旨の発言をした。

キングは前もって知らされていたため、まったく異論はないらしい。

やや遅れて、オーストラリア外相と英国大使も同意する旨を口にした。

作戦に参加する当事国のすべてが同意している以上、他の連合各国や臨時政府代表が口を出せる状況ではない。

それを見越して、ルーズベルトは裁決のための挙手を求めた。

全会一致――。

連合国の戦争方針が、大きく転換された瞬間だった。

*

「長官……」

横須賀にある連合海軍極東司令部（ENHQ）。

そこの長官室に、諦めともため息ともつかぬ声が流れた。

発言したのは、帝国海軍総司令部長官の米内光政大将。そして申しわけなさそうな表情で見つめているのは、連合海軍極東司令部長官のチェスター・ニミッツ中将である。

階級だけ見れば、ニミッツは中将なのに対し米内は大将なのだから、米内のほうが上官として敬意を払われる立場にある。

しかし組織的に見れば、連合海軍極東司令部は帝国海軍総司令部の上位組織であり、そのため役職的にはニミッツのほうが上だ。

本来であれば、ニミッツは大将に昇進した後に赴任すべきなのだが、合衆国海軍内の序列の関係から、そうもいかない。そのため連合各国海軍との階級的な軋轢(あつれき)を防ぐ意味で、基本的には役職的な地位を優先することが決定している。

それでもなお、軍人にとって階級は絶対的なものだけに、言われたニミッツもバツが悪そうである。

「帝国海軍には、なんとも申しわけなく思っている。だが在米日海軍には事前に出撃要請が出され、天皇陛下と日本政府もそれを承認しているのだから、それ以上は作戦遂行上の機密扱いになるのはやむを得ない。

むろん帝国海軍には、帝国海軍の思惑があるだろう。しかしそれは、あくまで連合海軍の戦略的な活動を妨げない範囲でなければならない。そうでないと、連合軍全体の統率が取れず、この戦争に負けてしまう」

米内がカントリーロード作戦のことを知らされたのは、ほんの三時間ほど前だった。

日本政府から大本営陸海軍部へ通達が届き、それが帝国海軍総司令部へ緊急報告として伝わってきたのだ。

ただこれは、あくまで日本国内の帝国海軍における情報伝達であり、おそらく御前会議を含む日本政府と大本営上層部は、自由連合軍最高司令部(FGHQ)と事前に作戦内容を吟味し、連合国最高会議の決定により、すべてをトップシークレットとして扱ってきたはずだ。

事が完全な政治的意図に基づくトップダウンで下された作戦のため、FGHQの指揮下にある連合海軍極東司令部は、同じ敷地内にある帝国海軍総司令部にも秘密にしなければならなかったらしい。

当然のことだが、カントリーロード作戦は、合衆国本土に展開する部隊や艦隊によって実施される。そのため極東方面の戦力がスイングされることはない。

しかし米内は、帝国海軍内で検討されていた、『在米日海軍の一部を極東方面へ一時的に移動させ、極東連合海軍の増援とする』というプランに賛成していたせいで、いきなりそれが不可能になったことに気づき、不覚にも動揺してしまったのである。

「合衆国を含む北米方面を最優先で安泰にすべきという連合国の総意は理解できますが、もう少し早く知らせてほしかったですな。極東方面もまた、日本から見れば背水の陣で挑まねばならぬ状況ゆえに、一隻一兵でも戦力がほしいのですから。そのため帝国海軍も、極東司令部の意に添う形で海軍戦力の提供を惜しむつもりはなく、少ない時間を割いてあれこれ算段してきたのです。その中には、比較的余裕のある在米日海軍から当座の戦力を融通する案もありました。むろんこれは、連合陣営の戦時増産態勢が整い、増援用の装備が出揃うまでという条件ですが……。それすら駄目になるとなれば、かなり極東方面の海軍活動が苦しくなるでしょう」

極東方面における最大の敵海軍戦力は、朝鮮半島西岸にあるツアーノブルグ軍港を本拠地とする、ロシア太平洋海軍主力部隊だ。

それに対抗できる最大戦力は、まず第一に帝国海軍部隊、そして合衆国海軍極東派遣艦隊となる。

両者は現在、日米連合艦隊を編制しているため単一の艦隊のように思えるが、実際は二国の合同部隊であり、そこにはそれぞれ母国の思惑が隠されている。

そして合衆国は、北米大陸を聖域とするため、新たな作戦――カントリーロード作戦を実施する決心を固めた。

そのためには、在米日海軍部隊が必要になる。

合衆国海軍による極東増援も、当面は行なえない。

いかに戦力をスイングしないとはいえ、自由連合最大の後方支援能力を持つ合衆国が、まったく別の方面において極東方面に匹敵する大規模戦争を開始するとなれば、極東方面への支援が細るのは間違いない。

これはいま現在劣勢にある極東方面軍にとり、短期的に見て非常に都合の悪いことであり、場合によってはすべての作戦予定を修正しなければならない事態もありうる。そのことを米内は憂慮（ゆうりょ）していた。

もっとも合衆国から見れば、遠い極東よりも身近な北米大陸を優先するのは当然のことで、国家単位では当たり前のことに思える。問題なのは、自由連合という超国家的な同盟集団の中で、どう優先順位をつけるかだ。

現時点においては、最大の資金力と生産力を持つ合衆国が、一番発言力を持っている。だからといって合衆国の好き勝手に戦争を遂行されたら、他の連合参加国はたまったものではない。

すでに開戦している以上、連合国が最優先で守らねばならない規範は、最も戦争に勝利する可能性の高い選択肢を実行することだ。

今回の場合、北米大陸を聖域化するというプランは、ある程度の説得力がある。

だからこそ米内は、抗議というより愚痴に近い発言に終始しているのである。

それを気遣ってか、ニミッツもねぎらうような口調になった。

「我々は極東方面において、台湾にいる英台湾駐留陸軍一二万と中国国民党軍の一部を用いた、満州支援作戦を実施する予定で事を進めてきた。それを可能とするためには、ロシア太平洋艦隊を叩き潰せるだけの海軍戦力が不可欠だった。

そこで我々は、現在米本土の軍港に派遣している、数少ない巡洋型艦隊の一部を日本本土へ戻す算段をしていた。しかしそれは、カントリーロード作戦の実施により、完全に不可能になってしまった……。

残念に思うのは、この私も同じだ。我々の手持ちの海軍戦力は、ロシア艦隊と対等に戦うことができる。しかしそれは、全戦力をすべてロシア艦隊との海戦に割り当てた場合だ。

だが現実には、対馬海峡を通じて行なっている朝鮮半島支援を警護するのにも、ある程度の海軍戦力を必要としている。また、ウラジオストクに逃げ込んだロシア沿海州艦隊を封じ込めるためにも、日本海に一定戦力を常駐させねばならない。

沖縄や台湾、上海から青島にかけての中国沿岸を守るにも、それなりの戦力が必要……対するロシア艦隊は、母港となっているツアーノブルグ港のみを死守すればいい。

こうなると、ツアーノブルグ港とロシア艦隊の両方を叩き潰すには、どうしても戦力が足りなくなる。

可能ならインドにいる英東洋艦隊から派遣艦隊を出してもらいたいところだが、彼らは現在、中東からスエズ運河にかけての地域防衛で手一杯だ。

香港を拠点とする英極東艦隊は、英国の出せる支援艦隊となりうるが、所詮は小規模艦隊にすぎない。植民地利権が複雑に絡みあう東南アジアにおいて、主に交易路の確保を目的とする護衛部隊編制の艦隊のため、打撃戦能力が低すぎて艦隊決戦の戦力にはならない代物（しろもの）でしかない。

残っているのはオーストラリア海軍くらいだが、二隻のケント級巡洋艦を主体とする小規模艦隊しかない現状では、オーストラリアおよびアジア各地域における大規模建艦が軌道に乗るまで、陸軍部隊の輸送や物資輸送の護衛くらいしかできない。

結論から言うと、英豪艦隊は、たとえ連合艦隊に組み入れても支援任務にしか使えない。つまり我々には、泣いても笑っても、手持ちの艦船……日米合同艦隊しか残されていないのだ。

　いくら海軍将兵の予備がいても、海軍はフネがなければ動かない。これは航空隊にも言えることだな。それらは戦時増産が軌道に乗らない限り、これ以上の増援は、すでに建艦が終了している戦前に計画された艦のみとなるわけだ。

　このような状況において、大幅な戦力変動を来す艦隊決戦などは、よほどの理由でもない限り行なえない。ということは、英陸軍による満州支援作戦も順延されることになる……」

　ついにニミッツの口から、米内が最も聞きたくない言葉が飛び出てきた。

「長官、そう判断するのは性急すぎる！」

　実際に順延するか否かは、オーストラリアに設置されているＦＧＨＱが判断すべきことだ。彼らに先んじて諦めてしまえば、かえって墓穴を掘ることになる。

　最前線から遠い地の総司令部ゆえに、まず現地の方面司令部へ現状報告を求め、場合によっては状況判断も提出させる可能性が高い。

　その方面司令部の海軍部門の長であるニミッツが順延を口にした以上、あとは連合陸軍極東司令部が承認すれば、それはＦＧＨＱの最終決定に大きく影響するはずだった。

「むろん、陸軍極東司令部とも早急に協議するよう求めている。なにせ現在の極東陸海軍を束ねているのは、陸軍極東司令長官を兼任しているアイゼンハワーだからな。

しかし……極東陸軍司令部は、満州支援作戦を実施する必須条件として、海軍による確実なロシア艦隊の封じ込めを要求している。だから我々がそれをできないとなれば、作戦そのものが順延もしくは中止に追い込まれるのも道理というものだろう」

極東方面においては、海軍はあくまで支援戦力であり、主戦力は陸戦部隊となる。したがって、作戦実施の鍵を握っているのは陸軍司令部であり、海軍は求められた条件をクリアできるか否かを判断するだけだった。

「しかし！　いま満州南部に陸軍部隊を送りこまねば、満州方面は総崩れになってしまう。満州が落ちれば、ロシアの陸戦主力のすべてが、朝鮮半島と中国に照準を合わせることになる。そうなれば、とても我が方に勝ちめはない……」

「それを判断するのは陸軍司令部であり、最終的にはＦＧＨＱだ。我々にできることは、敵の攻勢が日本本土に及ばないよう、事前に海上の防衛線を張ることのみ。

現実的に見て、中国沿岸や朝鮮半島沿岸を恒常的に防衛できる状態ではないし、朝鮮半島全体が敵に蹂躙されてしまえば、そもそも沿岸防衛もへったくれもない」

ニミッツの悲観的な返答を聞いて、米内の顔色が次第に青ざめていく。

「自由連合軍は、満州と朝鮮を見捨てるつもりなのか……」

「現時点において、全地球的に見ても、敵戦力の優勢な地域のほうが多い。こちらが優勢なのは、南北アメリカ大陸くらいのものだ。それもぼやぼやしていると、ナチスヨーロッパ各国の戦時体制が整うにつれて、大西洋を越えて南米各国に手厚い支援が届くようになる。

そうなる前に、南北アメリカ大陸を自由連合陣営へ組み入れることが、その後の戦局を有利にする唯一の方法……そう、連合各国は判断した。

つまりカントリーロード作戦は、自由連合軍による大反攻作戦を実現するために、どうしてもやらねばならない作戦なのだ。しかも失敗は許されないし、遅延も許されない。

アメリカ大陸で確実に勝利するためには、一時的に他方面を縮小するしかないのは、君にもわかっているだろう？

あっちもこっちも全力で戦っては、総合戦力に優るナチス勢には勝てない。我々が第一に選択すべきは短期決戦ではなく、まず敵の戦力を漸減しつつ味方戦力の増大に全力を傾ける、いわゆる長期持久戦なのだ」

それしか勝てる方法がない。

それは米内も重々わかっている。

だが長期持久戦は、将来的に味方戦力が敵戦力を上回る大前提がなければ意味がない。敵陣営の戦力増強のほうが優っていれば、いくら頑張ってもじり貧のままだ。

たしかに自由連合の総合的な国力には、目を見張るものがある。

しかし同様に、統一されたヨーロッパからロシアに至る広大な地域――ナチス連邦中枢地域の総合国力も、将来的な伸び率を考えると大変なものだ。

となれば自由連合軍は、敵戦力を漸減するだけでなく、敵の生産拠点や資源拠点の発展を阻止するため、後方破壊活動にも力を注がねばならない。

そのための情報工作活動は、すでに始まっている。

敵の懐深くに存在する後方支援拠点を、正規軍のみで破壊するのは難しい。

まず第一の選択肢は、国家社会主義労働者党という一党独裁による国家運営を是としない現地勢力を支援し、いわゆるレジスタンス活動を活性化することである。

泣く泣くナチス陣営に入った国々の中には、自由クーデターを起こせる余地もある。

独裁組織を、内部から崩壊させる。そう言えば聞こえはいいが、実際には大変に困難な作業になるだろう。

とくに熱狂的なナチス信奉者たちは、国内の不穏分子に対して容赦しない傾向がある。それを軍事化したのが各国ＳＳなのだから、実際に内部から火の手を上げるとなると、恐ろしいほどの犠牲が発生する可能性が高い。

それでも、なお……。

自由連合が最終的な勝利をおさめるには、それに頼るしかないのも現状だった。

このことは、一見するとナチス連邦にも同様のことが言えるように感じられるかもしれない。自由連合参加国もそれぞれあり、なかには政情不安な国もある。たとえナチス化できなくとも、政変により局外中立へ追い込むことなら可能と思われている。

だが、実際は違う。

ナチス連邦を構成する国家群の大半は白人国家であり、その中で内戦が勃発すれば、必然的に白人同士の戦いとなる。となれば自由連合の工作員も、見分けのつかない同系等の白人を送りこめばすむ。

対する自由連合は、白人／黒人／黄色人種と、ほぼ全人種が入り乱れている。

となれば、同じような国家転覆工作を行なうにも、対象国の人種構成に合わせなければ、そもそも潜入そのものが無理だ。

日本国内において、アメリカ系白人以外の白人が怪しげな行動を取っていれば、すぐさま目にとまる。いや、アメリカ系白人であっても、日本人は表むき親しげな態度を見せるが、心の中では異邦人として扱い、なかなか内輪の人間とは扱ってくれない。

そのような環境で破壊工作や政治的活動、ましてや国家転覆工作などを行なえば、たちまち官憲に通報され、捕縛の対象になってしまうだろう。

これら地域的人種的な特殊事情を考えると、敵国内での工作活動は、圧倒的に自由連合のほうが有利なのだ。

なりふり構わず、自由を守るために戦う。

まさしく、主義主張や政治理念を最優先にするナチス陣営とは正反対の思想に貫かれているのが自由連合の強みである。

そしてナチス勢は、自分たちが唱える崇高な理念に縛られる。それが弱みだった。

2

七月二二日　東京・市ヶ谷

市ヶ谷の連合陸軍極東司令部（EAHQ）内に存在する司令部長官室。

そこは米陸軍出身のドワイト・D・アイゼンハワー大将が主となる部屋であり、同時に連合極東軍司令部（EHQ）（陸海軍を統率する極東最上位の司令部）長官室を兼ねる場所でもある。

これは一見すると、連合軍が海軍を軽視しているようにも思える措置だが、じつはそうではない。たんにアイゼンハワーが、極東軍司令長官を兼任しているせいだ。

したがって、もし海軍出身の将官が着任すれば、極東軍司令部の機能が丸ごと横須賀へ移動することになる（ＥＨＱ長官は兼任が基本になっているため、陸海軍とは完全に分離された長官が着任することはない）。

どのみち極東軍司令部は、連合軍全体から見れば方面軍集団扱いの司令部のため、オーストラリアに設置されている自由連合軍最高司令部（FGHQ）が全体を総括している以上、そこの命令に従わねばならない下部組織でしかない。

つまり極東軍司令部は、指揮下に専属の部隊を有しない中間調整組織のようなものなのだ。それゆえに所属人員も少なく、司令長官もアイゼンハワーが兼任しているのである。

実際の戦争指揮は、ＦＧＨＱと極東陸海軍司令部が引きうける。

となればＥＨＱは、極東地域にある各自由連合諸国の個別軍や政府との調整を果たすだけの組織と割り切るべきだし、実際そうなっていた。

そして軍最上位組織のＦＧＨＱも、ワシントンにある連合国の最高意思決定機関――自由連合最高会議で決まったことには従う義務がある。

これが自由連合独特のシビリアン・コントロールなのだから、もとから軍部が独走できる仕組みにはなっていない（あくまで建前での話だが）。

司令部長官室に招かれたのは、米内光政帝国海軍総司令部長官／チェスター・ニミッツ連合海軍極東司令部長官／サー・ジェームス・サマービル英海軍極東艦隊司令長官／畑俊六（はたしゅんろく）帝国陸軍総司令部長官の四名のみ。

彼らはこの部屋に来て初めて、アイゼンハワーの口からカントリーロード作戦の実施が決定したことを知らされたことになっている。

だが実際には、各司令部において事前に通達が届いているため、この報告は形式的なものにすぎない。

「連合軍はカントリーロード作戦に集中する関係から、朝鮮半島および満州方面に関する反攻作戦は当面延期となる。これは決定事項ゆえに、断じてくつがえることはない。よって我々が立案し実施を模索していた『極一号作戦』は、事実上実施不可能になった」

わかっていたことだが、改めてアイゼンハワーから聞かされると、参加している全員の顔が暗くなった。

極一号作戦とは、朝鮮半島における大規模反攻作戦とロシア艦隊殲滅作戦、中国国民党による中国統一支援作戦、そして最終的には満州方面反撃作戦にまで連結される戦略級の大作戦になるはずのものだった。

それだけに、中止となれば不満も出る。

とくにサマービル長官は、帝国海軍に根回しまでして、英機甲師団を中心とした、中国派遣軍による満州方面への突入制圧作戦の準備を進めていたのだから、どうにも腹立ちが収まらない雰囲気だった。

「これでは極東が危機に陥るのも時間の問題だ。いずれ日本本土も安泰ではなくなる。とはいえ……決定事項に文句を言っても始まらない。

となると、いかに被害を少なくしつつ、満州および朝鮮半島から味方を撤収させるかだが……朝鮮方面は対馬海峡を通じて撤収させるにしても、満州方面は難しい。これをＦＧＨＱはどうするつもりなのか」

サマービルの質問を受けたアイゼンハワーは、手元にある書類の束をつかむと言い放った。

「詳しいことは、すべてこれに書かれている。今日、皆に集まってもらったのは、ＦＧＨＱが立てた満州撤収作戦を実施するため、この命令書および作戦書を手渡すためだ。

でもって、かいつまんで説明すると、朝鮮半島においては、敵軍の日本本土侵攻を未然に阻止するため、釜山周囲だけは絶対死守する方針になっている。つまり、朝鮮半島からの全軍撤収は行なわれない。

反面、満州方面は、まず日本軍を米軍支配地域の長春まで隠密裏に撤収させ、そこで徹底抗戦すると見せかけつつ、実際は満州鉄道をフル稼動させて、可能な限り南部の奉天（フォンティエン）へ戦力および物資を移動させる。

同時に満州に住んでいる民間人も、戦況悪化による南部疎開という理由をつけて、強制的に米軍支配地域へ移動させ、その上で奉天まで搬送する。これは鉄路ではなく道路などを使って行なわれる。

そして奉天に全満州派遣軍が集結したら、上海から英機甲部隊を含む中国派遣軍の予備兵力を奉天方面へ進撃させる。つまり、自由連合軍が奉天において最大戦力を結集し、そこから反撃に出ると思わせるのだ。

だが実際には、反攻作戦は行なわれない。敵が防備を固める気配を見せた時点で、一気に奉天を捨て、中国方面へと移動を開始する。

その場合、途中にある敵の拠点の秦皇島から天津に至る敵支配地域は、英機甲師団と満州方面軍の機動師団で挟み討ちにして完全撃破する。

当然、この敵陣突破行動を、ロシア軍は阻止しようとするはずだ。防備を固めつつあった満州方面のロシア軍は、まず奉天をめざして南下しはじめるだろう。しかし奉天には、殿軍（しんがり）として日本陸軍の一個歩兵師団／一個対戦車連隊／一個米陸軍特殊大隊が居残り、可能な限り敵の南下を食い止める。

最大の問題は、いつロシア艦隊が陸上支援のために現われるかだ。我が方の機甲部隊が殺到する場所へ艦砲射撃をやられたら、それこそ敵陣突破どころではなくなる。

よってロシア艦隊は絶対に阻止しなければならない。それを可能とするため、自由連合艦隊が朝鮮半島南西部付近に展開し、牽制行動に出る。

ロシア艦隊が、天津から秦皇島に至る隘路(あいろ)での陸上戦闘を支援するため北上すれば、すかさず連合艦隊がツアーノブルグ港を攻撃する行動に出る。そうすれば、そう簡単に北上はできん。

反対に、ロシア艦隊が連合艦隊との決戦を覚悟して南下すれば、連合艦隊は空母航空隊を使ってアウトレンジ戦法に終始する。その間に天津から秦皇島に至る地域を陸上部隊が制圧する。

念を押すが、あくまでロシア艦隊を叩くのは空母機動部隊だ。主力打撃部隊は後方に展開し、必要とあらば九州西部海上まで下がる。

つまり我が方の海軍は、絶対に水上決戦を行なわない。艦上機による徹底した漸減作戦、そして可能なら潜水艦による待ち伏せ攻撃のみでロシア艦隊を翻弄(ほんろう)する。

ここで時間を稼いでいるうちに、満州方面軍は全軍が天津まで南下し、英機甲部隊および予備戦力と合流する。その後は天津防衛隊を編制しつつ全面的な部隊改編を行ない、山東半島から天津に至る地域を死守する態勢に入る。

なお、疲弊した部隊や将兵はすべて上海まで下がらせ、そこで増援が到着次第、交代させる。その頃には、オーストラリアおよびニュージーランド陸軍の予備兵力も台湾や日本本土へ到着しているだろうから、彼らも交代要員として上海および釜山へ入ることになる。

その後は未定だが……とりあえずは、北京付近を支配下に置いている中国ナチス党軍の殲滅が優先される。ともかく中国全土を中国国民党政府の支配下に置くことが、今後、後顧（こうこ）の憂（うれ）いをなくすためにも重要になる」

いまアイゼンハワーは、奉天という地名を口にした。

実のところ、この名称は清朝時代に、それまで『盛京』と呼ばれていた都が、北京へ遷都された折りに奉天府が置かれたことにちなんでいる。

そのため異民族支配の象徴として、中国国民党政府は『瀋陽（シェンヤン）』という名を提案したが、すでに親しまれている名として日米両政府が使用継続を決めた過去がある。

これは満州の行政首都となる長春も同様だが、日本政府が行政首都として相応（ふさわ）しい名として『新京』を提案したものの、今度は中米両国により却下され、結果的に満州の地名は従来のものを継承することが原則となったのである。

ところで……。

アイゼンハワーの説明を聞くうちに米内は、ＦＧＨＱは最初から、この予定で戦争を遂行するつもりではなかったのかと、疑問を抱きはじめた。

もしカントリーロード作戦が当座しのぎのでっち上げ作戦だとしたら、極東方面における撤収作戦から中国本土制圧作戦に至る流れは、あまりにも整然としすぎている。

まるで持てる戦力を予定調和したかのように布陣した現状は、意図的に誘導しなければ不可能だからだ。

それに気づいたらしいチェスター・ニミッツが、かすかに皮肉を込めた口調で発言した。

「なかなかどうして……まるで日米英豪の陸軍が、前もって結託して立案したような撤収作戦ですな。我々海軍からすると、ロシア艦隊を弄ぶだけで成就できるのですから、まあ、戦力が足りない現在、願ったりかなったりですが……」

たしかに海軍は、空母艦上機と潜水艦の損耗だけを注意すればいい。

史上初の空母機動部隊を編制するという賭けに出たのも、もとはといえば自由連合内での空母無用論が根強くあるためだ。

戦艦などの水上打撃艦さえ温存できれば、その後の反撃が容易になるという意見は、いまもって根強く支持されている。

いま現在、自由連合では戦時量産態勢を整えている最中であり、それが真っ先に実現するのは航空機と小型艦艇（駆逐艦／潜水艦／襲撃艦など）、そして対戦車装備／対空装備／歩兵装備や地雷類となる。

むろん増産に伴い、それらを扱う兵士の育成も、各国ごとに大規模かつ急ピッチで行なわれている。

つまり、当面は補充の利く戦力のみで戦えと、ＦＧＨＱは命じてきたのである。

これは大戦略的に見れば正しいのだが、現場を仕切る指揮官からすれば、おまえらは死んでも補充が利くから、あと先考えずに戦って死ねと言っているに等しい。

そのニュアンスがあるからこそ、ニミッツの皮肉っぽい意見となっていた。

次に、畑俊六が口を開いた。

「朝鮮半島が落ちれば、日本本土が危うくなります。ですから釜山の防衛線は、文字通り難攻不落とする必要がある。とはいえ、実際の戦争で難攻不落など絵空事なのは、かのマジノ要塞線が破られたことでも証明済みです。

となると朝鮮方面については、そう長く防衛戦闘に終始するのは無理となります。

これは対馬や九州北部から、陸海軍航空隊による爆撃支援を実施しても、多少の時間稼ぎにしかなりません。

つまり極東方面においては、たしかに満州方面は一時的に放棄するものの、朝鮮半島については、敵の補給の具合を見つつ早期に反攻作戦を実施しなければ、戦線そのものが崩壊してしまうでしょう。

私が意見を具申するとすれば、満州方面は全軍撤収もやむなしだが、朝鮮方面は可能な限り早く反攻作戦を実施すべきとなります。

その場合、反攻のきっかけとなるのは、連合艦隊によるロシア太平洋艦隊の撃破、そののち実施される反攻上陸作戦とすべきでしょう」

畑の話を聞いて、米内はますます猜疑の念を強くした。

いまの意見具申は、あたかもすでに決定されていた事項を、淡々と述べているように聞こえたからだ。

米内が浮かべた微妙な表情を見たアイゼンハワーが、すかさず横合いから割って入った。

「連合国最大の軍事生産拠点である合衆国が危うくなれば、たとえ極東方面で勝利しても意味がなくなる。オーストラリアやカナダ、シンガポール、インド、台湾、フィリピン、ベトナム、スマトラなどで進めている大規模軍需工場群の建設と操業が軌道に乗るまでは、合衆国も無理できないのだ。そこのところは理解してほしい。

ただ、連合軍最高司令部も、日本本土が危うくなる状況まで追い込まれるのは、さすがに容認できないと意見が一致している。

そこでまず、日本本土にオーストラリア陸軍二〇万、カナダ軍八万、ニュージーランド軍二万を集結させ、これに日本国内の帝国陸軍四〇万を加え、当面の予備戦力とすることが決まった。

つまり極東司令部が動かせる陸軍戦力は、既存の満州方面軍七〇万および朝鮮方面軍二〇万を加えると、一気に一六〇万になる。

これに中華民国軍と台湾の英陸軍部隊を合わせれば、じつに二八〇万を超える世界最大の方面軍集団が誕生するのだから、いかにロシア軍が大軍といえども、当面は敵戦力を満州方面のみに押しとどめられる。

むろんこの二八〇万は、自由連合軍の最大戦力のため、極東だけで消耗し尽くすことは許されない。

中国や日本には、まだ訓練途上の兵員や予備戦力が存在するものの、それらは実動二八〇万の交代要員として不可欠であり、さらなる動員は短期的には難しいのだ。

可能な限り実動兵員数を維持し、のちの全世界的な反攻作戦に投入する予備戦力とする。

その一方で、新たに徴兵や募兵された新兵を短期養成することで、長期的な戦力維持を図ることになっている。だが最短でも新兵たちが参戦できるのは、戦時増産計画の第一段階が達成されはじめる今年末になるだろう。

その時こそ、世界規模の大反攻作戦を実施するチャンスとなる。時期は未定だが、少なくとも極東における最初のチャンスは、おおよそ四ヵ月後あたりに訪れると最高司令部は見ているらしい。

つまりシベリアに冬が訪れる時こそ、極東方面の反攻作戦を実施する好機となるわけだ。

いかにロシア軍が冬に強いといっても、補給までしっかり行なえるわけではない。事実、いまの温暖な状況ですら、朝鮮方面や満州中部では補給が滞り、そのせいでロシア軍の動きが間欠的に止まった。

となれば我々は、ロシア軍が冬に備えて軍備を前線に備蓄するのを、徹底的に阻止する戦法を選択すべきだ。それらは冬が訪れるまでの四ヵ月間、別動作戦として部隊が指定され、主に特殊工作作戦として展開される。これもまた、陸軍主体で実施が決定している。

海軍側の不満もわからんではないが、陸の上のことは陸軍に任せてほしい。直近の情勢では、どうしても陸軍主体の戦争になるからな。
だが海軍にも、必ず出番がくる。

いまナチス連邦は、我が方の海上輸送路を破壊するため、海軍の大増強を行なっているらしい。となれば、どこかの方面で味方の陸軍が勝利すれば、敵は必ず海路を用いて、我が方の海上輸送路を破壊する作戦に出るはずだ。

その時に海軍が圧勝しなければ、それ以上の陸上における勝利はない。つまり陸軍が戦線を拡大し、ナチス勢の支配地域を制圧し続けるためには、海軍もまた勝ち続けなければならないのだ」

懸命に説得しはじめたアイゼンハワーに対し、サマービルが醒めた口調で言った。

「まあ、常道といえば常道ですな。面白みには欠けるが」

他の三名と違い、サマービルは英極東艦隊司令長官（英東洋艦隊の一部）という役職を見てもわかる通り、その本拠地はインド本土にある。

インドに設置されている英東洋艦隊の司令長官は、サー・ジョフリー・レイトン大将だ。サマービルに任せられているのは、そのうちの極東艦隊のみであり、守備範囲はマラッカ海峡から日本海までとなっている（ちなみに英極東艦隊の母港は香港）。

そこでサマービルはレイトン大将の命により、極東方面における連合海軍戦力の振り分けを算段するため来日していた。今日の会議への参加は予定外の行動であり、そのため場違いなのは承知の上でのことだ。

だからこそ最後まで口を開かなかったのだが、アイゼンハワーの話が全方面に関係してくるにつれて、言わずにはいられなくなったらしい。

皮肉を言うため口を開いたものの、その後はせきを切ったように言葉が飛び出してきた。

「いくら敵が満州と朝鮮を奪取しても、ロシア艦隊さえ潰せば、ロシア陸軍は中国方面にしか進めなくなる。敵の進路を事前に狭めておき、そこを敵が進軍してきたら、陸海空の全軍で叩く。そうなれば敵は大被害を受け、戦局は劇的に変わるだろう。

別の見かたもある。ロシア艦隊が壊滅的な被害を受け、ロシア陸軍のみではこれ以上の侵攻は無理と判断した場合、ロシア陸軍は守勢にまわるかもしれない。そうなれば、こちらとしても、いくらでも手を打つことができる。

私としては、英東洋艦隊が中東方面の支援で手一杯なのだから、戦略的に余裕のある極東方面海軍が羨ましいくらいだ。是非ともロシア艦隊を撃破し、早期にインド洋方面へ支援艦隊を送ってほしいと思っている。

その時期が来春になれば、自由連合の増産態勢が完全に整う夏まですぐだ。大型艦や新型戦車／新型航空機／新開発の兵器が大量に出揃えば、その後は多少の冒険も許されるようになる。

なにしろ来年の夏には、海軍だけ見ても既存艦数を上回るほどの新造艦が、短いものでは週単位、大型艦でも一ヵ月から二ヵ月単位で配備されるようになるからな。

願わくば……それまで我が大英帝国の本土がもてばいいが。ここのところヨーロッパ方面では、ナチス勢による英本土攻撃が本格化している。まだ英本土艦隊は健在だが、北海やドーバー海峡はナチス勢の潜水艦と航空機であふれ返っているらしい。

むろん英本土に対する長距離航空攻撃も激しさを増している。これらにいつまで耐えられるか……そう考えると、遠いインドや極東の地にいても、私の心はイングランドへ飛んでしまいそうだ」

たしかに自由連合国家群の中では、いま英国が最も危うい立場にいる。

ナチス連邦中枢国家群による英連邦封鎖作戦は、周辺海域の潜水艦および艦隊による実力封鎖と、主にフランス北部から行なわれている大規模長距離爆撃となっている。

反面、常道のはずの機雷封鎖は行なわれていない。これの意味するところは、包囲封鎖作戦の後に上陸侵攻作戦が用意されているということだ。

まず封鎖作戦で英国本土をとことん疲弊させ、最後に英本土艦隊を殲滅できれば、次に待っているのは容赦ない上陸作戦のはず……。

たとえ中東や極東で勝利を得ても、母国の英本土が敗北すれば意味がない。しかも、自由連合諸国に対する影響は、たんに英本土が陥落するだけにはとどまらない。

なにしろ、かつては世界に冠たる大海軍と大英帝国連邦を誇った国が滅ぶのだ。

それは一国の敗北に終わらず、自由連合全体に致命的な心理ダメージを与えることになる。

その結果、世界大戦の趨勢(すうせい)は一気にナチス側の勝利へと傾くだろう。

それを座して眺めることは、貴族出身のサマービルには、許しがたい冒瀆(ぼうとく)に思えてならないらしい。

全員が発言したのを見て、再びアイゼンハワーが口を開いた。

「ワシントンの最高会議も、英国を見捨てることはないと言っている。ただ、英国はあまりにもヨーロッパ諸国に近く、自由主義連合の版図からは遠い……だから一時的な敗北は覚悟すべきとの結論に至った。

たとえ英本土が陥落しても、大英帝国が消滅するわけではない。チャーチル首相や英国政府、英王室も、最悪の場合、合衆国への亡命を覚悟し、すでに準備が整ったとのことだ。むろん英国民には、まだ秘密にしてあるが。

だから、たとえ英本土が落ちても我々は諦めない。必ずいずれかの時点で逆上陸作戦を実施し、英本土を取りもどす。

その間、英国国民は辛酸を舐めることになるが、可能な限り本土を脱出できるよう、いま合衆国が全力で戦時規格の輸送船を建造しているところだ。

それだけではない。いまは臨時政府や亡命政府として苦しい戦いを強いられているヨーロッパ各国も、すべて取りもどすまで戦いは終わらない。最終的には、全世界からナチス党の影を取り除くことが、今次大戦の究極目標となっている。

それらの試金石となるのが、今回のカントリーロード作戦であり、極東方面の撤収作戦である。なかでも極東方面に用いられる戦力は、後日の反攻作戦のための戦力として重要だから、徹底した温存策を実行しなければならない。

所詮はナチスといっても、ドイツや欧州の中枢国家群ではなく、モスクワから遠く離れた場所で戦わねばならないロシアの遠征軍ゆえに、一度でも大被害を受けると戦力の補充が難しくなる。

しかもシベリアの冬は早い。あと三ヵ月もすれば寒波が訪れ、四ヵ月後には凍結した大地だけになる。そうなれば満州方面のロシア軍は支援が大幅に滞って孤立し、春が訪れるまで守勢一辺倒になるしかない。

また、中米大陸におけるカントリーロード作戦は、いま大車輪で作戦実行にむけて邁進している。すでにパットンの部隊はメキシコへ攻め入り、いまも進撃中だ。

彼らの先行戦闘を生かすため、ともかく既存の戦力で作戦第一段階が実施される。それが終了するのが三ヵ月後となっている。

つまり北米と中米が一段落する時、こちらの反攻作戦が実施されることになるわけだ。

三ヵ月後の一〇月後半なら、まだ遼東半島や朝鮮半島はさほど寒くない。そこから満州に本格的な冬が訪れる二ヵ月間が勝負になる。それまでは敵を可能な限り漸減しつつ、堪え忍ぶしかない。わかってくれるな」

ここまで言われれば、誰もが作戦の必要性については承知しているため、何も言えなくなる。

しかも作戦そのものは、すでに各国政府了承のもと、実施に向けて邁進しているのだ。

残るは現場となる司令部内の意志統一……。

言いかえれば、最初からつらく苦しい戦いになることがわかっているだけに、司令部からトップダウン式に各部隊を鼓舞するには、まず最高指揮官が納得しなければならない。

そのための説得だった。

「やるしかないのなら、やりましょう！」

ついに米内が折れた。

このタイミングでの潔さは、やはり日本人特有のものだ。

ともかく撤収作戦とロシア艦隊の牽制作戦、そして釜山死守作戦を実施しないと、次は日本本土が危うくなる。

それだけは、日本人として絶対に避けるべきと決心しての発言だった。

「帝国海軍がよしとするのなら、合衆国海軍に異論はありません。連合艦隊を組む以上、一蓮托生（いちれんたくしょう）の関係ですから、我々も万全を期すことにします」

ニミッツが米内に同意したことで、海軍の意志が統一された。

もとから門外漢のサマービルは、賢者の沈黙を保っている。最後まで黙っていたのは、最も被害が大きくなると想定される、帝国陸軍を束ねる畑だった。

「すでに御前会議で決定したことですので、我が帝国陸軍は、粛々と陛下の御命令に従う所存です」

畑の表情は、もし撤収作戦と釜山死守作戦が失敗したら、腹を切りかねない……そのような悲壮感溢れるものだった。

それを慰めるようにアイゼンハワーが答える。

「満州方面軍の最高責任者はマッカーサーだから、あちらは彼に任せればいい。畑長官は、釜山死守作戦の支援に全力を投入してほしい。むろん在日米陸軍の予備部隊と航空隊も全面支援する。ともかく力を合わせて作戦を成就しようではないか」

意思決定がなされた以上、アイゼンハワーには最速でＦＧＨＱへ報告する義務がある。

そのため、すぐにでも会議を終わらせたい。

その思いが言葉の端々に滲んでいた。

3

七月二二日夜　フランス

自由連合が戦略の大転換を決意したのと、ほぼ同じ頃……。

フランス南部にあるモンペリエ郊外――サラグー湖の東岸地帯においても、ナチス連邦におけるささやかなハプニングが起こっていた。

ここはフランスが、ナチスドイツ軍の侵攻と国家転覆によりナチス化した一九三〇年代初頭から、連邦の最優先課題として進められてきた第一次工業五ヵ年計画により、まっさらの段階から大規模工業地帯へと変貌した場所だ。

軍備増強計画は、自由連合だけが行なっているものではない。

ナチス陣営も戦争に備えて、計画的に準備を整えてきた。ただし国家体制の違いから、その手法がかなり違ったものになるのは仕方がない。

すなわち、国家社会主義労働者党（ナチス）の独裁下においては、なにごとも国家統制経済となり、ナチス連邦中央指導部の強制のもと、すべてがガチガチの年度計画として実施されることになるのだ。

計画経済となれば、自由連合よりナチス連邦のほうが得意とする分野なのだから、現段階においては、ナチス連邦の戦時増産のほうが優位にあると言っても過言ではない。

ただ、計画経済にも弱点はある。

それは何事もトップダウン方式で決定されるせいで、現場を無視した無茶な計画でも強引に実施されてしまうことと、計画年度の途中で情勢が変化しても、最終年度までは当初の計画のまま進捗してしまうことだ。

その点、自由連合の戦時増産はフレキシブルな構造となっており、必要に応じて暫時的に予算と人員が投入される。

そのため一貫した増産方針に欠けるきらいはあるものの、結果的に見ると無駄が少なく、費用対効果の点においては格段に優れている。

それらの差異が、ここサラグー湖畔においても顕著に見受けられる。

まず豊富な淡水資源と、近隣に複数存在するボーキサイト鉱山を活用したアルミニウム精錬工場、スペインや地中海経由で送られてくる鉄鉱石と石炭を用いた火力発電所と製鉄所、そして広大な鉱物資源集積所や工員たちのための団地施設、周辺一体を軍事機密地区とするための警備部隊駐屯地……。

　そして少し離れた場所には、航空基地として一五〇〇メートル級の滑走路まで建設されている。

　これらの施設は、すべて一次製品の生産開始に先んじて建設されたせいで、各原料生産施設の稼動と製品の生産開始に至るまでのタイムラグは、そっくりそのまま時間的な損失となっている。

　だが、タイムラグが年度計画に明記されてあれば、ほとんど問題視されることはなかった。

　それを証明するかのように、滑走路を囲むように建設されている鉄骨バラック製の巨大な製品生産工場群は、最近になってようやく稼動しはじめ、本格的な生産態勢に入ったばかりである。

　航空基地内にある工場は、見た目には、大きく長い格納庫のようなカマボコ型天井を持つ建物で、二〇棟以上も建っている。内部には各種製作機械や生産ラインが整然と設置されていて、ひと目で航空機製造工場であることがわかる。

　滑走路から一キロほど離れた製鉄所やアルミ精錬工場、それらが生産した一次製品を部品に使う二次製品に加工する製造工場、その他の部品製造工場などは、すでに怒濤のフル生産に入っているのだが、最終的な軍備を生産するはずのここは、ようやく本格的な生産に入ったばかりで、フル生産には至っていない。

不思議なのは、これだけ大規模な新鋭工場群というのに、ここへ引き込まれている鉄道は、鉱物資源を搬入することはあっても、ほとんど製品を運びだした気配がない。

近隣に複数のボーキサイトや鉄鉱石鉱山を有する地の利のある場所なのだから、作ったら即座に搬出するのが経済的だろうに、そうはなっていないのだ。

サラグーで作られたアルミや鉄製品は、工場内にある倉庫群に山積みされるばかりで、開戦前は意図的に外へ出されていなかった。作られた一次製品は、サラグー内ですべて二次製品へ加工され、これまた倉庫へ保管されている。

そして……。

開戦から二ヵ月が経過した現在、以前は閑散としていた飛行場周囲のバラック製航空機生産工場群が、突如として猛烈な活気に満ちはじめたのである。

「ここは順調なようだな」

目の前で続けられている航空機組立作業を視察しながら、ヒトラーはかすかに満足そうな笑みを浮かべた。

すでに夜も遅いというのに、巨大な格納庫形式の工場内は、煌々と無数のライトで照らされ、その下では多くの工員が各自に割り当てられた作業に集中している。

それもそのはずで、ここの工場群はすべて二四時間フル生産態勢なのだ。

ヒトラーが歩いているのは製造用の部品を運ぶための貫通通路のため、常に左右で働いている工員を見ることができた。

「はい。すでに二日前の時点で、一号機が完成しております。このサラグー航空機製造工場だけで、爆撃機を月産一二〇機、戦闘機を月産一八〇機ほど予定していますので、必ずや連邦総統閣下の御期待にそえるものと確信しております！」

ここはナチス連邦が、ナチスフランス政府に委託し運営している、軍事機密扱いの国営工場群である。

当然、工場群を取り仕切る責任者は、フランスＳＳ出身者となる。

民間人の最高位は工場長と事務長であり、その上はＳＳ出身の技術系軍人が就任する仕組みになっていた。

ただし、最高位はフランスＳＳの武官ではない。工場群／鉄道／飛行場／火力発電所／大規模団地など、ここにある一切合財を統括する市長的な役割は、いまヒトラーに声をかけた、ドイツSS出身のヴィンフェルム大佐となっている。

　ヴィンフェルムはドイツ陸軍工科大学校出身の高等専門技術者であり、もともと戦闘指揮官として配属されたわけではない。

　さらに言えば、まだ三〇歳後半でありながら、ナチスフランスの莫大な予算を注ぎこんだ新設工業地帯の最高責任者に抜擢されたのだから、ただの技術屋であるわけがなかった。

　ヒトラーが彼を見る目も、明らかにエリートを意識させるものだ。そのぶん期待しているらしく、かける声もやさしげだった。

「第一次工業五ヵ年計画は、今年が最終年度となる。なのに連邦各国の中で進捗率を満たしているのは八割程度……とくにイタリアと南米諸国の達成率が悪い。ロシアは一〇〇パーセントとスターリンが伝えてきたが、どうにも怪しい。むろんドイツ国内は前倒しで達成済みだ。

　これらを鑑（かんが）みると、ここの成績はかなりいい。ともかく、ここで作られているドルニエ217D型双発爆撃機とフォッケウルフ190F型単発戦闘機は、まもなく実施されるアシカ作戦第二段階にすべて投入される予定だから、いわば対英本土戦専用機といっても過言ではない。

同じ機体が、スペインとイタリア、ハンガリーの秘密工場都市でも生産されている。これらなくしては、英本土を攻略することはできん。したがって、なんとしても必要数を作戦実施日前に揃えなければならん。

幸いにも、生産される航空機は既存機種の改良型のため、搭乗兵についてはすでに存在する原型となった機で習熟訓練が済んでいる。だから新たな航空機さえ送れば、フランス北部の航空隊は新型機で飛びたてる。

総統の私が、わざわざドイツ本国から非公式の視察に来たのも、この工場がナチス連邦全体の運命を握っているからだ。

これから私は、マルセイユまで陸路で移動し、そこからスペインとイタリアへ飛ぶ。これもまた、すべての工場で目標を完遂できるよう要請するためだ。それが連邦総統たる私の役目だからな」

技術将校上がりに細かい説明をしても意味がないのだが、ヒトラーの性格がそれを許さない。

むろん聞いているヴィンフェルム大佐は、さすが総統閣下はよくご存知でと相づちを打つばかりで、小馬鹿にするような態度は微塵も見せなかった。

そう……。

ヒトラーは英本土作戦を実施するにあたり、既存のドイツ設計機では数的に不十分と判断し、密かに素材から航空機に至るまでを一貫生産できる巨大航空機生産工場群を、連邦各地に建設していたのだ。

最初は原料となるアルミや鉄を生産し、次にアルミ板や鋼板／ワイヤーおよび電路用コード類、航空機の部品を生産する。

ただし一部の特殊な部品、たとえば真空管や計器類、有機ガラス／塗料／機銃などの装備品については、さすがに別の場所で製造され、鉄道を使って搬入されてくる。

それらの部品が十分にストックされるまでは、組立工場となる滑走路周囲の工場は、建物のみを作って放置しておいた。

そして、製造する機種の改良試験がドイツ本国で終了するのを待ち、一気に大量生産を開始する手筈になっていたのだ。

ちなみに原型機となったドルニエ17型とフォッケウルフ190型は、すでにドイツ国内では生産されていない。すべての生産ラインは、とうの昔に、ここや他の秘密工場都市へと移送されている。

ヒトラーの思惑では、ドイツ国内では最新鋭の装備を研究・開発・生産することに特化し、次にロシアなどのナチス革命により自主的に連邦参入を果たした連邦中枢国家へ、ドイツで開発した新技術などを提供する（言いかえれば、連邦中枢国家だけが、ドイツの技術を継承することができる仕組みになっている）。

　そしてナチス連邦の軍事圧力により、強制的にナチス国家へ衣更えしたフランスなどの衛星連邦国家には、大量に消耗されるであろう既存装備（二線級主力装備）や銃砲弾類などを製造する工場を建設し、新兵器や新技術は提供しないとなっている。

　ただし、スペインとイタリアは連邦中枢国家であるものの、アシカ作戦や大西洋方面作戦に直接的な関わりがあるせいで、国産装備の連邦規格での改良（ドイツ技術の提供）のほかに、既存のドイツ兵器の改良型を大量生産することが前もって決まっていたのである。

　ヒトラーは、合衆国を中心とする自由連合が得意とする、大規模流れ作業による大量生産を最も恐れていた。

　それに対抗するには、高性能の装備だけを生産していては駄目だと悟ったのだ。

　そこで既存兵器を目的ごとに特化して改良設計し、しかも安価かつ大量に生産できるよう、素材や生産工程の簡略化などをとことん突き詰める。

それに伴い、大規模な新規工場群や大規模造船所などを多数建設し、増産計画の柱とする計画を作りあげたのである。

たとえはドルニエ217D型は、原型となったドルニエ17型双発爆撃機の設計を大幅に見直し、機体骨組みを鋼鉄製に変え、外板のみアルミ合金とした。また胴体サイズを大幅に拡大し、胴体内への爆弾搭載量を増大させている。

当然、機体は重くなり空気抵抗も増える。それらをカバーするため、一〇〇〇馬力級エンジンを一七〇〇馬力級のBMW801D型に換装してある。

そして長大な航続距離を確保するため、翼下に二個の固定式大型増槽を設置できるようにした。

その結果、最高速度四九〇キロ、航続距離一七〇〇キロと増大させ、かつ爆弾搭載量を最大三トンと、さほど減らすことなく達成している。

また、原型機では急降下爆撃が可能だったが、こちらは緩降下爆撃までとなっているのも、必要以上に機体強度を高めず、そのぶん軽量化を優先した結果だ。

これを守るフォッケウルフ190F型も、操縦席と燃料タンクに防弾処理を施し、胴体内燃料タンクのみで九〇〇キロの航続距離を確保してある。両翼内のタンクと胴体下に設置される落下式増槽を加えると、最大で一七〇〇キロの飛行が可能だ。

エンジンはドルニエと共通化したBMW801D型であり、最高速度こそ六二〇キロと若干遅くなったが、中間加速と最高高度は、機体重量の徹底した軽量化により既存機種と同程度を保っている。

武装は一三ミリ二挺を撤去し、一五ミリMG15のみの四挺にしたことも、かなり軽量化に貢献している。

いずれにしても性能こそ凡庸（ぼんよう）だが、航続距離と爆撃能力、そして戦闘機の護衛能力だけは確保されている。一機の高性能機よりも四機の汎用機で襲いかかるという戦闘理念は、大量生産が可能であれば正しい選択肢と言えるだろう。

この二機種の生産が軌道に乗れば、いまアシカ作戦第一段階として戦っている双発戦闘機メッサーシュミットBf110型とドルニエ17型は、早々に廃止されることになっていた。

「さて……」

腕時計を見て時間を確認したヒトラーは、視察に随伴していたドイツSS将校に、軽く目配せをした。

「連邦総統閣下は、これよりイタリア工場視察に備えて、マルセイユへ向かわれる。作業員は手を休めず作業を続行せよ。他の者は屹立（きつりつ）して敬礼せよ。ヒトラー総統、万歳！」

打てば響くように、次々と挙手がなされる。

天を突くように上へ向けた片腕の林立の中、ヒトラーは悠然と軍用車へ乗りこみ、護衛のため随伴する装甲車や兵員トラック、バイクなどが定位置に着くのを待った。

同時に、滑走路に駐機していた総統専用機も離陸準備に入る。

総統専用機は、これから別行動となる。

夜明けを待ってマルセイユ近郊の空港へ移動し、明日の正午頃にはヒトラーを乗せてイタリアへと飛びたつ予定になっていた（その間、ヒトラーは陸路で移動を果たし、車中とマルセイユの滞在施設で食事と仮眠を取ることになっている）。

それにしても……。

ここの工場群だけで、一ヵ月に三〇〇機を生産できるらしい。

一日一〇機の量産は、合衆国の大規模飛行機工場でこそ珍しくないものの、日本などでは仰天するほどの数だ。

むろん日本としても、合衆国の生産力に頼るだけでは心許ないとして、積極的に合衆国流の大量生産技術を導入し、いま国内および台湾での大量生産用工場を立ち上げつつある（とはいえ、生産ラインを独自に製造するノウハウがないため、現状ではアメリカ製のラインを丸ごと輸入し、それで実際に量産しつつ学んでいる段階である)。

輸入した生産ラインで得られた量産技術は、次にオーストラリアや台湾の大規模量産工場建設で生かされることになる。

ただし豪州工場の場合は、合衆国および英国が主導する決まりになっているため、日本が送るのは優秀な指導員だけだ。

日本独自の計画としては、連合から委任されたシンガポールと旧仏印（現在のベトナム地域）／スマトラ島、そして日本領の台湾に、自由連合用の大量消費される装備（携帯火器／銃弾／迫撃弾／火薬類／プレス鋼板など）を量産する工場や造船所が建設されている。

それらには、いずれ日本で改良が施された、アメリカ式組立てラインが据え付けられることになる。

現時点においては、日本式の固定式組立て作業が行なわれているため、どうしても新たな大規模工場が必要になるのである（固定式とライン工法式とでの生産効率は、じつに一対六もの大きな差がある)。

合衆国は新兵器だけでなく、既存兵器も国内で大量生産する余力があるが、日本はそこまでの国力はない。

そのため皮肉なことに、日本政府が選択した当座の生産方式は、ドイツ連邦が衛星国家に建設した工場と似たようなものになっている。

つまり日本国内では、新兵器や秘密兵器の最優先開発と拡大試作までの製造、それらを実戦投入して得られる、最終的な改良と量産用ノウハウの修得がメインとなるわけだ。

もし国内で既存兵器が不足すれば、台湾および東南アジアの各工場や、場合によってはオーストラリアや合衆国から輸入することになっている（しかも代金は戦後払いである）。

これらの状況を鑑みると、今次大戦は第一次大戦をはるかに上回る、物量対物量、新兵器対新兵器の戦いになると予想できる。

資源や国力は、たしかにドイツ連邦のほうが上回っている。

しかし自由連合は、世界の三分の二に達する膨大な人口を有している（とくにインドと中国の人口は圧倒的だ）。

彼らの人的パワーが生かされる状況を作りあげられれば、自由連合にも勝機が見えてくるはず……。

むろん、それには南北アメリカを自由連合に組み入れることと、アフリカ全土をナチス勢に明け渡さない大前提あってのことだ。

南アメリカ諸国とアフリカ大陸の人口は、とても無視できるものではない。アフリカ大陸方面がナチス陣営に有利な状況で推移している現在、まず南北アメリカ大陸を制することが、自由連合が負けないための必須条件となっている。

それを実現するための作戦が、まもなく開始されようとしていた。

4

七月二四日　メキシコ・モンテレー

メキシコのヌエボ・レオン州にある州都モンテレーは、山がちな地形にありながらも、メキシコ第三の人口を誇る大都市である。

古くは一八四六年の米墨（べいぼく）戦争において、アメリカ軍とメキシコ軍が激しく戦った場所であり、最終的にはメキシコ側が敗退した歴史がある。

その歴史をなぞるかのように、パットン率いる機甲軍団の一部――一個機甲師団

／一個軽機甲師団／二個機動師団（自動車化された重武装歩兵師団）が、いまモンテレー中心部を流れるサンタ・カタリナ川の北岸に沿って展開し、市内全域に警戒の目を光らせていた。

「川向こうの旧市街地区には、まだ若干数の敵兵力が居残っているようです」

モンテレーの市街地が途切れる東部地区に野営陣地を張ったパットンは、主に東南方向からやってくるであろうナチスメキシコ軍主力部隊を警戒していた。

通常、軍団規模の部隊が中核的な司令部を設営する場合、現場の堅牢かつ大きな建物を接収して用いることが多い。

だがパットンは、それでは機動性が損なわれるとして、徹底して移動が簡単な野営にこだわり、何かあればすぐにでも全部隊が移動できるよう準備していた（さらに言えば、軍団司令部ともなれば、本来なら支配地域の中核都市に設置される。今回の場合なら、軍団司令部は合衆国南部に据え置くのが常道である）。

したがって、いまいる軍団司令部テントも、まるで前線の野戦司令部のようだ。

パットンに報告を届けに来たのは、第四軽機甲師団に所属する機甲偵察大隊長だった。

「思ったより抵抗が少ないまま市街地の半分を明け渡したのは、敵が決戦の場をこみいった旧市街地に定めたせいだろう。

その手に乗ってたまるか。米墨戦争の時も、アメリカ軍を市内へ引き入れた後、すかさず焼き討ちにして大被害を与え、アメリカ兵多数を捕虜にしている。

機甲部隊は市街戦に弱い。片っぱしから戦車砲で建物をぶち壊すわけにもいかんから、どうしても歩兵の戦いになる。戦車は歩兵の補佐にしかならん。その戦車も、建物の上から手榴弾や火炎瓶なんかを投げられたら危うい。

そうして時間を稼いでいるうちに、南から敵の迎撃主力が移動してくる。そうなれば、苦しくなるのはこっちのほうだ」

モンテレーの地図を広げながら、パットンをそれを見つめたまま答えた。

そして軍団参謀の一人を呼び寄せると、地図の一点を指し示した。

「ここ……市街地の西北にある小さな丘陵地帯だが、ここを機動師団を使って制圧しろ。ここに砲兵部隊を据えれば、市内全域を射程におさめることができる。

この丘には、おそらく米墨戦争時代の要塞が残っているだろうから、敵の砲兵部隊が陣取っている可能性もある。まだ、一発も撃ってはいないが……。

誰もいなければ幸いだが、もしいた時のために、事前の陸軍航空隊による集中爆させる。

撃を要請しろ。爆撃が終了したら、味方の迫撃砲と野砲で支援しつつ、歩兵を突入させる。

もし抵抗が激しいようなら無理はするな。もう一度、爆撃を実施してもらい、敵を弱らせてから占領する」

勇猛果敢で名を馳(は)せているパットンらしからぬ、戦力温存を重視した戦法だ。

それもこれも、すべてはカントリーロード作戦に連動するためだった。

軍団の作戦参謀がパットンの横にやってきた。

「強行偵察隊の報告によりますと、モンテレー南方二六キロ地点に、戦車多数を有する敵の機甲部隊が潜んでいるそうです。どうやら首都方面からの増援を待ち、数が揃ったところで一気に突入する予定なのでしょう」

モンテレー南方二六キロ地点となれば、山沿いで起伏の激しい乾燥した丘陵地帯だ。

そこに戦車部隊が潜むには、遮蔽物となる樹木が少ないため、自然の岩や窪みを活用して隠れるしかない。

それで足りないなら、擬装カバーなどをかけて連合側の偵察行動から隠す必要がある。

そこまでして待機するには、それなりの理由がなければならなかった。

「メキシコ軍の戦車なんぞ、どうせ時代遅れのポンコツだろうが。そんなもの、俺のシャーマン戦車が蹴散らしてくれるわ」

最近になって政変によりナチス連邦国家となったメキシコは、まだ装備の大半が、ナチス連邦軍に準拠したものへ改編されていない。

むろんヨーロッパからの支援は行なわれている。

第一陣として三号中戦車E型一二〇輌と、一号軽戦車初期型八〇輌が海路輸送されてきた。

しかし、それらはすべてメキシコSS用であり、大多数を占めるメキシコ正規軍は、なんと新型戦車保有数ゼロとなっている（かつて試験的に導入していたフランス製やアメリカ製の旧式戦車なら、いまも若干数保有している）。

したがって、メキシコ正規軍の戦闘車輌の中心は機関銃を搭載した装甲車であり、まだ騎馬編制の騎兵部隊も残っている。

したがってパットンは、主敵となるのはメキシコSS部隊のみだと考えていた。

「それが……おっしゃる通り、大半は従来型の三号戦車と一号軽戦車なのですが、その中に混じって、一〇輌ほど三号中戦車の改良型があったとの報告があがっています。

もしこの三号戦車改良型が、ナチス連邦規格に準拠した主砲強化型だとすれば、新型のシャーマン戦車でも苦労させられることは、満州方面の報告からも明らかです」

満州方面には、シャーマン戦車は送られていない。だからロシアで改良された、主砲強化および傾斜装甲を追加した三号戦車改良型が猛威をふるっている。

連合側で、いまのところシャーマン戦車を装備しているのはパットン軍団のみだ。

日本はM3A2の車体とエンジンを輸入し、シャーマン戦車に匹敵する独自設計の砲塔と、既存の七五ミリ固定砲を旋回砲塔用に改良搭載した一式中戦車を配備予定にしているものの、まだ実戦投入できるだけの数と搭乗兵の訓練が達成されていない。

それを知っているパットンだけに、すぐさま反論した。

「あっちはM3A2と日本軍の既存戦車だろうが。それでなぜ、シャーマンと対等だとわかるのだ?」

「撃破された味方戦車を調査した結果、敵戦車の主砲は五〇ミリだと判明しています。なかにはロシアのオリジナル砲塔の戦車もいるらしく、そちらは七三ミリ砲を搭載していたそうです。これらと同等の戦車がメキシコ軍にも配備されているとすれば、シャーマンといえども敵戦車に撃破される可能性があります」

シャーマン初期型が優秀なのは砲塔のみで、車体はＭ３Ａ２と変わらない。

そこで車体とエンジンを強化した改良型が生産態勢に入っているが、それが実戦投入されるまでには、あと一ヵ月から二ヵ月が必要となっている。

つまり車体に関しては、最大装甲五〇ミリと変わっていないのだ。

この弱点を突かれたら、いかにシャーマンといえども正面から射貫かれる。

「うぐぐ……ならば、どうすればいいのだ！」

メキシコ軍などちょろいと信じていたパットンだけに、この報告は衝撃的だった。

「やはり、ここはしばらく様子を見て、カントリーロード作戦の進捗状況に合わせ、協調行動に徹するべきでしょう。勇んでメキシコシティをめざすと、思わぬところで大被害を受ける可能性があります」

「待つのは好かん！　だが……メキシコ国境に残してきた予備戦力以外、俺には援軍がいない。他の部隊は、すべてカントリーロード作戦のために動いている。だから一回の被害だけならまだ大丈夫だが、二回めはない」

まだメキシコシティまでは、八〇〇キロ近くある。

その間に被害を受ければ、首都突入どころか押しもどされる可能性すら出てくる。

ところがカントリーロード作戦では、パットンの軍団は、陸路を使ってメキシコシティを当面の攻略目標とすることが決定しているものの、まだその先があった。首都を制圧したのち、後続の部隊を待って部隊を再編し、さらに中米諸国へ向けて南下するとなっている。

こうなると、なおさら消耗を避けなければならない。

「カントリーロード作戦は、すでに開始されています。ただ、それがメキシコ側に察知されるのは、おそらく早くとも明日以降と思われます。

なにせ海路中心の移動ですので、メキシコ側に察知されにくいメリットがあるものの、作戦予定が海軍の行動に縛られるのは仕方のないことでしょう」

「上陸予定地点は、西岸がマサトラン、東岸がタンピコだったな」

作戦予定を思いだしながら、パットンはしばし夢想する顔になった。

やがて、名案を思いついた。

「よし、決めた！　俺たちが関係するのは東岸のタンピコだ。首都にも近く、上陸時の激戦が予想される。だから上陸作戦が実施されはじめたら、メキシコの連中は慌てふためくはずだ。

当然、いまモンテレー南方に陣取っている敵戦車部隊も、急ぎ首都防衛のため戦力を移動させねばならない。その時がチャンスだ。敵が後退しはじめたら、すかさず追撃する。

いくら三号戦車の強化型といっても、背後からの攻撃には弱いだろう？　だから敵戦車部隊が撤収を始めるまでに、モンテレー市街地南部の敵を砲兵部隊の砲撃で潰す。そう、砲撃だけでいい。

南部の旧市街地は、民間人も多数残っている。そこを砲撃するだけでも、かなりの反感を買うはずだ。その上で歩兵部隊まで突入させれば、予測不能の事態もありうる。

だから旧市街地は、徹底的に砲撃で疲弊させるのみで、こちらは包囲網を敷くだけでいい。そのために丘陵地帯を制圧する。これが最優先だ！」

守勢にまわっても、策自体は積極果敢……。

どのみちモンテレーには、ある程度の治安維持用部隊を残さねばならない。

それらを監視任務だけでなく、旧市街地の包囲網形成と砲撃に用いるなど、まったく無駄のない部隊運用法である。やはりパットンは、いつものパットンだった。

*

同時刻、メキシコ湾――。

「警戒すべきはドイツ製のUボートのみだ。メキシコやブラジルにも、何隻か供与されたとの情報が入っている。その他は無視していい。メキシコ海軍には、旧式の軽巡と駆逐艦しかいない。しかも皮肉なことに、すべて合衆国製だ。

航空戦力も大半が複葉機だが、一部、英国製のソードフィッシュが沿岸警備用に配備されているらしい。よって艦隊護衛任務についている空母航空隊は、周辺の警戒を厳重に行なうよう通達しろ」

作戦任務部隊の総旗艦に抜擢された戦艦ユタの艦橋に、レイモンド・A・スプルーアンス少将の張り詰めた声が響いた。

スプルーアンスは今回、米海軍第四任務部隊を直率すると同時に、在米日海軍から参加している帝国海軍第二派遣艦隊を指揮下に置く、日米連合艦隊司令長官に任命されている。

そのためユタには、日本艦隊との連携を円滑に行なうという理由で、第二派遣艦隊司令官の宇垣纏少将が、二名の派遣参謀を送りこんでいた。

それが尾崎俊春中佐と杉藤馬中佐で、二人とも新海兵一期（旧海兵五〇期に相当）――すなわち帝国海軍が自由連合に参加するため組織の大改編を行なった後の、栄誉ある第一期生たちだ。

その両名が第二種略装を着込み、スプルーアンスの左斜め後ろに立っている姿は、まさしく現在の日米関係を象徴していた。

むろん、スプルーアンス子飼いの参謀二名も、競うようにして右斜め後ろに立っている。彼ら四名が、いわば連合艦隊司令長官付きの専任参謀といったところだろう。

それにしても……。

いまスプルーアンスが言ったように、まだナチス化されて年月がたっていないメキシコには、政変以前のメキシコ海軍が保有していた装備が、そのまま残っている。

しかも、それらの大半が、合衆国や英国の国家戦略に基づき、破格の安値もしくは無償供与されたものばかりなのだ。

それらが今回の作戦に参加している将兵へ矛先を向けている現状は、自業自得とまでは言わないものの、複雑な心境を抱かせるに充分なものだった。

「第二派遣艦隊旗艦の戦艦伯耆より入電。第二派遣艦隊旗艦周囲に、敵潜および敵航空機なし。予定通り航行する。以上、宇垣司令官からです」

通信参謀が、書いたばかりの暗号解読メモを手に、艦橋へやってきた。

ちなみに作戦任務部隊は現在、無線封止を行なっていない。

連合海軍で用いている暗号は、特殊なアメリカ先住民の言語を、単語ごとに日本の薩摩弁へ翻訳し、それを基本としている。そのせいで、ほぼナチス側には解読不能と判断されている。これが無線封止されない理由のひとつだ。

それと、もうひとつ。

電波自体を止めて居場所を隠匿するより、意図的に電波を出すことで、自由連合の艦隊が接近中であることをメキシコ側に知らせる意味合いもある。

相手の迎撃能力が高い場合、『鳴り物入り』での進撃は愚の骨頂だが、こちらが圧倒的な侵攻能力を持っている場合は、居場所を誇示しつつ進撃したほうが、相手に対する威圧感を高めて抵抗する意志を削ぐことができる。

しかも現在地点はメキシコ湾の南西部のため、最も懐の深い位置にあたる。そこまでドイツ中枢国家の大艦隊がやってくる可能性は、ほぼゼロだ。

もしスペイン艦隊やイタリア艦隊が大西洋を横断して支援に駆けつけても、まず最初に、フロリダから西インド諸島にかけて張られている哨戒ラインに引っかかる。

そして、それらを待ちうけているのは、今回の作戦には参加していないノーフォーク海軍基地所属の米艦隊と、同じくノーフォークを海外母港としている在米日海軍第一派遣艦隊となる。

つまりカントリーロード作戦に従事する艦隊は、ひたすら攻略目標である中米に照準をあわせていればいいわけで、ほかのことに気をまわす必要がない。背後の守りは、別の艦隊が引き受けてくれる。

これらすべてが作戦立案段階から決定していたせいで、スプルーアンスもかなり大胆な策を用いることができるのだ。

「水上戦闘部隊はともかく、護衛している陸軍輸送船団と海兵隊・陸戦隊輸送船団は、一発の魚雷や爆弾を受けても、数百名から数千名もの死傷者を出してしまう。彼らを失うことなく、全員を各上陸地点へ運ぶのが、上陸支援よりも重要な我々の任務と心がけてほしい。そう、宇垣司令官にも伝えてくれ」

スプルーアンスは通信参謀ではなく、尾崎俊春中佐に命じた。

これは指揮系統からすると異常なことだが、彼なりの深い考えがあってのことだ。

いかに日米が親密だと全米に浸透しても、まだ合衆国内には、依然として根強い人種差別の風潮が残っている。

事が感情に関わるものだけに、異なる国家／人種／民族が連合艦隊および合同上陸部隊を編制していることがマイナス要因になっては困る。

そのため合衆国の陸海軍指揮官は、徹底して部下たちに、日本人将兵に対する平等な扱いを厳守するよう命じると共に、自分自身も可能な限り軋轢を生まないような意志伝達方法を行なうことになっている。

それがスプルーアンス指揮下の艦隊では、とくに徹底している。

やはり論理的思考を好む、スプルーアンスの性格あってのことだろう。

「承知しました！」

直立不動で敬礼した尾崎は、そのままの姿勢で踵を返すと、艦橋左舷部にある伝音管のところへ走っていく。

本来は米海軍・帝国海軍ともに、作戦実施中の形式的な敬礼は省略しても非礼にはならないと決められているが、個人的にスプルーアンスへ敬意を抱いている尾崎は、事あるごとに敬礼するのをやめるつもりはないらしい。

「上陸予定時刻は明日午前四時。第一陣は第三海兵旅団八〇〇〇と第一一陸戦隊八〇〇〇で間違いないな？　陸上航空隊の支援はどうなっている？」

夜明け直前の強襲上陸ということもあり、上陸第一陣は、米海兵隊と帝国海軍陸戦隊の二個旅団で実施される。

まずは彼らが橋頭堡を築き、そののち戦車部隊と迫撃砲部隊を投入、戦線を内陸方面へと押し広げる。

その間、軽空母ホープ／スピリッツ／天鷹の三隻による、空母航空隊支援が行なわれる。

残りの正規空母一隻と軽空母一隻は、沖で移動待機中の陸軍輸送船団の防衛に専念することになっていた。

なお、在米日海軍第二派遣艦隊には魚雷艇と掃海艇が所属しているが、今回は仮母港となっているニューオリンズ海軍基地で留守役となっているため、兵員輸送船団の護衛は、主に海防艦二四隻が担当していた。

スプルーアンスの質問には、米海軍の専任参謀が答えた。

「米海兵隊中米作戦部隊に所属する第二海兵航空隊から、双発爆撃機八〇／双発戦闘機四〇が、テキサス州のコーパスクリスティ飛行場に移動していますので、彼らも上陸時には、米本土から支援爆撃に駆けつけてくれます。

なにしろ上陸地点のタンピコ港北岸エリアまでは、直線距離で七〇〇キロほどですので、まもなく旧型になるB－18Aでもなんとか届きます。護衛戦闘機のほうは新型のP－38長距離型ですので、こちらは余裕で爆撃支援後も、しばらくは上空にとどまって対地銃撃支援を行なえます。

メキシコ軍は、メキシコSS軍こそ精強だと聞いていますが、ほかは日米陸軍の敵ではありません。なかでもSSの主力戦車部隊が最大の脅威ですが、先にパットン将軍の戦車部隊が南下を開始していますので、情報によると大半のSS戦車部隊が、北部のモンテレー方面へ移動しているそうです。

したがって、上陸部隊を迎撃するのはメキシコ国軍のみ……最悪でも、戦車抜きのメキシコSS自動車化歩兵師団程度になります。

これならば、爆撃機と艦爆による支援だけでも大被害を与えることが可能ですので、たいした抵抗もなく橋頭堡を確保できると思います」

やけに楽観的な意見だが、合衆国軍がメキシコ軍を軽視する風潮はいまに始まったことではない。そのためスプルーアンスも、軽く聞き流す素振りを見せた。

反対に、メキシコ軍のことをよく知らない海軍陸戦隊や帝国海軍部隊の将兵のほうが、今次大戦における初陣ということもあり、かなり緊張すると共に警戒の度合も強くなっている。

「この作戦は、勝って当然の戦いだ。よって我々は、いかにして味方の被害を少なくし、その後の中米作戦に繋げるかにかかっている。

メキシコ制圧だけが今回の目的ではないのだ。明日投入する海兵隊と陸戦隊は、のちにパナマ運河の防衛任務にもついてもらうことになっている。

つまり、メキシコの地で彼らを失えば失うほど、パナマの防衛が手薄になる。かといって、中米全域を陸路で南下する予定のパットン軍団と陸軍部隊は、上陸作戦に投入するわけにはいかん。彼らには彼らの役目があるのだ」

メキシコおよび中米ナチス諸国の戦力は、お世辞にも立派とは言えない。

しかし、合衆国国境からパナマまで、陸路で南下すると三〇〇〇キロほどにもなる。

場所によっては湿地や熱帯ジャングルを、細い中米縦断道路を唯一の活路とし、時として戦闘しつつ移動するとなると、かなり過酷な任務になるだろう。

メキシコ全土が落ちれば補給や増援は楽になるが、それには時間が必要だ。どこかで無理をすればするほど、作戦全体の成功率が落ちる。

それでもなお、絶対に成功させなければ、自由連合の明日はなかった。

第2章　かすかな光明

1

七月二五日　釜山北西六八キロ

「右前方……三つむこうの畦道(あぜみち)に二人、正面に軽機一人だ」

ここは釜山北西六八キロ付近――。

慶尚南道(キョンサンナムド)の近くを流れる、洛東川(ナクトンガン)右岸地点。見た目には水田に適している地形に見えるが、ここにあるのは小麦畑ばかりだ。

いかに暖かい朝鮮南部とはいえ、ここで稲を育てるには、日本で改良した耐寒米が必要になる。

もし合衆国中心の委任統治でなければ、日本産の種籾(たねもみ)を持ってきて撒けばいいわけだから、最低でも陸稲、うまくいけば水稲も実るかもしれない。しかし合衆国が主導して植えたのは小麦だった。

　その小麦もすでに収穫されていて、いまは刈り跡の残る畑と、区割りのため縦横に走る畦道しかない。

　ただし合衆国の国内小麦畑には、畦道など存在しない。ということは、この畦道は以前に日本式の野菜畑として使われていた場所へ、ただ単に小麦を植えただけの代物だということがわかる。

　なんとも創意工夫のないやり方だが、いま現在だけは自由連合側の役にたっていた。

　帝国陸軍第五軍第二六五連隊に所属する上実幸助上等兵は、部下として従っている佐倉新吉二等兵と児玉善造二等兵に対し、わずか二〇センチほどの高さしかない畦道を盾にしながら声をかけた。

　正面一二〇メートルにいる軽機関銃手は、どうやらロシア人らしい。しかし、右手八〇メートルにいる歩兵二人は、どう見ても北朝鮮兵だ。

　人数は三対三だが、相手には軽機がある。こちらは歩兵携帯の小銃のみだから、明らかに分が悪い。

相手もこちらも斥候に出た分隊のため、どちらかが退却しない限り、ここで睨み合いが続くことになる。

かといってぐずぐずしていると、斥候同士の戦闘を嗅ぎつけた敵部隊が襲ってくるかもしれない。そうなれば、二キロほど後方にいる中隊ごと危うくなる可能性が出てくる。

ここは一刻も早く偵察小隊員が合流し、敵の偵察がここまで出ていることを中隊長へ知らせなければならなかった。

「下がりますか？」

ほとんど地面の土に顔を押しつけたまま、佐倉が聞いてきた。

「馬鹿言うな！　あと一〇センチも頭を上げたら、軽機に狙い撃ちにされる。いま動くやつは死んだも同然だ」

「上等兵殿……それじゃ、どうすりゃいいんですか」

ほとんど泣き声で、児玉が指示を仰ぐ。

「軽機さえ、なんとかできりゃなあ……。小隊長がどこにいるかもわからんし、ほかの分隊も、この様子じゃ近くにはいない。

だから、ここは俺たちだけでなんとかしないと、どうにもならん……そうだ！」

何かを思いだした上実は、腹這いのままゆっくりと腰のベルトにつけている革製ホルダーをまさぐった。

「あった！」

そのホルダーには、九六式小銃擲弾（てきだん）が一発納まっている。

「いいか、お前たち。これから俺が擲弾を軽機野郎へぶち込むから、相手に命中するか怯（ひる）んだ隙に、右手の朝鮮兵をなんとかしろ。俺は擲弾投擲後、掩護（えんご）射撃に徹する」

声をかけながら、自分の八八式小銃のボルトを右手で操作し、装填されていた小銃弾一発を未使用のまま排出した。

次にベルトの弾丸ソケットから、空砲を一発取りだす。

上半身が動かないよう気をつけながらの作業のため、イライラするほどはかどらない。

なんとか右手と右足だけを使って空砲を装填すると、次に九六式擲弾についている擲弾柄（スティック）を銃口へさし込む。これもまた、小銃を足もとのほうへずらし、銃口部分に右手だけで擲弾を装着するのに、冷や汗が出るほど苦労した。

最後に、擲弾本体についている安全ピンを引き抜き、起爆可能にする。

「準備完了……」

そろりそろりと小銃を引きよせ、ようやくトリガーに指をかけられる位置になった。

先ほど一瞬だけ確認した敵軽機射撃手の位置を思いだしながら、畦道の高さを利用して方向を定め、角度をつけて距離を調整する。

八八式小銃は、もとの設計が三八式小銃のため、本来なら小銃擲弾を発射する際には専用の擲弾筒を装着しなければならない。

しかし、自由連合共通の制式小銃（合衆国陸軍の制式名称はM30ライフル銃）として改良された時、合衆国陸軍の要望で、擲弾側に小銃の銃口へさし込むグレネードスティックが取りつけられたため、小銃側は空砲を装填するだけでよくなった。

形式的には古風なスティック型擲弾だが、銃身を三八式から若干短くした八八式のため、そのぶん銃身内の圧力上昇にも余裕があり、試験結果では銃身破裂などはほとんど発生していない。

これらの改良がなければ、いまのような状況で素早く擲弾を発射することなど不可能に近かったはずだ。

「撃つぞ！　用意はいいか!?　合図をしたら突撃しろ!!」

小銃擲弾の射程は、最大一二〇メートル。

つまり現状では、最適射角で撃ってなんとか届く距離だ。そのため、小銃を目測で四五度にすればいいのだから、かえって悩む必要がなくなった。

「はい！」

「了解……」

声に恐怖が混ざっている。

八〇メートル先にいる敵兵を「なんとかしろ」と言われたのだから、この場所から小銃を撃つだけでは駄目に決まっている。

となれば射撃と同時に突撃を実施し、彼我（ひが）の距離を一気に詰めて白兵戦闘へ持ちこむしかない。その間に撃たれれば終わりだ。

相手のところにたどり着きさえすれば、日頃から猛訓練してきた銃剣術がモノを言う……。

場所は平坦な畑。足を取られるものは何もない。

八〇メートルを小銃を構えたまま走りきるには、どうしても二〇秒ほどかかる。

その間に敵は、最低でも二発以上撃つことができる。

したがって、一回の突撃では無理……。

右前方にある次の畦道までは、三〇メートルほど。次の畦道までも同じく三〇メートル。

畦道ごとに伏せて銃撃を行ない、再び突撃するのを三回くり返せば、なんとか敵兵のいる場所まで届く。

それを可能にするには、なんとしても擲弾で軽機関銃を黙らせる必要があった。

――パウッ！

軽い射撃音と同時に、高い弾道を描いて擲弾が飛んでいく。

――ドッ！

着弾と同時に炸裂音が聞こえた。

「…………」

上実が聞いた限りでは、金属音は聞こえなかった。ということは、軽機関銃に命中するか、断片が軽機に当たった可能性は薄い。

ただし、敵の連射は止まった。

左頬を上にして、左目だけ畦の上にのぞかせる。

一二〇メートル先の様子を把握するには、二秒ほどの時間が必要だった。

軽機はもとのまま、畦の上に据えてある。

だが、射手が見えない。

おそらく命中ではなく、至近弾の炸裂により断片被害を受けたのだろう。

それで充分……。

「突撃！」

上実は八八式のボルトを操作し、実弾を装填した。すぐに右手方向にいる敵兵二人にむけて発砲する。この際、狙いなど適当だ。

「うわーっ！」

二人の部下が、小銃を撃ちながら立ちあがった。

そのまま前方に向かって、前のめり風の体勢で走っていく。

慌てた敵兵が、反射的に小銃を撃ち返したが、狙って撃ったわけではないため、まるで別の方向へ弾が飛んでいく。

この時点で、上実は再度ボルトを操作し、二発目を発射した。

すでに空砲と合わせて三発を消費している。八八式の装填数は五発だから、あと二発しか弾倉には残っていない。

三発目の狙いをつけた先で、敵兵が動いた。

「……あ、逃げた！」

なんと敵兵二名は、頼みの軽機関銃手が殺られたと思い、戦意を喪失して逃げはじめたのだ。

「突撃中止！　その場で狙って撃て!!」

大声で叫ぶ。

自分も立ち上がり、軽機関銃のある場所まで走る。

その際、一発を消費した。

三〇秒後、上実は敵の軽機関銃を足で蹴倒し、そばでのたうっている瀕死のロシア兵を見下ろしていた。

案の定、腹部に擲弾の断片を受けて負傷している。すぐには死なないが、地獄の苦しみだろう。

「恨むなよ……」

最後に残った一発で、ロシア兵の頭を撃ち抜いた。

上実の分隊は、もともと五名で構成されていた。しかし、分隊長だった曹長はすでに戦死し、もう一名の一等兵も足を射貫かれて後方へ送られた。

そこで上等兵の上実が分隊長を引きつぎ、なおも戦闘を続行したのである。

その結果……。

敵ロシア兵一名と朝鮮兵一名を射殺。ナチスロシア製軽機関銃一挺を鹵獲した。分隊のみで押し返したこの地点の前線は、約一二〇メートル。

これが上実たちの戦果だった。

「おーい！」

左後方から、先ほど一等兵を引きずっていった衛生兵が戻ってきた。どうやら機関銃が鳴り止むのを待っていたらしい。

「さっきの分隊員は、前に出てきていた中隊医務班へ受け渡してきた。命に別状はないが、たぶん本国送還になるだろう。

それより、貴様らの小隊長殿が探してたぞ。場所は左後方にある一本松の下だ。あそこには石垣があるから、みんなあそこに退避している」

「はあ。前に出てたのは、俺たちだけですか……」

話を聞いて、ようやく相当な無茶をしたことに気づいた。

「このままでは被害を出すばかりだから、中隊長が爆撃支援を要請したそうな。だからまもなく、釜山航空基地から味方の軽爆撃機が飛んでくるはずだ。それとは別に、洛東川左岸の河岸丘陵に布陣している敵砲兵隊も、双発爆撃機が叩いてくれるそうだ。

ともかく守備各員は、洛東川を死守しろとの命令が下っている。それを確認するためにも、一度、小隊長殿のところへ戻れとのことだった」

衛生兵なのに、人手が足りないせいで伝令の役目まで担わされている。

なんともご苦労なことだが、当人は自分が活躍していることに満足しているらしい。

「わかった。分隊員を集合させたら、すぐに戻る」

そう返事をすると、佐倉と児玉に対し集合するよう叫んだ。

*

同時刻、釜山。

釜山市街の北東部、日本と朝鮮を結ぶ関釜連絡航路桟橋(さんばし)の近くに、自由連合軍釜山守備司令部（少し前までは連合朝鮮派遣軍司令部と呼ばれていた）が設置されている。

場所的にも、すぐ西側に小高い山が存在しているせいで、最後まで敵の侵攻を阻止できる好適地と判断されているが、もし西側の山まで敵の手に落ちたら、そこから狙い撃ちにされる場所でもある。

もっとも、そこまで攻め入られたら、司令部だけを死守しても意味がない。

現在の釜山は、主に合衆国と日本が半々ずつ資金を出して再開発されている。

そのため古い朝鮮風の家屋は少なく、鉄筋コンクリート製のビルも多く見られる。

しかしそれ以上に、開戦前後に急造した軍事施設が目立つ。

守備司令部の近くにある埠頭は、すでに自由連合海軍専用埠頭に指定されており、民間航路は閉鎖されたままだ。鉄道まで引き込まれた貨物ヤードには、途切れることなく日本から軍事物資や兵員が到着している。

それらは速やかに、釜山市街西部に設置された我帽山陸軍基幹基地へ運ばれ、一部は我帽山の内部を掘り進んで作られた地下集積所へと備蓄されている。

この地下集積所は、万が一、釜山市内へ敵軍が侵入した場合、西端から反撃を実施できるよう、地下要塞構造になっている。

東にある司令部地下壕と連携するため、釜山市街の地下一メートルには、両地下壕を直結する有線電話線が引かれているくらいだ。

釜山防衛戦線の主力は、釜山市内にはいない。ここにいるのは、最後の最後に指揮中枢を守るための守備隊だけだ。

その数は、二個歩兵師団／二個砲兵旅団／二個対戦車連隊／一個陸戦旅団となっている。

なのに地下備蓄倉庫や大規模な地下基地が数箇所も存在するのは、最悪の場合でも周辺に展開している主力部隊が市内へ戻り、そののちも市街戦を展開できるようにするためだった。

では、肝心の主力はどこにいるかと言えば、まず西部の馬山（マサン）に西部防衛軍団司令部を置き、馬山から慶尚南道が洛東川に接する地点付近までを、六個歩兵師団／二個機械化歩兵旅団／二個戦車旅団／四個砲兵旅団／二個航空旅団（総数一二万四〇〇〇名）で防衛している。

北方の守りは、大邱（テグ）がすでに陥落しているせいで、大邱南方の密陽（ミリャン）と東の金城（クムソン）に前線司令部を設置し、釜山北方六〇キロにある蔚山（ウルサン）に北部防衛軍団司令部を設置してある。

北部防衛軍団の規模は、四個歩兵師団／一個機動旅団／一個海兵連隊／二個戦車大隊／三個砲兵大隊／三個航空連隊（総数八万一〇〇〇名）となっている。

いずれも朝鮮北部から中部にかけて展開していた、朝鮮方面軍の生き残りとでも言うべきもので、撤収してきた部隊を急造で再編したものが大多数、わずかに一部の陸戦隊や海兵隊のみが、日本本土から増援として送られてきたものだ。

それでも開戦時の総兵力を大きく上回る三〇万もの大軍が、狭い釜山周辺に密集して展開しているのだから、さしものロシア軍と朝鮮解放軍も攻めあぐねている。

しかも制空権と制海権は、まだ自由連合が確保している。

制海権は補給に不可欠であり、制空権を確保している航空隊は、圧倒的に優勢なナチスロシアの機甲部隊に唯一対抗できる手段として、自由連合軍も出し惜しみせずに投入しているのが現状である。


「一部のロシア戦車部隊が、補給を得て西部方面へ進出したとの報告がありました。一時は完全に停止した敵機甲部隊ですが、ようやく補給が届いたようです。ただ、補給の量は万全にはほど遠く、稼動可能な戦闘車輌は一割程度と見積もられています」

　釜山守備司令部の地下二階に設置された方面司令部指揮室に籠もっている岡村寧次（やすじ）副長官（中将）が、釜山近郊の作戦地図を睨みつけているオマー・ブラッドレー長官（中将）に声をかけた。

　この地下施設は、地上に出ることなく、西側にある山に掘られた地下要塞へと繋がっている。これひとつ見ても、釜山守備隊が、最後の最後まで抵抗を続ける覚悟なのがわかるだろう。

「たとえ敵の補給が復活しても、しばらくは途切れ途切れになるはずだ。なにしろ我が方の満州方面軍が、全軍撤収を感づかれぬために、一部の殿軍を用いて部分攻勢に出ているのだから、満州方面に吸い取られる補給物資が多すぎる。

言いかえれば、そのせいで我々が命脈を保っていられるのだから、満州方面軍の全面撤収がバレたら、今度は一気にこちらが苦しくなる。それまでに、可能な限り敵戦力をすり潰しておかねばならんが……」

なおも、食いつかんばかりに地図を見ているブラッドレー。

せっかくの航空優勢なのだから、敵の後方にいる物資不足で立ち往生している戦車や大砲を、爆撃により破壊しておきたい。だが現状では、最前線を死守している部隊の航空支援で手一杯だ。

敵も重々承知しているらしく、当面使用不能な装備や車輌、食料消費の関係から予備歩兵部隊すらも、こちらの単発爆撃機が届かない大田から動かしていない。つまりロシア軍の主力は、まだ大田に残っていることになる。

反面、軽装備で遊撃戦法に徹している朝鮮人民軍は、大半の戦力を大邱北方にまで南下させ、武器弾薬を除くと、ほとんど自給自足——非道な現地調達で糊口をしのいでいるらしい。

その二箇所にある敵拠点からくり出される、活動可能な敵部隊を阻止するだけで、釜山防衛隊は全力を出さねばならない状況に追い込まれていた。

これはまさしく、由々しき事態である。

「九州北部にいる連合陸軍重爆撃隊の一部を、釜山に移せればいいのですが……」

福岡の板付飛行場をはじめとする、北部九州各地にある長い滑走路を有する航空基地には、主に合衆国陸軍のB－17四発爆撃機と帝国陸軍の九七式双発爆撃機が配備されている。

このうち九七式は、帝国陸軍が独自に開発した爆撃機の最終型であり、現在は急ピッチで、新型の日米共用機（一部独自改良あり）となる一式四発重爆撃機『征龍』（合衆国制式名B－27ヘビー・フォートレス）、および一式双発爆撃機『飛龍』（合衆国制式名B－25ミッチェル）が量産態勢に入っている。

さらには第二次増産計画として、未曾有の超大型戦略爆撃機が予定されているが、これもまた日米共同設計で行なわれ、現在は一次試作段階らしい（のちの四式超重爆『富嶽』、B－29スーパー・フォートレスの名称が予定されているという）。

となると現用機種のB－17と九七式双爆は、退役間近のロートル機かといえば、一概にそうとも言えない。

B－17の航続三二〇〇キロおよび九七式双爆の二七〇〇キロは、いま現在においても世界有数の長駆を誇っているし、B－17の爆弾搭載量二七〇〇キロは、ほぼ世界最高のレベルに近い。

それでもなお新型が要求される理由は、今後、ナチスドイツ設計の高性能長距離戦闘機が出現した場合、速度や高度、搭載機銃の数が不足しているため撃墜されやすいと判断されたからだ。

よって新型爆撃機は、まず第一に高速巡航が可能であり、第二に重武装、第三に高高度長距離飛行が可能なよう、欲張った設計になっている。

また四式超重爆（B－29）に至っては、完全にドクトリンを見直し、高高度爆撃による敵戦闘機の排除をめざしているのだから、なかなか完成にまでは至らぬものの、実戦配備されれば、まさに大陸をまたぐ夢の戦略爆撃機となるだろう。

これらの理由があるため、爆弾搭載量が七〇〇キロしかない九七式はともかく、B－17が航空優勢を確保している方面で退役することはない。

おそらく新型爆撃機は、敵の迎撃が激しい方面へ投入され、B－17は制空権を確保している方面での強力な爆撃支援手段として生き残ることになるだろう。

「航空爆撃隊の移動？　それは無理だな。重爆の運用には、膨大な補修用品や保守用交換部品、それに大量のガソリンと爆弾、長い滑走路が必要になる。滑走路に関しては、釜山にも一〇〇〇メートル以上のものが二本あるが、その他の要求を満たせない。

　その点、後方にある九州なら、どこからでも調達・集積でき、しかも安全だ。いまの自由連合軍には、投入する片っぱしから装備を消耗する余裕などない。あるものを大事に使い、可能な限り敵の消耗を招く策だけが有用なのだ」

　ちなみに九州北部の爆撃機部隊には、専用の護衛戦闘機部隊がいない。各基地にいるのは、いずれも基地直掩（ちょくえん）／支援戦闘機のみだ。

　そのため対馬海峡を飛び越える間は、九州北部各地の陸海軍航空隊（海軍対馬航空隊を含む）にいる単発戦闘機の支援を受け、釜山から北へ向かう時は、釜山の単発戦闘機が護衛につく。これにより足の短い単発戦闘機の欠点をカバーしつつ、長距離爆撃を比較的安全に行なう策が練られている。

　なお、直掩戦闘機とは日本軍の局地戦闘機のことで、強力な戦闘力を持たせるため、極端なまでに航続距離が削られている機種をいう。足が短いせいで、対馬にある航空基地までは届くが、釜山までは飛べない。そのため、すべての護衛任務から除外されている。

守勢一辺倒の戦いは、ブラッドレーにとり本意ではない。

彼は装甲車や軽戦車などを用いた機甲部隊の積極運用に理解があり、自ら機動遊撃戦法を編み出したりしている。

せっかく得意とする分野なのに、それが釜山防衛戦では生かせない。このことを知っている岡村寧次副長官も、時おり口惜しさを滲ませる顔を見せている。

だが、いくら戦術的な勝利を積み重ねようと、一回でも戦略的に敗退すれば、極東方面全域が総崩れになる。

それを未然に防止するには、徹底した戦略的視点に立った部隊運用しかなかった。

「満州方面が本格的に撤収段階に入ったら、今度は我々がナチス勢の注目を一身に集めねばならない。一日でも長く満州方面軍の撤収を助けることが、のちの反攻作戦に不可欠なのだ。

かといって、我々が釜山を退くことは許されていない。たとえ釜山市街にたて籠もることになろうと、ここから海を渡って日本へ逃げ帰ることはできない。

なぜなら、釜山が落ちればロシア太平洋艦隊の一部と潜水艦部隊、魚雷艇、機雷敷設艦などが移動してきて、対馬海峡を封鎖する行動に出ると予想されるからだ。もし対馬海峡を封鎖されれば、中国方面に対する支援に重大な影響が出る。さらには、対馬まで取られたら、今度は九州北部が危なくなってくる。日本本土が直接攻撃に晒されるとなれば、自由連合全体の継戦意欲も大きく損なわれるだろう。だから、釜山を手放すわけにはいかない。我々は、知恵を絞り体力の限りを尽くして、敵を南朝鮮に張りつけねばならないのだ」

日頃は非論理的な精神訓など口にしないブラッドレーだが、さすがに追い込まれてくると、気力勝負といった言葉が口をつくようになる。

むろん日本陸軍にまだ残っている、まったく根拠のない精神力最優先主義とは違い、成功する可能性が小さくとも、やるべきことはきちんとやるといった、たんに心構え的な言動である。

「海のむこうでは、カントリーロード作戦が始まったようです。まさか我々は、あの大作戦が終了するまで、ここで踏ん張らねばならないのでしょうか」

中米全域の政治体制を根本からくつがえして味方陣営に引き入れるには、短くとも半年、長ければ数年はかかると見積もられている。

単にパナマ防衛だけなら、一足飛びに艦隊を派遣して陸軍部隊を増援すればいいのだが、現実はそれを許してくれない。

北米とパナマの間にナチス国家が存在すること自体が、あってはならぬ状況なのだ。合衆国が最優先で排除しようと画策するのも当然である。

問題は、カントリーロード作戦の実施中は、合衆国陸海軍はそちらにかかりきりになるため、遠い極東方面に対する支援が期待できないことだ。

そうでなくとも、大西洋を越えて英国を支援し続けないと、孤立した英国は簡単に落ちてしまう。そちらにも海軍戦力を割かれるとなれば、もはや余裕はなかった。

「案外……早く終わるかもな。あ、いや……これは私の勝手な予想にすぎんが。ただ、この時期に英国を含めた自由連合各国が、なぜ全会一致で作戦を了承したのかを考えると、合衆国本土では、何か我々の知らぬ事情とやらが後押ししているように感じるのだ」

少し思案顔になったブラッドレーを見て、岡村も考え込むそぶりを見せた。

「その事情が、味方に有利な状況に基づくものならいいのですが……」

たしかに、言われてみればそうだが、切羽詰まっている英国政府まで賛成したということは、現状の英国より優先して作戦を実施すべきと判断したはずだ。

もし半年とか年単位で本格的な対英支援が先延ばしになるなら、英国は絶対に反対しているはず。
そうでないとなれば、ブラッドレーの言うように、予想外の早さで終了すること
が、すでに予定されていると見るべき……。
さすがは機動遊撃戦法の考案者、手持ちの駒を激しく動かしつつ勝利をつかみ取
ることに関しては、誰よりも長けているらしい。
どうしても戦術的勝利にこだわってしまう帝国陸軍指揮官に慣れている岡村は、
そのようなブラッドレーから学ぶことも多かった。
「まあ、あと三ヵ月で、ロシアの大地に冬が到来する。当面はそこまでの辛抱だ。
それくらいなら、私としても耐えられる策はある」
方面指揮官がそう言えば、現場の空気も明るくなる。
やはりブラッドレーは、米陸軍にあっても最優秀な部類に入る指揮官だった。

2

七月二五日未明　メキシコ・マサトラン

極東における日時は二六日だが、日付変更線をまたいだ中米日時は、まだ前日の夜明け前となっている。

今次大戦は、あまりにも全地球的な戦争のため、自由連合軍も統一時間での運用が難しくなり、現在では方面軍単位で現地時間を採用している（連合軍最高司令部においては、各方面軍時間とグリニッジ標準時を示す時計を複数掲示し、相互の時間的混乱を防ぐ手段を取っている）。


「砲撃開始！」

メキシコの太平洋岸に存在する主要港マサトラン。

ここは合衆国西海岸から長く延びる、カリフォルニア半島先端部――そこから真東に位置する港で、一帯の制海権は合衆国海軍が握っている。

港の北西一二キロにあるプエブロ・ベニート・エメラルド湾（略称エメラルド湾）に広がる砂浜へ向けて、米海軍第八任務部隊所属の水上打撃艦から、無数の砲弾が撃ち込まれ始めた。

命令を発したのは、部隊司令官のウイルソン・ブラウン少将だ。

第八任務部隊は、カントリーロード作戦のメキシコ西岸作戦（太平洋側）担当艦隊のために編制され、出撃軍港はサンディエゴとなっている。

作戦の規模と内容から、どうしてもメキシコ湾側（東岸）の作戦部隊のほうに視線が集中してしまうが、実際はメキシコを挟む両大洋を使っての大規模作戦である。

五二隻の輸送船団で運ばれてきたのは、米陸軍第四師団／第一〇師団／第六軽機動旅団、およびにカナダ陸軍派遣旅団／豪陸軍派遣旅団、総数四万八〇〇〇名。

そのうち上陸第一陣に参加するのは、第四師団第一・第三連隊／第六軽機動旅団の一万三〇〇〇名だ。

いかにメキシコ太平洋側の主要港マサトランとはいえ、メキシコ湾側に比べれば防備は薄い。

所詮(しょせん)、北部太平洋東部は合衆国の海であり、合衆国西海岸に近いマサトランは、もし合衆国と事を構えることがあれば、真っ先に攻撃される港として、最初から防衛を諦めていた感がある。

そのぶん、かなり南に離れたもうひとつの主要港であるアカプルコは徹底した軍港化が図られ、沿岸警備を中心とした防衛戦力も充実している。

単にメキシコシティに近い港というならアカプルコのほうになるが、アカプルコと首都との間には標高五〇〇〇メートル級のポポカテペトル山がそびえたっているせいで、上陸後の侵攻に難ありとして、最初から除外されていた。

その代わりに選ばれたのがマサトランである。

マサトランからメキシコシティへは、途中にある主要都市グアダラハラを通って走る、主要幹線道路が存在している。しかも比較的標高が低い地帯を通るため、移動に必要な時間が短縮できると判断された。

むろん途中にあるグアダラハラがメキシコ有数の大都市のため、ここを制圧しない限り先には進めない。

そこで連合軍最高司令部は、ともかく二個師団／二個旅団／一個機動旅団のすべてを上陸させ、そののち全軍をもってマサトランとグアダラハラを制圧する作戦を立てた。

そして、グアダラハラをメキシコシティへの出撃拠点として整備し、合衆国西海岸からの増援を待って首都突入を決行する手筈になっている。

当然のことだが、この首都突入は、メキシコ湾のタンピコへ上陸する東岸作戦部隊と連動して行なわれる。

ただし東岸部隊は、上陸したのち南方にあるトゥスパンを攻略後、一気にメキシコシティをめざす関係から、出撃拠点はタンピコに据え置かれたままとなる。

「上陸地点からの反撃なし」

マサラトンにはメキシコ陸軍基地があるため、ある程度の迎撃を覚悟していたのだが、それがまったくない。

「ふむ……」

しばし思案顔になったブラウンは、何か思いついた表情を浮かべると、大声で通信参謀を呼んだ。

一分ほどで通信参謀が姿を現わした。

「国際無線電信回線を用いて、メキシコ軍のマサトラトン守備部隊およびマサトラン市行政機関に対し、降伏勧告を行なってみてくれ。もしかすると連中、戦う気がないのかもしれない」

上陸作戦の最中に突飛なことを言い出したブラウンを見て、通信参謀だけでなく、近くにいた作戦参謀までが唖然としている。

「早くせんかッ！　ナチスメキシコで絶対権力を有しているのは、ナチスメキシコ政府とメキシコＳＳのみのはずだ。

なにせ政変からまだ日が浅い。既存の軍組織や行政組織は、すべてナチス勢の強権下に置かれているものの、心の底から服従しているわけではあるまい。

下手をすると面従腹背、洗脳された一部国民の熱狂的なナチス熱が醒めるのを、じっと我慢して待っているのかもしれない。

さすがに首都ではそうもいかんだろうが、マサトランは大きな港湾の割には中央との結びつきが弱い。政変前までは、合衆国との貿易中継港としては、メキシコ有数の規模を誇っていたからな。

となれば市内には、まだ親米派も多く残っているはず……我々の接近は事前に察知されるよう、意図的に暴露されている。そのため、上陸作戦に連動して彼らが何かしでかした……いや、自由連合の秘密工作か何かで、前もって策略がめぐらされていた可能性が高い。

だとすれば、無駄な戦闘は行なわず、粛々（しゅくしゅく）と市街地を確保すべきだ。これもまた作戦成就のためには考慮に入れておくべきだろう」

一喝された通信参謀は、慌てて艦橋を飛び出して行った。

だが作戦参謀のほうは、ブラウンの説明に納得していないようだ。

「お言葉ですが、もしそうであれば、上層部からなんらかの秘密工作作戦が実施されている旨の通達があるはずです。それが一切なかったのですから、カントリーロード作戦に関しては、秘密工作による支援作戦は組まれていないと思うのですが」

「今回の作戦では、たしかにそうだ。しかし以前……開戦直後の段階において、ナチス連邦全体に対する広汎な情報工作活動を、恒常的に実施することが決まっていた。

その中には、ナチス連邦の衛星国家群……武力侵攻やクーデターなどの体制転覆によりナチス化した国家に対し、内部から抵抗活動を行なうことで国民をナチス党から離反させる策もあった。

地理的に考えても、内部離反のレジスタンス活動をやりやすいのは、合衆国に最も近いメキシコだろう？　作戦において別途の秘密工作活動が必要ないほど、現在のメキシコ国内では反政府勢力が台頭しているとしたら……そう思ったのだ」

たしかに一九四一年六月の開戦劈頭、合衆国のボストンにおいて、自由連合各国の情報機関が集まり、ナチス陣営に対する極秘の情報工作活動方針を話しあう場が持たれた。

この会議自体は極秘扱いのままだが、その後、各情報機関が独自に行なった工作活動については、各国政府や軍部内において、ある程度は数段階低い機密扱いで知らされている。

そのためブラウンも、合衆国海軍上層部からひと通りの概要程度は教えてもらっていたのだ。

「無血上陸が可能なら、それに越したことはありませんが……もし敵の罠だったらどうします？」

「上陸作戦は、返答の有無に関わらず、予定通りに実施する。むろん強襲上陸態勢を維持したままだ。マサトランへの進撃も予定通りだ。

その間は完全武装・臨戦態勢で挑む。その後は、相手次第だ。相手が判断に迷う可能性もあるので、作戦の手を緩めるつもりはない。

そうだな……そろそろ事前の制圧行動として、正規空母ワスプの航空隊が、マサトランの飛行場を襲撃する予定になっている。これに対する敵の反応が、ひとつの指標になるだろう」

作戦では、事前の上陸地点に対する艦砲射撃のほかに、ワスプ航空隊による飛行場爆撃が予定されている。

残る二隻の軽空母は上陸作戦支援につきっきりになるため、飛行場爆撃はワスプ航空隊のみの仕事だ。

もし相手から返答がないか、もしくは欺瞞(ぎまん)工作による罠の場合、ワスプ航空隊はそれなりの迎撃を受けるはず。

もしそれすら行なわれないとすれば、マサトラン全体が反政府勢力の支配下に落ちている可能性も考慮しなければならない。

カントリーロード作戦は、あくまで最低限の被害で目的を達成することを最大目標としている。そのため極力、ゴリ押しの強襲は行なわれない。

あの強襲大好きなパットンですら、作戦目的を無視して突っ走ることを諦めたのだから、自由連合軍最高司令部が徹底厳守するよう命じた戦力温存策は、いまや当面の至上命題となっているようだ。

「上陸第一陣となる第四師団第一連隊から、陸軍部隊司令官のダニエル・サルタン少将名で、予定通り上陸行動を開始するが、海軍側は承諾するかと言ってきています」

通信室から戻ってきた通信参謀が、ついでに連絡電文を持ってきた。

「海軍はあくまで支援任務だから、最終決定は陸軍に任せる。海軍の承認が必要というなら、さっさと出してやれ。我々が足枷になっては本末転倒だ。

　こちらの砲撃支援および航空支援は引き続き行なうから、そちらは以後、上陸した部隊の正確な位置と被害情報だけ教えてくれればいいと答えろ。部隊位置を知っておかないと、誤射や誤爆が相次ぐことになるからな」

「了解しました。以後自分は、先の降伏勧告に対する返答を待つ関係から、しばらく通信室に張りつきます。何かありましたら、伝令もしくは伝音管により伝達願います」

「ああ、よろしく頼む」

　しばらくして、伝音管を通じて報告がきた。

「通信参謀より連絡です。陸軍の上陸第一陣、全員舟艇への移動を完了した。これより夜明けと同時に上陸作戦を実施する。以上です！」

司令部連絡員が、伝音管を通じて通信参謀が知らせてきた内容を報告した。

「上陸作戦は、予定通り夜明けと同時に決行される。以後は陸軍前線司令部との連携行動となる。間違っても誤射・誤曝はするな。以上、各艦に伝達せよ」

　意気込んで来たものの、あまりにも敵の反応がないため、少し拍子抜けしている。

それでも、夜明けと同時に敵航空隊が襲ってくる可能性もあるため、気を緩めることはできない。

安心するのは、ワスプ航空隊が敵航空基地を破壊した後でいい。

そう自分に言い聞かせながら、ブラウンは同時刻に東岸への上陸作戦を決行する予定になっている、もう一つの艦隊――第四任務部隊へ思いを馳せていた。

＊

「支援砲撃、開始！」

大西洋側となるメキシコ湾最深部。

タンピコ沖においても、東岸上陸作戦司令長官を兼任している第四任務部隊司令官のレイモンド・A・スプルーアンス少将が、指揮下にある米海軍第四任務部隊と在米日海軍第二派遣艦隊へ向けて、上陸支援のための砲撃命令を発していた。

――ズドドッ！

最新鋭の合衆国戦艦ニューメキシコ級のユタ、そして第一次大戦後、重打撃艦構想に基づき建艦されたバージニア級戦艦フロリダの二隻が、口径の違いこそあれども同じ四〇センチ主砲を低く持ちあげ、二五キロ先にあるタンピコ北東部の海岸へ砲弾を撃ち込みはじめた。

続いて重巡ヒューロン／スペリオルが、より近い二〇キロ地点から砲撃を開始する。

軽巡プロビデンス／オークランド／スネーク／サビーンのうち、スネークとサビーンの二隻は、指揮下にある駆逐艦を引き連れ、海岸沖一〇キロ地点まで突入、そこに現われるかもしれないメキシコ海軍の魚雷艇や沿岸防衛艦艇を排除する予定になっている。

残る二隻の軽巡と駆逐艦は、正規空母ヨークタウンと軽空母ホープ／スピリッツ／天鷹（てんよう）／海鷹（かいよう）の護衛についている。

空母群は沖合い一二〇キロ地点で回遊しつつ、夜明けと同時の出撃を行なう。

その夜明けが、もう始まっている。まだ太平洋岸では未明のままだか、時差の関係からこちらのほうが早い。

「ヨークタウン航空隊、タンピコ市街地爆撃のため出撃します！」

航空参謀が報告しにきた。

作戦内容は、太平洋岸の部隊とほとんど変わらない。ただこちらは、より敵の抵抗が激しいと予想されている。

「軽空母航空隊、上陸部隊輸送船団上空の直掩につきました！」

今度は通信室から伝音管を通じて報告が入る。

輸送船団は、タンカーや物資輸送船をいったん後方へ下がらせ、上陸支援艦や揚陸艦、各舟艇のみが浜に接近する。

そして舟艇が波打ち際に到達するまでが、最も危険な時間となる。

「敵の海岸陣地からの反撃は予想の範囲内です。やっかいなのは、二箇所にある海岸砲陣地ですが、いまフロリダが集中的に破壊砲撃を実施中です」

今度は作戦参謀。

次から次へと報告が舞い込み、スプルーアンスも漫然と作戦の進捗状況を見ているわけにはいかなくなった。

「機雷や地雷の有無は確認したか？」

上陸地点の海中や砂浜に機雷や地雷が仕掛けられていると、これから先、難儀をすることになる。

それらは支援砲撃と駆逐隊の掃海活動（主に機雷の目視発見と銃撃による排除）により取り除くことになっていた。

「現在、軽巡スネークの駆逐隊が、上陸前の機雷除去作業を行なっています。幸いにも敵の沿岸防衛部隊は現われていませんので、作業に専念しているようです。また砂浜の地雷原は、重巡部隊の砲撃により、設置区域の特定と一部除去を実施中です。砲撃で破壊できなかった地雷については、上陸第一陣の第三海兵旅団第一連隊／第一一陸戦隊第二強襲連隊に所属する地雷除去中隊が、上陸直後から作業を行なうことになっています」

作戦参謀の返答を聞いたスプルーアンスは、ひとまず納得した。

より熾烈な戦闘が予想されるタンピコ上陸作戦には、陸軍部隊ではなく、合衆国海兵隊と帝国海軍陸戦隊を最初に投入することになっている。

真っ先に浜の砂を踏むのが海兵・陸戦部隊というところが、西海岸作戦部隊とは違うところだ。

彼らが広大な浜辺の一部を踏破し、その先にある海沿いの街道までのエリアを確保することが、まず最優先の課題となっている。

そののち第二陣として、陸軍歩兵で構成される四個連隊が出る。

陸軍歩兵と、先に上陸した海兵隊および陸戦隊二個連隊が橋頭堡（きょうとうほ）を確保したら、すかさず戦車部隊の揚陸が始まる。同時に陸戦隊の特殊偵察中隊も上陸し、そのまま街道周辺を強行偵察することになっていた。

「敵航空機！」

突如、スプルーアンスを驚かせる報告が舞い込んだ。

むろん敵航空機の来襲は予想されていた。

ただ、彼我の戦力差を考えると、航空攻撃は上陸部隊が浜に上がった後のほうが効果的であり、まだ上陸前の現時点で飛来するとは思っていなかったのだ。

「軽空母の直掩隊、一部が主力部隊上空へ移動中！」

「味方直掩隊、敵戦闘機と交戦に入ります！」

報告を聞いていたスプルーアンスは、わずかに右眉を持ちあげ、意外だといった表情を形作った。

「戦闘参謀。敵戦闘機は、たしか複葉機のはずだったな」

「はい。事前の情報では、そうなっています」

「上空監視班に至急連絡して、確認させろ！」

珍しく語尾を荒らげたスプルーアンスだったが、それほど気になったのだ。

五分ほどして、報告が入りはじめた。

「味方の直掩機、一機が撃墜されたのを確認！」

「敵戦闘機は単発単葉機。確認機影から、メッサーシュミットと思われる！」

「直掩隊より入電。敵はBf１０９、型番までは不明。くり返す敵機はBf１０９!!」

「なんだと……」

ようやくスプルーアンスの口から、驚きの声が漏れた。

もしメッサーシュミットBf１０９初期型ならば、ナチス中枢国家においては、すでに二線級扱いになっている戦闘機だ。

しかし衛星国家においては、まだ最新鋭戦闘機扱いとなる。

これまでメッサーシュミットが目撃されていたのは、極東方面とドーバー海峡およびフランス北部のみ。いずれもナチス中枢国家の担当範囲であり、ナチス衛星国家には配備されていないと思われていた。

ところが、最も辺境のひとつとなる衛星国家メキシコの地において、複数が出現したのである。

「軽空母海鷹より入電。海鷹直掩隊に所属する九九式艦戦二機が撃墜された。敵機は総数一二機と思われる。注意されたし。以上です！」

九九式艦戦および姉妹機のグラマンF３Fシーキャットは、共に日米合作の本格的単発単葉機だが、いかんせん本格的な陸上単発単葉戦闘機のBf１０９に比べると、速度・打撃能力の双方ともに、やや劣る。

格闘戦能力に関しては、低空・中速に限定すれば味方機にも勝機があるものの、高速での一撃離脱を仕掛けられると弱い。

むろん、とりあえずの対策は練ってある。

それは一騎打ちを避け、味方機二機で敵機一機を相手にする方法だ。

二機が連携してそれぞれの死角をなくし、敵の突入戦法に対しては、狙われた機が機動によりかわすと同時に、もう一機が射撃支援に入る。これで敵を阻止するだけでなく撃墜も可能とされている。

だが……。

あまりにも唐突な出現だったせいで、直掩隊に動揺が走った。

そのせいで直掩任務から迎撃任務への移行がスムーズにいかず、その隙を突かれたらしい。

当然、状況がわかるにつれて、二機一組の迎撃任務へ移行する機が増えてくる。そうなれば、敵もそう簡単には飛びこめなくなるだろう。

「やはりドイツ連邦の中枢国家で開発された航空機は、かなり強力ということだな。こうなると、今年末に実戦配備される予定の新型艦戦が来るまでは、ある程度の用心が必要になる。

これは重要情報として、ただちに上層部へ送ってくれ。今回は一二機と少数だったから、まだ対処できる。しかし今後、大編隊が現われないとも限らない。その時のために、対処法を考えてもらわねば、出撃した艦戦を数多く失うことになる」

空母運用に関しては一家言あるスプルーアンスも、事が艦上機の性能となると、作戦指揮官の領分でどうこうできることではない。

むろん相手は陸上戦闘機なのだから、たとえ艦戦では不利でも、こちらの陸上戦闘機で対抗できるものがあれば、今回のような上陸作戦以外、まだ打つ手はある。

「報告！　軽空母スピリッツ直掩隊が、敵戦闘機の胴体に二本の稲妻マークを確認。敵戦闘機は、メキシコSS航空隊所属と思われます！」

「虎の子機だったのか……ならば、少しは安心できるな」

相手がメキシコSS所属と知ったスプルーアンスは、わずかに安堵の表情を見せた。

そもそもSSはナチス党の私兵であり、正規軍とは別の指揮系統に属している。

ドイツ本国および中枢国家群においては、各国SSは連邦SSを構成する関係から、独立した第三軍に匹敵する戦力を有しているらしい。

だが辺境の衛星国家ともなると、ＳＳは国内治安の維持を最優先にしなければならず、時には政府すら監視対象となる。そのため装備も比較的優秀なものが与えられるが、その数は少ない。

おそらく飛んできたBf１０９は、首都メキシコシティの治安を維持するために配備された、ＳＳ首都防衛隊所属なのだろう。

同じくＳＳ首都防衛隊の一員であるＳＳ戦車部隊が、いまパットン軍団を迎え撃つためモンテレー南部に集結しているのと同じく、本来は治安維持目的の親衛隊を最前線に出さざるを得ない、メキシコ軍の苦しい事情が垣間見えている。

やがて作戦が進捗するにつれて、スプルーアンスの推測は確証になってきた。

三機を撃墜されたBf１０９部隊は、あまりにも多勢に無勢と撤退しはじめた。

それに代わって現われた第二波は、メキシコ陸軍マークをつけた、旧式の複葉戦闘機や爆撃機だったのだ。

当然、飛来した多くがまたたく間に撃墜されてしまい、まったく迎撃の役にはたたなかった。

メキシコ軍の思惑では、最初にＳＳが出てこちらの戦闘機を蹴散らし、それででき た隙を狙って、旧式機で上陸阻止のための爆撃を実施するつもりだったのだろう。

しかしメキシコ軍は、ＳＳ航空隊を実態以上に過大評価していたらしい。その結果が、盛大な誤算となったのである。

大量損失を出した後は萎縮してしまったのか、首都の飛行場ではなく、南方のプエブラ方面へ飛び去って行った。

そのため首都上空の制空権は、その日のうちに連合軍が掌握することになった。

3

七月二六日朝　メキシコ・モンテレー南部

「尻を見せて退避してやがる。遠慮するな、片っぱしから尻に火をつけてやれ！」

自らシャーマン戦車の車長席に座ったパットンが、部隊無線機のマイク片手に叫んでいる。

しかも、本来なら軍団長が乗っている以上、部隊指揮に専念すべき状況なのだが、なんとパットンのシャーマンは、率先して主砲射撃を行なっていた。

対するメキシコＳＳ機甲旅団に所属する戦車部隊――三号戦車と一号軽戦車は、

おそらくＳＳ首都防衛隊からの早急な帰還命令を受けているのか、ろくに応戦もせず、ひたすら八〇〇キロ南方にあるメキシコシティめざして退避していた。

むろん、戦車にそれほどの航続距離はない。必ず途中で燃料の補給を受けねばならないはずだ。

それはパットン側も同様で、双方ともに限界を迎える四〇〇キロ前後で、最低一度は燃料補給を実施しなければ動けなくなる。

その点だけ見れば、ＳＳ部隊のほうに利がある。

モンテレー支援に出てきた時点で、必ず後方のどこかに臨時の補給所を設営しているはずだからだ。おそらくそれは、中間付近にあるシウダーマンテと思われる。

だが、現在位置からシウダーマンテまでの距離より、上陸地点となったタンピコからシウダーマンテまでの距離のほうが圧倒的に近い。

となれば、上陸部隊の一部が先にシウダーマンテを制圧すれば、ＳＳ部隊は挟み撃ちにあうだけでなく、燃料切れで全員が投降するしか道がない。

現在の殿軍すら置かずに遁走している姿は、そうするしか生き延びて反撃に出る機会がないからだった。

――ドンッ！

パットンの目に、前方一二〇〇メートル付近の街道を遁走している一輛の三号中戦車がとまった。

次の瞬間、その砲塔が垂直に飛び上がった。

『こちら、第一機甲師団戦車第二大隊所属のヘンリー准尉。敵中戦車の後部に一発命中！　一輛を撃破しました！』

一瞬、通信に耳を傾けたパットンだったが、次の瞬間、額に青筋を立て、マイクに向かって怒鳴った。

「よくやった！　だが、いちいち部隊周波数で報告するな。返答もいらん。俺の重要な命令が途切れるからな!!」

自分たちの戦果を上層部に知ってほしいという戦車長の思いは痛いほどわかる。

ここでパットンに名前を覚えてもらえれば、作戦終了後に昇進や勲章授与などの褒美がもらえる可能性が高くなるからだ。

だが、いかに最前線に出ているとはいえ、パットンは軍団長である。

そこには配下の各師団および、現在戦っている第一戦車師団の各戦車連隊長から、部隊の采配に必要な情報が逐一届けられている。それらを妨害する戦果報告は、百害あって一利なしだ。

さらにいえば、戦車小隊につきひとつしか、ＭＥ－２型短距離無線電話は設置されていない。

通話距離も三キロと極端に短く、まだまだ開発途上の機器である（日本の戦車には、まだ実装さえされていない。現在、日米英共用の次世代無線電話の開発が急ピッチで行なわれている）。

しかも砲弾の炸裂やエンジンのプラグによる着火ノイズを拾いやすいため、二キロを超えると雑音だらけで聞き取りにくくなる。

この中途半端な無線機で部隊の指揮を行なっているパットンゆえに、余計な報告を聞いて腹を立てたのである。

「軍団長……いま撃破した前方の敵戦車ですが、破壊されてもなお、街道上に残骸が居座っています。どうしますか？」

下にいる操縦手から、進路を塞ぐ敵戦車の残骸に関する『お伺い』が聞こえてきた。

普段のパットンなら、ドーザ付きのＭ３Ａ２を前に出し、まず進路を確保する判断を下す。

しかし現状は、排除に時間をかければ、それだけ敵が逃げることになる。

一秒たりとも休まず追撃し、一輌でも多くの敵戦車を撃破する。

これがパットンの下した命令なのだから、ここで一旦停止するわけにはいかない。

「司令部直属の戦車中隊、付近にいるか」

マイクを用いて、自分が直接命令できる戦車を探す。

すぐに返事がきた。

『こちら司令部直属戦車隊、隊長のマコーミックです。司令部戦車第一中隊の四番／五番、第二中隊の一番／三番、計四輌が、軍団長戦車の直衛についています』

「そうか。たしか、すべてM3A2だったな。ならば、そのうちの二輌を使って、前方にある敵戦車の残骸を排除しろ。強引に体当たりして退かして構わん。もし除去に際して故障などが発生したら、街道横に退避させろ。ともかく道を開けることが最優先だ！」

『命令、了解しました』

M3A2は、車体だけ見ればシャーマン戦車と同じだ（正確には若干の改良が施されているが）。

それゆえに馬力だけはある。

ただ体当たりするとなると、おそらく七五ミリ固定砲は耐えきれず壊れる。

旋回砲塔の作りも華奢（きゃしゃ）なため、下手すると砲塔そのものが衝撃で動かなくなる。

そこまで見越して、使い捨てにする大前提での命令だった。

それにしても……。

敵を撃破するための追撃において、撃破するほど障害物が増えるのは困りものだ。

それを排除する時間を最短にするには、味方戦車の損耗も覚悟しなければならない。

このような無茶を長く続けられるわけがない。パットンも、そこのところは承知している。

どのみち、このまま走り続ければ、あと三〇〇キロほどで燃料が尽きる。

安全を見越して補給地点を設営するとなると、おそらく二五〇キロ地点付近……。

そこへ後続の補給トラックが到着するまでは、補給地点を死守せねばならない。

敵の補給地点がシウダーマンテと想定されている現在、二五〇キロ地点で補給を実施すれば、ほぼ確実にＳＳ戦車部隊はシウダーマンテへ逃げ延びることができる。

しかも敵は、一回の補給でメキシコシティまで戻れるが、こちらは二五〇キロ地点で補給すれば、最低でもあと一回は補給しなければ到達できない。

となれば、最初の補給地点までにどれだけ敵戦車を撃破できるかが、作戦全体に影響してくる。

だからこそパットンは、焦(あせ)りに焦っているのである。

「せめて陸軍航空隊が支援してくれれば、もう少し効率よく狩りができるんだがな……」

敵戦車部隊の最前列を狙って爆撃を実施すれば、後続戦車の足が止まる。

単純な策だが、効果は抜群だ。

しかし現在、この地点に届く陸軍航空隊となると、最低でも双発爆撃機に限られてしまう。

米本土から飛びたった双発爆撃機は、いまモンテレーの敵残存部隊を砲兵隊と連携して潰している最中のため、こちらの支援に向かうことは不可能だった。

「現在の状況を続けるしかないか」

そう独り言を呟(つぶや)いたパットンだったが、ふいに顔を上げると、なにか思いついた表情になった。

すぐにマイクを手に取り、送話スイッチを押す。

「パットンだ。通信担当戦車に命令を下す。ただちに後方の野戦通信中継所へ連絡を入れ、モンテレーの司令部を呼び出してくれ。司令部が出たら、パットンの厳命だと前置きして、こう伝えろ。

作戦実施中の海軍部隊に強く要請する。空母航空隊の一部を、一回でいいから、シウダーマンテ爆撃のために使わせてくれ。目標は、おそらく野営で野積み状態になっている、敵戦車部隊の燃料のみだ。

これを破壊できれば、上陸作戦部隊のメキシコシティ攻略が格段に楽になる。その効果は、大隊規模の敵戦車部隊を無力化できるに等しい。

是非とも検討してくれるよう要請すると共に、必ず結果を知らせてほしい。以上だ！」

なんとパットンは、空母航空隊を使って敵の補給を断つ策を思いついたのである。

通信担当戦車を介したのは、いま使っている短距離無線電話では届かないためで、どうしても長距離無線電信機が必要になる。それを搭載しているのが通信担当戦車なのだ。

敵の補給地点は一箇所。

そこを破壊し、全部とは言わずとも、相応の燃料を炎上させられれば、炎上させたぶんの敵戦車は首都までたどり着けなくなる。

さらにいえば、補給できた敵戦車も、首都防衛のため退却を続行するか、上陸部隊の別動隊を待ち構えるかで戦力分散を考えるはずだから、パットンがシウダーマンテに到着した段階においても、ある程度の敵戦力がそこに残っているはずだ。

それらを全滅に追い込めば、メキシコシティへ到達できるSS部隊は、最大でも半分以下になる。爆撃が予想以上に戦果をあげれば、それらはさらに削減される。

これをわずかな時間で思いついたパットンは、やはり実戦における戦車部隊指揮官として、きわめて卓越した能力を持っていると言えるだろう。

「こちら第一偵察戦車中隊。軍団長の命令を転送しました」

「よし！　では第一機甲師団は、引き続き敵戦車部隊の追撃と掃討を行なう。我に続け!!」

最後の言葉を叫んだパットンは、かなり強い力で、左斜め前方に見える操縦手の背中を蹴飛ばした。

途端に、弾かれたようにシャーマン戦車が増速する。

前方では、いままさにM3A2が敵戦車の残骸を街道から排除し、自らも街道脇へ退避を終了したところだった。

「全車、八〇〇メートルまで追撃接近しろ。先に到達した戦車に優先射撃権を与える。撃ち逃したら、ただちに街道を外れて後続に道を譲れ。後続の戦車は射撃準備および照準を完了させた状態で、寸秒置かずに先頭に立ち、そこで停止して砲撃しろ。

これをくり返し、時間のロスを最小にとどめる。もし撃破できた場合は、司令部直属戦車が除去を行なえ。むろん撃破した敵戦車が街道上になければ、そのまま追撃を続行する。以上、パットン。さあ、狩りの時間の再開だ!!」

これほど単純に戦闘を楽しむ軍団長は、ほかにいないだろう。

海においてはハルゼー提督が比較に出されることも多いが、さしものハルゼーも、個艦を突進させて自ら砲撃するような無茶はしないはずだ。

まさしくパットンは二〇世紀に現われた、場違いな騎兵隊長だった。

4

七月二六日午後　メキシコ・マサトラン

太平洋側における上陸作戦が開始されてから一〇時間余……。

唐突に、マサトラン市街へ通じる海岸沿いの街道に、窓の両側に白旗を掲げた黒い乗用車が現われた。

速度は時速二〇キロも出ていない。

露骨なほど『攻撃しないでくれ！』との意思表示が滲む、ゆっくりとした接近だった。

これに対し、街道を封鎖していた第六軽機動旅団所属のM3A2中戦車二輌を含む警戒小隊は、阻止線の一〇〇メートルも手前で自動車を停車させ、徹底的な検問を行なった。

その結果、やってきたのはマサトラン市長が派遣した行政官で、となりにはメキシコ陸軍マサトラン守備隊の連絡中尉、後部座席には市民自警隊の使者と名乗る男二名が乗り込んでいることがわかった。

完全非武装であり、市と市民と軍を代表して自由連合軍と交渉を行ないたいと申し出てきた。

この突飛な行動を、先に行なわれた降伏勧告に対する返答だと感じた警戒小隊長は、すぐさま車載の短距離音声電話を用いて、浜辺の奥に設置された前線司令部へ連絡を入れた。

その報告は、遅滞なく米海軍第八任務部隊旗艦に便乗している西岸作戦司令部へ伝えられ、陸軍作戦司令官のダニエル・サルタン少将へと伝わった。

「私が行きましょう」

サルタンは海軍側との連携を第一に考え、第八任務部隊司令官のウイルソン・ブラウン少将に対し、自ら上陸して前線司令部へ向かうと告げた。

「上陸後の作戦指揮は陸軍司令部の担当ですので、当然そうすべきと思います。我々は後続の輸送船団支援と、沿岸および上空の警戒に専念しますので、今後は陸海の連携が必要な場合と定時の状況連絡を除き、私に確認を求めなくとも結構です」

「そう言ってくれると助かる。これから進撃するにつれて、連絡を取る方法も限られてくるからな。

ところでマサトランを制圧した後は、海軍側もマサトランに連絡用の拠点を設置するのだろう？」

いつまでも艦隊と陸とで無線電信連絡ばかりでは、あまりにも効率が悪すぎる。しかも、いかに暗号を用いているとはいえ、基本的に無線は敵に傍受されるため、密な連絡には軍用の有線電話の設置が望ましい。

そのためには、両者ともに陸に上がる必要があった。

「今後も進撃を続ける陸軍部隊の後方支援を行なうため、マサトラン港は継続的に確保しなければなりません。そのため守備艦隊を残すことが最初から決まっています。

その守備艦隊の司令部を港の一画に設置しますので、そこが連絡場所になります」

「それは助かる。陸軍の守備司令部は、どうしても治安維持のため市の中心部に設置せねばならんが、幸いにも港までは車輌で五分ほどだ。

野戦用の電話線を引くまでは、おそらく偵察小隊か司令部直属部隊の連絡用オートバイを使うことになるだろうが、その時はよろしく頼む」

サルタンの部隊は、マサトランを制圧したら、その先にある第二攻略目標のグアダラハラへ移動しなければならない。最終的にはメキシコシティへ乗りこみ、東岸作戦部隊と合流、次の目標となる中米縦断作戦を実施するため部隊再編を受ける。

その時点に至れば、マサトランは後方支援基地の役目をほぼ終了することになる。

メキシコシティが陥落すれば、メキシコ全土が降伏したのも同然であり、補給や支援を行なうにしても、海路なら距離の近いタンピコを使うだろうし、そうでなければ米本土から陸路で行なうことになる。

おそらくマサトランは、何かあった場合の予備支援基地として温存するものの、当面は太平洋岸の治安を維持するための、地域守備拠点的な扱いになるだろう。そこに大軍を張りつける意味はなく、多くても二個大隊規模の守備部隊を残すことになる。

ということは、いまサルタンが艦隊を降りれば、二人にとってしばしの別れとなる可能性が高い。それもあって、少々長話になっていた。

「承知した。私の艦隊も、守備部隊を分離した後は、中米諸国の太平洋岸を牽制する意味で南下するから、ここには長居しない予定になっています。

まあ、今生の別れになることもないでしょうから、次はパナマで逢いましょう」

まだ、パナマは遥かに遠い。

しかしブラウンは、そう言うしかなかった。

その後……。

サルタンが前線司令部へ到着すると、急造のテントにおいてマサトラン市側との交渉の場が設けられた。

そこで判明したことは、すぐさま自由連合軍最高司令部へ打電され、そののち連合各国にも通達された。

ある程度は予想していたものの、市側が告げた現状は、国家転覆によりナチス化した国が、いかに脆(もろ)い存在であるかを暴露していた。

結果から言えば、マサトランは模範的な無血開城となった。

上陸作戦が開始されると同時に、マサトラン市内において、メキシコ陸軍部隊による反乱が発生したのだ。

市街地を支配していたメキシコＳＳ一個機械化歩兵旅団は、なんと全部隊が、トラックや装甲車輌に分乗し、大急ぎでグアダラハラ方面へ遁走した。逃げ遅れたＳＳ隊員は、反乱を起こしたメキシコ陸軍部隊と市民自警隊の手で拘束されたという。

ナチス党に忠誠を誓うＳＳ部隊が、自らの判断で逃走するはずがない。

となれば今回の出来事は、マサトランの国軍反乱の報を受けた首都のメキシコＳＳ本部が、無駄に戦力を失うより、まだ規律が守られているグアダラハラへ緊急退避するよう命令を下した結果と思われる。

とどのつまり……。

マサトランをめぐる攻防は、上陸部隊が一兵も市街地へ入らない状況で決着を迎えたのである。

上陸部隊は、橋頭堡を確保した場所で各部隊の補給と現状確認を終え、そののち第六軽機動旅団の強行偵察中隊を先頭に、夜までにはマサトラン中心部へ入ることにした。

上陸作戦における被害は驚くほど少なかった。地雷や機雷による被害よりも、味方の誤射・誤爆などによる被害のほうが上回るという、前代未聞の上陸となったのだ。

ほぼ無傷のまま上陸を成功させた西岸作戦部隊は、これからマサトランに臨時の方面作戦司令部を設置し、次の目標であるグアダラハラ攻略に向けて、さらなる枝作戦を遂行する予定になっている。

当面の目標は、まずグアダラハラを撃破し、そののちメキシコシティを攻略することだ。

その上で、メキシコシティにおいて東岸作戦部隊やパットン軍団と合流する。

その後は部隊の補給と再編を受け、首都駐留部隊を分離したのち、パナマへ向けて進撃を再開する。

ここまでくれば、ナチスメキシコ政府は首都を追われることで、ナチス連邦国家へ亡命するか、連合側に捕縛されて解散させられるかの二択しかない。

メキシコはもともと州単位の集合体だったせいで、ナチス化した後も、地方の独自性は高く保たれている。そこはナチス党も承知していて、首都に権力を集中させるためメキシコSSによる強権的な支配を実施していた。

したがって首都が制圧されると、州単位の地方行政組織は元の州政府へ戻るため、いまさら偉ぶっていたナチス党の残党とSS部隊を受け入れるところはない。

つまりメキシコナチス党とSS部隊に、逃げ場は存在しないのである。

首都陥落は実質的にナチスメキシコの終焉であり、すぐさま始められる予定になっている新政府の擁立にむけての作業により、遠からず自由連合に与するメキシコ共和国が誕生することになる。

しかし、それで作戦は終わらない。

遠大な行程を必要とするカントリーロード作戦、これを可能な限り短期間で成就することが、自由連合には絶対条件として課せられている。

そしてそれは、まだ始まったばかりだった。

＊

ほぼ同時刻……。

もう一方の戦線となっているメキシコ東岸では、まだタンピコをめぐる攻防が続いている。

海岸の橋頭堡こそ確保できたが、さすがに首都を守る前進基地の役割を担っているタンピコは、西海岸のマサトランのようにはいかなかった。

メキシコシティで采配をふるっているナチスメキシコ政府は、首都防衛を担当するメキシコSS第一歩兵師団/第二歩兵師団に対し、徹底した軍部および市民の統制を強制していた。

逆らえば容赦ない処断が待っている。

平時であっても、ナチス連邦に対する反逆罪の名目で数千名が処刑された。それが開戦後は、さらに激化している。

少数いたユダヤ人は、ほぼ全員が処刑されたか、さもなくばユカタン半島に設置された強制収容所へ送られた。しかもそこには政治犯名目で、驚くほど大勢の国民まで送りこまれている。

軍部内で不満を漏らした者は、すべてタンピコ/モンテレー/グアダラハラの防衛隊へ左遷させられた。その上で、現地のSS部隊の指揮下に入れられ、半ば捨て駒扱いで遅滞陣地の構築や前方守備の任務を強要されたらしい。

このタンピコにおいても、上陸部隊と対峙(たいじ)しているのは大半がメキシコ国軍将兵であり、ＳＳ部隊員は後方から睨みを利かせている。もし敵前逃亡や投降する素振りを見せれば、味方のはずのＳＳが粛清部隊となる。

この状況は、今次大戦で初めて『公式に確認された督戦』が実行されていることを物語っている。

もっとも実際のところは、これよりも先にロシア軍が極東において、主に朝鮮人民軍に対して非公式に実施しているため、厳密にはここが最初ではない。

ＳＳ部隊が自ら出撃するのは、ナチスメキシコ党から戦闘命令が下された場合のみだ。

つまり、ナチス国家の党中枢を守るためだけに戦うのがＳＳ部隊であり、その他の戦闘には関与しない。それはナチス党の指揮下に入った国軍の任務とされている。

なのに精鋭のＳＳ戦車部隊がモンレテー方面へ突出したのは、ナチスメキシコ党がパットンの猛進撃に恐れをなしたためだ。

現時点において合衆国唯一の最強機甲軍団が、その全軍をもって南下したのだから、すぐにでも首都へ殺到すると思ったらしい。

実際にはモンテレーで足止めされ、次に補給の問題もあって、むやみに首都まで突進できない理由があったのだが、そこは戦争の駆け引きである。

パットンは東岸作戦部隊に対し、空母航空隊による爆撃を要請した。

だがスプルーアンスは、ＳＳ航空隊の襲撃が行なわれる可能性が高いと判断し、パットンの要請を断ってしまった。

これはスプルーアンス痛恨のミスだったが、爆撃目標として指定されたシウダーマンテの状況が判明していなかったため、いわば情報不足のせいで判断を誤ったと思われる。

その結果、撤収していたＳＳ戦車部隊の大半が、シウダーマンテへ到着してしまったのである。


「マサトランにて上陸作戦を実施している東岸作戦司令部から、マサトランが無血開城したとの連絡が入りました。

現在は浜辺に橋頭堡を確保し、市街地へ通じる街道方向へ八〇〇メートルほど確保したそうですが、その先に敵対勢力がいないため、今夜中に市内へ司令部を移すとのことでした」

通信隊のテントから戻ってきた陸軍作戦司令部通信参謀が、前線司令部にいる第七機甲兵連隊指揮官のアドナ・Ｒ・チャーフィー大佐へ報告を行なった。

現時点において上陸しているのは第七機甲兵連隊第一強襲歩兵大隊と、第二師団第一／第二歩兵連隊、第三海兵旅団第一連隊／第一一陸戦隊第二強襲連隊所属の地雷除去中隊となっている。

まだろくに戦車部隊も揚陸していない段階で、機甲兵連隊長が率先して陸に上がるなど、まったく海兵隊も顔負けの無茶ぶりだ。

しかし、事がチャーフィー大佐となれば話は違ってくる。

チャーフィーは、歩兵連隊を機甲化して運用する独創的なドクトリンを有していて、実際に自分の連隊で実行してしまった人物である。

頭の固い上層部を説き伏せる明晰な頭脳と、味方を増やすための人脈構築の卓越した才能がなければ、パットンなどのすでに名声を得ている将軍以外、なかなか実現できるものではない。

「まあ、予想通りだな。あっちの本番は、あくまでグアダラハラだ。だが、我々の最初の攻略目標は、一六キロ南にあるタンピコ市中心部……最初から激しい抵抗が予想されていた以上、ここは踏ん張るしかない」

チャーフィーの言葉は、通信参謀にではなく、先ほどから横にいる作戦参謀に対してだった。

「はい。上陸に際してメッサーシュミットが出てきた時には、少し慌てましたが……あれも予想の範囲内とわかり、いまは予定通りに作戦を遂行しています。もしパットン将軍が敵のSS戦車部隊を引きつけてくれなければ、我々はもっと酷い目にあっていたでしょう」

パットン軍団の先行しての南下は、むろんメキシコ軍の合衆国侵攻を押し戻すためではあったが、それがカントリーロード作戦実施の引金となった時点で、最初からメキシコ陸軍にいるSS部隊を北部へおびき寄せることが第一任務となっていた。

ただ、虎の子の機甲軍団を囮に使うだけでは、あまりにももったいない。

当然パットンも囮に甘んじる気などさらさらなく、敵の阻止を喰い破る獰猛な獅子となるべく、突進につぐ突進によってモンテレーまでの行程を踏破してきた。

そしていま、カントリーロード作戦の本作戦である上陸作戦が実施されたことにより、パットンの軍団は、囮から追撃部隊へと豹変したのである。

しかし、いかに獰猛な獅子も腹が減れば動けない。

敵のSS戦車部隊はシウダーマンテへ逃げ延びることに成功したが、パットン戦車隊は、シウダーマンテ北方八〇キロ地点で停止してしまった。

再び南下を行なうには、モンテレーから補給部隊が届くのを待つしかない。

その補給部隊が届くには、まだ半日ほどが必要だった。

「将軍が、すべてのSS戦車部隊を撃破してくれれば大いに助かるのだが……さすがに、それは虫がよすぎるだろうな。まさか燃料切れで停止するとは思っていなかった。

いま思えば、パットン将軍からスプルーアンス長官へ送られた爆撃要請は、自分たちの追撃が止まることを承知していたせいだろう。なのに長官は、タンピコ攻略のため航空隊が不可欠とはいえ、無慈悲にも要請を却下してしまった。

結果的に、敵戦車部隊は首都まで南下できる燃料を手に入れた。おそらくいま頃は、大車輪で燃料補給を行なっている最中だろう。まさに撃滅のチャンスだ。

しかし、これから空母航空隊のスケジュールを変更して出撃させても、あまり戦果はあげられないと思う。敵も殺られたくはないから、補給が完了したらすぐに出発するだろうからな。

問題は、その行き先だ。SS戦車部隊のすべてが首都をめざすのであれば想定の範囲内だが、もし我が方の上陸部隊を気にして、一部を牽制のためこちら方面……具体的には市北部のアルタミラ地区へ向かわせたら厄介なことになる。

戦車に対抗するには、戦車もしくは対戦車装備が必要だ。したがって、こちらの戦車部隊や対戦車部隊の揚陸が遅れると、敵戦車の一部が上陸部隊の側面に襲いかかる可能性が高くなる。

そうなる前に味方の戦車部隊と対戦車部隊を展開させ、北部の守りを固めなければならん。さすがに私の機甲兵連隊だけでは荷が重すぎる。パットン将軍からの連絡によると、まだ敵戦車は一〇〇輌近く生き残っているらしいからな。

機動対戦車中隊では、撃破できてもせいぜい二〇から三〇輌程度だ。残りを空母航空隊と砲兵部隊で潰すとなると、どうしても撃ち漏らしが出てくる。それが五〇輌を超えると、せっかく築いた橋頭堡が危うくなる。

もっともいま言ったことは、敵戦車のすべてがこちらへ向かってくると想定してのことだから、実際にはそうならないはずだ。

おそらく、多くても半分以下……出せて三〇から四〇輌が精一杯だろう。これなら私の部隊だけでも、もしかしたら食い止められるかもしれない。

だがそうなると、私の部隊は大被害を受け、その後の作戦行動がとれなくなる。これは由々しき問題だから、可能なら避けねばならない。

だからどうしても、各師団の戦車大隊と海兵旅団の戦車中隊、それに日本海軍陸戦隊の戦車大隊を陸に上げねばならぬ。

しかも、先行して実施されたタンピコ南西部――パヌコ地区への空挺降下も、あまり孤立させたままだと全滅してしまう。

空挺部隊の投入は、首都方面からの敵増援を阻止するため、街道を封鎖する意味で必要不可欠だが、彼らはいかんせん軽武装で物資もわずかしか持っていない。

米本土から輸送機を用いて支援物資の投下を実施することになっているが、それでも最大で一週間程度しかもたないはずだ。しかも悪いことに、空挺部隊が降りた場所は、敵戦車部隊が首都へ戻るために使う主要幹線沿いなのだ。

物資と弾薬の不足を来した状態で、敵戦車と渡りあうのは酷というものだろう？

それでも彼らは、空挺部隊の名誉にかけて戦うだろうから、おそらく酷い被害を出すことになる。

だからなんとしても我々は、タンピコ西部にある湖沼地帯をうまく利用して市街地を孤立させつつ、北西部のサンアントニオ・ラヨン地区を迂回し、その先のパヌコにいる空挺部隊と合流を果たさねばならない。

パットン将軍の戦車部隊が間に合えば、このような心配もしないですむのだが……おそらく補給の関係から間に合わないはずだ。となれば、こちらでなんとかするしかない」

いまチャーフィーが言った通り、彼らの主任務はタンピコ制圧ではなく、市街と湖沼地帯を迂回し、機甲兵連隊の足の速さを活用して、パヌコにいる空挺部隊を支援するルートを切り開くことになっている。

だからこそ、その背後から南下してくるはずのSS戦車部隊の動向が気になる。もしSS戦車部隊の一部が、タンピコ北西部へ展開したら、チャーフィーの部隊は、空挺部隊もろとも孤立してしまう可能性が高い。

そうなれば、いかに移動速度に優れる機甲兵連隊といえども、火力の違いから撃破されてしまうはずだ。

そうではなく、こちらが空挺部隊と合流する前に、SS戦車部隊がタンピコ方面を無視し、一目散に首都をめざしたら、チャーフィーの部隊と空挺部隊は分断され、正面に位置する空挺部隊の被害が酷いものになると想定される。

どちらにせよ、自由連合軍にとっては実現してほしくない未来だった。

チャーフィーの苦慮を見かねたのか、作戦参謀が意見を口にした。

「後方の船団で待機中の、在米日陸軍第二北米師団にも、予定外の上陸を行なってもらいましょうか？　彼らを北西の湖沼地帯へ展開させれば、敵戦車部隊の漸減(ぜんげん)に役立つはずです」

　在米日陸軍第二北米師団は、首都陥落後に投入される中米制圧のための予備部隊として、いまもメキシコ湾上の輸送船内で待機している。

　北米師団は、帝国陸軍の意地にかけて、合衆国陸軍に見劣りしない部隊を在米日軍に提供すると公言した部隊だけに、日本陸軍においては最強に近い火力と機動力を有した部隊だ。

　それを早期に投入して、万が一にも大きな損耗を来したら、その後の作戦全体に影響が出る。そう考えると、たかが連隊指揮官のチャーフィーに決められることではなかった。

「いや、要請はしないでおこう。同盟軍の扱いは、最低でも方面作戦司令部が決めることだ。一介の前線司令部で決めていいものではない。

　我々にできる精一杯の要請は、いま沖で上陸待ちをしている米軍部隊の上陸優先順を、少しばかり変えてもらうくらいしかできない」

「ですよね……」

　言ってみたものの作戦参謀も、とうの昔に承知していることらしい。

「ともかく、戦車部隊の揚陸を急いでくれるよう連絡してくれ。それとマコーリフ少将の上陸はいつ頃になるか、それも聞いてほしい」

マコーリフ少将はもともと第八八空挺師団長であり、現在は東岸作戦司令官（陸軍）を兼任している。

パヌコで必死に街道の確保を実施しているのが第八八空挺師団なのだから、マコーリフも彼らを見殺しにはできないはずだ。そこあたりを勘案してうまく要請すれば、もしかしたら通るかもしれない。

そうチャーフィーは考えたが、なかなかの策士である。

ともあれ……。

始まってしまった作戦は、もはや止めようがない。

負ければ自動的に止まるが、現在の連合国は、合衆国お膝元の北米大陸南部において敗退するわけにはいかない。

負ければ即、米本土戦に突入する。そうなれば自由連合の結束など微塵に吹き飛んでしまうだろう。

だから、絶対に勝たねばならない。

勝つためには、先に進むしかなかった。

第3章　地獄の極東戦線

1

一九四一年八月一日　奉天

夜明け前の午前四時――。

満州鉄道の奉天南駅貨物ヤードへ、なんの変哲もない六輌編制の貨物列車が到着した。

普段なら夜が明けると、非武装中立港の旅順へ向けて、貨車の分離や再編制が行なわれるのだが、この列車だけは違っていた。

鉄製の貨物扉が開き、待ちうけていた自由連合陸軍の兵たちが乗降用タラップを取りつける。

まず見えたのは、扉の左右から突き出てきた一二・七ミリ重機関銃の銃口だった。

次に若い士官が姿を現わし、出迎えている一〇名ほどの将兵を確認する。そののち貨車の中をふり返り、なにごとかを口にした。

「……やれやれ。どうにも屈辱的な行動だな」

疲れた表情で現われたのは、連合陸軍満州方面軍司令長官のダグラス・マッカーサー大将だった。

まだ暗いというのに、トレードマークになっているレイバンのサングラスをかけ、口にはコーンパイプをくわえている。ただし火はついていない。

「極秘の長旅、お疲れ様でした」

出迎えた者たちの中で最も階級が高い奉天守備隊司令官が、畏敬の色に染まった目をして敬礼した。

満州におけるマッカーサーの権勢は絶大だ。

そもそもフィリピンに個人的な資産を有し、日露戦争後の日米共同満州開発にも積極的な参加をしてきた。それだけに、日米で共同運用している満州鉄道の利権にも深く関わっている。

つまり、軍集団規模の方面軍司令長官の肩書きだけでなく、政治的・経済的な立場からいっても、マッカーサーは、東アジア全域における強大な権力を駆使できる人物なのである。

そうでなければ、すでに陸軍大将の地位にあるのだから、本国へ戻って陸軍参謀総長の地位を狙うか、連合軍最高司令部長官に登りつめる算段をしているはずだ。

それらを捨てて方面軍司令長官の役職に居座っているのは、それだけ満州の利権が美味しいことになる。

その満州が、丸ごと失われようとしている。

指をくわえて見ているだけでは、せっかく手に入れたマッカーサーの満州資産や利権も吹き飛んでしまう。なんとかしたいと思うのは当然である。

だが……自由連合の総意には逆らえない。

自由連合諸国あってのマッカーサーの地位なのだから、金の卵を生む鶏を自ら殺すような真似は絶対にできないのだ。

そのジレンマが、先ほどの愚痴となって飛び出てきたのだった。

「ここから奉天守備隊司令部までは、民間に擬装した車でお送りします。司令部に到着なされたら、ただちに作戦指揮室へ移動願います。

窮屈だとは存じておりますが、なにしろ極東総司令部から、すべてを隠し通せとの厳命が届いておりますゆえ……あとしばらくのご辛抱を願います」

　ここにマッカーサーがいることは、満州派遣軍のトップシークレットになっている。

　表むきは、まだ長春の満州派遣軍司令部に居座り、かなり圧（お）されている哈爾浜の日本陸軍の支援に邁進していることになっている。

　長春の米派遣軍は、東西から攻めてくるロシアやモンゴルの部隊を阻止しつつ、北から撤収してくるはずの日本派遣軍の退路を確保する任務を負っている。

　その最高指揮官が、いつのまにか司令部を抜け出し、南の奉天まで下がっているのだから、もしこのことが露見すれば満州全軍の士気は地に落ちる。

　しかし、間近に迫った満州全軍の撤収を可能な限り円滑に行なうには、こうするしかなかった。

　長春にいたままで、中国方面から支援のため攻め上がって来る英機甲師団や予備部隊・国民党軍との連携を保つには、どうしても無線連絡を主にするしかない。

　そうなると、たとえ暗号を破られなくとも、急激に増大する通信回数などから、いつか必ず異常に気づかれる。

　哈爾浜から日本軍が撤収するのは、現在の状況を見れば、ロシア軍にも予想できることだ。

あまりにも多勢に無勢のため、撤収は時間の問題とロシア軍も確信しているに違いない。いかに日本軍といえども、総数三〇万を玉砕するまで戦わせるという狂気は持ち合わせていない。そう判断するはずだ。

しかし、日本軍が長春に撤収した時点で、そこにいる合衆国軍が玉突き式に奉天まで下がるのは、あきらかに戦争の常識から外れている。

攻勢三倍の法則からしても、日米両軍が合流すれば、なんとかロシア軍を食い止めるだけの戦力を確保できる。となれば満州中央部にある長春で徹底抗戦し、なんとか戦局の転換を狙うというのが軍事学的には正しい選択なのだ。

だからこそ、合衆国軍の撤収は極秘にしなければならない。

無線の頻繁な使用により事が露呈するのを回避しつつ、秘密裏に米陸軍部隊を奉天まで下がらせるためには、どうしても最高意思決定者が奉天にいる必要があったのだ。

米陸軍は密かに長春を撤収する。

その穴埋めとして、哈爾浜から日本陸軍が退却してくる。

すなわち満州にいる日本陸軍は、その全部隊が米陸軍の殿軍（しんがり）として、ロシア陸軍の南下を一日でも遅らせつつ、すべての準備が整うまで長春を死守する予定になっていた。

これは日本の大本営においても、かなり批判的な声が出た隠密作戦だった。

一時は天皇陛下が自由連合最高会議に対し、強い抗議の公式書簡を出しそうな事態にまで発展したのだ。

さすがに主要同盟国の国家元首が日本陸軍の不当な扱いに抗議すれば、最高会議も作戦内容を見直すよう連合軍最高司令部へ命じなければならなくなる。

それをすんでのところでとめたのが、米内とアイゼンハワーだった。

現状を鑑(かんが)みると、もはや満州は守りきれない。

かといって、哈爾浜にいる日本陸軍部隊が雪崩(なだれ)をうって長春へ退却をはじめれば、ロシア側も勢いづいて激しい追撃戦になる。

それを長春の米陸軍が現場に踏みとどまって支援すれば、作戦上はうまく撤収を完了させられるかもしれない。

しかし、その後が大変なことになる。

日本陸軍を支援するため、長春に米陸軍の大半が残る。となると、長春一箇所に満州派遣軍の全軍が集結することになる。そこで徹底抗戦するためには、旅順や奉天方面から莫大な物資を絶え間なく送り込まねばならない。

旅順は非武装中立港の協定が守られているが、そのぶん、ナチス側と自由連合側の港使用の権利も平等に配分されており、現状でも配分枠一杯の荷揚げのため、これ以上は増やせない。

となれば自由連合が自由にできる港は、錦州(チンチョウ)と営口(インコウ)の二箇所のみとなる。

ところが錦州は、あまりにもロシア軍と中国ナチス党軍が支配している秦皇島に近いせいで、最近は攻撃を受けることも多く、物資の荷揚げが困難になっている。

残る営口だけでは、とても満州全軍を賄(まかな)いきれない。これまでなんとか保っていられたのは、満州域内である程度の自給自足が可能なためと、事前に米軍が奉天に大量の物資と軍備をため込んでいたためである。

皮肉なことに、この物資集積の一部はマッカーサーの私財だった。

それも開戦以降の大量消費により、そろそろ底を尽きはじめている。

となれば撤収するしかない。

奉天ですら物資が尽きようとしている現在、長春で抵抗を続けるのは自滅を早めるだけだ。ＦＧＨＱはそう判断し、戦略的撤退を決断したのである。

現実的に見て、米軍が奉天まで全軍撤収するとなると、今度は長春に相応の殿軍を置き、彼らがロシア軍をせき止めているあいだに奉天まで退却しなければならない。

しかもそれは、すでに満州派遣軍が満州の半分を見捨てたことが、ロシア側に知られた後なのだ。

当然ロシア側は、全力をもって追撃戦および長春包囲戦を展開することになる。

いかに満州鉄道の輸送力が巨大だとはいえ、長春から奉天までの鉄路すべてを防衛するなど不可能だ。そこを将兵や装備・物資を満載した貨車や客車が驀進すれば、絵に描いたような破壊工作活動の的になる。

複数箇所で鉄路が寸断されれば、もはや修復する余裕はない。必然的に、次善の策として道路を使用した退却となる。だが全軍撤収がおおやけになれば、道路は民間人の避難で溢れかえるだろう。

軍が満州鉄道で撤収すれば、道路は民間人が逃げる余裕が出る。むろん街道を馬賊やロシア側の破壊工作員から守るため、ある程度の自動車化された部隊が警備につかねばならないが、全軍が道路で逃げるのとは大違いだ。

すべてを隠密裏に行ない、比較的逃げ場の多い奉天へ集結することが、最も多くの軍人や民間人を生かす道となる。

米内とアイゼンハワーがそう力説し、ようやく陛下にも理解していただけた……

そのようなことがあった。

なお民間人の避難は、可能な限りロシア側に気づかれないよう、さまざまな擬装工作がなされている。

たとえば……。

満州北部における戦闘が激化しているため、まず民間人の優先的かつ一時的な南部への疎開が実施される。

奉天に疎開した民間人は、旅順から船で山東半島へ渡り、ひとまず青島近郊で難民収容施設に入る。そこまで戻れば、当面は戦火を避けられる。

そして戦争の推移を見ながら、上海まで移動したのち、日米それぞれの母国へ帰還するか、中国国民党支配地域に仮定住し、満州からロシア軍を追い出すまで日々の生活を続けるか選択しなければならない。

むろん全軍撤収が極秘事項になっている現時点では、満州各地への帰還も第一選択肢として提示されているが、実際には短期的に見て不可能である。

これらすべては嘘や方便ではなく、満州陥落の際は、半分以上が実際に行なわれる予定になっている。違うのは、いつ満州を取りもどせるか皆目見当がつかないため、その後の指針も立てられていないことだった。

「私は戻ってくるぞ(アイ・シャル・リターン)……」

車に乗り込む寸前、マッカーサーは一瞬貨車をふり返ると、そう呟(つぶや)いた。

その言葉を奉天守備隊の米軍広報員が手帳にメモした。

そして後に、『マッカーサー語録』と呼ばれる有名な書籍において、ひときわ有名なセリフとなるのだが、いまはまだ誰も知るよしもなかった。

*

哈爾浜市街で奮戦中の帝国陸軍満州派遣部隊――第八軍。

その総兵力は、開戦時こそ四〇万を誇っていたが、現在、哈爾浜周辺に展開している数は三〇万程度に減っている。ロシア軍の猛進撃を阻止するため、すでに一〇万近くを失った計算だ。

むろんロシア軍も、同等以上の被害を出している。

日本軍は各地を撤収するさい、徹底した漸減(ぜんげん)戦闘を行なった。そして持ちだせない物資はすべて燃やすか破壊している。

最後に多数の地雷をロシア軍の進撃コースに設置し、足の速さを奪う戦術に出た。

ところがロシア軍の一部は、機動車輌の燃料消費など無視して驀進し、挙げ句の果てに地雷を踏んで吹き飛ぶという、まったくもって正規軍とは思えない行動に出た。

これは後になってわかったことだが、無茶な突進を強いられた部隊は、ナチスロシアにおいて『政治犯部隊』と呼ばれる特殊編制の部隊だったのだ。

スターリン首相のナチス独裁政治により弾圧されたユダヤ人や反体制活動家、さらには帝政ロシア時代の貴族の末裔、反体制派文化人、一部の地主や金持ちまで……。

ともかくスターリンの気にいらない人間をひとまとめにして、武器もろくに与えずに最前線へ放り込む。

彼らが肉体の盾となって日本軍の反撃を突破するのを、本来のナチスロシア軍は、すぐ後方から戦車で追い立て、進みが鈍れば容赦なく戦車や砲兵部隊が砲弾を撃ち込んだ。

いわゆる督戦隊である。

当然、甚大な人的被害が出る。

しかし、スターリンが政治犯と断定した数は一〇〇〇万人以上……まだまだ予備は腐るほどいた。

むろん、政治犯部隊が切り開いた進撃路を正規軍が進撃すれば、要所要所で日本軍との本格的な戦闘となり、その結果、ロシア正規軍にも被害が出る。それは守勢に徹している日本軍の三倍近くに達している。

それでもナチスロシア軍の南下圧力が減少しないのは、圧倒的な増援能力を有しているからだ。

政治犯部隊は死刑代わりの戦線投入だから、ナチスロシアにとっては損失に当たらない。かえって日本軍が、死刑にする費用と労力を肩代わりしてくれたと喜んでいるくらいだ。

そうではない本来のロシア陸軍は、戦えば疲弊したぶんだけ増援を必要とする。進撃と戦闘を行ない、損失を出し、増援を受け、再び進撃をくり返す。これが開戦以降、ロシア軍がやってきたことのすべてである（無茶な突進の結果、燃料不足になって停止するというアクシデントもあったが）。

肝心の増援は、シベリア鉄道を使い、ウラル以東の全土から送られてくる。

さすがに首都モスクワのあるウラル以西にいる部隊は、ナチスドイツを主軸とする英上陸作戦支援と、いずれ本格的に実施される中東方面作戦のために温存されているから、当面は極東へ送られることはない。

それでもなお、日本以外に大規模な増援ができない状況にある自由連合軍に比べれば、ほぼ無尽蔵に湧いてくるような感触すらあった。

さらに悪いことには、日本派遣軍を構成する第八軍は、哈爾浜防衛のみに全戦力を割くわけにはいかない事情がある。

後方の長春にいる米軍派遣部隊が、東側と西側から別のロシア軍部隊（ロシア陸軍沿海州方面部隊とモンゴル義勇軍部隊）に攻められている関係で、哈爾浜と長春を結ぶ満州鉄道は、放置しておけば短期間で寸断される可能性が高い。

そこで自分たちの退路を確保する意味もあり、相当数の兵員を満州鉄道防衛に割いている。

そのぶん哈爾浜の防衛戦力が減っているため、純粋な哈爾浜防衛戦力は二〇万程度でしかない。

そこに東西と北の三方向から、総数一〇〇万で攻めたてられれば、いくら攻勢三倍の原則があるといっても守りきれない。第一、すでに五倍の差がついている。

当然の結果として、哈爾浜東部五〇キロにある最前線――そこはまさしく地獄絵図のような光景を見せていた。

「砲弾落下音が聞こえたら、各自で身を守れ。口を閉じると、肺と耳をやられるぞ！」

ロシアの戦車部隊を想定して掘られた大規模な阻止壕や、対戦車砲を設置するための土嚢(どのう)陣地。

そこには歩兵が移動するための塹壕(ざんごう)が無数に存在している。

そこへロシア軍砲兵部隊の長距離砲と野砲が、あらゆる種類の砲弾をばらまき続けている。

だが、怯(ひる)んで退却すれば終わりだ。

日本軍の反撃が衰えると、すかさず政治犯部隊が悲鳴をあげながら突撃してくる。

そして政治犯部隊の後方から、戦車や装甲車と一緒に、ロシア軍の歩兵が、重火器の銃砲弾や手榴弾を使いつつ接近してくる。

敵の砲撃は、政治犯部隊が塹壕陣地へ到達してもやむことはない。

彼らもろとも吹き飛ばし続ける。そうして切り開いた道を、ロシア陸軍正規兵が、恐る恐る接近してくるのである。

「衛生兵！」

さっき注意事項を叫んだ小隊長が、すぐ先の塹壕で負傷兵を見つけた。

砲弾の断片で足を吹き飛ばされ、すでに虫の息だ。

しかし、彼が後方へ送られることはない。

それどころか、塹壕の中で衛生兵の手当を受けるのが精一杯であり、塹壕の比較的後方に位置する野戦病院まで運ばれ、軍医の手で処置される者は、ごく少数にすぎなかった。

前線を離れて後方へ搬送される負傷兵は、ほぼ皆無に近い。

負傷兵ですらそうなのだから、当然、戦死者が葬られることはない。いまも塹壕のあちこちで無残な姿を晒（さら）している。

「軽機の弾をくれ！」

塹壕の一点にとどまると、すかさず迫撃砲弾が降ってくる。

そのため軽機関銃で応戦している小隊員は、なんと塹壕内を走りまわりながら、ほんの一瞬止まっては一連射し、それを終えるとまた走っていく。

だが彼の撃つ弾丸の大半は、空しく政治犯部隊員をなぎ倒すだけだ。

政治犯部隊員にとって唯一助かる道は、日本軍の陣地を走りぬけ、その先へ逃亡することだけである。後方へ戻ればロシア正規軍に撃ち殺される。

だから文字通り必死の形相で突っ込んでくる。

なかには恐怖のあまり精神に異常を来し、なにごとか声をあげながら、ふらふらと歩みよってくる者もいた。

「戦車だ！　右前方二〇〇メートル付近に、敵の戦車を発見‼」

誰かが絶望的な声で報告を送ってきた。

帝国陸軍の戦車部隊は、とうの昔に壊滅している。純国産の旧型戦車が真っ先に殺られ、次に数の上で劣勢なＭ３Ａ２を基本とする輸入改良戦車も撃破された。

残っているのは、ごく少数の砲塔強化型のみ（車体はＭ３Ａ２もシャーマンも同じのため、車体の装甲は薄いが、砲塔の装甲はそれなりにある）。ただし、それらは哈爾浜防衛隊に優先配備されているため、最前線の塹壕地帯には一輌もいなかった。

――グォン！

腹に響くエンジン音と共に、救世主がやってきた。

地獄の最前線でロシア戦車をせき止めているのは、意外にも陸軍航空隊だった。

「航空隊が来てくれたぞ！　いまのうちに態勢を立て直せ。対戦車小隊、前へ‼」

四名で運べる三八ミリ対戦車砲を使い、なんとか迫ってくる戦車を撃破しようとする。

対戦車班は、五名一組で構成されている。これに護衛の歩兵五名を加えてミニマムな小隊を構成している。

いま三八ミリ対戦車砲を据えつけようとしているのは、射撃指揮官一名／砲手一名／砲設置担当二名／砲弾運搬担当一名……総数五名である。残りの護衛兵五名は、近くで小銃を用いて掩護射撃を行なっている（場合によっては、護衛兵五名のうちの数名が砲弾運搬担当を兼ねる）。

しかし、ドイツの三号戦車にロシア独自の傾斜装甲を付与された相手に、三八ミリ徹甲弾はあまりにも非力だ。

それでもなお使用するのは、ほんのわずかな希望――砲塔と車体の連結部分や車体底部が狙える瞬間があれば、幸運にも撃破できる可能性が残っているからである。

対戦車小隊が迎撃準備を急いでいる前方に、小型の爆弾が投下された。

帝国陸軍航空隊の単発戦闘機が両翼に抱いてきた、九九式地上掃討用五〇キロ爆弾だ。

この特殊な爆弾は、投下されると設定された秒数で分解し、八発の五キロ成形炸薬弾もしくは焼夷榴弾を放出する。

成形炸薬弾は戦車などの装甲車輌用で、焼夷榴弾は歩兵用だ。

いずれも破壊範囲と命中率を上げるための多数弾子化であり、これがあるとないとでは戦果に雲泥の差が出る。

「右前方二〇〇メートル付近の中戦車、一輌撃破！」

九九式爆弾の弾子のひとつが、敵戦車の砲塔上部に命中したらしい。

成形炸薬式なので、最初は派手な爆発は起こらない。しかし、砲塔内部に飛びこんだ超高速高温の溶融金属噴流が、やがて戦車砲弾ラックに到達する。

その瞬間、敵戦車は内部から大爆発を起こし、砲塔を高々と吹き上げた。

開戦前……。

自由連合陸軍内では、航空機で戦車を撃破するのは効率がよくないと思われていたが、いざ蓋を開けてみれば、陸用小型爆弾だけでなく、二〇ミリ機銃を用いても、運がよければロシア戦車の砲塔上部や車体後上部のエンジンカバーを貫通できることがわかった。

そこを九九式では意図的に狙うことで、予想以上の戦果をあげている。

反面、期待されていた大口径対戦車砲（五〇ミリと七七ミリの二種類がある）は、牽引しなければ動かせないため、もっぱら塹壕陣地に据え置きで使用される予定だった。

だが実際には、迅速な移動ができないせいで、これまでの戦闘において、かなりの数が敵の砲撃により破壊されてしまった。

そこで小口径の戦車砲を小隊員が人力で運んでは撃ち、また運ぶという、きわめて前時代的な運用方法を用いざるを得なくなったのである。

「歩兵単独で敵戦車をぶっ潰せる、そんな新兵器があればなあ……」

航空隊による支援は、銃撃を含めても一〇分から二〇分程度。爆弾投下による支援は、ほんの一分も続かない。

その貴重な時間を使って、敵を撃破する手段を構築する。それが前線守備隊の役目であり、彼らがここにいる理由だ。

しかし相手が戦車では、撃破する手段は限られている。

大口径対戦車砲が沈黙させられている現在、唯一確実な手段は対戦車地雷を設置することだが、迫り来る敵戦車の直前に設置しないと、そのうち敵砲兵隊によって排除されてしまう。

となれば地雷を抱えて突撃するしかないが、それは兵士に死ねと言っているのと同じだ。

必然的に、撃破が不確実な三八ミリ対戦車砲に頼るしか方法がなくなってしまう。

「噂じゃ日米共同で、なんか凄い小隊用の装備を開発中とか聞いたけど……まだ配備されてこねえな」

対戦車用徹甲弾を二発、両脇に抱えた一等兵が、据え置いたばかりの三八ミリ対戦車砲を調整している同僚に声をかけた。

「ああ、俺も聞いたことがある。三八ミリ砲よりずっと軽く、それでいて装甲貫通能力は七七ミリ対戦車砲以上だとか。でもよ、噂は噂だ。

そんな夢みたいな秘密兵器があれば、戦争が始まる前に用意しとくべきだろ？　だから蓋を開ければ、おそらく期待ハズレの代物だと思うぞ。まあ、さすがに現用装備よか優秀じゃないと採用されないだろうから、少し楽になるのを期待するしかない。

……って言うより、まず俺たちが生き延びることが先決だ。ここで死んだら、新装備もへったくれもない。俺は、このクソみたいな戦場を生き延びて、絶対に奉天までたどり着いてやる」

「照準よし！」

砲弾搬送係と砲設置担当が無駄口を叩いている間に、砲手が敵に照準を定めたらしい。

「撃てッ！」

分隊砲撃指揮官の曹長が、正面前方に現われたT26軽戦車に向けて発射するよう命令を下す。

T26軽戦車は、まだナチスロシアがドイツから戦車の共用設計図や技術員・工作機械を提供される前に整備した、ロシア独自仕様の歩兵支援戦車だ。

主砲は三八ミリで機関銃も装備している。装甲は二六ミリで傾斜もついていないため、場合によっては高初速の一二・七ミリ重機関銃徹甲弾でも貫通する場合がある。

ましてや三八ミリ対戦車砲の徹甲弾で狙われたら、たとえ正面に位置していても無事ではすまない。

――ドン！

わずか二〇〇メートルほど前方にある、すでに陥落した塹壕を乗り越えようとしたT26は、無防備にも車体底面をさらけ出した。

それを見逃さず砲撃を実行したのだから、なかなか手慣れた兵士たちだ。

——グワッ！

ほとんど直射で命中した徹甲弾が、Ｔ26の最も柔らかい下腹をえぐる。おそらく砲塔内へ飛びこんだ徹甲弾は、そこで炸裂した。

五・五トンある車体が、一瞬、前部を持ちあげるように跳ねる。次の瞬間、命中した場所から炎が吹き出し、数秒後には車体そのものが炸裂した。

「撃破！」

「急げ、逃げるぞ！」

嬉しそうに喚声(かんせい)をあげる射撃手に、曹長が怒鳴り声を叩きつける。

そして自らも手を伸ばし、四名で対戦車砲を抱えあげる。手を出してないのは、砲弾搬送係一人のみだ。

——バッ！

つい一瞬前にいた場所へ、敵の放った迫撃砲弾が着弾する。

こちらの砲撃火炎は、間違いなくロシア部隊の監視兵によって見張られていた。

「ひい！　あぶねー!!」

すんでのところで爆死するところだった砲弾搬送係が、背を縮めながら、塹壕内を先へ進む対戦車搬送担当者たちの後を負った。

ちなみに……。

満州派遣軍のあいだで、夢物語のようにして語られている新兵器とは、いわゆる『バズーカ砲』のことである。

既存の対戦車砲は移動に難があり、移動が楽な対戦車銃は、もはや一部の機動車輌にしか通用しない。

小隊配備の小口径迫撃砲（六〇ミリもしくは八〇ミリ）はいまも通用するが、高い弾道を描くせいで、動きまわる戦車に対しては命中率が上がらない。

航空支援と後方からの砲撃支援はきわめて有効だが、ずっと継続して行なえるものではないし、あまりに敵が接近しすぎると、味方もろとも吹き飛ばす可能性が高い。そのため、これまた使用が限られている。

事前設置の対戦車地雷は、今回のような迎撃戦闘では有効だが、それはすでに政治犯部隊を用いた肉弾戦法により無効化されている。

となれば、どうしても新たな軍事ドクトリンに基づく新兵器が必要になる。

既存装備の欠点は、開戦前の時点で判明していた。それを受けた自由連合の兵器開発陣は、モンロー／ノイマン効果を利用したロケット投射型の歩兵携帯対戦車兵器を開発した。それがバズーカ砲である。

現在開発されているのは、八センチバズーカⅡ型（分隊装備）と一二センチバズーカⅡ型（小隊装備）となっている（ほかに五センチ簡易バズーカ砲があるが、これは空挺部隊や偵察部隊などの一部分隊装備となっている）。

一八八八年にチャールズ・Ｅ・モンローが発見し、その後、一九一〇年にエゴン・ノイマンがモンロー効果の増強手段を発見したことにより、成形炸薬による驚異的な装甲貫徹能力が知られるようになった。

二人による発見が平時だったため、成形炸薬の効果についての論文は秘密にされず、全世界規模の学会へ発表された。これが自由連合軍にとり、どれだけ助けになったことか……。

そして開戦五年前の一九三六年、合衆国陸軍とイギリス陸軍は、ナチス連邦陸軍が連邦で共用する強力な中戦車を開発中との情報を入手した。

これに対抗すべく新型戦車の開発を開始したが、戦車開発の遅れを脅威と感じた連合軍上層部により、別途、歩兵小隊・分隊単位でも扱える、携帯可能な対戦車兵器の開発が最優先事項とされたのである。

その結果、英国で原型が開発され、合衆国によって量産のための設計変更がなされた三種類の火薬ロケット式成形炸薬弾発射装置とロケット弾が、いま日本と合衆国の共同研究として、アリゾナ州にある兵器開発施設で拡大試作に入っている。

日本は高度な技術を持つ熟練工員を提供し、合衆国の研究者の要望を形にする役目を担っている。

ただ、熟練工員の神業は量産できない。

そこで合衆国側が科学的に神業を分析し、多少性能が劣ることになるが、大幅に簡略化した製造工程と規格化を実現する。当然、人力ではなく加工機械での製造が大前提だ。

そして、量産試験を兼ねた拡大試作を行ないながら、最終的な不具合の修正と、さらなる簡略化／量産速度の向上／予算の低減などを模索している。

むろん制式採用される今年末あたりまでは、一部の実験部隊を除き、最高機密となっている。

それでも遠い満州で噂になるくらいだから、どれだけ期待されているかわかるというものだ。

なにしろ原理を発見したのはドイツ側の科学者であり、すでに一部の砲弾や爆弾では成形炸薬仕様のものもある現状では、いつナチス勢が連合軍の発想と同じものを作りはじめるかわからない。

それを可能な限り遅らせ、一方的なアドバンテージを一日でも長く得るためには、すべてを極秘扱いにするしかなかった。

もっとも、開発のすべてがスムーズにいったわけではない。

当時、ナチス製の新型中戦車の装甲厚が四〇ミリと予想されていたため、一時期、既存の大口径対戦車銃でも対処可能と判断され、開発そのものが中止に追い込まれてしまったのだ。

しかし、ナチスロシアに提供され、現地で生産された三号中戦車（初期型）が、英国の情報活動により前面装甲厚五〇ミリと判明したため、これを撃破できる対戦車銃が存在しないことが判明した。

現在のナチスロシア製傾斜装甲付きの三号戦車改良型ともなると、対戦車銃どころか、三八ミリ対戦車砲でも貫通できない（傾斜装甲を加味した理論装甲厚は七〇ミリに達する）。不幸にも、それが判明したのは開戦後のことだった。

三号戦車改良型を確実にしとめるには、大隊装備となる七七ミリ対戦車砲が必要だ。

限定的に小隊配備されている三八ミリ対戦車砲では、かなり接近した上で、側面下部や後部をピンポイントで狙わなければ撃破できない。

さまざまな対策が検討されたが、牽引移動しかできない大口径対戦車砲では、ナチス連邦軍の電撃的な侵攻に対処困難と判断された。

つまり既存の対戦車砲は、敵戦車が攻めて来るのを味方陣地で待ち受けて応戦する場合にはある程度の効果を発揮するが、敵戦車を追撃したり、頻繁に移動しつつ遊撃戦を展開する場合には、移動速度の差で攻撃できないと判断されたのである。

そこで、こまめな移動が可能で歩兵小隊にも携帯が可能な、歩兵携帯用成形炸薬弾発射装置とロケット砲弾の実戦配備が急務となった。

再び脚光を浴びた試製Ⅰ型対戦車発射筒と成形炸薬式ロケット弾だったが、Ⅰ型は簡易型対戦車砲をめざして開発されていたため、基本的には地面に砲架を設置し、その上に砲身を取りつける……いわゆる据え置き型兵器となっていた。

これを頻繁に分解して移動、再組立するのに予想以上の時間と人員が必要であることがわかり、主に合衆国海兵隊と日本海軍陸戦隊から苦情が出たため、徹底的な簡略化と軽量化、分解・再組立が最低限しか必要がない携帯装備として改良することになった（一二センチは分割搬送方式）。

こうして開戦前年の一九四〇年、薄いプレス鋼板を用いた量産型発射筒（最初期型は、鋳型を用いた鋳鉄製だった）と、直進性を増すため推進薬の改良および発射速度の増大が図られたロケット弾が、大規模テスト用の拡大試作段階に達したのである。

成形炸薬弾は、内部にある金属製のコーン直径の二倍の装甲まで貫通できることが実験で判明している。

つまり直径八センチなら、理論上は一六〇ミリ厚の装甲を貫通できる。

しかしそれは、あくまで攻撃対象に対して完全な垂直命中をした場合のみであり、少しでも角度が生じると、たちまち級数的に貫通能力が劣っていく。

実際の試験結果では、八センチ弾を多数命中させて平均値を割り出すと、距離八〇メートルで七センチ厚となった。

これはナチス連邦の新型戦車の正面装甲をかろうじて貫通できる能力であり、むろん側面や後面は確実に貫通可能と判断され、ようやく拡大試作が許可されたのである。

ただし、ナチス勢が実戦投入してきた新型戦車はあくまで中戦車であり、まだ判明していない新型重戦車や駆逐戦車など、さらに分厚い装甲を有する車輌が出現する可能性はきわめて高い。

それらに対抗するには八センチでは威力が小さすぎるため、小隊装備として、三分割して歩兵数名で運ぶことができる一二センチ大型バズーカ砲が試作された。

これは八センチの当初の設計思想だった据え置きタイプに近く、簡便性や機動性を削ってでも確実に敵の重装甲車輌を撃破するための装備として、八センチとは違う扱い方が求められるものとなった。

同様の判断により、特殊な分隊装備として五センチ簡易バズーカ砲も試作されている。

これは対戦車というより、装甲車輌や壁などの障害物を破壊するためと、榴弾を用いた対歩兵用のもので、どちらかと言うと日本陸軍が採用している八八式五センチ重擲弾筒（じゅうてきだんとう）（個兵装備の簡易擲弾発射装置）の用法に近い。

重擲弾筒は曲射しかできないため、直射で狙える準近接戦闘用重火器として開発されているものだ。用途も、携帯重量やサイズが制限される偵察部隊や空挺部隊用となっている。

これらの開発により、他の装備の開発も自由度が高くなった。

今後の採用が決定している一式三〇ミリ擲弾発射銃（四発装塡可能／米軍制式名称は三〇ミリ・グレネードガン）が代表例で、小隊や分隊戦闘において重要な戦力となることが決定している。

残念ながら、これらすべての新装備が、まだ実戦配備に至っていない。

したがって、いかに量産しやすい兵器とはいえ、まだ満州方面に配備されていなかった。

これらが試験的に各方面の最前線へ送られるためには、少数なら航空支援でも可能だが、主流は陸路および海路輸送となる。

その陸路が、満州では全方位にわたって寸断されかかっているのだから、おそらく奉天まで下がらない限り、満州派遣軍へ拡大試作兵器が届く可能性はほとんどなかった。

＊

「アイゼンハワー長官から暗号電が届いています」

奉天守備隊司令部のある三階建てビルの二階、そこに守備隊作戦指揮室がある。

このビルは鉄筋コンクリート製で、元は満州振興共済会が入っていた。しかし大戦勃発により共済組合が破綻したため、それを満州派遣軍が徴用して使用している。

マッカーサーが到着するや否や、守備隊参謀長が駆けより、数枚に及ぶ暗号解読電文をさし出した。

電文の内容を要約すると、次のようになる。

『奉天に到着したマッカーサー司令長官は、引き続き満州全軍の指揮を司ること。これを可能とするため、ただちに満州の現状を把握せよ。

現状把握が終了したら、長春への日本陸軍の撤収が完了するまで、奉天航空隊などを用いて可能な限りの支援を行ない、一兵でも多く助けてほしい。日本の天皇陛下も、そう望まれている。

ただし悠長に事を構えている余裕はない。ぐずぐずしていると釜山がもたない。極東における戦局を一変するには、マッカーサーの満州派遣軍が一秒でも早く全軍を奉天周辺へ集結させ、そののち中国方面へ突入脱出するしかない。

長春に日本陸軍が集結するまでは隠密行動に徹するが、その後は一気に事を運ぶ作戦に変更はない。具体的には、長春の日本陸軍が撤収準備を完了した時点で、隠密行動を終了、日本軍は奉天まで強行撤収を実施する。

長春は完全放棄するため、重要施設と残った軍用物資は、事前にすべて破壊せよ。民間人の避難も、日本軍の撤収前には完了していなければならない。

これらを円滑に実施するため、奉天の米陸軍は満州鉄道の長春―奉天線を死守しつつ、日本軍の撤収作戦を支援せよ。

撤収後の満州鉄道破壊は、日本陸軍の殿軍が実施するため、米軍が支援行動を実施する時点では、まだ満州鉄道が使える。これを活用し、一兵でも多く退避を完了させることを最優先目標とする。

日本軍の主力部隊が奉天へ到着したら、ただちに次の作戦である中国方面への全軍撤収作戦を開始せよ。これには中国にいる味方戦力が連動して動くため、相互の連絡を密に取りつつの敵中突破となる。

注意事項として、遼東半島および旅順港の非武装中立は守られるべき事項のため、いかなる理由があろうと遼東半島への部隊進入は許可できない。

もしロシア軍が遼東半島に入れば、その時は条約違反として追撃および撃滅行動が可能だが、実際には戦力差の関係から不可能なため、これも許可できない。

これらのことは、戦後になって遼東半島の帰属問題に関わってくるため、現在は触れることのできない不可侵領域となることを忘れてはならない。

以上が作戦概要だが、決定事項につき質問は許可しない。近日中に作戦子細および作戦命令書を届ける。

この撤収作戦を完遂できるか否かで、自由連合の未来が決まる。それを重々自覚し、満州派遣軍司令長官の大役を果たしてほしい。以上、アイゼンハワー極東軍司令部長官』

この電文は命令書の形式をとっているが、のちに作戦命令書が別途届けられると明記してあるのを見ると、あくまで非公式な通達でしかない。

おそらくアイゼンハワーが、自由連合の現状をマッカーサーに把握してもらいたく思い、前倒しで伝えてきたのだろう。

だが、決定事項のため修正どころか質問も不可とは、自由連合らしからぬ強権的措置である。

また、いくら非公式といっても、極東総司令部内では公式な手続きを取り、最強の暗号を用いて伝えられている。

そうしなければ、隠密撤収作戦が実施されている現在、万が一にも敵に最高機密情報を与えてしまう危険性をはらんでいることになり、アイゼンハワーの軽はずみな行動と糾弾されかねない。

事態はマッカーサーが思っているより、ずっと悪い。強権的なのも、そうしないと自由連合の危機が決定的になるため、そうするしかなかったからだ。

それらをマッカーサーに強く認識させるため、あえて危険な橋を渡った……。

これが真相だった。

「カントリーロード作戦の余波を、我々がモロに食らったことになるな。しかし、あの作戦は必要なものだ。どちらも無視できないと考え、判断を先延ばしにすれば、両方とも成功しない。

となれば優先順位をつけるしかない。合衆国が陥落すれば自由連合は終わりだが、たとえ満州が陥落しても、まだ日本本土や中国本土、台湾やフィリピン、東南アジアの諸地域が健在であれば、いずれ巻き返せる可能性もある。

口惜しいが、連合軍最高司令部の判断は間違っていない。ならば私も、与えられた境遇の中で最善を尽くすまでだ。

なに、いずれ必ず満州は取りもどしてみせる。その時はウラジオストクや沿海州だけでなく、極東シベリアも制圧してやる。そうでもしなければ、私の腹の虫が収まらない……」

マッカーサーの両目は、サングラスに隠れていて見えない。だが、おそらくそこには復讐の炎が燃えさかっている。

そう感じた守備隊参謀長は、それを頼もしく感じつつも、心の中では頼むから無茶しないでくださいと願った。

2

八月八日　メキシコシティ近郊

八月四日……。

メキシコSS戦車部隊のうち四〇輌あまりが、なんとかメキシコシティへの撤退を成功させた。

これは連合軍にとって予想外に多い数だったが、可能な限り漸減させた結果であり、これ以上を望むのは夢想という意見が多くを占め、最終的には妥当な数字と報告がなされた。

パットンはしぶとく食い下がったが、ついに燃料切れで南下が止まった。

現在はタンピコ北西にあるシウダーマンテを占領し、そこで後続の補給部隊が到着するのを待っている。

シウダーマンテといえば、SS戦車部隊の補給所があった場所だ。うまくいけば敵の燃料で補給ができる。誰もがそう考えたが、現実は甘くなかった。

ＳＳ部隊は補給を終えると、残りの燃料や物資のすべてを爆破し、パットンに利用されない措置を施したのだ。

これは戦争の常道とはいえ、わずかな希望として残存燃料の奪取を期待していたパットンは、燃えさかるドラムカンの山を見て舌打ちを隠せなかったらしい。

ＳＳ戦車部隊がシウダーマンテからメキシコシティへ撤収を開始した時点では、六八輛の中戦車や軽戦車がいた（あくまで捕虜から得た情報だが）。

もし六八輛すべてが首都へ帰還を果たしたら、上陸部隊にとって相応の脅威となったはずだ。

だがタンピコ西部において、彼らの前に立ちはだかった者たちがいた。

パヌコへ空挺降下した米陸軍第八八空挺師団である。

第八八空挺師団は軽装備ながら、主に小型迫撃砲と火炎瓶、対戦車地雷を活用し、街道の左右から波状攻撃をかけた。

わざと進路を開けることで、敵が味方の排除よりもメキシコシティへの突進を優先して考えるよう誘導したのだ。

ともかく首都へ戻らねばならないＳＳ戦車部隊は、まんまとこの策にはまった。

そうでなく、街道を完全に封鎖し正面から全力で交戦していれば、第八八空挺師団は壊滅的被害を受けていたかもしれない。

カントリーロード作戦に投入できる空挺部隊の数に限りがある現状では、ここで彼らを失うわけにはいかない。その認識が東岸作戦部隊全体の統一意志として貫かれていたからこそ、第八八空挺師団も安全策を実施できたのである。

街道の両脇に迫撃砲を設置し、前もって試射まで行ない確実な射程距離を出す。その射程調整を固定したまま五月雨(さみだれ)式に投射したのだから、迫撃砲による攻撃としては驚異的な命中率となった。

火炎瓶は、当たりどころが悪く、破損しただけの敵戦車にとどめを刺すため使用された。対戦車地雷は、街道にではなく道の両脇にある草地に設置していたため、効果は限定的なものとなった。

だがこれは、ミスではない。

街道に地雷を設置して撃破した場合、一輌は確実に破壊できるものの、後続の戦車は街道を外れて進撃する可能性が高い。そうなると、せっかく照準を固定して待ちうけている迫撃砲部隊が無駄になる。

秘策を成就させるため、あえて常道ではない地雷の使用法を行なったのだ。

短時間の戦闘で、ＳＳ戦車部隊は五〇輌以下にまで数を減らしてしまった。

しかも重点的に三号中戦車を狙って攻撃したため、三号戦車は悲しいくらいに減っているらしい（現時点においては撃破数の確認が十分できておらず、あくまで残定数となっている）。

メキシコ側に時間を与えると、それだけ首都の守りが堅固になる。

さすがに首都ともなれば、武器弾薬・物資の備蓄も豊富にある。となれば攻略の前提として、可能な限り戦闘要員を首都にもどさない策が有効になる。だが、それはあくまで味方の損失とを天秤にかけた上でなければならない。

カントリーロード作戦部隊は、西岸作戦部隊と東岸作戦部隊が連携して首都を攻めることが大前提となっている。どちらか一方が先に攻めれば、敵部隊はもう一方がいる方向へ退却する可能性が高く、そうなると遅れた方面部隊が大被害を出す。

これでは連合側が戦力分散の愚策を実施したことになり、包囲戦闘の旨味を台なしにする結果になる。

そのため、いまグアダラハラで激戦中の西岸作戦部隊が敵を撃破するまで、東岸作戦部隊は、嫌でもメキシコシティ北東部で待つしかない。

もっともその間、東岸作戦軍はタンピコの港を使って、上陸第二派部隊の増援、および装備や物資の陸揚げを実施する予定になっている。

自分たちの戦力を充実しつつ、敵の戦力が首都へ戻らないようにするには、まず首都に通じる街道を封鎖し、次に首都そのものを完全包囲しなければならない。

そのための二方向同時進撃である以上、進捗しているほうは包囲戦を展開しつつ待つしかないのである。

パットンの部隊も、ひとまずシウダーマンテで最低限の補給を実施すれば、なんとかタンピコまでたどり着ける。そうなれば、ようやく本格的な補給や修理・戦車の補充を受けて息を吹き返せるだろう。

かくして……。

タンピコ市北東の海岸近くに設置された東岸作戦司令部で、メキシコシティ包囲網を構築するための枝作戦が動きはじめたのである。

*

同日、夕刻――。

「長春より、満鉄を用いての伝令が到着しました」

奉天の守備隊司令部にある来賓室（元の共済会会長室）が、マッカーサーの仮宿になっている。

地位的に見れば守備隊司令官室を明け渡させることも可能だが、それでは守備隊の士気が低下するとして、マッカーサー自らが指定して仮長官室となった。

どのみち安全確保と機密保持のため、当面は守備隊司令部を出ることはできない。となれば、寝食可能な来賓室のほうが好都合なのは当然のことで、下手に司令官室に居座るより現実的である。

報告を持ってきた守備隊連絡部の尉官に対し、マッカーサーは来賓室にあるソファーに座り、満州各方面から届いた最新情報に目を通していた。

やがて、くわえていたコーンパイプを灰皿に置きつつ質問した。

「なんの知らせだ？」

「日本軍の撤収部隊全軍が、無事に長春へたどり着いたそうです。よって現在、長春より以北に残っている部隊は、すべて遅滞戦闘中の殿軍のみとなります。その殿軍も本隊の長春到達を受けて、一気に長春への退却を開始することになっています」

「ほう……」

報告を聞いたマッカーサーは、いかにも驚いたといった表情を浮かべた。

たった八日間で、日本軍は一八万に達する大部隊を、隠密裏に長距離移動させたのだ。

これは軍事的に見ても不可能に近い、完全に常識外れの行動だった。

「日本軍は、どんなマジックを使ったのだ？　今後の参考にしたい。なにか聞いているか」

事が隠密作戦のため情報漏洩を恐れて、撤収の具体的な策はマッカーサーにも知らされていない。知っているのは日本陸軍満州派遣部隊のみだった。

「また聞きですが……長春から奉天へ戻ってきた満州鉄道関係者が、事前に日本軍からの特別要請を受けたと言っていました。もちろん、要請案件を終了するまでは極秘扱いとし、もし漏洩した場合には厳罰に処すと脅されたそうです。

なんでも日本軍は、哈爾浜の徹底防衛をなし遂げるため、長春から大規模な増援と装備・弾薬・物資の補給を行なうとの欺瞞情報を流しました。この情報については、我々のところにも届いていますので、ロシア軍もすでに察知しているでしょう。

それら大量の軍事物資を確実に哈爾浜に届けるため、満州鉄道の限界に近い量の貨物鉄道増便を要請しています。ここまでは隠匿事項ではなく、民間への通達でも行なわれています。

そこで満鉄職員は、通常は一〇輌編制の貨車を一六輌から二〇輌にまで増やし、便数も倍増、機関車も二連・三連にしてまで、ともかく空の貨車を哈爾浜へ送り届けました。

そのぶん民生用列車を運休しなければなりませんが、すでに民生用はかなり制限されていますので、最初から輸送余力は増えていました。さらにいえば、人目を避ける意味で夜間の大増便が実施された結果、ほぼ限界輸送量で稼動させられたようです。

したがって極秘にされたのは、長春から哈爾浜へ向かう貨車がすべて空荷であることだけです。これにはロシア側も完全に騙されたようです。

哈爾浜に到着した大量の貨車はすべて空です。そこに間髪いれず、撤収する日本兵をこれでもかと詰めこみ、片っぱしから長春へ運んだとか。この部分は満鉄職員の目撃情報ですので、結果から正しいか否かを推測するしかありません。

もちろん、大量に詰めこめるのは将兵と携帯装備程度ですから、大半の重装備……とくに重火器や車輌などかさばるものについては、自力で街道を撤収できるものを除き、すべて破壊して破棄されたとのことでした」

返答になるべく憶測を入れないよう、連絡部の尉官は苦労している。

それは正確な連絡を伝えることを至上任務とする連絡部員としては、あまりにも当然のことだ。

問題は、自分の伝えなければならない事柄の中に、まだ未確認の情報や、日本軍が隠蔽した事項が含まれていたことである。

「あの日本陸軍が、装備より将兵を大事にするとは……よほど極東総司令部からの厳命が届いていたのだろうな。しかし、そうなると今後がつらくなる。

次の作戦段階では、長春から米軍が完全撤収するまで、日本軍全軍が殿軍として堪え忍ぶことになっているのだから、装備が不十分なままだと、いくら将兵がいても戦えない。

仕方がない。長春から撤収する米軍は、可能な限り日米共用装備を日本軍のために残すよう、緊急通達を出してくれ。たとえ米軍将兵のみで奉天へ撤収しても、奉天にはある程度の装備が蓄えられている。

本来は中国方面への全軍突入作戦時に用いる予定の装備だったが、背に腹は代えられぬ。これから行なわれる長春から奉天までの米軍全軍撤収は、なんとしても成功させねばならないのだ。

しかも、これまでのような隠密行動ではなく、敵に撤収を知られても構わない露骨な退避行動になるから、敵も勢いづくせいで予想外の攻撃を受ける可能性も高くなる。それらを阻止するため、手持ちの装備を日本軍へ提供するのだから、これ以上の使いかたはないはずだ。

不足した装備は、のちに中国方面軍から融通してもらう。なに、大丈夫だ。私が直接出向けば、東アジアで通らぬ話はない。

それから……長春の殿軍が退避しはじめると同時に、奉天の混成部隊を北上させる。この部隊の指揮は、この私がとる。なにせ全軍撤収の殿軍を果たした英雄部隊を助けるための支援部隊だ。万が一の遅延も許されないからな」

予定より早く日本軍の哈爾浜撤収が完了した。となれば今日の夜にでも、今度は長春から奉天へ向けて米軍の総撤収が始まる。

長春へ撤収してきた日本軍は、まず部隊の再編を受け、引き続き奉天まで撤退する組と、長春に残って敵を食い止める殿軍とに分けられる。

したがって長春に残るのは、再編された日本陸軍殿軍部隊のみだ（この部分だけは作戦が変更された）。

彼らは満州派遣軍全軍の奉天撤収が完了するまで堪え忍ぶか、それが無理な場合でも、最後の最後まで満鉄の長春―奉天線を死守し、軍民すべての退避を支援することになる。

その数、わずか二万……。

一個歩兵師団と一個機動歩兵旅団が殿軍を務めることになる。決死覚悟の戦闘を強いられるため、全滅せずに奉天まで逃げきれれば、まさに英雄たちの帰還となるはずだ。

規模が歩兵師団と旅団のため、所属する砲兵部隊も大隊規模でしかない。戦車部隊も大隊規模だ。

機動旅団には、歩兵を迅速に移動させるためのトラックや装甲車が相応数配備されているが、それらは戦闘のためではなく、街道を退避する民間人の輸送に使われることになっている（装甲車は荷馬車用の荷車を牽引することで、トラックなみの搭載人員数を確保している。軍用オートバイですら、リヤカーを使って五、六名ほど運ぶ予定になっている）。

ひとつ気がかりなのは、殿軍に米軍が一兵も参加しないことだ。これは、のちの問題視されると思われるが、マッカーサーは気にしていない。

もっとも、少なくとも日露戦争における歴史的経緯からすると、日本が米国に文句を言える状況にないのも確かだが。

ところで……。

長春に展開する日本軍の殿軍は、哈爾浜の殿軍部隊とは違い、恐ろしいほどの被害を出すと予想されている。

哈爾浜の場合は、あくまで敵に撤収を気づかれない状況での殿軍行動だったため、市内にいる部隊数・兵員数を多く見せかける欺瞞工作をするだけで、それなりの抑止効果を出せた。

策は成就し、敵も哈爾浜包囲網を形成しつつ、様子見がてらの攻撃を行なうだけだった。

しかし長春の場合は、すぐにでも撤収が露呈する。

哈爾浜がもぬけのカラになっているのが判明すれば、敵も何が起こったか気づく。

装備すら破壊して逃げた。

これは潰走に近い退却であり、当面反撃に出るつもりのない行動だ。ロシア軍が完勝と浮かれ騒ぐのが安易に想像できる状況である。

そうなればロシア軍も、長春で同じことが起こるかもしれないと推測し、事実確認のため全力を出すだろう。

その結果、残っているのが少数の殿軍のみと察知されるのに、そう時間はかからない。一旦ばれたら、敵は勢いをつけて一気に長春攻略をめざすのは間違いない。

北および東西の三方向から、一〇〇万を超える未曾有の大軍に攻められるのだ。

そうなれば、たかだか二万程度の殿軍では、どれだけ市街地でゲリラ戦に徹したとしても、数日ももたない。

そこで選択できる策は、早期に長春を放棄し、奉天へと続く満州鉄道に沿って下がりつつ、満鉄と幹線道路を確保、なおも要所要所で追撃してくる敵を食い止めるしかない。

むろん見殺しにはしないとの理由で、救援部隊も出される。

奉天から北上する予定の独立機動歩兵部隊（奉天で再編される暫定的な混成部隊、大半は米軍）のことだ。

ここで米軍を出さないと、いくらなんでも日本人が怒るという政治的判断もあった。

この部隊の救援が遅れた場合、殿軍が全滅してしまう可能性もある。

だからこそマッカーサーは、一気に恩の倍返しを狙い、自ら混成部隊の指揮まで買って出たのである。

「ただちに伝えます！」

連絡部の尉官は、重大な通達任務を与えられたと感じ、緊張した声で返答した。

尉官が勇んで来賓室を出ていくと、マッカーサーは手にしていた報告書を応接用テーブルの上に置くと、再びコーンパイプを口にくわえた。

「さて……どうしたもんかな。あまり派手に撤収しすぎると、朝鮮半島にいる敵まで刺激してしまうし、地味にやりすぎると被害が増大する。撤収する速度は、速すぎても遅すぎても駄目だ。

釜山防衛戦との関連を最優先にしないと、敵が戦力のスイングを行なう可能性が出てくる。最悪なのは、こちらの手際がよすぎて、満州方面のロシア軍に余裕が出てしまい、一部を朝鮮方面へスイングされることだ。

朝鮮方面において、これ以上の敵の増援は、釜山防衛にとり致命傷となる。ならば満州撤収作戦は、可能な限り敵を引きつけつつ、しかも可能な限り味方を中国方面へ逃がす作戦でなければならない……なんとも面倒くさい作戦になったものだ」

どちらかといえばマッカーサーは、圧倒的に優勢な戦力を用いて、正面から堂々と敵を叩き潰すことを好んでいる。いかにもアメリカ人らしい、単純明快な戦いかただ。

しかし、それが彼にできる唯一の方法というわけではない。あくまで好きな戦いかたであり、そうではない戦いかたも同じレベルでできる。

それが現在の状況である。

開戦からこのかた、常に味方は劣勢であり、しかも攻め入るのではなく退却戦に終始し、正面対峙ではなく隠密行動による欺瞞作戦を余儀なくされた。

あまりにも自分の得意分野からかけ離れているせいで、ここのところストレスの蓄積が凄い。

しかしマッカーサーは、打たれ強く、粘り強い精神力も持っている。

最高指揮官の資質は、たとえ悪あがきとわかっていても、最後まで諦めず、部隊を最高効率で戦わせることだ。

最後まで諦めないといっても、その判断が必然以上に多くの捕虜を出したり、部隊玉砕といった大幅な戦力低下に直結するのであれば、意図的に一時撤収しつつ戦力を立て直すほうが無限倍に正しい。

その点、マッカーサーが汚名など気にせず真っ先に奉天へ逃げてきたのは、かえって評価すべき行動といえる。

彼にとって重要なのは最終的な勝利であり、中途における汚名など気にする必要がない些細なことなのだ。

この精神構造があるからこそ、マッカーサーは連合陸軍の中でも一目置かれる存在として扱われているのである。

3

八月一二日　グアダラハラ

ここまで順調過ぎるほどの無風状態だった西岸上陸部隊は、グアダラハラ北西部において、初めての激烈な戦闘を経験した。

現在までの実質的な戦闘期間は、三日間。

九日夜、グアダラハラ市街地の北西部地区へ、西岸部隊第一陣による砲撃が開始された。市街地の一五キロ手前まで接近させた、二個師団所属の砲兵大隊を使った夜間集中砲撃だった。

砲撃は夜明けまで続いたが、太陽が昇ると中止された。

なぜならグアダラハラには、小さいながらも敵の航空基地があり、若干数の複葉単発機（軽戦爆機）が所属していることが、事前の航空索敵で明らかになっていたからだ。

砲撃を続行すれば、たちまち居場所がバレてしまい、メキシコ側の航空攻撃だけでなく応戦砲撃まで招く。

それを防ぐには、砲撃地点を隠蔽するため攻撃を中止するしかなかった。

また、砲兵隊を航空攻撃から守るには、夜が明ける前に擬装ネットや地形の活用、草木や枝などで所在を隠す必要がある。

最も安全なのは別の場所へ迅速に移動することだが、自動化されていない牽引式の砲が大半では、そうそう居場所を変えることはできない。

結果、その場で対処するしかなかった。

夜が明けると味方砲兵部隊は沈黙したが、その代わり、グアダラハラ西方の沿岸(目標から二五〇キロ付近)に移動した米海軍第八任務部隊の空母部隊が、全力で航空爆撃支援を実施しはじめた。

だが、グアダラハラの市街地にたて籠もっていたのは、メキシコSS所属の装甲擲弾兵旅団だった。

装甲擲弾兵は、市街地戦闘を本業とする重武装の強襲歩兵部隊で、装甲車や軽戦車、対戦車砲と迫撃砲、それに擲弾発射機と重機関銃を多数備えた精鋭部隊である。

自由連合でこの種の部隊に該当するのは機甲兵連隊になるが、旅団と連隊ではかなり規模的に違うし、ナチス陣営のほうが重武装となれば、通常編制の歩兵師団では苦戦させられるのが、市街地突入前から予想できる。

装甲擲弾兵は市街地のあちこちの建物に潜み、連合陸軍がやってくるのを待ち構えていた。

むろん急造ながら戦車阻止壁や阻止柵、土嚢を積んだ銃座なども、市民を強制的に駆り出して多数構築している。

ＳＳ保有の装甲車や軽戦車は、どちらかというと囮（おとり）に徹し、市内を縦横無尽に走りまわりながら連合軍の戦車を引きつけ、最終的には対戦車用の罠（わな）へと引きずり込む役目を果たした。

その上で、爆撃や砲撃が行なわれている間は、地下に掘られた退避壕でじっと堪え忍んでいたらしい。その徹底ぶりは、装甲車輛までビルの地下へ退避できるよう、後付けで進入路の工事を行なっていたほどだ。

結果、せっかくの爆撃と砲撃は、近郊の航空基地こそ使用不能に追いこんだものの、市街地に関しては、無人の土嚢銃座や戦車阻止壁、そして市街地の建物の一部を無駄に破壊しただけとなった。

「グアダラハラ北西部地域における民間人死者が、一万名を突破しているそうです。負傷者の数は把握できていません。

しかもこれは、我が方が偵察可能な市街地手前……北西部のみでの結果です」

真っ先に、グアダラハラ北西一二キロ地点にあったメキシコ側の最終防衛陣地を奪取したのは、ジョセフ・ロートン・コリンズ准将率いる第六軽機動旅団だった。

そもそもメキシコ側は、市街地へ連合軍部隊を引きずり込み、民間人を巻きぞえにするかたちで、ＳＳ装甲擲弾兵旅団に都市ゲリラ戦を展開させる腹づもりを固めていた。

その結果、市街地手前に構築された最終防衛陣地の守備は、陸軍部隊とは名ばかりの、政治犯／反体制派／ユダヤ人／一部の富裕層で構成された雑兵部隊が行なっていた。

彼らは戦闘要員というより、生きた盾でしかない。彼らは最初から、連合軍の銃砲弾で処刑させるため陣地へ放り込まれた死刑囚だったのだ。

第六軽機動旅団は、まんまとその罠にはまった。

小銃と手榴弾程度でしか応戦してこない陣地守備部隊に対し、重機関銃や軽戦車砲／迫撃砲／野砲の銃砲弾をありったけ叩き込んでしまった。

戦闘終了後に陣地を調査したところ、メキシコ兵の少なからずが背中側から撃たれていることがわかり、この地でも督戦が実施されたことが判明した。

しかもそれは、最終防衛陣地で終わりとはならなかった。

夜間の砲兵部隊による攻撃、昼間の空母攻撃隊による爆撃で地ならしをした市街地西部一帯に、後続として進撃してきた第四師団の歩兵連隊が突入したところ、そこには多数の民間人死体が転がっていたのである。

「旅団長、いかが致しましょう？」

さすがに作戦をこのまま実施していいか迷った旅団参謀長が、奪取した陣地に構築された野戦司令部テントの中で聞いてきた。

「これは戦争なんだぞ……と無慈悲に切り捨てたいところだが、すでに従軍記者たちの手で、この惨状が合衆国国内に伝えられはじめている。

他の連合国のことは知らんが、少なくとも合衆国市民は嫌がるだろうな。それが厭戦(えんせん)気分に繋がることだけは、絶対に避けねばならない。

なぜなら我々は自由の使者であり、ナチス党の残虐な行為から該当国家の国民を守るために進撃していることになっているからだ。

むろん、それが建前にすぎないことは、我々が一番よく知っている。戦争はもとから非道の極にある行為であり、人が人を殺すことで成り立つ陣取り合戦に過ぎん。だが、それでもなお自由主義陣営は、建前を守らないと大義名分を失う。攻め込んだ国の国民の共感も得られない。国民が追従せねば民主化も絶望的になる。だから建前を貫くしかない。

その我々が、あろうことか敵国の民間人を大量に殺したとなれば、これは大問題になる。もしナチス野郎が意図的にこれを画策したとなれば、痛いほど人間の心理を知り尽くしている策士集団なのだろうな。人間としてはクソだが。

と……愚痴ばかりを言っていても始まらん。敵は市街地における遊撃戦闘に徹し、ここで時間を稼ぐつもりだ。ここで我々をせき止めていれば、メキシコシティに対する総攻撃を遅らせることができることは、たぶん敵も気づいている。

となれば、民間人被害を最小限にしつつ敵を掃討するには、こちらも人海戦術を用いるしかない。むやみに装甲車輌を突入させると、建物の上から攻撃を受けて撃破されるため、本来なら建物を先んじて破壊しなければならない。

しかし、その建物にも民間人が閉じこめられているとなれば、主戦闘は歩兵の役目になる。装甲車輌は歩兵の支援に徹するべきだ。

ということでサルタン少将には悪いが、第四師団を主役にさせてもらう。第六軽機動旅団は、機動歩兵連隊と狙撃大隊を主役に混ぜて戦力の底上げを行なうが、他の部隊は支援にまわれ。

これらのことを大至急、状況の変化に伴う作戦変更として、マサトランの西岸司令部へ送り、サルタン少将の承認をもらうんだ。

もしかすると、少将自ら増援部隊を伴ってやってくると言い出すかもしれんが、ならば到着までの間の短期作戦としてでもいい、絶対に承認してもらえ。そうでないと動きが取れん」

電光石火の早業で部隊を行動させ、陸軍の一部ではライトニング・ジョーのあだ名までつけられているコリンズも、この状況には苦慮している。

連絡によると東岸作戦部隊は、すでにメキシコシティ包囲網を形成しつつあるらしい。

まだタンピコ中心部さえ掌握していない段階だというのに、タンピコは包囲して封じ込めを行ないつつ、多数の部隊を迂回させて背後にまわらせ、先にメキシコシティへの道を閉ざす作戦である。

懸念だったメキシコSS装甲旅団の戦車部隊も、ほぼ残存するすべてが首都へ逃げ帰り、もはや周囲には敵対する勢力が存在しないという。

近くで敵がいるのは、タンピコ市街中心部のみ。それもいずれ撃破されるか、もしくは投降するしかなくなる。

これまでの戦闘は東海岸のほうが激しかったものの、結果はあちらのほうが先に進んでいる。

このままでは、西岸作戦部隊は能なしのレッテルを張られかねない。

それをコリンズは、誰よりも危惧していた。

「お話の途中ですが……」

コリンズのところに、連合軍所属の情報武官がやってきた。

彼は合衆国陸軍所属だが、現在は多国籍編制の連合軍中央情報部に配属され、各国情報機関の上位組織構成員として働いている。

今回の作戦では、東岸作戦部隊は合衆国と在米日軍の部隊――いずれも米国内の部隊でまとめられているせいで、情報部門も米国内で賄える。

しかし西岸部隊は、米・カナダ・オーストラリアから国軍部隊が参加しているせいで、どうしても統合された情報部門が必要だ。

もし各国の情報部が勝手に自国軍へ情報を提供したら、たちまち情報格差と誤認・失認が連発するようになり、とても協調した作戦行動など取れない。そのための特別措置だった。

「北西部地区の戦闘において、少数のメキシコＳＳ所属の軍人を捕虜にしています。現在、中央情報部の野戦テントで尋問を行なっていますが、なかなか口を割りません。

そこで旅団長に様子を見ていただき、今後の方針を決定していただきたいのですが……」

上陸後、戦闘を行なった末の、初めてのまともな捕虜獲得。

マサトランの無血開城でも捕虜は発生しているが、彼らは寝返ったメキシコ国軍部隊の捕虜であり、いまも微妙な立場に置かれている。おそらく寝返り部隊の処遇が決まらない限り、一時的な行動制限や武装解除などの無害化措置受けることになる。

だがしかし、本物の捕虜とは根本的に違う。いずれ自由連合側に忠誠を誓えば、味方戦力となる者たちなのだ。

つまり今回の捕虜獲得は、連合軍が気兼ねなく情報を収集できるという意味で重要である。時にはジュネーブ条約に違反する拷問も秘密裏に行なわれるくらいだから、相手はそれなりの重要情報を持っていなければならない。

捕虜獲得自体は、渾沌としている西岸部隊にとって朗報なのだが、いかんせん相手がSS隊員では情報部も苦労しているらしい。

ナチス思想に心酔しているSS将兵は、頑として口を割らない。いや、心酔どころか洗脳に近い。そのため、さっさと銃殺しろと悪態をつく者も多い。

装備劣悪なまま、なかば囮として最前線に出されたメキシコ国軍将兵が、聞かれもしないのに、ナチス党とSSの悪口をわめきたてたのとは対照的だ。

メキシコ軍将兵捕虜は、連合軍に協力的なのはいいが、情報も限定的にしか与えられていない。そのため尋問しても得られるものは少なかった。

「わかった。俺が聞いても何も答えないだろうが、雰囲気はつかめるだろう。場合によってはマサトランへ移送し、港から米本土へ移送、西海岸にある上位の情報機関で徹底的に調査することもありえる。その判断くらいなら、俺にもできるはずだ」

いまグアダラハラは混乱の極に達している。

生き残った市民たちは、市内全域に及ぶ航空攻撃により、大半が住居を失い路頭に迷っている。メキシコ国軍捕虜の処置も、大きな問題になりつつある。野戦司令部陣地には、捕虜収容所など存在しないからだ。

当初、捕虜は迅速に後方のマサトランまで移送し、そこに設置される臨時捕虜収容所へ集められることになっていた。

そののちは戦局の推移に伴い、合衆国本土へ戻る輸送船に乗せ、サンディエゴ郊外に設置された大規模捕虜収容所へ入れる予定になっていた。

だが、あまりにもメキシコ国軍将兵の多くが投降してしまったため、米本土移送どころか、後方移動すらままならなくなってしまった。

たかだか最終防衛陣地を攻略し、市街地西部に進撃したばかりというのに、すでにメキシコ国軍将兵捕虜の数は三〇〇〇名を超えている。

なかには生き延びた政治犯もいる。彼らはメキシコ制圧後、新政府や新地方政府（州政府）のために働く人材なのだから、そう無下に扱えない事情があった。

このぶんではグアダラハラ制圧後、まず市内のどこかに臨時の捕虜収容所を設営しなければならなくなる。ここととマサトランの収容所である程度までの数を溜めこみ、その後、作戦行動に支障のない範囲で、順次合衆国へ移送するしかないだろう。

むろんメキシコ全土が制圧されて新政府が樹立されたら、一部の反自由連合的要素を持つ捕虜以外、すべて新政府の処置に任される予定になっている。

それでもなお、臨時捕虜収容所の警備と管理に、カナダ陸軍派遣旅団を丸ごと割り当てなければならず、そのぶん首都侵攻のための戦力が低下するという、まったく予想外の事態が勃発したのである（カナダ陸軍派遣部隊は、事前のチェックで練度不十分と判定され、最初から後方支援および予備戦力としての任務につくことが決まっていた）。

これは西岸作戦部隊だけでなく、東岸作戦部隊にも同じことが当てはまる。もしメキシコシティを制圧できたら、そこで捕らえられる捕虜は莫大な数に達するに違いない。

なにしろ六〇〇万以上の人口を誇る、世界有数の人口過密都市なのだ。そこを守るメキシコ国軍将兵の数も、数だけはやたら多い。

しかも大半の国軍が、戦闘に嫌気をさしているという情報もある。

陥落前に寝返ったメキシコ国軍将兵は捕虜扱いとはならないが、ナチスメキシコ政府が倒れた後に投降すれば、国際条約上、一度は捕虜として武装解除しなければならない。

その人数を上陸部隊だけで処理できるか、それこそやってみなければわからない部分が多すぎる。

また、ナチスメキシコ政府に積極的な関与を行なった民間人も、新政府が機能するまでは、不穏分子として一時的に拘束しなければならないだろう。まさに無理難題である。

しかし、ここで経験したことは、いずれ自由連合軍共通の教訓・戦訓として、全方面へ浸透するはずだ。

いわばアメリカ大陸における戦闘は、その後の全世界における戦闘の試金石となる。ここにもまた、失敗することのできない理由があった。

4

八月一六日　満州・四平（スーピン）

満州の長春と奉天の中間地点にある四平郊外。

この三日間のあいだに、長春に集結した日本軍は、自らも一部を奉天へ撤収させつつ、全力で米派遣軍の全軍撤収を支援した。

その動きは、まず無線通信の大幅な増加となって現われた。

次に哈爾浜から長春へ撤退戦を実施していた日本軍の殿軍が、あまり被害を受けずに到着したことで、ようやくロシア軍も自分たちが欺瞞作戦に騙されたことに気づいた。

ロシア軍は、哈爾浜制圧に大喜びした。

しかし、制圧そのものが日本軍の画策による欺瞞的結果とわかると、一転して怒り心頭に発した。騙されたと理解したロシア軍が、なりふり構わず力押しの攻勢に出るのも当然である。

現在ロシア軍は、長春の東方にある吉林に方面軍司令部を進め、そこから長春を攻めている。それと同時に、吉林から南へ続く街道を使い、満州鉄道を分断するため、四平から約一〇〇キロ東にある遼源の町に前進司令部を構えている。

他の方角にも敵がいる。

長春西北西の一帯には、地元の馬賊を取りこんだモンゴル義勇軍が展開していて、いまも長春突入を狙っている。そして北方には、ようやく哈爾浜を完全掌握したロシア陸軍の北部方面軍主力が、圧倒的戦力を保持したまま滞在している。

そのような状況の中……。

一六日の夕刻、ついに日本軍が派遣した四平警備部隊に、東方向からロシア正規軍部隊が襲いかかったのである。

いま攻めてきているロシア部隊は、東の遼源（リヤオユエン）から出撃してきたものだ。沿海州から朝鮮半島にかけてのベルト地帯を担当とする、ナチスロシア陸軍極東沿海州方面軍の主力は、いま全力で長春に襲いかかっている。したがって四平を攻めはじめた敵は、満州鉄道を分断することで長春を孤立させるための別動部隊である。

本来であれば、この四日間でもう少し撤収作業は進捗しているはずだった。

だが日本軍は長春において、まだ逃げ残っていた合衆国出身の農業移民団多数を発見、彼らを大至急、満鉄を使って疎開させようとした（ロシア軍が間近に迫っている現在、無防備な街道を使った疎開は現実的に無理と判断しての措置である）。

これは予定外の行動だったため、純粋な時間的ロスに繋がり、ロシア軍の追撃が間に合ってしまったのである。

かといって、アメリカ人の民間集団を見殺しにして日本軍が先に撤収したとなると、あとあと連合内で大問題になる。

これが日本人の農業移民団だったら、もしかしたら問題にならないかもしれない。だが、それはそれで人種差別問題に火をつける結果となるだろう。

そこで、長春で撤収作業を行なっていた日本軍は、四平に派遣した部隊に対し、満州鉄道の死守を命じたのである。

「第五中隊は、野砲で応戦しろ！　絶対に線路へ近づけさせるな!!
敵戦車が出てきたら、味方航空隊が来るまで相手をするな。線路に近づくようなら迫撃砲で阻止しろ。ともかく民間人を乗せた貨車が通過するまでは、絶対に線路を守れ!!」

自分の大隊指揮下にある各中隊にむけて、埼嶋豊（さきしまゆたか）大隊長（中佐）が、喉から血を吐きそうな声で叫んだ。

満州鉄道の長春―奉天線。そこは連合軍にとって、いまや生命線そのものだ。

当初、民間人は鉄道ではなく、街道を乗り物や徒歩で避難させる措置が取られていたが、完全に逃げ遅れてしまった米国農業移民団哈爾浜地区の一八〇〇名は、もはや歩くことさえできぬほど疲弊していた。

この状況で敵中突破させれば、間違いなく全滅する。

そこで日本陸軍長春守備隊は、最も確実な満鉄貨車による後方移送を決断したのである。これは長春守備隊自身が撤収しつつの作業のため、実際の守備は四平守備隊に任せられた。

埼嶋がいる場所は、四平市街地からすぐ南にある二道川の北岸付近だ。

背後——西側には満鉄線路の通る土手がある。

線路までの距離は、わずか八キロほど。ここを突破されたら、満鉄線路が破壊される（すでにロシア側の砲撃射程に入っているが、線路を確実に破壊するには全力砲撃でも不確実なため、まだ行なわれていない）。

「敵はゆうに一個旅団の兵力があります。このままでは押し切られます！」

ボロボロになりながら戻ってきた偵察小隊の小隊長が、自分の目で見た最前線の様子を報告しにきた。

とはいえ埼嶋がいる場所も、大隊司令部などとは口が裂けても言えない、たんに大隊司令部直属の二個小隊に守られた小さな高台にすぎない。

机ひとつなく、地面に中腰になりながら指揮を取っている。テントなど張る余裕は最初からなかった。

「全滅覚悟で食い止める。ここが落ちたら、まだ居残っている四平守備司令部の逃げ場がなくなる。

米国移民団の貨車が通過したあと、すぐに長春守備隊が全軍撤収、そして次に四平守備隊も最後の撤収に入る。我々が撤収するのは、その後……。

うまくいけば四平守備隊撤収後、もう一回、一六輌編制の最終貨車がここを通過する。それに乗り込んで退却する予定だが、この様子ではうまくいかんかもしれない。

その場合は、応戦しつつ街道を車輌で後退する。線路は爆破処理だ。南の鉄嶺まで戻れば、奉天から米軍の救援部隊が駆けつけてくれることになっている。だから、そこまでの辛抱だ！」

四平から鉄嶺まで、おおよそ一〇〇キロ。

日本軍の徒歩による行軍速度なら三日、よほど状況が悪くても四日あればたどり着ける。

全員が自動車に乗って退却できるわけではない。トラックなどが使えれば、もっと時間を短縮できるだろうが、絶対数が足りなかった。

むろん途中で戦闘になれば、そのぶん遅れる。

だから最短で三日、一〇〇キロの道のりは、まさしく地獄道だ。

たった二個連隊で、横から敵一個旅団の攻撃を受けつつ、背後からは長春を制圧した軍団規模の主力部隊の南下に恐怖しなければならない。

もっとも、南の奉天には日米の満州派遣軍全軍が集結しつつあるため、ロシア軍もそう安易に攻め込むことはできない。いまだに長春までの制空権を連合側が掌握していることも、ロシア軍の南下を鈍らせる要因になっている。

だからこそ、まだ希望はある……。

なんとしても生き延びて奉天へたどり着き、その後に中国方面軍と合流を果たす。そして、いつの日か必ずや、満州奪還を実現してみせる。

いま埼嶋の脳裏には、それしかない。

故郷の日本へ戻りたいという思いは、とうの昔に忘れている。

いまここで自分が踏ん張らなければ、故郷である日本そのものが消滅してしまう。日本に帰るか否かを考えるのは、終戦になってからでいい。

いまはただ、生き残ることだけに集中する……。

「第三中隊、被害甚大につき大隊位置まで下がるそうです！」

大隊司令部の位置まで戻るということは、もはや中隊として機能できない状況にあることを示している。

再び戦うためには、大隊で部隊の再編を受け、兵員と装備を補充しなければならない状況だ。

「穴埋めは、どこが入っている？」

自分の指揮下にある部隊の一画が崩れた。

これを放置しておくと、そこから傷が広がる。

埼嶋は、いまが危機的状況であることを確信した。

「第三連隊の一部が、線路のむこうから移動中です。まもなく、我々の守備範囲に入るとのことでした」

「それは助かる！　第三連隊は西方向の警戒が担当だったが、いまのところモンゴル義勇軍が攻めてくる様子はなさそうだ。そう判断しての東側への移動だろう。もっとも、西側の防衛を皆無にするわけにはいかんだろうから、こちらにまわす兵力には限りがある。

誰か！　司令部付近にいる、再編待ちの中隊や小隊を確認してこい。もし再編が可能なら小隊規模でいい、編制終了後、片っぱしから第三中隊が抜けた穴に移動させろ。

第三連隊の支援隊と一緒になって、なんとしても守りぬけ!!」

軽傷の者や疲弊している者も、いまは気力をふり絞って戦ってもらうしかない。

なにせ自分たちの命がかかっている。

さすがに重症の者は野戦病院行きとなるが、それもここを脱出してからの話だ。

なんと大隊司令部の近くには、野戦病院すら存在しない。それがあるのは、最も近い場所だと四平となるが、そこはもう使えない。おそらく四平の野戦病院は、すでに撤収を完了している。

となれば、一〇〇キロ南の鉄嶺まで運ぶしかなかった。

第４章　活路を開け！

1

八月二一日　済州島南方八〇キロ

「ロシア太平洋艦隊主力、ツアーノブルグ港を出撃したとの報告が入りました！」

待ちに待った知らせが、古賀峯一極東連合艦隊司令長官の乗る、第一部隊旗艦・戦艦壱岐の艦橋へ届いた。

極東における大幅な戦略見直しに伴い、満州派遣軍全軍の総撤収が開始された。

それに伴い、ロシア太平洋艦隊が渤海湾へ入る可能性が高まってくるとして、極東海軍司令部は対ロシア艦隊用に艦隊編制を実施、それまで第一から第三連合艦隊（日米英混成）だったものを、より現実的な任務部隊構成の極東連合艦隊を編制した。

　そして帝国海軍のたっての願いにより、日本海海戦の屈辱を晴らすという執念にも似た思いが受け入れられ、晴れて古賀峯一中将が極東連合艦隊司令長官兼第一部隊司令官に抜擢されたのである。

　むろん心情的な理由だけでは軍は動かせない。帝国海軍が作戦指揮の中心となる第一の理由はほかにある。

　それは、東シナ海から渤海湾に至る海域は、誰よりも帝国海軍が知り尽くしているという、ごく真っ当な理由だった。

「どこへ向かっている？」

「まだわかりません。山東半島の煙台（イエンタイ）水上基地に所属する九七式飛行艇からの報告ですので、あまりツアーノブルグ港の近くに滞空していると、敵の陸上航空隊に落とされてしまいます。

　そこでいったん下がり、周辺に展開中の第五潜水隊による監視と交代することになっています」

　すかさず答えた作戦参謀だったが、古賀は満足していない様子だ。

「潜水艦による監視は、速度の関係から点での観測しかできん。夜間は潜水艦に頼るにしても、昼間は航空機による索敵が不可欠だ。

ただちに偵察機が出撃可能な陸上航空隊に連絡を入れて、可能な限り密な監視を実行させせよ」

本来なら、連合艦隊の水上偵察機や空母艦上機を用いて索敵したいところだが、現在位置だと往復できる距離ではない。

もしロシア艦隊が古賀たちと雌雄を決するために南下しているとすれば、そのうち索敵半径に入ることもあるだろう。

だが、いま古賀が知りたいのは、港を出たばかりのロシア艦隊がどこへ向かっているかだった。

「朝鮮半島の味方航空基地は、釜山を除いて壊滅状況のため、出せる偵察機がありません。

先ほどの煙台水上基地、済州島の海軍航空基地、青島の海軍航空基地、威海の陸軍航空隊が、なんとか偵察機を出せる範囲内にありますが……。

それらすべてで長距離偵察機が出撃可能か否かは、これから問い合わせてみないとわかりません」

各陸上基地は、すでに本来の任務が割り当てられている。そこに割り込む形での命令のため、出したくとも出せない場合もある。

「その場合は仕方がないが……現状、極東において最優先にされるべき作戦は、間違いなく満州撤退作戦だ。それを阻止するためロシア艦隊が動いたとなれば、これもまた最優先で対処しなければならない。

　各基地には故障などの出撃不能な場合を除き、他の任務を一時的に延期しても、こちらの命令に従えと伝えよ」

　敵艦隊が決戦を挑んでくるのなら、先に位置を把握したほうが圧倒的な有利を確保できる。

　とくに古賀の第一部隊は空母機動部隊編制のため、完璧なアウトレンジによる先制攻撃が可能だ。

　それだけに、一分でも早くロシア艦隊の位置を掌握することが勝利をつかむ鍵となる。

　そうではなく、ロシア艦隊が渤海湾にある秦皇島を支援するため北上しているとなれば、満州派遣軍や中国支援軍が対地砲撃に晒されないよう、未然に位置情報を教えなければならないし、艦隊も急いで北上しなければならない。

　つまり、どちらのパターンであろうと、敵の位置情報は必須事項なのだ。

「了解しました。通信参謀に伝えて、ただちに暗号電を出させます」

今回は因縁深い海戦になるため、古賀も必要以上に神経を尖らせている。

日本海海戦で多数の士官を失わなければ、いま古賀のいる場所に立っているのは、もしかしたら死んでいった士官の一人だったかもしれないのだ。

彼らの恨みを晴らすチャンスが、とうとう訪れた……。

だから絶対に負けられない。

仇討ち(あだうち)のため出撃して返り討ちにあったとなれば、末代までの恥として軍史に残る。

古賀の責任は重大だった。

「第二部隊のF・J・フレッチャー司令官から、発光信号が入っています」

通信室への伝音管による連絡を終えたらしい通信参謀が、新たな報告を持ってきた。

「口頭でいい、報告せよ」

「はッ！　敵艦隊出撃の報、たしかに受けとった。第二部隊は北上する必要があるか、判断を仰ぐ。以上です」

機動部隊編制の第一部隊と違い、水上打撃部隊編制の第二部隊は、より敵艦隊に接近しないと戦えない。

それは第三部隊も同じだが、第三部隊は襲撃艦部隊と潜水艦部隊を支援することが主任務になっているため、部隊行動としては第二部隊に随伴すればいい。

つまり古賀の部隊以外は、フレッチャーの指揮で行動することになるわけだ。

ちなみに第三部隊司令官は英海軍のサマービル中将のため、フレッチャー少将の下につくのはおかしいことになるが、実質的に別動隊扱いのため、直率部隊の規模に応じての措置とされている（第三部隊は巡洋艦三隻を中核とする支援部隊構成となっている）。

朝鮮半島東岸で大戦果をあげた襲撃部隊だが、あの時の第一／第二／第三部隊は、被害の回復目的で、いまは舞鶴軍港に戻っている。

今回、サー・ジェームス・サマービル中将率いる第三部隊の指揮下に入っているのは、佐世保を母港とする第四／第五／第六部隊だ。

ただし、部隊ナンバーは下位だが、技量が劣っているわけではない。たんに守備する地域が違うため、配属された時期が遅く、結果的に下位ナンバーになっただけである。

したがって今回参加する襲撃艦部隊は、まっさらの初陣となる。

ただし、前回のように敵の進行方向が一直線とはいかないだろうから、今回も大戦果をあげられるかどうかは微妙なところだ（襲撃艦は航続距離の短さから、突入が空振りに終わる可能性が事前に考慮されている）。

「まだ敵艦隊の進行方向が確認されていないため、とりあえずは全部隊が合同で、済州島西方の作戦待機地点まで移動すると伝えてくれ。そこで様子を見る」

これは当初からの予定のため、フレッチャーも納得してくれるはずだ。

功を焦ってはならない。

たとえ勝利を得ても、連合艦隊所属艦の被害が大きければ、その後の戦略に支障を来す。艦を失うのも被害を受けて修理に戻すのも、可能な限り避けねばならない。あれも駄目これも駄目と自縄自縛で戦わねばならないのだから、戦力的に優勢といっても安心はできなかった。

*

八月二二日――。

奉天において米派遣軍が大車輪で撤収準備と支援準備を行なっている頃、中国派遣軍ではひと足先に支援作戦が始動していた。

「いいか！　とにかく天津を落とさないことには、満州派遣軍との合流なんぞ、夢また夢だ。相手がナチス中国党の私兵だからといってナメていると、思わぬ被害を受ける。ここは徹底的に気を引き締めてかかれ!!」

天津南部にある滄州(ツアンチヨウ)の町に司令部を構えた、英第一〇機甲師団。

もとは紡績工場だった場所に立っている旧本社ビル。その玄関先にある広大な広場（紡績工場跡地）に、英国の誇る機動車輌の群れが並んでいる。

その数、マチルダ重戦車三〇輌／三型巡航中戦車四〇輌／四型巡航中戦車五〇輌／七型軽戦車四〇輌／ダイムラー一型装甲偵察車三〇輌／ジム型装甲偵察車六〇輌／大型トラック一二〇輌／小型トラック八〇輌／軍用自動車二〇輌／軍用バイク八〇……。

基本的に師団の戦闘要員すべてを機動車輌に乗せて戦う部隊のため、戦車先進国の意地にかけた装備の徹底ぶりだ。

現在の各国軍において、師団規模でここまで徹底しているのはパットン軍団くらいのものだろう。

ドイツの機甲師団はフランスに対する電撃作戦で有名になったが、内容的には英国に及ばない。

合衆国も、パットン軍団こそ大したものだが、急造で編制された唯一の機甲軍団という点で、すでに開戦前から機甲軍団を組織していた英国には、まだ及んでいない。

日本に至っては、まず歩兵部隊の自動車化が急務ということで、機動師団や機動旅団の名を冠しているものの、内容的には自動車化歩兵師団が大半となっている。

それでも習志野機甲師団の名で有名な第一機甲師団だけは、合衆国陸軍に準拠しているせいで同格の規模を誇っているが、まだ日本国内で訓練に励んでいる最中である（在米日軍として海外派兵している第二北米師団の戦車大隊だけは、習志野師団を陵駕（りょうが）する充実ぶりだが、あくまで戦車大隊のみの比較である）。

威勢のいい訓辞をたれているのは、上海に臨時の軍団司令部を構えた、英陸軍中国方面軍司令長官のアーサー・パーシバル中将だった。

「天津にいるのは大半が中国ナチス党の私兵のため、基本は便衣兵（べんいへい）だとわきまえろ。秦皇島に上陸して基地を設営しているロシア正規兵は少数だ。その規模は軍事顧問団レベルだと想定されている。

だが、侮（あなど）ってはいかん。便衣兵は正規兵ではないゆえに、常に民間人を擬装している。中国服の下にロシア製の機関短銃を潜ませ、こちらが油断している時を狙って弾丸をばらまく。

機関短銃を持っていない者も脅威だ。市井に紛れて手榴弾を放り投げてくる。拳銃ですらも、至近距離まで接近されたら機動車輌を降りた味方将兵を倒せる。

そこで我々は、中国国民党軍から派遣された識別兵を使い、言葉や身振り、英国人にはわからぬ微妙な態度の変化を見抜いてもらう。よって諸君は、国民党軍識別兵の判断を疑ってはならない。識別兵が中国ナチス党の兵士だと判断したら躊躇なく殲滅せよ。

もし識別兵が戦死もしくは負傷して識別不能になった場合、その小隊はただちに後退し、新たな識別兵を補充してのち戦線に復帰しろ。決して英国人のみで行動するな！

なお今回の作戦には、日本国の好意により台湾義勇兵部隊も参加している。知っての通り、日本は台湾を後方増産重点地区に指定しているため、台湾における徴兵は行なわれていない。

しかし自由連合の一員、日本の一員として戦いたいという台湾の若者も多く、それらを参戦させるため、志願兵による義勇兵部隊を組織した。

彼らは本来、台湾防衛のための部隊なのだが、極東における自由連合の危機を座して見守ってはおれず、ここに正式参加することが決定した。

ただ、あくまで自由裁量の範囲が大きい義勇軍のため、他の正規軍の指揮下に入れるわけにはいかない。そこで自由連合最高会議は、彼らを英陸軍中国方面軍司令部直率部隊として、独立運用せよと命じてきた。

今回の天津攻略には、台湾義兵部隊も、私の指揮において参加する。だから諸君が天津に突入すれば、彼らと出会うこともあると思う。

諸君も私の指揮下にある以上、担当作戦は違っていても、彼らには得難い戦友として敬意を払ってほしい。以上だ！」

パーシバルは、部隊の出撃を見守った後、上海の方面司令部へ戻ることになっている。

そこで実際の戦闘は、英第一〇機甲師団長兼連合作戦軍司令官のマイルズ・デンプシー中将が指揮を取ることになっている。そのデンプシーは、第一〇機甲師団司令部直属のマチルダ重戦車の車長席に立ち、パーシバルの訓辞に聞き入っていた。

英国派遣軍の場合も、パーシバルとデンプシーの階級が同格の中将となっているが、ここでは指揮の混乱は起こっていない。

なぜなら英国の場合、貴族出身者が同位階級でも上位になるという不文律があるため、上官の出自さえ知っていれば誰が上かもわかる（さすがに階級に差があると、下位にある貴族出身者でも、上位の平民出身者の命令に従わねばならない）。

パーシバルが演壇を降りると同時に、デンプシーが戦車に乗ったまま、拡声器に繋がるマイクを受けとった。

「滄州郊外において、先に出陣している中国国民党軍と合流する。そこで全部隊が識別兵の提供を受けた後、中国国民党軍第六軽機動旅団が先鋒に立つ。我々は、郊外で同じく識別兵の提供を受ける第一二機甲師団と共に、第二陣として進撃を開始する。

今回の作戦で特に気をつけてもらいたいのは、これが中国の覇者を決める国家統一戦争でもあるということだ。我々は中国国民党の味方であり、彼らを中国という名の単一国家の支配者とすべく動いている。

当然、戦闘の主役は国民党軍でなければならない。とくに天津攻略戦ではそうだ。その後の満州方面への進撃では我々が主役になるものの、今回だけは違う。

そこのところを重々覚えておいてほしい。では、先発隊より出撃！」

いまデンプシーが言った通り天津での戦いは、中国国民党と中国ナチス党との勢力争いの場でもある。

そこに英国軍が主人公面して乗り込めば、あとあと中国国民の国民党に対する感情が悪化しかねない。

中国人は英雄を好み、虎の威を借りることを嫌う。したがって、ここは嫌でも国民党軍に主役を演じてもらい、英国軍と台湾義勇兵部隊は、ひたすら縁の下の力持ちに徹しなければならない。

ここらあたりの面倒くささは、多国籍軍の欠点である。

ナチス思想で統一されている敵軍は、一切これらを心配する必要がない。

ナチス連邦の衛星国家だと国軍離反もありえるが、中枢国家群のひとつであるロシア軍、そしてロシアの手厚い支援を受けている中国ナチス党軍は、ほぼ全軍がSS部隊のようなものなのだ（それでもなお、ロシアには大規模なロシアSS軍が存在している。彼らは完全なスターリンの私兵である）。

＊

二二日夕刻……。

驚くべき報告が、東京市ヶ谷にある帝国陸軍総司令部へ舞い込んできた。

「司令部長官！　大変です!!」

帝国陸軍総司令部長官室で執務を行なっていた畑俊六中将のところへ、総司令部通信局員が血相を変えて飛びこんできた。

「落ち着け。なにがあった」

いま極東では、自由連合軍による陸海共同作戦が進行中だ。日本にとっては軍史上最大級の作戦のため、何が起こってもおかしくない。

だから、いちいち驚いていては身がもたない……。

畑の目は、そう物語っていた。

「樺太南端にあるユジノサハリンスクへ、ロシア軍が集結しつつあるとの情報が、北海道の帝国陸軍稚内防諜通信所から届きました。通信状況から推測すると、最終的に集結するロシア陸軍は四個師団規模のようです。

ただし、ロシア陸軍満州北部方面軍の一部が、哈爾浜陥落に伴い、出撃拠点となっているハバロフスクへ戻っているとの情報もあります。

もしそれらの撤収した部隊が樺太方面へ移動を開始したら、すぐにでも軍団規模に膨れあがると、防諜通信所の所属する第九師団司令部では判断したそうです」

「連合軍のほうからは、まだ何も言ってこないが……こちらを混乱させるための欺(ぎ)

つある。


瞞工作ではないのか」

極東の連合軍が激しく動き始めたのだから、ロシア軍も各方面で対応を迫られつつある。

対応を少しでも円滑に行なうには、極東連合軍の目を他方面へ向ける必要がある。

現状から見て、ロシアのシベリア方面軍の一部が樺太に集結し、最終的には宗谷海峡を渡り北海道へ侵攻する可能性を見せれば、日本は最優先で対応を迫られる。

これは実際に行なわなくとも、その素振りを見せるだけで効き目があった。

「第九師団では判断不能のため、総司令部へ通達してきたと思われます」

総司令部通信局員の背後にある開け放たれたままの扉から、陸軍大本営参謀本部に所属する藤原岩市少佐が現れた。

「なんだ貴様、来ていたのか」

相手が少佐というのに、畑はまるで将官へ話しかけるような気安さがあった。

それもそのはずで、階級こそ少佐だが、藤原は参謀本部謀略課の課長を務める、いわば大本営参謀部きっての謀略集団の長なのだ。

謀略というからには、たんなる情報工作活動ではない。時には暗殺などもこなすダーティな部門だけに、たとえ上官であっても一目置かざるを得ない存在である。

「少しばかり、極東陸軍司令部に用がありまして。私のところとしても、それなりに活動しているわけで、時として連合軍と共同の作戦を実施することもありますから。それにしても……この情報が正しければ、困ったことになります。

いま謀略課では、他の工作部門と共同で、満州方面軍の支援作戦を実施しようとしてるのですが……それが実行困難となった場合には、釜山の連合軍が全滅する恐れが出てくるのです」

なにひとつ具体的なことを口にせず、それでいて途方もない内容を伝えている。

とくに釜山守備軍の全滅の部分では、畑も一瞬だが目を剝いた。

「貴様が関与する極秘工作活動となれば、おそらくアレだな。まあ、口にはせんが。なるほど……たしかに影響が出そうだ」

畑ほどの高官になると、ある程度の連合軍情報は常に入ってくる。

その中に、連合国の情報工作組織を動員した、シベリア鉄道破壊作戦の予定があった。

樺太にロシア軍が集まり北海道へ侵攻するとなれば、日本海のむこうにある沿海州からシベリア方面を通っている鉄道を破壊するための手段が、きわめて狭められてしまう。それは藤原にとっても困惑する事態に違いないはずだ。

さすがに畑も、具体的な作戦内容までは知らない。それを知っているのは、目の前にいる藤原だけだ。

「そう思われるのでしたら、長官から極東陸軍司令部に、北海道北部防衛作戦の必要性を説いてくださいませんか。もし連合軍では無理となれば、帝国陸海軍による単独作戦を実施する許可をもらってください。

敵が北海道へ侵攻するには、どうしても宗谷海峡を渡らねばなりません。宗谷海峡は、狭いといっても海です。しかも、真冬でも凍結しない。必然的に、そこを渡るにはフネがいります。

ところが現状のロシア軍には、樺太方面に出せる軍艦はほとんどない。ウラジオストクには沿海州艦隊がいますが、港丸ごと封鎖されているせいで、出てこれるのは少数の潜水艦のみです。

となれば、どうやって海を渡るか……おそらく樺太付近にいる大量の漁船や民間運搬船を使って、無理矢理に渡るつもりなのでしょう。

となれば決行は夜しかない。しかも冬が訪れる前でないと、オホーツク海に居座る猛烈な冬将軍のせいで漁船は港すら出られません。これらから導き出せる結論は、決行時期が迫っているということです。

渡ってすぐ冬が来れば、後続を断たれて全滅してしまいます。ですから北海道北部の海岸に橋頭堡を築いた後も、ある程度は海峡の制海権を奪い、持続した補給と増援を行なわねばなりません。そうなれば、侵攻する時期はおのずと限られてきます」

まるでロシア側の作戦を見てきたような口振りに、畑も藤原の底知れぬ情報量と推測能力を垣間見たような顔になった。

「うーん……ひとつだけ聞きたい。貴様のところでは、この情報の確度はどれくらいと見積もっているのだ？　連合司令部へ持ちこんだ後で、あれは敵の策略でしたとなれば、誰かが処罰されるくらいではすまんぞ」

「一〇割です。あらゆる情報が、日本を攪乱させるため、ロシア軍が北海道へ侵攻すると出ています。現在は実行日時の特定を算段する段階かと」

一〇〇パーセントと聞いた畑の表情が、ぐっと引き締まった。

「わかった。これから連合司令部棟へ向かう。貴様も来い」

「承知しました」

自分が説明するより、藤原に直接言わせたほうが、アイゼンハワー司令長官も納得するだろう。

どのみち藤原は、アイゼンハワーより連合軍最高司令部内に設置されている中央情報局に近い存在のため、確認を取りたければ最高司令部へ問い合わせることになる。その時に藤原がいれば話も通りやすい。

工作部門のことは、専門分野の部所に任せる。畑が算段しなければいけないのは、確証が得られたのちに、どう軍事的に対処するかだった。

2

八月二三日　済州島西方一六〇キロ

あい変わらずロシア艦隊は、まるでこちらを牽制するかのように、ツアーノブルグ港から半径二〇〇キロ以内をうろうろしている。

その理由は、とっくにわかっている。

ロシア艦隊には空母がいないため、陸上航空基地の支援が受けられる範囲内を遊弋（ゆうよく）しつつ、次の行動が必要になる瞬間まで待機しているのだ。

そこまでわかっていても、自由連合軍には打つ手が限られている。

極東方面の海で勝利を得るだけなら、すぐにでも可能だ。古賀が率いている艦隊だけでも、余裕でロシア太平洋艦隊に壊滅的打撃を与えられる。

だが普通に戦えば、味方も無傷ではすまない。

もし一割の艦が撃沈もしくは損傷を受けたら、その後しばらくは九割の戦力で戦わねばならない。他方面の状況によっては、戦力のスイングもあり得る。そうなれば八割、七割と戦力は目減りしていく……。

世界大戦は、全方面の軍事バランスを考慮に入れないと勝てない。一方面で勝利しても、他方面で大きく支配地域を減らせば戦略的敗北と見なされる。

これがある限り、現状の極東方面は無理が利かないのである。

「このままだとロシア艦隊は、天津を制圧した中国派遣軍が秦皇島へ殺到する瞬間を見定め、一気に接近して集中攻撃し、再び航空支援が可能な範囲へ戻る策を実行する可能性が高い。

そうなれば英機甲師団と中国国民党軍が大被害を出し、満州方面軍の中国撤収が危うくなる。なおかつロシア艦隊も、健在のまま安全圏へ逃げてしまう。なんとか阻止しなければ……通信参謀、陸上航空基地による爆撃支援の進捗状況はどうなっている!?」

昨日、急遽決定したツアーノブルグ周辺の敵航空基地爆撃だったが、完全に予定外の作戦のため、まだ調整に手間取っている。

古賀の指揮下にある空母航空隊では、現在位置からは届かない。

あと最低でも二〇〇キロほど北上しなければ無理だ。最大効果を出すには、三〇〇キロは北上したい。

しかもロシア艦隊を航空攻撃半径に入れるためには、どうしても朝鮮半島西岸沿いを北上しなければならない。

安全のため東シナ海を西進すれば、それだけ攻撃目標から離れてしまい、ロシア艦隊が急激な動きを見せた場合の対応ができなくなる。

強引に朝鮮半島西岸に沿って北上すると、今度は西岸に配備されたロシア軍航空隊に攻撃される。ロシア艦隊を叩くために北上して、目標以外の敵航空基地から攻撃を受けるなど本末転倒も甚だしい。

そのような愚策を実行すれば、苦労して耐えつつロシア艦隊を殲滅させようという作戦が台なしになってしまう。

「長官、出撃要請を送った陸上航空基地すべてを使おうとするから、なかなか出撃に至らないのです。

ここはひとつ、すぐ出せる基地だけで、様子見がてらの攻撃を行なわせてはいかがでしょう」

自由連合艦隊司令部航空参謀の小沢治三郎少将が、いきなり意見具申した。

小沢は旧海兵三七期出身であり、本来であれば、そろそろ中将の声がかかってもおかしくないキャリアを持っている。

しかし、少し前まで第一連合艦隊司令部参謀長の任にあったせいで、今回再編された極東連合艦隊第一部隊が機動部隊編制になると聞き、是非とも航空参謀として着任させてほしいと願い出たのだ。

小沢は山口多聞などと共に、これからの海軍には空母機動部隊が不可欠との持論を持っていて、世界初の機動部隊編制と聞き、居ても立ってもいられなくなったらしい。

むろん航空参謀への着任は、将来の空母機動部隊司令長官への布石だと信じての行動であり、おそらく米内光政あたりも絡め、すでに内々で決定している独立した機動部隊設置のための事前工作と思われる。

それは古賀も承知していて、米内から小沢の航空関連に関する進言は無視しないよう言われていることもあり、いまも真摯に耳を傾けていた。

「それも一考だが……戦力の小出しは愚策にならんか」

「戦果をあげることを目的とするのではなく、ロシア艦隊に対し、背後をおろそかにすると帰るところがなくなるぞと脅すだけですので」

「ふむ。しかし、藪蛇にならんか？　脅した結果、敵航空基地の警戒が厳重になれば、本番での大規模爆撃で味方被害が大きくなるぞ」

このさい疑問に思うことは何でも質問する。

それが小沢を試す試金石にもなるのだから、古賀は遠慮などしない。

「現在の軍備調達状況からすると、航空機および航空兵の補充は、他の部門より充実しています。山東半島に配備されている陸軍九七式双爆は、どのみち早い段階で一式双爆と交代する予定になっています。

日米共通の一式双爆『飛龍』……米側のB－25ミッチェルに関しては、すでに合衆国と日本で量産態勢に入っていますので、まもなく配備が開始されます。これらを考慮に入れると、今回の作戦で出る損失程度なら、短期間で穴埋め可能と思います」

小沢は優秀な男だが、あまりにも冷静に思考するため、時として人情に欠ける時がある。

いまの発言も、軍人を使い捨ての部品のように言い表わしている。

むろん最大効率で戦うための冷徹な計算に基づいているのは理解できるが、昔気質の古賀には馴染めない部分があった。

「貴様がどうしても必要というのなら、試すしかないだろう。少なくとも艦艇を失うよりは補充が利くのは確かだ。

だが……もう少し、なんとかならんか。いま米軍のB－17を失うわけにはいかん。あれは陸軍支援の切り札に使うと、マッカーサー長官も言ってきているから、海軍の一存では動かせんのだ」

すでに旧世代の爆撃機と見なされている九七式双爆はともかく、まだ現役バリバリで山東半島にも少数しか配備されていないB－17四発爆撃機まで失うのは、少しばかり問題がありすぎる。

「私のプランでは、B－17は使いません。代わりに九七式飛行艇を使います。

九七式飛行艇は四年前に制式採用されたばかりですが、日本独自設計のため、自由連合軍としては連合共通装備化の一環として、早期に更新すべき対象機となっています。

そこで日本の川西飛行機とアメリカのコンソリテッド社が、合同開発チームを立ちあげ、いま新型飛行艇の試作を行なっています。開発作業は順調とのことで、七月段階で拡大試作に入っていますから、おそらく来年早期には制式採用されると思われます。

つまり九七式双爆同様、九七式飛行艇も来年には新型と交代するため、ここで失っても代替えが利くわけです」

「貴様……やたら航空機に関して詳しいな。何か特別のツテでもあるのか」

古賀は機動部隊指揮官に抜擢されたにも関わらず、得意とするのは艦隊戦のほうだ。

航空戦についてはさっぱりで、もっぱら空母艦長や飛行隊長などに任せている。

そこに専門家顔負けの小沢が来たのだから、驚くのも無理はなかった。

「いいえ、なにも。ただ単に、第一連合艦隊参謀長の時、大本営陸海軍部を通じて国内航空機産業のお偉方と、あれこれ会合を開く機会を得ることができましたので、それをきっかけとして、日本国内の航空機開発現場の視察にも同行できただけです。

まあ、どうしても海軍航空隊関連に片寄ったものになりましたが、陸軍部の好意で、日本国内に駐屯している米軍航空隊へも表敬訪問できました。そこで基地司令官から、色々とお話を聞かせてもらっただけです」

「なるほど……儂（わし）が海軍艦艇を建造している造船所や会社へ、何度も様子見に行っていたのと同じか。若い頃はなんでも経験すべきだが、勝手が違う航空畑までは頭がまわらなかった」

古賀もかつて自分と同じようなことをしていたと知った小沢は、ほんの少し表情をやわらげた。

どうやら嬉しさの表現らしい。

「長官もそうでしたか……ところで、九七式飛行艇を爆撃任務に出すというプラン、許可いただけますか」

つい昔の思い出に浸りそうになった古賀を見て、小沢は強引に現実へ引きもどした。

「勝算はあるのだな？」

古賀は念を押した。

「はい。ツアーノブルグ周辺の敵航空基地を潰せれば、次に港そのものを爆撃破壊することも可能になります。港を潰せば、出撃したロシア艦隊も帰る場所がなくなります。たとえ帰港できても、本格的な修理が不可能となれば、その後まともな海戦は行なえなくなります。

敵航空基地の破壊、敵軍港の破壊……このふたつを、中国派遣軍が秦皇島においてロシア艦隊の砲撃を受ける前にやりとげられれば、下手に艦隊決戦を行なうより効果が出ます。

今後のことを考えると、ロシア艦隊の支援がなくなった中国ナチス党軍は、もはや勝ちめはないとして北京へ退却するしかありません。そして北京は、すでに中国国民党軍の包囲網の中にあります。

満州派遣軍が中国方面軍と合流するしか道がなくなったように、中国ナチス党軍もまた、満州方面のロシア軍に合流するしか、もはや生き残る道がない。それを断たれるのですから、たとえ北京へ逃げ込んでも、あとは持久包囲戦で決着がつきます。

そうなれば、中国方面軍と満州方面軍の合流を阻む者はいなくなるでしょう。補修設備を失ったロシア艦隊は、港を出ることもできず、こちらの航空攻撃によって次第に疲弊していくだけです。

連合艦隊は、頃合いを見計らって殲滅作戦という名の引導を渡せばいいことになります。

それに……私は、北海道方面が気になります。樺太南端に集結したロシア軍は、おそらく陽動のための部隊でしょう。連合軍が朝鮮半島に全力を注がないよう、戦力を分散させるつもりです。

そうでなければ、あまりにも時期が悪い。日本本土を本気で取るつもりなら、最低でも満州全域を完全に掌握した後でないと、多方面同時侵攻の愚を犯してしまうからです。

しかし我が方から見れば、たとえ陽動とわかっていても、北海道へ敵軍を上陸させるわけにはいきません。日本本土が安泰であってこそ、アジア極東地区の後方支援基地(バックグラウンド)として立脚できるのですから、そこが戦場になってはならないのです。となれば、敵が宗谷海峡を渡る前にロシア艦隊の戦力を奪い、安心して連合海軍が宗谷海峡封鎖作戦を実施できるよう配慮しなければなりません。いましかそのチャンスがないのです」

小沢は意図して英語を使う傾向がある。

将来的に見て、日米共同の機動部隊による戦闘を考えているのかもしれない。

これまた、新しいタイプの帝国海軍指揮官の姿だった。

「貴様の意見具申、よくわかった。しかし、儂の一存で決めるには重すぎる。そこでフレッチャー少将とサマービル中将を加えた三人で、早急に貴様の具申内容を実行するかどうか検討してみる」

「お聞き入れいただけただけでも幸いです」

自分の役目はここまでと悟った小沢は、すんなりと引き下がった。

そして同日の夜――。

古賀の要請により、夕食会を兼ねた会議が旗艦の戦艦壱岐で行なわれた。

フレッチャーとサマービルは、共にランチに乗ってやってきた。そして二人の意見を聞いた古賀は、ほぼ小沢の意見具申に沿ったかたちで、一連の爆撃作戦の前倒しを決定したのである。

爆撃作戦の実施は、明日の朝から。

最初は帝国陸海軍航空爆撃隊のみの出撃となる。具体的には、山東半島東端にある煙台水上基地から九七式飛行艇二機、青島からも二機が出る。

威海の陸軍航空隊から九七式双爆が一二機、青島の連合海軍航空基地からは特別の配慮として、護衛のP－38双発戦闘機を二四機出してくれるという。

本来なら護衛戦闘機も帝国陸海軍から出したいところだが、日本はまだ、ツアーノブルグまで往復できる戦闘機を持っていない。

次に制式採用される予定の一式艦戦なら、増槽をつければ余裕で往復可能なのだが、それが配備されるのは今年末になってからだ。

ともかく数こそ少ないものの、相手の出方を確認する意味での航空爆撃が実施される。これを実現させたのが小沢であることを考えると、今回の爆撃の成果は、小沢の将来を決定付けるとともに、自由連合の航空作戦に対する見かたを一変する可能性を含んでいる。

ここでもまた、失敗が許されない作戦が実行されようとしていた。

3

八月二四日朝　東シナ海

「こちら海軍水上機隊、聞こえるか？」

九七式飛行艇の向山（むこうやま）春男艇長は、開戦直後に英国の支援で輸入された零式航空無線電話を使い、後方同高度一八キロを飛んでいる陸軍爆撃隊へ声をかけた。

『……感度二、もう……し接近……と無理……だ』

零式航空無線電話は鳴物入りで支援されたものだったが、まだ実戦使用には無理がありすぎる。

導入試験の時も、一五キロ以上離れると急速に感度が落ち、二〇キロだと通話不能になったらしい。

そこで今回は一五キロから一八キロの間隔を保つ予定になっていたが、大気状態が悪いと途端に通じなくなるから困りものだ。

「電信に切り換えろ。まもなく敵の迎撃範囲に入る。現在、敵影なし。送れ」

無線電話が使いものにならないと考えた向山は、すぐに艇長席の後方にいる無線担当へ命令した。

「送信完了！」

背後から大声が聞こえた。

予定では、これから各爆撃隊ごとに分かれて攻撃任務につくことになっている。

向山の飛行艇隊は四機編隊となって、ツアーノブルグ港の南側にあるロシア陸軍飛行場を爆撃する任務を担っている。

「目標まで二二キロ」

航空機関兵が地図を見ながら、暗算で距離の算定を出す。

『こちら三番艇、左翼前方一〇キロほどに敵機！』

今度の無線電話は僚機からのものだから、きわめて明瞭に届いた。

「各員、迎撃準備。準備完了後は自己判断で撃て！」

九七式飛行艇には機首に七・七ミリ機銃二挺、胴体上部に一二・七ミリ連装回転銃座一、尾部に同じく一二・七ミリ固定銃座一がある。

機首の二挺は副操縦士が担当するため、他の機銃要員は二名だ。

「機長……あれはポリカルポフ戦闘機のようです。六機います」

先ほどから敵機を睨みつけていた副操縦士が、両手で機銃の銃把をにぎり締めたまま報告した。

「ドイツ設計機じゃないのか？」

現存するポリカルポフ戦闘機はI－15型しかない。ナチス政権が樹立される以前に開発されていた単発複葉戦闘機が、それしかなかったからだ。

すでに時代遅れの戦闘機のため、とっくにドイツ製のエンジンと機銃の設計を導入したヤコブレフ1型単発単葉機、もしくはラボーチキン1型に交代していると思われていた。

その他には長距離護衛用として、ドイツ製のメッサーシュミットBf110初期型も配備されているらしい。Bf110初期型はドイツ本国では更新時期に入っているため、ナチス中枢国家へ中古品が配られているようだ。

「単葉機は見当たりません。また、後続機もありません。敵は六機だけです」

「わかった。六機なら突破可能だ。このまま爆撃進入する。爆撃手、用意はいいか」

「すべて完了!」

「よし、行くぞ!」

彼我(ひが)の距離、あと五キロあまり。

敵飛行場は、そのすぐ後……六キロ地点だ。

飛行艇部隊の目標は、南の飛行場となっている。陸軍爆撃隊は北の飛行場を狙う予定のため、こちらにはこない。自分たちでやり遂げるしかなかった。

「後方より連合陸軍のP－38六機が到着!」

「来たか!」

なんとか護衛機が間に合ってくれた。

P－38は、陸軍爆撃隊一二機の護衛が主任務となっていた。そのため、こちらには護衛がつかないかもしれないと思っていた向山は、陸軍が見捨てはしなかったことに心の中で感謝した。

「爆撃軸線、固定」

飛行艇の爆撃は水平爆撃になる。

そのため進入路は直線、高度も維持しなければならない。

――カカカッ！

後方の胴体部分で軽い打撃音が聞こえた。

「左翼胴体、被弾！　穴が開いただけで被害なし!!」

ポリカルポフの武装は、七・七ミリ機銃四挺。

機銃弾は軽量通常弾のため、焼夷効果もない。これではエンジンやコクピット、燃料タンクに命中しない限り、飛行艇にダメージを与えることはできない。

「爆撃照準よし。目標A、捉えました！」

「A、投下！」

爆撃手の声と同時に、両翼から九九式一二〇キロ滑走路破砕爆弾六発が離れる。

「続いてB目標。用意、いいか？」

「用意よし！」

九七式飛行艇は、両翼の少し後くらいから胴体が急激に切りあがっている。

それより前は着水フロートの役目を果たすため、舟形の太い底部になっている。

そして切りあがっている部分には、胴体貨物庫用の吊り下げ式扉がついている。

その扉の中、内部にある貨物用レールの上にある台座に載せられているのが、大型の八〇〇キロ榴散爆弾である。

これを通信手と予備兵員二人の三人で、人力で落とす。

きわめて原始的な方法だが、爆撃手の適確な合図さえあれば、かなり有効な爆撃方法でもあった。

「三、二、一、投下！」

「せやっ！」

三人が声を合わせて、最後の一歩を押す。

八〇〇キロ爆弾が台座ごと落ちていく。

「後部扉、閉鎖しろ！」

すかさず向山の命令が飛ぶ。

「閉鎖完了！」

「よし、爆撃任務終了だ。逃げるぞ！」

途端に四基のエンジンが唸りをあげ、九七式飛行艇は低空旋回に入る。

地上からは機銃が撃ち上がってくる。間欠的にだが、高射砲弾の炸裂も確認できた。

　しかし、その数があまりにも少ない。

　どうやらロシア軍側は、なにか基地防衛用の航空機や対空部隊を充実させられない理由がありそうだった。

「三番艇、二番エンジンから発火！」

　上部銃座からの報告が、向山の耳に飛びこんできた。

　どうやらエンジンに被弾したらしい。

「あと三発あれば、なんとか戻れる。いまは自分たちの守りが先決だ。集中しろ！」

　非情なようだが、どうにもならない。

　もし自分の飛行艇が同じ状況に追いやられたとしても、自力でなんとかするしかないと考える。それが飛行機乗りの定めだからだ。

「追撃する敵機なし！」

　後部銃座からの報告を聞いて、ようやく向山は操縦する手の力を抜いた。

「合流地点へ向かう。確認はその後だ。皆、よくやった」

　爆撃確認と僚機の生存確認は、敵機の迎撃範囲から逃れた合流地点で行なう。

　おそらく爆撃の戦果は尾部銃座手が確認しているだろうが、合流点において報告することになっているため、これまで行なわれなかった。

結果……。

予想外の大戦果だった。

たった四機の飛行艇による水平爆撃というのに、二本ある滑走路を使用不能にし、格納庫および燃料タンクを破壊することに成功したのである。

これで航空機が生き残っていても、最低で数日間は飛びたつことはできない。

九九式一二〇キロ滑走路破砕爆弾は、一種の徹甲爆弾だ。遅延信管を装着しているため、滑走路表面では爆発せず、地中まで突き刺さって爆発する。そのため一二〇キロという小さめの爆弾ながら、滑走路破壊の程度は二五〇キロ通常爆弾を超えるのである。

また、八〇〇キロ榴散爆弾は、着弾すると内部にある大型の榴弾多数が四方へ飛び散る。爆圧だけでなく榴弾の散布効果により、薄い鉄板やブロック塀程度なら貫通破壊してしまう。

それを格納庫や燃料タンクに落としたのだから、目標は穴だらけになって倒壊し、もはや建物としての機能を失ってしまう。

燃料タンクも穴だらけにされ、擦過火花により着火・爆発を起こしたらしい。

一方……。

北部の飛行場を目標にした陸軍九七式双爆隊一二機は、護衛のP－38一八機に守られながら爆撃を実施した。

こちらも迎撃機がポリカルポフだったらよかったのだが、さすがに満州方面を警戒している基地のため、上がって来たのはヤコブレフ1型だった。

しかも数機は1型改良機だったらしく、格闘性能が格段に向上していたらしい。

ヤコブレフ1型原型機は両翼が木製の変則的な単発単葉機だが、その両翼を金属翼に変え、そこに一二・七ミリ機銃四挺を仕込んだ改良機が猛威をふるったという。

エンジンはドイツ設計の高馬力、機銃もドイツ設計。こうなると、護衛のP－38も守りきれない。

それでも爆撃任務自体は成功した。九七式飛行艇と同様に、胴体内の爆弾倉とは別に、両翼にも滑走路破砕弾をぶらさげて行ったのがよかったらしい。

ただし、九七式双爆一二機のうち四機が落とされた。護衛のP－38も四機喪失。

敵のヤコブレフは二〇機以上が迎撃に上がっていたが、このうち原型機と思われるものを六機撃墜、改良機は一機しか落とせなかった。

九七式双爆は、きわめて撃たれ弱い。

前から陰ではそう言われていたが、今回の被害で、それが本当であったことが立証された結果となった。

つまり九七式双爆もまた、すでに時代遅れの爆撃機のひとつとなっていたのである。


ともあれ……。

様子見のはずだった第一次航空攻撃によって、ツァーノブルグ周辺にある二箇所の飛行場が使用不能になった。

残るは一箇所の予備滑走路のみだが、事前の偵察によると、そこには予備機すらいないらしい。

これは後になって判明したことだが、予想外に迎撃機の数が少なく、しかも旧型機が多数だったのは、ナチスロシアが陸軍部隊の攻勢に力を注ぐあまり、海軍への支援を滞(とどこお)らせていたことに原因があったらしい。

ロシアの陸上航空隊はすべて陸軍所属のため、朝鮮半島における軍用機は、大半が釜山攻防戦に投入され、海軍管轄のツァーノブルグ防衛には最小限しか残されていなかったのである。

敵の不備はこちらの利点。

小沢の策が大成功した瞬間だった。

4

八月二四日　朝鮮半島西岸

「母港周囲の飛行場に、敵航空機による爆撃が行なわれたそうです！」

血相を変えた通信士官が、戦艦アドミラル・ナガンの艦橋にいたラボロフ・ガーリン少将のもとへ走ってきた。

そして敬礼もいい加減なまま、三〇分ほど前に行なわれた爆撃の報告を伝えた。

「被害はどのくらいだ」

ガーリンは、爆撃が行なわれること自体はある程度予想していた。

そのため態度や表情に変化はない。

攻撃されたのが港ではなかったことも、驚かなかった原因だろう。

「陸軍飛行場二箇所が大被害を受け、離陸・着陸ともに不可能になりました。残るは予備滑走路一箇所のみですが、そこに迎撃機はいません」

　ガーリンの横に来た戦闘参謀が、ぼそりと意見を口にした。

「つまり……滑走路が修復されるまでの数日間、ツアーノブルグ港は、陸上の対空射撃部隊しか頼れるものはなくなったわけです。

　ご存知の通り、軍港に配備されている対空部隊は、七センチ対空砲八基と三五ミリ連装機関砲八基、あとは単装の二〇ミリ機関砲八基……とても守りきれません」

「なんだと……」

　ようやく事態の深刻さに気付いたガーリンは、一瞬だが言葉を失った。

「それで復旧まで、どれくらいかかると言っている」

　通信士官の顔を見たガーリンは、焦った声で聞いた。

「急いで三日だそうです。ただし航空機の補充は、現時点では絶望的とのことでした。なお、再出撃可能な戦闘機がどれくらい残っているかは、整備してみないとわからないそうです」

「陸軍は何をしてるんだ！　艦隊司令部へ打電して、ただちに陸軍飛行場への航空機増援を要請しろ。このままでは母港が危ない!!」

　戦闘参謀が、再び口を開いた。

「滑走路をやられているので、飛んできても降りられませんよ」

「ならば……少し遠くなってもいいから、無事な近くの飛行場とか予備滑走路を出撃拠点にするよう、強く要請するんだ！」

敵艦隊を誘いだすつもりが、反対に窮地へ追い込まれた。

ガーリンとて、ロシア海軍の極東戦力が孤立していることは理解している。だからこそ戦力を温存し、連合海軍に対する抑止力としての役目を果たしていた。

ところが、モスクワのナチス連邦軍ロシア本部から、ただちに出撃して連合の満州方面軍南下を阻止せよと厳命が届いたのだ。

連邦軍本部はスターリン首相の牙城であり、完全に政府と一体化している。しかも国防本部ですら指揮下に置いているため、異議を唱えられるのはロシアSS本部くらいなものだ。そのロシアSS本部もまた、スターリンの指揮下にある。

例外なのは、ヒトラーを最高指揮官と定める連邦SSのみ。連邦SSロシア支部はヒトラーの命令でしか動かないため、さしものスターリンも監視対象となっている。

つまりロシア陸海軍を束ねる部門は、連邦SSロシア支部を除き、スターリンの命令に絶対服従する体制が敷かれているのである。

だから、嫌々出撃した。

出撃した後は、さすがに艦隊指揮官の命令が重視される。

連邦軍本部は作戦の進捗状況を受け、作戦中止命令や変更命令を下すことはできるが、刻一刻と情勢が変化する現場の指揮までは口を出せない。

そこでガーリンは、中央が焦れて突入命令を出すまで、ツアーノブルグ周辺を離れなかったのである。

だが……。

港周辺を離れない理由となっていた、味方の航空支援が絶望的になった。

現状は把握している。

天津攻防戦は、すでに佳境を過ぎている。中国ナチス党軍が、いかに多数の兵員を市内に置いているといっても、所詮は便衣兵にすぎない。

大英帝国が大国の意地で送りこんだ二個機甲師団の進撃を見て、大半の者が戦線放棄をして逃げ出してしまった。

中国ナチス党といっても、数ある地方軍閥のひとつに過ぎなかったのだから、諸外国の正規軍やナチスＳＳ軍と比べるほうが酷だ。装備だけはある程度整っているが、もとは山賊に近い。

そこで北京にいる毛沢東は、ロシア陸軍を真似て督戦を実施するよう命じたが、これが墓穴を掘った。

ロシア軍とは違い、人民革命で中国を奪取するとのスローガンを掲げた毛沢東が、人民の一部であるナチス党軍に対して督戦を命じるなど言語道断と、味方内部から批判があがりはじめたのだ。

こうなると、もはや天津死守など無理で、北京の安全すら保てない。

内部から離反者が出て、暗殺の可能性まで出てきた毛沢東は、自分のまわりをナチス中国ＳＳ部隊で固め、北京中心部にたて籠もってしまった。

このままでは、自由連合の中国方面軍と満州方面軍が合流してしまう。

それを絶対阻止せよとの命令を受けているガーリン少将だけに、このままではスターリンに粛清されると恐れを抱きはじめた。

「仕方がない。待機命令を撤回し、支援作戦を実施する。全艦、渤海湾へ進路を向けよ。

沿岸地帯を抜けたら艦隊全速に移行する。南にいる連合海軍部隊が追いついてくるまでに、秦皇島に対する支援砲撃を完了し、最速でツアーノブルグへ戻る。

もし敵艦隊との遭遇戦に突入したら、戦果よりも退避を優先する。可能な限りの主力艦を港へ戻すため、護衛艦艇には奮闘してもらう。いいな!?」

これまでの判断は、間違っていなかったはず……。

そう固く信じているガーリンだけに、次善の策とはなってしまったものの、まだロシア太平洋艦隊を生き延びさせられる方法はあると確信していた。

「全艦、進路を北北西へとれ。艦隊陣形を維持し、巡航速度まで増速せよ」

思いにふけるガーリンの横で、艦隊参謀長が各艦へ向けての指示を出しはじめた。

＊

「動いた……」

ロシア艦隊の動向を監視していた備型四〇七潜水艦から、古賀峯一が待ち望んでいた報告が届いた。

備型潜水艦は日本独自設計の艦で、主に沿岸警備と偵察任務に適した小型艦だ。外洋遠くまで出るには能力が不足しているものの、短期間の俊敏な行動力は侮れない。

反対に、同じく日本独自設計の亜型は、外洋型の中距離巡洋潜水艦となっている。

しかし自由連合に加盟した後は、集団防衛の観点から太平洋全域の警戒が必要になった。それには亜型や備型では完全に能力が不足している。

そこで日米共同設計の原型試作艦を作り、そののち各国の用途に合わせた最低限の改良が可能な新型潜水艦が、第一次戦時増産計画で建艦されている。

いまはまだ造船所の不足と稼働率の低さから、日米ともに一〇隻未満しか完成していないが、第一次戦時増産計画終了時点では、日米台豪およびシンガポールにおいて、一週間に三隻のスピードで建艦されることになっている。

完成した新型は、すべて拡大試作タイプのため、まだ制式名はない。いまは指導教官育成のため、すべて特別訓練用に使用されている。

『ロシア艦隊、渤海湾へ進撃を開始』

どれだけ、この短い知らせを切望していたことだろう。

それは日本海軍のみならず、日本人すべてが日本海海戦で受けた屈辱を晴らすチャンスが、ついに訪れたことを意味していた。

「空母天龍へ伝達。第一部隊の空母機動戦隊は、ただちにロシア艦隊撃滅に向けて北上を開始せよ。以後の指揮は、天龍艦長の山口多聞へ一任する」

古賀の口から、前もって練られていた作戦開始命令が下される。

ロシア艦隊が渤海湾へ向けて北上した場合、第一部隊は旗艦の戦艦壱岐を残し、高速空母機動部隊となって追撃を開始する。そして航空攻撃が可能な位置に到達したら、躊躇せず航空隊を出撃させる……。

旗艦の壱岐を分離したのは、残る第二／第三部隊の指揮を古賀がとるためと、空母部隊の足枷にならないためだ。

戦艦壱岐の最大速度は二四ノット。

しかも二四ノットを維持できる時間は短く、持続して航行できる最大速度は二二ノットにすぎない。

これに対し、壱岐を除いた第一部隊の最大戦隊速度は二八ノット。

その差は歴然としている。

かつて米内光政は、山口多聞と小沢治三郎の嘆願により、連合海軍内に試験的な空母機動部隊の設置を検討したことがあった。

その後、紆余曲折があったものの、さすがに実績のないまま新たなドクトリンに基づく艦隊設置は無理ということで、既存の枠内で可能な限り空母機動部隊的な性格の部隊を組み、実戦結果を見て結論を下すということになった。

それが今回の第一部隊である。

戦艦壱岐を連合艦隊旗艦に仕立てることで、第一部隊の空母を中心とした部隊構成を消し、いざとなれば壱岐を分離して変身する。これが最初から決まっていたのだ。

現場の指揮官は、正規空母天龍艦長の山口多聞少将に一任。作戦補佐として、小沢治三郎航空参謀が天龍に乗りこみ、山口多聞の特任参謀を務めることになった。

ここに二人が念願としていた、自分たちで動かせる空母機動部隊の雛形が誕生したのである。

むろん、この戦いに勝利しなければ、正式の空母機動部隊が設置される可能性は低くなる。

なんら戦果をあげぬまま、ロシア艦隊による対地砲撃支援を許してしまえば、たとえ一隻も失わなくとも、山口と小沢にとっては痛恨の敗北となる。

夢は自分たちの手でつかみ取るものだ。

天を見上げて待ち続けていても、絶対に与えられない。

いま二人の防人（さきもり）が、己の夢を賭けて出陣する。

そしてそれは日本人の悲願であり、また自由連合の運命を決する戦いであった。

＊

奉天で総撤退の時期を見定めていたマッカーサーのもとへ、ついに決定的な暗号通信が送られてきた。

通信してきたのは、青島にある連合軍山東司令部。

この通信は、連合艦隊から佐世保軍港へ送られたものを、佐賀の背振山（せぶりやま）連合通信所を通じて上海の中国方面司令部へ転送、さらに上海から山東司令部へ、中国方面関連の通信に混ぜるかたちで送られている。

『ロシア艦隊の北上を確認。これより連合艦隊は、全力をもってこれを阻止する作戦を開始する』

内容はこれだけだ。

マッカーサーには、それで十分だった。

ロシア艦隊が動いた以上、もはや躊躇は許されない。

ぐずぐずしていると、すでに進撃を開始している中国方面軍と英機甲師団が、天津で止まる可能性が出てくる。

作戦予定では秦皇島を制圧することになっているが、その役目は満州派遣軍に与えられている。つまり満州派遣軍が秦皇島を制圧することが、中国方面軍の天津以東への進撃条件となっているのである。

なのに満州派遣軍が大挙して南下を開始しないと、そもそもロシア艦隊は目標を失い、再びツアーノブルグ港へ逃げ帰ってしまうかもしれない。

今回の総撤収作戦は、囮(おとり)と主役が一体化している。

満州派遣軍を中国方面へ退避させることが主目的となっているが、それを阻止しようとするロシア艦隊をおびき寄せるため、満州派遣軍自らが囮の一部になる入れ子構造となっているからだ。

これは時期を見誤ると、被害だけ出して成果が得られないことにもなりかねない危険な策である。

そこで自由連合軍最高司令部(FGHQ)は、確実にロシア艦隊が動き、これを連合艦隊が確実に捕捉できると判断した時のみ、日本本土を経由しての最終暗号伝達を実施することになっていた。

それが先ほど受けとった通信だった。

「板垣将軍、日本側の準備はどうなっています？」

数日前になってようやく奉天へ到着したばかりの板垣征四郎大将に、マッカーサーが声をかけた。

板垣は帝国陸軍第八軍の司令長官であるとともに、帝国陸軍満州派遣部隊の司令官も務めている。つまり組織上はマッカーサーの指揮下にあるわけだ。

「主力部隊はほぼ集結を完了し、現在は柳条湖の補給所で物資弾薬および糧食その他の補給を受けています。部隊再編は集結時に終了していますので、補給がすんだ部隊から、北および東の警戒につかせています」

合衆国派遣軍はすでに撤収態勢に入り、一部の先遣隊は、撤退ルートの確保のため秦皇島方面へ出撃済みとなっている。

「予定通りとは、さすが日本軍だ。ところで……たったいま、総撤収命令がFGHQから出た。よって、まず合衆国派遣軍と貴官指揮下にある機動歩兵部隊を南下させる。とにかく撤収ルートを線で確保しなければならないから、機動力のある部隊を先行させる。

その間、残りの部隊は奉天の徹底した守備にまわる。そして日米の戦車部隊・軽機甲部隊・軽機動部隊・砲兵部隊の順で守備任務を解き、ただちに撤収行動へ移行させる。

残る歩兵部隊と対戦車部隊が最後となるが、彼らには殿軍の役目を与えず、撤収に専念してもらう。

だから最も兵員数の多い歩兵部隊が撤収しはじめるまでに、なんとしても秦皇島までのルートを完全確保し、しかも先に進んでいる部隊は、秦皇島を力ずくで制圧しなければならない。

総撤収はノンストップでないと、被害が恐ろしいものになる。たとえ中国方面軍が天津攻略に難儀していたとしても、我々には無関係だ。我々は最悪の場合、天津まで独力で道を切り開き、天津突入をもって中国方面軍と合流する。

総撤収は一度始めたら、どれだけ被害が出ようと止められない。部隊の停滞も許されない。

補給は部隊ごとにトラックを配備してあるから、なんとしてもそれで間に合わせる。このことを貴官の指揮下にある全部隊に徹底してほしい。ただちにだ」

総撤収命令が下されたと聞いた板垣は、さすがにいつもの泰然とした態度ではいられなかった。

すでに年齢も相当なものなのに、瞬時にして背筋に心棒が入ったように屹立（きつりつ）し、若輩士官と見まがう素早い敬礼を行なった。

「了解しました。長官も、どうかご無事で」

ここから先、米軍と帝国軍は、合同したり分離したりと臨機応変に対応せねばならず、それぞれの最高指揮官である二人も、自分の指揮下にある部隊のいずれかに移動司令部を置くことになる。

つまりいまのように、一箇所の司令部内で居合わせることは、おそらく天津に到着するまでない。

これは前もって撤収作戦の注意事項に記されていたことだから、板垣とマッカーサーも承知の上だった。

「こんなところで死んでたまるか！　おそらく満州派遣軍は一度解体されるだろうから、貴官との関係もここまでになる。

次に会う時は、同じ大将として、それぞれ別方面の指揮ができればいいな。貴官の才能は、私の指揮下にあってはもったいない」

なんとマッカーサーが、日本特有の感覚である『もったいない』を理解している。

それに気づいた板垣が、なんとも嬉しそうな笑顔になった。

「長官も、もう少し上を狙ってもらわないと、私のほうが追い越しますよ。私も、いまのまま退役するつもりはありませんから」

板垣も日本に戻れば、相応の地位が保証されている。しかし世界を相手に勝負するには、帝国陸軍ではなく連合軍の一員として動かなければならない。

まだ世界大戦は始まったばかり……。

板垣やマッカーサーのような高齢軍人だけでなく、一介の兵にすら、無限の可能性が残されている。

むろん無数の挫折もあるだろう。

時には自分の命すら失うのが戦争なのだ。

そして相手となるナチス連邦は、あまりにも強大……。

強大な敵を打ち破り、自由連合の旗を全世界にはためかせない限り、自由連合軍将兵に未来はない。

その最初の戦略的総撤収が、いま始まったのである。

＊

「あいつら……妙案があると持ちかけてきたのはいいが、なんだか後味が悪いな」

天津市街を望む、南側の低い自然丘陵。

そこに陣取ったデンプシー中将は、先行して天津へ突入した中国国民党軍第六軽機動旅団／第四歩兵師団からの報告を受け、複雑な表情になっていた。

デンプシーは先日、国民党軍先鋒部隊を束ねる范青英(ファンチンイン)上級少将からひとつの提案を受けた。

その内容は、次のようなものだった。

『馬鹿正直に天津へ突入すれば、民間人に化けた中国ナチス党の便衣兵に弄(もてあそ)ばれるだけだ。ここはひとつ、中国人のことは我々に任せてくれないか。

国民党軍が先に市内へ入り、ちょっとした喧伝(けんでん)工作を行なう。おそらく効果があると思うので、これで天津攻略はずいぶん楽になるはずだ。

英軍部隊は、喧伝工作後に突入してほしい。もし我々の工作がうまくいかなくとも、デンプシー中将の精強部隊が姿を見せれば、結果的にうまくいく可能性が高まる。

戦うのは、その後でいい。中国には中国の戦い方がある。欧米列強のように、いつも正面から戦いを挑むばかりでは、いらぬ被害を出すだけだ。

敵が便衣兵という奇策を用いるのであれば、こちらも奇策で対抗する。これが兵法というものだ』

范青英は、肝心の喧伝工作の中身については口にしなかった。

だがデンプシーは、事が中国国内での戦いであり、たしかに中国人の行動はつかみづらいと以前から感じていたため、ここは国民党に主導権を譲る気になった。

どのみち范が苦戦すれば、機甲師団と歩兵師団を一気に投入することで、簡単に戦局を転換できるはずだから、まずは様子見する余裕もあった。

だが……。

范青英が練った奇策は、デンプシーの想像のはるか上をいっていたのである。

まず范は、第四歩兵師団の偵察大隊を使い、なんと彼らを民間人の姿に化けさせた。敵が便衣兵でくるなら、こちらも便衣兵になることで、同じ立場になったわけだ。

その偵察大隊を天津市街の隅々に送りこんだ。

彼らが行なったことは、噂を流すことだった。

『すぐ南まで連合軍の大軍が迫っているのは知っているはずだ。連中は、中国ナチス党の便衣兵と民間人の違いがわからない。だから最初から、皆殺しにする覚悟で突っ込んでくる。

ただ、聞いたところでは、中国ナチス党の軍服を着ている者は、きちんと捕虜の扱いをしてくれるそうだ。そうでない便衣兵は、すべて間諜（スパイ）として銃殺にされるらしい。

また、たとえ民間人であっても、武器を携帯していたり屋内に隠し持っていたりすれば、これまた間諜として捕縛され銃殺刑に処されるそうだ。

それを逃れる方法は、ただひとつ。もし武器を持っていたら、すべて家の外の街路に放り出すしかない。

その上で家の中に籠もり、連合軍がやってきたら笑顔で応対すればいい。少なくとも中国国民党軍は、中国人をむやみに殺しはしない。しかし英国人はわからない。だから英国の軍隊が来る前に、なるべく身の潔白を証明すべきだ。

どのみち天津にいる中国ナチス党の軍隊では、南に来ている大軍勢には太刀打ちできない。おそらく連中は、民間人を盾（たて）にしながら北京方面へ逃げるだろう。そうなれば、天津住民の俺たちの多くが殺されてしまう。

ならばいっそ、国民党軍を積極的に迎えて、必要なら便衣兵となって隠れているナチス党の兵を密告すべきかもしれない。これまた噂だが、便衣兵を密告した者には、英国軍から報奨金が出るらしいぞ……』

范青英の策とは、天津住民と中国ナチス党軍との分断工作だった。

噂を流した偵察大隊は、大半がすぐに戻ってきた。戻らなかった者は、余所者と不審がられて殺害された少数の者だけだった。

そして一夜が明け、驚くべきことが起こった。

なんと数千名もの中国人が、背中の袋に武器をしこたま詰めこみ、最前線で突入準備をしていた国民党軍部隊のもとへやってきたのである。

范青英は彼らの武器を取り上げ、代わりに持ってきた武器の種類と数を記したメモを渡した。その上で、全員を後方にいるデンプシーのもとへ送り届けた。

そして范青英からデンプシーへの要請として、彼らの安全の確保と報奨金の提供を行なってくれと頼んだ。

それが終了した正午前、ついに国民党軍部隊は天津へ強襲をかけたのである。

その方法も常識外れだった。

まず第六軽機動旅団が市内へ入り、街路という街路を機動車輌で走りまわった。進撃を阻止する土盛りや土嚢陣地、戦車阻止柵があれば、工兵がトラックから降りて爆破するか、戦車が主砲で噴き飛ばした。

街路に動くものがあれば、残らず車載機関銃や戦車砲でなぎ倒した。

唯一の例外は、中国ナチス党兵の軍服を来て白旗を上げた者だけだ。

彼らの投降は受け入れられ、きちんと捕虜として扱われた。そうではない街路にいる民間人は、軒並み攻撃の対象となった。

また、家やビルの中から攻撃を受けたら、ただちに歩兵師団の掃討部隊が突入し、建物ごと爆薬を仕掛けて破壊した。反対に、攻撃してこない建物は無視して先に進んだ。

夜になり、敵の反撃が開始されたが、その数は驚くほど少なかった。

なぜなら大半の中国ナチス党兵は、すでに殺されるか逃げるかして、市内に残っているのは少数の熱狂的なナチス信者のみだったからだ。

翌朝、ようやくデンプシーへ進撃要請が届いた。

そこで漏らした言葉が、さきほどの科白（せりふ）だったのである。

かくして……。

圧倒的な劣勢にありながら、自由連合軍は、かすかな光明を見いだすために奮戦しはじめた。

巨大なダムも、ほんの小さなひび割れから大崩壊に至ることがある。

願わくば自分たちの行なっていることが、ささやかな突破口になれば……。

いずれは強大なナチス連邦も、崩れ落ちる巨像のように倒れるかもしれない。

だからいまは、歯を食いしばって耐え、ひたすらチャンスがめぐってくるのを待つ。

自由連合が展開している全方面の将兵が、いま心の底で願っていること。それは、世界をナチス思想という悪夢から解放し、自由闊達(かったつ)な人間らしい未来を築くことだ。

そして、そのための戦いは、いまも続いているのである。

第二部資料

〈自由連合軍編制〉

＊本巻に登場する事項のみ記載

◎米海軍第四任務部隊

＊米海軍大西洋艦隊に所属
＊中部アメリカ制圧作戦『カントリーロード作戦』従事部隊として編制された
＊ニューオリンズ海軍基地が暫定母港

司令官　レイモンド・A・スプルーアンス少将
　戦艦　ユタ／フロリダ
正規空母　ヨークタウン
　軽空母　ホープ／スピリッツ
　重巡　ヒューロン／スペリオル

軽巡　プロビデンス／オークランド／スネーク／サビーン
駆逐艦　一八隻

◎米海軍第八任務部隊
＊米海軍太平洋艦隊に所属
＊中部アメリカ制圧作戦『カントリーロード作戦』の太平洋側担当艦隊
＊サンディエゴ海軍基地が暫定母港

司令官　ウイルソン・ブラウン少将
　戦艦　アラバマ
正規空母　ワスプ
軽空母　ホワイトイーグル／エルコンドル
　重巡　オリンピア／ボストン
　軽巡　シマロン／イエローストーン／タコマ／
　　マイアミ
駆逐艦　一八隻

◎在米日海軍第二派遣艦隊

＊在米帝国海軍北米艦隊に所属。日米共闘の場合は米軍指揮下に入る
＊所属軍港はメキシコ湾に面したニューオリンズ海軍基地の一画
＊以上は日米同盟の取り決めによる

第二派遣艦隊司令官　宇垣纏少将（旧海兵四〇期）
　戦艦　伯耆
軽空母　天鷹／海鷹
　重巡　十和田
　軽巡　恒春／八丈／神津
駆逐艦　一〇隻
潜水艦　一二隻
魚雷艇　二四隻
海防艦　二四隻
掃海艇　一〇隻

◎米陸軍機甲軍団
＊米南部防衛作戦を成功させたパットン軍団は、そのまま『カントリーロード作戦』に投入された

軍団長　ジョージ・パットン少将
二個機甲師団
一個軽機甲師団
一個戦車旅団
四個機動旅団
二個砲兵師団
六個歩兵師団

◎米陸軍中米方面軍
＊『カントリーロード作戦』に投入された上陸部隊

東岸作戦司令官　アンソニー・マコーリフ少将
第八八空挺師団　マコーリフ少将兼任
第二師団
第八師団
第七機甲兵連隊　アドナ・R・チャーフィー大佐
西岸作戦司令官　ダニエル・サルタン少将
第四師団　ダニエル・サルタン少将兼任
第一〇師団
第六軽機動旅団　ジョセフ・ロートン・コリンズ准将
カナダ陸軍派遣旅団
豪陸軍派遣旅団

◎米海兵隊中米作戦部隊

*大西洋海兵隊所属部隊

作戦司令官　デビット・ペック少将
第三海兵旅団　八〇〇〇
第六海兵旅団　七〇〇〇
二個戦車中隊　八〇輌
砲兵大隊　野砲　二〇〇
迫撃砲　三〇〇
第二海兵航空隊
双発爆撃機　八〇
双発戦闘機　四〇
単発戦闘機　四〇
基地防衛機　四〇

◎在米日海軍第二派遣陸戦隊

＊在米帝国海軍北米艦隊に所属。日米共闘の場合は米軍指揮下に入る
＊ニューオリンズ郊外の米海兵隊基地内に駐屯地を置く

第二派遣陸戦隊司令官　太田実少将（旧海兵四一期）
　第一一陸戦隊　歩兵旅団　八〇〇〇
　第一二陸戦隊　歩兵旅団　八〇〇〇
　　　　　　　　戦車大隊　八〇輌
　　　　　　　　砲兵大隊　中型野砲　八〇
　　　　　　　　　　　　　中型迫撃砲　二〇〇
　　　　　特殊偵察中隊　二〇〇
　　　　　　揚陸艦　二隻
　　　　　大型舟艇　八隻
　　　　上陸支援艦　四隻
　　　　船団防御艦　一六隻（海防艦を転用）

◎在米日陸軍第二派遣隊

＊在米帝国陸軍北米方面軍に所属。日米共闘の場合は米軍指揮下に入る

＊ニューオリンズ郊外の米陸軍基地内に駐屯地を置く

第二北米師団　歩兵師団　一万二〇〇〇
戦車大隊　一〇〇輌
砲兵大隊　加農砲　一〇
大型野砲一〇〇
大型迫撃砲　三二〇
対戦車大隊　対戦車砲　八〇
対戦車銃　二二〇

第二北米航空隊　単発迎撃機　四〇
単発戦闘機　八〇
双発戦闘機　四〇
双発爆撃機　三〇

◎極東連合艦隊

*ロシア太平洋艦隊との決戦のため編制された

＊迅速かつ精密な艦隊運用が必要なため、今回は各国混成ではなく国別任務部隊編制となった
＊襲撃部隊は、第三部隊の支援を受けて独立行動を行なう

極東連合艦隊司令長官　古賀峯一中将
　第一部隊　古賀峯一中将
　　戦艦　壱岐
　正規空母　天龍（機動部隊／山口多聞少将）
　軽空母　凛空／晴空
　軽巡　与那国／石垣／式根
　駆逐艦　二〇隻
第二部隊　F・J・フレッチャー少将
　戦艦　ニューヨーク／テキサス
　重巡　ハートフォード／オーガスタ
　軽巡　コロンビア／ウィラメット
　駆逐艦　二〇隻

第三部隊　サー・ジェームス・サマービル中将（支援任務）
　巡洋艦　ケント／リバプール（英）
　巡洋艦　ボタニー（豪）
　駆逐艦　一二隻

襲撃部隊
　第四襲撃隊　海狼型襲撃艦　一〇隻
　第五襲撃隊　海狼型襲撃艦　一〇隻
　第六襲撃隊　海狼型襲撃艦　一〇隻

第五潜水隊
　潜水艦　亜型　二隻
　潜水艦　備型　八隻

〈自由連合軍諸元〉

＊本巻に新登場する装備のみ

◎海軍装備

ニューメキシコ級戦艦

＊現時点で就役している最新鋭の合衆国製戦艦
＊ドイツで就役している最新鋭戦艦のネプツン級に対抗するため設計された

同型艦　ニューメキシコ／ジョージア／ユタ
排水量　四万五八〇〇トン
全長　二八五メートル
全幅　三二メートル
主機　重油専焼缶一八基　蒸気タービン四基　四軸
出力　一四万馬力
速力　二七ノット
航続　一六ノット時一万四〇〇〇浬
主砲　四〇センチ五〇口径連装　四基
副砲　二〇センチ五〇口径連装　二基
装備　一二センチ連装高角砲　四基

一〇センチ連装高角砲　四基
四〇ミリ四連装機銃　八基
二〇ミリ二連装機銃　八基
装甲　水線三四〇ミリ　甲板一〇〇ミリ
乗員　一七〇〇名

バージニア級戦艦
＊第一次大戦後に建艦された合衆国の重打撃型戦艦
＊速度が遅いため、主に合衆国本土を防衛する艦隊に配属されている
同型艦　バージニア／アラバマ／フロリダ／ルイジアナ
排水量　三万四八〇〇トン
全長　二四〇メートル
全幅　三二メートル
主機　重油専焼缶一〇基　蒸気タービン四基　四軸
出力　六万二〇〇〇馬力

速力　二四ノット
航続　一六ノット時一万四〇〇〇浬
主砲　四〇センチ四五口径三連装三基
副砲　二〇センチ五〇口径三連装二基
装備　一〇センチ連装高角砲　四基
　　　一〇センチ単装高角砲　四基
　　　四〇ミリ四連装機銃　六基
　　　二〇ミリ二連装機銃　六基
装甲　水線二九〇ミリ　甲板八五ミリ
乗員　一五二〇名

伯耆型巡洋戦艦

＊米国本土への駐留艦隊用に、建艦中だった合衆国のニューヨーク級戦艦を購入、そののち米本土で大規模改装を施し就役した変わり種の艦種
＊ほぼ米国製で、日本本土には二度しか帰っていないため、日本人には馴染みのない艦だが、帝国海軍の有する数少ない長距離移動が可能な戦艦となっている

同型艦　伯耆／阿波
排水量　二万五八〇〇トン
全長　二三〇メートル
全幅　三〇メートル
主機　重油専焼缶一〇基　蒸気タービン四基　四軸
出力　五万二五〇〇馬力
速力　二七ノット
航続　一六ノット時一万二〇〇〇浬
主砲　四〇センチ四五口径二連装四基
副砲　一五センチ五〇口径連装二基
装備　一〇センチ連装高角砲　四基
　　　四〇ミリ二連装機銃一二基
　　　二〇ミリ二連装機銃　八基
装甲　水線二五〇ミリ　甲板六〇ミリ
乗員　一四五〇名

ヨークタウン級正規空母

＊一九三六年に完成した、米海軍初の正規空母
＊開戦時までに四隻が建艦されたが、このうち一隻は日本海軍へ売却された

同型艦　ヨークタウン／エンタープライズ／ワスプ
排水量　一万七六〇〇トン
全長　二四〇メートル
全幅　三三メートル
主機　重油専焼缶一四基　蒸気タービン四基　四軸
出力　一二万馬力
速力　三〇ノット
航続　一六ノット時一万四〇〇〇浬
備砲　一〇センチ五〇口径連装高角砲　四基
機銃　四〇ミリ四連装機銃　四基
　　　一二・七ミリ単装機銃　一六基

乗員　二二〇〇名
搭載　八五機
　艦戦　中島グラマンF3Fシーキャット　四〇機
　艦爆　三菱カーチスF3Bスカイダイバー　三〇機
　雷撃　三菱ダグラスTBCデストロイヤー　一五機

大龍型正規空母
＊ヨークタウン級正規空母の改装型空母
＊日本で建艦された天龍型が一隻しかなかったため、戦前の正規空母二隻態勢を維持するため合衆国から購入、その後、艤装や搭載機にあわせた軽改装がなされた

同型艦　大龍
排水量　一万七八〇〇トン
全長　二四〇メートル
全幅　三三メートル
主機　重油専焼缶一四基　蒸気タービン四基　四軸

出力　一二万馬力
速力　三〇ノット
航続　一六ノット時一万三〇〇〇浬
備砲　一二センチ五〇口径連装高角砲　二基
　一〇センチ四五口径連装両用砲　二基
機銃　四〇ミリ四連装機銃　四基
　二〇ミリ二連装機銃　四基
　一二・七ミリ単装機銃　一二基
乗員　二三〇〇名
搭載　八五機
　艦戦　中島九九式（F3F日本仕様）　四〇機
　艦爆　三菱九八式（F3B日本仕様）　三〇機
　艦攻　三菱九七式（TBC日本仕様）　一五機

天龍型正規空母

＊日本独自かつ戦前に実戦配備できた唯一の正規空母

＊本来は二隻建艦予定だったが間に合わず、一艦のみとなった
＊設計が中途半端だったため、後続艦はなし

同型艦　天龍
排水量　一万五四〇〇トン
全長　二三〇メートル
全幅　三二メートル
主機　重油専焼缶一二基　蒸気タービン四基　四軸
出力　一〇万馬力
速力　二九ノット
航続　一六ノット時一万二〇〇〇浬
備砲　一〇センチ五〇口径連装高角砲　四基
機銃　四〇ミリ四連装機銃　四基
　　　二〇ミリ単装機銃　八基
　　　一二・七ミリ単装機銃　八基
乗員　二二〇〇名

搭載　七〇機
艦戦　中島九九式（F３F日本仕様）　三〇機
艦爆　三菱九八式（F３B日本仕様）　二五機
艦攻　三菱九七式（TBC日本仕様）　一五機

軽空母ホワイトイーグル級

＊コーリッジ級が無駄の多い設計だったため、軽空母としての最適化が設計段階から図られた
＊実質的にコーリッジ級の後継艦となった
＊設計段階から日本海軍が参加し、日本でも同時建艦が可能になった

同型艦　ホワイトイーグル／エルコンドル／マザーホーク／ブルースワロー
天鷹／海鷹／雲鷹／涛鷹
排水量　一万トン
全長　一八二メートル
全幅　二〇・五メートル

主機　重油専焼缶一〇基　蒸気タービン四基　二軸
出力　九万馬力
速力　三〇ノット
航続　一六ノット時一万浬
備砲　八センチ五〇口径連装高角砲　四基
機銃　四〇ミリ四連装機銃　四基
　　　一二・七ミリ単装機銃　一〇基
乗員　一五五〇名
搭載　艦戦　中島グラマンF３Fシーキャット　二五機
　　　艦爆　三菱カーチスF３Bスカイダイバー　二〇機

オンタリオ級重巡洋艦
＊日米英共同設計・カナダ建艦という自由連合軍を象徴するような汎用重巡
＊象徴的な意味を持つ艦のため、能力は平均的で特徴はないが、それゆえに万能艦
　として重宝されている

同型艦　オンタリオ／エリー／ヒューロン／スペリオル（合衆国）
ソルウェイ／フォース（英国）
ウイニペグ／グレートベア（カナダ）
琵琶／十和田（日本）

排水量　九九〇〇トン
全長　一九二メートル
全幅　二〇メートル
主機　重油専焼缶一〇基　蒸気タービン四基　四軸
出力　一〇万馬力
速力　三二ノット
航続　一六ノット時一万浬
主砲　二〇センチ四五口径二連装三基
副砲　一二センチ五〇口径二連装両用砲　二基
装備　一〇センチ四五口径単装高角砲　四基
四〇ミリ四連装機銃　四基

一二・七ミリ単装機銃　一〇基
雷装　四五センチ長魚雷発射管　三連装　四基
水偵　二機
乗員　一一五〇名

ジャクソンビル級重巡洋艦

＊合衆国独自設計艦
＊米海軍流の艦隊決戦用重打撃艦として設計された

同型艦　ジャクソンビル／サヴァナ／オリンピア／ボストン
排水量　一万トン
全長　一九八メートル
全幅　二一・五メートル
主機　重油専焼缶一二基　蒸気タービン四基　四軸
出力　一二万馬力
速力　三二ノット

航続　一六ノット時一万浬
主砲　二〇センチ五〇口径二連装四基
副砲　一二センチ五〇口径単装両用砲　四基
装備　一〇センチ四五口径単装高角砲　四基
　四〇ミリ四連装機銃　六基
　一二・七ミリ単装機銃　一二基
雷装　四五センチ長魚雷発射管　四連装　四基
水偵　二機
乗員　一二二〇名

基隆型軽巡洋艦
＊日本統治領となっている台湾の基隆には、日米共同出資で大規模官営造船所が建造されている。そこで日米共用艦として大量生産されている艦種が基隆級軽巡
＊基隆造船所は中小艦を大量建艦するために特化された造船所のため、主に軽巡と駆逐艦が建艦された。現在はこれに共用護衛空母と共用潜水艦専用の造船所も追加されている

＊ただし、自由連合海軍の後方建艦設備がオーストラリアへ移転しつつある関係から、開戦後は日本独自艦の建艦予定が多くなった

同型艦　基隆／恒春／与那国／石垣／西表／宮古（日本）
コロンビア／ウィラメット／スネーク／サビーン
シマロン／イエローストン（合衆国）

排水量　六六〇〇トン
全長　一六八メートル
全幅　一五・八メートル
主機　重油専焼缶一〇基　蒸気タービン二基　二軸
出力　八万二〇〇〇馬力
速力　三三ノット
航続　一六ノット時八〇〇〇浬
主砲　一四センチ五〇口径二連装両用砲　六基
副砲　なし
装備　四〇ミリ二連装機銃　四基

二〇ミリ二連装機銃　四基
一二・七ミリ単装機銃　一〇基
雷装　四五センチ長魚雷発射管　三連装　二基
水偵　一機
乗員　九二〇名

シアトル級軽巡洋艦

＊米海軍独自設計艦。第一次大戦後、世界海軍を目指した米海軍が、全世界に戦略機動が可能な航洋型巡洋艦を大量に必要としたため、第一世代として設計・建艦された
＊一番艦は一九二二年に就役。合計一二隻が建艦されたが、六隻が日本へ売却された

同型艦　シアトル／オーガスタ／プロビデンス／オークランド／タコマ／マイアミ
伊豆／三宅／八丈／神津／式根／小笠原
排水量　五八〇〇トン

全長　一五六メートル
全幅　一四メートル
主機　重油専焼缶一〇基　蒸気タービン二基　二軸
出力　八万二〇〇〇馬力
速力　三二ノット
航続　一六ノット時八〇〇〇浬
主砲　一四センチ五〇口径単装両用砲　六基
副砲　なし
装備　四〇ミリ二連装機銃　四基
　　一二・七ミリ単装機銃　一〇基
雷装　四五センチ長魚雷発射管　二連装　二基
水偵　一機
乗員　七三〇名

◎陸軍装備

八八式ボルトアクション式小銃

＊合衆国陸軍制式名はM30ライフル銃

＊日本の三八式小銃を規格化し、一部をプレス鋼板製にして部品数を大幅に減らした

＊わずかに短くなり、軽量化もなされている

全長　一二〇センチ
重量　三・五キログラム
装弾　ボルトアクション式
弾数　六・五ミリ連合規格小銃弾　五発

〈ナチス連邦軍諸元〉

◎陸軍装備

三号戦車（ロシア改良型）
＊ドイツで設計された三号戦車を、ロシアの風土に合わせて改良したもの
＊量産はロシア国内で行なわれている
＊ロシア独自のドクトリンにより、砲塔前面／砲塔側面／車体前面／車体側面に追加の傾斜装甲が設置されたため、基本型よりかなり重くなり、機動性に欠けるものの抗堪性能は格段に向上した

全長　五・四メートル
重量　三八・八トン
出力　三六〇馬力／ガソリン
速度　最大三〇キロ
装甲　最大七〇ミリ（追加傾斜装甲を加味して換算）
装備　五〇ミリ四五口径戦車砲（Ⅱ型は七五ミリ四〇口径）
　　　二〇ミリ機関銃一門（車体）
　　　七・七ミリ機関銃一門（砲塔上部）
乗員　五名

フォッケウルフ190F型単発戦闘機

＊英本土作戦用に特化された長距離単発戦闘機

乗員　一名
全長　一〇・四メートル
全幅　一〇・八メートル
重量　四二八〇キロ
発動機　BMW801D型
出力　一七〇〇馬力
速度　時速六二〇キロ
航続　最大一七〇〇キロ（胴体落下増槽使用時）
武装　一五ミリMG15×4
爆装　二五〇キロ爆弾×1

ドルニエ217D型双発爆撃機

＊英本土作戦用に特化された長距離双発爆撃機

乗員　四名
全長　一七・五メートル
全幅　一九・五メートル
重量　八四五〇キロ
発動機　ＢＭＷ８０１Ｄ型×２
出力　一七〇〇馬力
速度　時速四九〇キロ
航続　最大一七〇〇キロ（両翼落下増槽使用時）
武装　一三ミリＭＧ13×４
爆装　最大三トン

コスミック文庫

世界最終大戦 1
ヒトラーの野望

2023年7月25日　初版発行

【著者】
羅門祐人

【発行者】
佐藤広野

【発行】
株式会社コスミック出版
〒154-0002 東京都世田谷区下馬 6-15-4
代表　TEL.03(5432)7081
営業　TEL.03(5432)7084
FAX.03(5432)7088
編集　TEL.03(5432)7086
FAX.03(5432)7090

【ホームページ】
http://www.cosmicpub.com/

【振替口座】
00110-8-611382

【印刷／製本】
中央精版印刷株式会社

乱丁・落丁本は、小社へ直接お送り下さい。郵送料小社負担にて
お取り替え致します。定価はカバーに表示してあります。

ISBN978-4-7747-6488-7 C0193

N
W
E
S